Stille stem

Van dezelfde auteur

Ravenzwart
Witte nachten
Blauw licht
Reddende engel

Ann Cleeves

Stille stem

A.W. Bruna Fictie

Oorspronkelijke titel
Silent Voices
Copyright © 2011 Ann Cleeves
Vertaling
Erik de Vries
Omslagbeeld
@ Imageselect
Omslagontwerp
Wil Immink Design
© 2013 A.W. Bruna Uitgevers, Utrecht

ISBN 978 94 005 0099 0
NUR 305

Dit boek is gedrukt op papier dat het keurmerk van de Forest Stewardship Council (FSC®) mag dragen. Bij dit papier is het zeker dat de productie niet tot bosvernietiging heeft geleid. Een flink deel van de grondstof is afkomstig uit bossen en plantages die worden beheerd volgens de regels van FSC. Van het andere deel van de grondstof is vastgesteld dat hiervoor geen houtkap in de laatste resten waardevol bos heeft plaatsgevonden. Daarom mag dit papier het FSC Mixed Sources label dragen. Voor dit boek is het FSC-gecertificeerde Munkenprint gebruikt. Dit papier is 100% chloor- en zwavelvrij gebleekt en wordt geleverd door Arctic Paper Munkedals AB, Zweden.

Voor Tim

1

Vera zwom traag. Ze werd voorbijgezwommen door een oudere man wiens badmuts zijn hoofd omsloot als een volledig uitgerold condoom. Hij zwom niet krachtig, maar ging niettemin harder dan zij. Ze was de sloomste van het zwembad. En toch had ze het gevoel dat ze elk moment kon bezwijken door de inspanning die het haar kostte om haar logge lijf door het water te trekken.

Omdat ze gruwde van het gevoel van water over haar gezicht - een enkele golf volstond om haar het idee te geven dat ze verdronk - deed ze een trage borstcrawl, waarbij ze haar kin een paar centimeter boven het wateroppervlak hield. Ze zag er waarschijnlijk uit als een reuzenschildpad.

Ze slaagde erin haar hoofd nog wat verder op te tillen, zodat ze op de klok kon kijken die aan de muur hing. Bijna middag. Nog even en de frisse en fruitige bejaarden zouden hun opwachting maken voor hun aquarobics. De vrouwen met gelakte teennagels en gebloemde badpakken, zelfvoldaan over het feit dat zij de laatste generatie waren die bijtijds mocht genieten van een voortijdige ouwe dag. De muziek, vervormd door de bedroevend slechte geluidsinstallatie en de vreselijke akoestiek van het zwembad, zou zo hard staan dat je feitelijk niet meer over muziek kon spreken. Een jonge vrouw in stretchkleding zou de dames toeschreeuwen. Vera werd alleen al onpasselijk van de gedachte. Ze had haar geplande tien baantjes afgewerkt. Oké, acht. Op momenten dat haar leven ervan afhing, kon ze zichzelf niet voor de gek houden. En op dit moment gaven haar gierende longen haar inderdaad het gevoel dat haar leven op het spel stond. Bekijk het maar! Vijf minuten in het stoombad, een supersterke latte, en dan weer aan het werk.

Het zwemmen was een idee van haar huisarts geweest. Vera had zich tijdens de controle voorbereid op de gebruikelijke preek over haar gewicht. Ze loog altijd over haar drankgebruik, maar wat haar overgewicht betrof, viel er weinig te ontkennen. De arts was piepjong, leek eerder een kind dat in grotemensenkleren was gehesen.

'Beseft u wel dat u zichzelf langzaamaan te gronde richt?' Ze had hierbij voorover over haar bureau geleund, zodat Vera kon zien dat haar gave huid niet werd bedekt door make-up en een vleugje volwassen parfum haar neus binnendrong.

'Ik ben niet bang om dood te gaan,' had Vera geantwoord. Ze hield wel van grote woorden, maar sprak in dit geval ook de waarheid.

'Ik zeg natuurlijk niet dat u doodgaat.' De arts had een heldere stem, zij het iets te hoog voor het aangename. 'Niet op korte termijn, in elk geval.' Wat volgde was haar opsomming van alle mogelijke kwalijke gevolgen van Vera's bandeloosheid. Als een ouderwetse bovenmeester die de scepter zwaait. 'Het wordt hoog tijd dat u eens een paar moeilijke knopen gaat doorhakken aangaande uw levensstijl, mevrouw Stanhope.'

Inspecteur, was Vera geneigd haar te verbeteren. Inspecteur Stanhope. Ze besefte echter dat het noemen van haar rang op dit kind geen indruk zou maken.

En dus was Vera lid geworden van de sportschool in dit grote, afgelegen hotel, waar ze vrijwel elke dag een uur besteedde aan het trekken van haar tien baantjes. Of acht. Nooit, dacht ze streng, minder dan acht. Ze zwom bij voorkeur op een tijdstip dat het zwembad leeg was. De vroege ochtenden en avonden vielen om die reden af. Dat waren de momenten waarop de kleedruimten werden overspoeld door de jonge, magere en gebruinde vrouwen, die hun iPods aanzetten en met de toestellen in de sportschool aan de slag gingen. Vera kon zich toch niet met haar schilferige eczeembenen, haar vetrollen en haar cellulitis te midden van deze kwebbelende en giechelende godinnen begeven? Af en toe gunde ze zichzelf een blik in de ruimte die leek op een moderne martelkamer, gevuld met enorme apparaten en zwoegende en kronkelende lichamen. De mannen glommen van het zweet. Gefascineerd keek ze naar de gladde spierpartijen, de brede schouders en de in gymschoenen gestoken voeten die ritmisch op de loopband neerdreunden.

Meestal ging ze in de loop van de ochtend naar de sportschool, onder het voorwendsel van een vergadering. Ze had een lokatie uitgezocht die niet al te dicht bij haar werk lag; herkend worden was wel het laatste waar ze op zat te wachten. Ze had voor haar collega's verzwegen dat ze aan het sporten was geslagen, en hoewel die wellicht hun vraagtekens zetten bij de chloorlucht die haar huid en haren verspreidden, waren ze wel zo verstandig hier geen opmerkingen over te maken. Ze was inmiddels bij de rand van het bad aangekomen waar ze even uithijgde. Ze kon zichzelf onmogelijk uit het zwembad hijsen, zoals ze al die jonge meiden zag doen. Terwijl ze naar het trappetje waadde, begon een medewerker de boeien die op het water dobberden te verplaatsen om het gebied af te bakenen waar de aquarobicsles zou worden gegeven. Ze was net op tijd.

In de stoomcabine rook het naar cederhout en eucalyptus. Er hing zoveel stoom dat ze aanvankelijk niet kon zien of er al iemand anders binnen was. Ze vond het niet erg om deze ruimte met anderen te delen – hierbinnen zou haar lelijkheid tenminste niemand opvallen. Haar overgewicht mocht niet te verbergen zijn, de rest wel. Vreemd genoeg voelde ze zich kwetsbaar als ze alleen met een man in de cabine zat. Ze was niet bang aangerand of zelfs maar onzedelijk betast te worden, noch vreesde ze ervoor dat een of andere gek zich letterlijk bloot zou geven. Slechts een klapdeur scheidde hen van het rumoer uit het zwembad. Een schreeuw was genoeg om de aandacht van het personeel te trekken. En voor gekken was ze sowieso niet snel bang. Maar hier hing een intimiteit waar ze maar niet aan gewend raakte. Ze had het idee dat ze zichzelf tijdens een gesprek van een kant zou laten zien die ze naderhand zou betreuren. Dit zou een plek kunnen zijn waar ze, vrijwel naakt en versuft door de warmte en de geuren, wellicht te veel zou loslaten over gevoelige materie.

Ze ontwaarde een andere vrouw in de stoomcabine die met opgetrokken knieën in een hoek zat, haar voeten rustend op de marmeren bank. Ze lag met haar hoofd achterover en op Vera maakte ze een geheel ontspannen indruk. Vera was jaloers op haar. Het lukte haar hoogstzelden om zich volledig te ontspannen. Toen die kind-arts yoga had aangeraden, had Vera zowaar een les bijgewoond, die ze echter onuitstaanbaar saai had gevonden. Ogenschijnlijk urenlang dezelfde houding aanhouden, of plat op je rug blijven liggen, terwijl je hoofd zich vult met gedachten en ideeën die schreeuwen om actie. Hoe kon dat in godsnaam ontspannend werken? Vera liet zich behoedzaam op het door de condens glad geworden marmer zakken, maar slaagde er niet in te voorkomen dat ze een geluid produceerde alsof ze een natte wind liet. De tactvolle dame in de hoek gaf geen kik. Vera probeerde haar hoofd in haar nek te leggen en haar ogen te sluiten, maar direct namen gedachten over haar werk bezit van haar geest. Geen specifieke zaak waar ze zich het hoofd over brak. Het was al sinds Kerstmis ongewoon rustig. Maar er was altijd wel wat: kinderachtige machtsspelletjes op kantoor, een gedachte aan een tip die had moeten worden nagetrokken. Op dit soort momenten van lichamelijke inactiviteit draaiden haar hersenen juist op volle toeren.

Ze opende haar ogen en gunde de vrouw in de hoek een kortstondige, afgunstige blik. De stoom leek wat dunner te worden en Vera zag dat de vrouw niet bejaard, maar van middelbare leeftijd was. Kortgeknipt, krullerig haar, een effen blauw badpak. Slank, met lange, mooie benen. Pas toen een verborgen luchtstroom de stoom weer in beweging bracht, besefte Vera dat haar medebaadster te stil was en haar huid te bleek. Het object van Vera's afgunst was dood.

2

In het zwembad was de aquarobicsles inmiddels begonnen. Van de muziek die klonk, viel alleen de stampende bas te onderscheiden. Vera keek over de klapdeur heen. De vrouwen in het water draaiden met hun lichamen en staken hun handen in de lucht. Ze boog zich over het lichaam en zocht naar een hartslag, al wist ze dat ze die niet zou voelen. De vrouw was vermoord. Het wit van haar ogen was doorspekt met piepkleine bloeduitstortingen, haar hals was bezaaid met blauwe plekken. Hoewel ze wist dat het geen pas gaf, juichte Vera vanbinnen stiekem. Maar ze twijfelde. Massale paniek was wel het laatste wat ze kon gebruiken. Ook was ze niet van plan artsen of collega's onder ogen te komen zolang ze haar zwarte badpak nog aanhad, waarin ze eruitzag als een opgeblazen ballon. Ze wilde zich eerst verkleden.

Een jonge vrouw in uniform, bestaande uit een geel poloshirt en een gele korte broek, was aan de rand van het zwembad drijvend speelgoed aan het verzamelen. Vera gebaarde dat ze naar haar toe moest komen.

'Ja?' zei de vrouw, die volgens de badge aan het nylonkoord om haar nek Lisa heette. Ze legde de zwemmatten op een stapel en glimlachte plichtmatig.

'Er ligt een dode vrouw in de stoomcabine.' Het lawaai om hen heen was dermate luid dat Vera niet bang was dat iemand haar woorden had opgevangen.

Maar het meisje had haar goed verstaan. De glimlach verdween. Lisa keek haar zwijgend en doodsbang aan.

'Ik ben van de politie,' zei Vera. 'Inspecteur Vera Stanhope. Blijf hier. Ga niet naar binnen en zorg dat de anderen dat ook niet doen.' Nog steeds geen reactie. Lisa bleef haar maar aanstaren. 'Heb je me gehoord?'

Lisa knikte – maar was ogenschijnlijk nog altijd niet in staat een woord uit te brengen.

Omdat de les nog in volle gang was, was de kleedkamer uitgestorven. Vera haalde haar mobiel uit haar kluisje en belde Joe Ashworth, haar brigadier. Kortstondig overwoog ze tegen hem te liegen. Ik zat koffie te drinken aan de bar, iemand van het personeel heeft het lijk ontdekt en me gewaarschuwd. Maar daar zou natuurlijk niemand intrappen. Ze had in de stoomcabine gezweet en geniesd. Ze had DNA-sporen achtergelaten. Net als talloze andere leden. Bovendien, hoe vaak was ze zelf niet uitgevaren tegen getuigen die hun gêne probeerden te verhullen met onschuldige leugentjes?

Met haar vrije hand trok Vera haar onderbroek aan. Zodra de les voorbij was, zouden de zwemsters voor de stoomcabine in de rij staan en ze was er niet zeker van dat het meisje in het geel erin zou slagen de bezoekers buiten de deur te houden.

Ashworth nam op.

'Ik heb een verdacht sterfgeval,' zei ze. Het had weinig zin om uit de doeken te doen hoe ze in deze zaak verzeild was geraakt. Ze gaf een paar details. 'Zet de zaak in gang en kom zo snel mogelijk hierheen.'

'Hoe weet je zo zeker dat het geen natuurlijke dood betreft? Een hartaanval is niet uit te sluiten bij hitte en inspanning. Misschien is er iemand op de sportschool die te veel politieseries op tv heeft gezien? Die van twee plus twee vijf wil maken?'

'Het arme mens is gewurgd.' Hoewel Vera wist dat het niet mogelijk was, ging ze er op een of andere manier toch van uit dat Ashworth haar gedachten kon lezen. Ze was elke keer weer ontstemd als hij het tegendeel bewees. Zou ze hem bovendien hebben gebeld als er werkelijk sprake was geweest van een hartaanval?

'Ik ben in de buurt,' zei hij. 'Ik ben in dat chique tuincentrum op zoek naar een cadeau voor mijn moeders verjaardag. Ik ben er over tien minuten.'

Ze beëindigde het gesprek en kleedde zich verder aan. Haar rok bleek op haar badpak te zijn gevallen en had daardoor een natte plek aan de achterkant. Het zag eruit alsof ze in haar broek had geplast. Ze vloekte binnensmonds, en liep terug naar het zwembad. Ze kon de afkeurende blikken voelen, toen ze om het voetenbad heen liep. Dit was doorgaans verboden terrein voor mensen met gewone kleren aan. Ze moest een bedrijfsleider zien te vinden, maar ze wilde de plaats delict niet achterlaten. De aquarobicsles naderde zijn hoogtepunt. De steigerende dames, geflankeerd door een of twee mannen, dansten door het water. Toen de muziek zweeg, viel de dansende menigte lachend en kakelend uiteen. De stretchvrouw riep in haar microfoon dat ze het allemaal geweldig hadden gedaan en dat ze iedereen de volgende les weer hoopte te mogen verwelkomen.

Vera zag haar kans schoon en griste de microfoon uit de handen van de instructrice. Ze aarzelde hierna even. Ze stond altijd graag in het middelpunt van de belangstelling. Ze was zich er terdege bewust van dat ze af en toe het onderwerp van spot was, maar vond dat minder erg dan genegeerd worden.

'Dames en heren.'

Iedereen staarde haar aan, ogenschijnlijk van slag door de ongebruikelijke interruptie van een vrouw die daar overduidelijk niet thuishoorde. Wat was er aan de hand? Een protestactie wellicht? Het Dikke Mensen Bevrijdingsfront dat het recht op een ongezonde levensstijl wilde propageren? Dit waren de gedachten die Vera kreeg toen ze de reacties zag. Maar het feit dat ze haar kleren aanhad, verschafte haar een gevoel van macht. Vanaf hier had ze onbelemmerd uitzicht op de gerimpelde nekken en het lillende vlees; ze had vrij uitzicht op hun ongeverfde haarwortels.

'Ik ben inspecteur Vera Stanhope van de politie van Northumbrië.' Toen ze opkeek, zag ze Joe Ashworth vanuit de richting van de kleedkamers tevoorschijn komen, in het gezelschap van een man in pak van wie ze vermoedde dat hij weleens de bedrijfsleider van het hotel zou kunnen zijn. Hij was er nog sneller dan ze had verwacht. 'Het spijt me u te moeten meedelen dat er zich een sterfgeval in deze sportschool heeft voorgedaan. Ik verzoek u allen vriendelijk om uw medewerking in deze zaak. Gaat u allen alstublieft naar de kleedkamers. Zodra u zich hebt omgekleed, verzoeken we u in de hal te blijven wachten, zodat we een paar details met u kunnen doornemen. We willen u zo min mogelijk hinder bezorgen, maar ik sluit niet uit dat we in de nabije toekomst nog eens contact met u moeten opnemen.' Ze keek over het water naar Ashworth en zijn gesprekspartner. Ze knikten beiden ten teken dat ook zij hadden begrepen wat er van hen werd verwacht.

Een voor een kwamen de zwemmers uit het bad. Ze waren allen nieuwsgierig en uitgelaten. Net scholieren, dacht Vera. Er zouden in elk geval geen klachten komen dat ze te lang hadden moeten wachten voordat hun verklaring kon worden afgenomen. De bezoekers hadden te veel tijd en te weinig opwinding in hun leven. Het was moeilijk voorstelbaar dat een van hen wellicht een moordenaar was.

Ashworth liep om het zwembad heen en voegde zich bij haar, samen met de man in pak. De vreemdeling was jong, gedienstig, klein, druk en gezet. Ze had zich zorgen gemaakt over een eventueel gebrek aan medewerking van de hotelleiding: een moordzaak was niet bepaald goede reclame, maar deze man leek minstens zo uitgelaten als de gepensioneerde bezoekers van zijn zwembad. Hij wipte heen en weer op de bal van zijn voeten en wreef in zijn handen. Vera kreeg de indruk dat hij vooral dacht aan het sterke verhaal dat hij vanavond thuis aan zijn vrouw kon vertellen, en dat hij hoopte dat hij die avond op het lokale journaal te zien zou zijn. Iedereen was tegenwoordig uit op roem.

'Dit is Ryan Taylor,' zei Ashworth. 'De bedrijfsleider.'

'Is er iets waarmee ik u kan helpen, inspecteur?'

'Jep. Regel thee en koffie, veel, en breng alles naar de hal. Met koekjes, broodjes. We zullen de bezoekers een tijdje moeten laten wachten, het loopt tegen lunchtijd. We kunnen ze maar het beste tevreden houden.'

Taylor aarzelde.

'Je kunt hen gewoon laten betalen,' zei ze, toen ze zijn aarzeling bespeurde. 'Gezien de tarieven hier zal niemand schrikken van een paar euro voor een deftig bakkie koffie.'

Zijn gezicht klaarde op. De dood van deze onbekende vrouw van middelbare leeftijd was niet zozeer een tragedie voor hem, dacht ze, als wel een mogelijkheid om zaken te doen. Ze had erop gerekend dat hij hen alleen zou laten, maar in plaats daarvan nam hij een paar passen afstand en begon in de walkietalkie te praten die hij aan zijn riem meedroeg.

Lisa stond nog altijd bij de deur van de stoomcabine. Ze was bleek. Vera vroeg zich af of ze de deur had opengemaakt en een blik naar binnen had geworpen. Van zo'n jonge vrouw had Vera eigenlijk een vergelijkbare reactie verwacht als die van de bedrijfsleider. De dood was vast geen reëel gegeven voor haar, eerder de openingsscène van een tv-serie.

'Heb je iets aangeraakt?' vroeg Vera. 'Dat is niet erg, als ik het maar weet. Vingerafdrukken, weet je wel.' Maar de enige plek waar ze vingerafdrukken zouden vinden, zou aan de buitenkant van de deur zijn, dacht Vera. Binnen zouden ze met dank aan de stoom niets aantreffen. Het poeder zou meteen gaan klonteren.

Lisa gaf uiteindelijk antwoord. 'Nee,' zei ze bedremmeld en timide, 'ik heb nergens aangezeten.'

'Gaat het wel, lieverd?'

De jonge vrouw leek zichzelf te herpakken en glimlachte. 'Ja hoor, het gaat best.'

'Ben je de hele dag al aan het werk?'

'Vanaf acht uur vanochtend.'

Vera trok een paar latexhandschoenen aan, die ze daarnet van Joe had gekregen. Joe was een echte padvinder, altijd overal op voorbereid. Toen ze naar haar vingers keek, moest ze terugdenken aan de oude man met zijn badmuts op. Zou ze hem in zijn gewone kloffie herkennen? Misschien niet. Ze deed de deur naar de stoomcabine open. 'Neem even een kijkje,' zei ze. 'Maak je geen zorgen. Het ziet er niet dramatisch uit. Wat ik graag wil weten is of je haar herkent. Dat zou een boel tijd schelen.' Achter Lisa's rug fronste Joe Ashworth zijn wenkbrauwen en hij schudde zijn hoofd, uit verontwaardiging en afkeuring. Hij leefde in de veronderstelling dat vrouwen tere bloemen waren, die niet zonder zijn bescherming konden.

'Ik ken hier eigenlijk niemand bij naam,' zei Lisa. 'Dat hoeft ook niet als je in het zwembad werkt. Dat is anders dan wanneer je voor de klas staat.'

'Maar je kunt ons vast vertellen of ze hier vaker kwam. Misschien was ze wel een deelnemer aan een van jouw lessen.'

Lisa aarzelde en keek toen naar binnen.

'Heb je haar eerder gezien?' vroeg Vera. Wat was het toch met dit meisje? Vera kon maar niet uit de voeten met dit soort slappe en weke jonge vrouwen.

'Dat weet ik niet zeker. Ze lijken allemaal zo op elkaar, vindt u ook niet?' Vera kon het hier wel mee eens zijn. Wat haar betrof leken ook alle dunne, jonge meiden op elkaar.

'Kan de stoom worden uitgeschakeld?' Vera wist niet precies welke uitwerking warmte en vocht op een lijk hadden, maar het leek haar niet waarschijnlijk dat het bevorderlijk was voor de conservering. 'Zonder naar binnen te hoeven, bedoel ik.'

Taylor kwam naar haar toe gestuiterd. 'Natuurlijk, ik ga er meteen werk van maken.' Hij aarzelde. 'Zijn er nog andere dingen waarmee ik kan helpen?'

'Ik ga ervan uit dat ze hier vanochtend is overleden,' zei Vera. 'Ik neem tenminste aan dat hier 's avonds wordt schoongemaakt. Als ze toen al in de stoomcabine had gelegen, zou iemand haar gevonden moeten hebben.'

'Ja, uiteraard.'

Maar dat antwoord deed haar geforceerd aan. 'Is dat echt zo? Dit is een moordonderzoek. Ik ga me er echt niet druk over maken of jullie de regels omtrent hygiëne al dan niet naleven.'

'We hebben wat problemen binnen onze schoonmaakploeg. Een paar vaste krachten zitten ziek thuis. Ik heb wel een tijdelijke vervanger, al is hij niet heel goed. Ik zal niet willen beweren dat hij hierbinnen niet schoongemaakt heeft, maar het zou me niet verbazen als hij er bijtijds tussenuit geknepen is.'

'Waar heb je hem vandaan?' Vera probeerde niet al te gretig over te komen, maar haar interesse was gewekt. Een nieuw personeelslid. Een dode badgast. Er bestond niet per se een verband tussen die twee feiten, maar het zou het leven heel wat makkelijker maken, als zou blijken dat de tijdelijke schoonmaakkracht al eens was veroordeeld voor de moord op vrouwen van middelbare leeftijd. Of dat het slachtoffer zijn van hem vervreemde echtgenote blijkt te zijn.

'Hij is de zoon van onze receptioniste. Studeert aan de universiteit, is thuis vanwege de vakantie.'

'Oké.' Ze had kunnen weten dat het er in het leven niet zo eenvoudig aan toeging. 'Ik wil hem spreken. Net als alle andere personeelsleden die dienst hadden.' Het leek haar beter om zelf het personeel te ondervragen en de olijke grijsaards over te laten aan Ashworth, die over engelengeduld beschikte. 'Ik neem aan dat jullie een lijst hebben van de leden die vandaag binnen zijn geweest?'

De sportschool beschikte over een toegangssysteem met magneetkaarten. Ze rekende erop dat elke kaart over een eigen chip beschikte en niet alleen maar de tourniquet ontgrendelde.

'Ja,' antwoordde hij, wederom zonder al te veel overtuiging. 'Alle IT-zaken worden afgehandeld op het hoofdkwartier in Tunbridge Wells. Ik ga ervan uit dat zij over deze gegevens beschikken.' Het leek Vera een mooi klusje voor Holly om daar achteraan te gaan. Dat zou een saaie bedoening worden: aan de lijn blijven wachten, terwijl een of andere nerd met de computer in de weer was. Holly, haar kersvers aangestelde hoofdagent, was jong, mooi en slim, en zelfs zonder haar ooit gezien te hebben, zou de computernerd de drang voelen om haar te laten zien hoe slim hij was. Holly kon ook behoorlijk bijdehand zijn, vandaar dat Vera haar af en toe een saai klusje in de maag splitste om haar haar plaats te wijzen.

'Is het voor een niet-lid mogelijk om het zwembad binnen te komen?'

'In theorie,' zei Taylor. 'Dan moet ze een introducée zijn geweest van iemand die wel lid is. Dan moet het lid haar kaart laten zien, waarna we de gast inschrijven.'

In gedachten liep Vera haar eigen bezoeken aan de sportschool langs. Ze had altijd haast, hield vaak haar magneetkaart ondersteboven, zodat de tourniquet niet openging en liet dan van de zenuwen, omdat ze zoveel mensen ophield, haar handdoek op de grond vallen. Maar meestal zat er achter de balie een in het geel gestoken mevrouw die haar te hulp schoot.

'U zei "In theorie". Hoe zit het met de praktijk? Hoe moeilijk is het om binnen te komen?'

'Niet moeilijk. Als je weet welke maatregelen we nemen, is het systeem te omzeilen.'

'Hoe?' Iets aan de kleine, gezette man begon haar tegen te staan. Het was zijn goede humeur, bedacht ze. Hij leek zich door niets uit het veld te laten slaan. Van vrolijke mensen kreeg ze het pas echt op haar heupen.

'Nou, je kunt altijd doen alsof je je toegangskaart bent vergeten. Dat gebeurt aan de lopende band. We vragen die bezoekers wel om zich in te schrijven, voordat ze naar binnen gaan, maar die handtekeningen worden nooit vergeleken met die van de leden. Karen van de receptie zal je gewoon binnenlaten.'

'Je kunt dus elke naam invullen die je maar wilt?'

'Daar komt het wel op neer.'

'Op welke manieren is het systeem nog meer te omzeilen?'

'Je kunt een kaart lenen. We vermoeden dat dat ook veel wordt gedaan, zeker door de wat jongere leden. Elke kaart is voorzien van een foto, maar daar letten we doorgaans niet op. Die zit er voornamelijk op om fraude te ontmoedigen.' Het leek hem weinig te kunnen schelen dat er misbruik van het systeem werd gemaakt – hij leek het zelfs wel grappig te vinden.

'Geweldig,' zei Vera. 'Geweldig, verdomme.' Maar in werkelijkheid was ze al gegrepen door de complicaties van deze zaak. Ze was een goede speurder. Ze kreeg echter niet vaak de kans dat te laten zien.

3

Connie stond buiten het dorpscentrum in de lentezon te wachten. Op het talud aan de overkant van het pad groeiden sleutelbloemen. Er was een tijd geweest dat ze dit idyllisch had gevonden: de zon, de kinderstemmen die door de openstaande ramen van het gebouw klonken, gezang van vogels in de bosjes bij de beek en in de bomen die de grenzen van de begraafplaats markeerden. Het was na een winter vol sneeuw en regen een genot om de blauwe lucht alleen al te zien. Maar inmiddels voelde ze de spanning die altijd opkwam, zodra ze Alice ging ophalen. Andere moeders waren ook op weg om hun kind op te halen van de crèche. Connie zorgde er altijd voor dat ze als eerste bij het centrum was. Ze kon niet tegen de spiedende blikken, de incidentele, begripvolle maar nooit oprechte glimlach, gevolgd door de beschuldigende stilte die aanhield totdat ze de andere vrouwen was gepasseerd en achter aan de rij had aangesloten.

De crècheleidster deed de deur open en Connie liep voor de menigte uit naar binnen. Ze kon maar beter haar dochter ophalen en dan maken dat ze wegkwam. Alice zat op een kleed, met rechte rug, haar benen over elkaar geslagen. Toen ze haar moeder in het oog kreeg, begon ze te stralen, zonder haar houding te veranderen. Connie kreeg de neiging te zeggen: je hoeft niet zo hard je best te doen, schatje. Het is niet belangrijk wat andere mensen van je vinden. Maar Alice wilde graag in de smaak vallen bij de andere kinderen, evenals bij de vrouwen van middelbare leeftijd die de groep leidden. 's Avonds pas verloor ze de controle. Dan plaste ze in haar bed, werd ze geplaagd door nachtmerries en klauterde ze naast Connie in bed om rillend in slaap te vallen. 's Ochtends weigerde ze over haar dromen te praten. Connie had nooit de oorzaak van haar nachtmerries weten te achterhalen, al had ze wel een vermoeden. Zelf werd ze achtervolgd door de herinnering aan een stoet verslaggevers die haar op straat achternazat.

'Alice, je moeder is er.' Dat was tante Elizabeth. De leidsters werden allemaal 'tante' genoemd. Elizabeth was een gezellige dikkerd. De vrouw van de dominee. Connie had de indruk dat ze stond te trappelen om Connies huis en hoofd binnen te dringen. Wellicht was ze van mening dat haar geloof het haar toestond om zo nieuwsgierig te zijn en zich met andermans leven te bemoeien. Connie had begrip voor die neiging: zelf was ze tijdens haar werkzame leven ook nogal nieuwsgierig geweest. Maar ze wist dat de vrouw goed voor Alice zorgde en daar was ze haar dankbaar voor. Het kind sprong overeind en rende naar haar moeder. De kinderen hadden waarschijnlijk buiten in de zon gespeeld; haar sproeten leken feller en ter hoogte van haar knie zat een moddervlek op haar broek. Even vroeg Connie zich af of ze geduwd zou zijn; ze dacht aan pesterijen, de haat en wreedheden die de kinderen van hun moeders hadden overgenomen. Zo mocht ze echter niet denken. Ze zou er nog paranoïde en gek van worden.

Ze pakte Alice' hand en leidde haar naar de tafel waar de tekeningen, de handafdrukken en de collages van ongekookte pasta lagen te drogen. De andere moeders waren om Elizabeth heen gaan staan en terwijl Alice haar eigen creaties bijeenzocht, begonnen stukjes conversatie zich een weg te banen naar het bewustzijn van Connie.

'Is Veronica er niet vandaag?'

Veronica was geen tante, maar de voorzitter van de oudercommissie. Zij vervulde een hoofdrol in Connies nachtmerries. Een slank roofdier met een Marks & Spencer-vest en felrode lippen. Ze was vaak in het dorpscentrum te vinden als de moeders kwamen, om hen te manen hun openstaande rekening te voldoen of te vragen taart mee te nemen voor een volgende goededoelenverkoop.

'Nee.' Elizabeth zei het rustig en beheerst. Connie vond het moeilijk te peilen wat de domineesvrouw nu werkelijk van Veronica vond. 'Ik wil ook even met haar praten. Ik loop op weg naar huis wel even bij haar langs. Met dit mooie weer is ze misschien wel in de tuin bezig. Volgens mij is Christopher momenteel voor zijn werk van huis.'

Mechanisch pakte Connie de tekeningen aan die Alice haar aanreikte. 'Prachtig,' zei ze. 'Als we thuis zijn, hangen we ze op in de keuken, goed?' Ze klonk afgeleid; ze wilde meer nieuwtjes over Veronica horen, en vond het voor deze keer geen straf om in de hal te blijven hangen. Maar het gesprek ging inmiddels over de toewijzing van plekken op school en een of ander evenement dat in het café stond te gebeuren. Veronica was vergeten en Connie vertrok weer, nog steeds Alice' hand vasthoudend, zonder iemand gedag te zeggen.

Nadat Connie uit de stad was vertrokken, had ze het kleine boerderijtje bij de rivier gehuurd; ze had vooral weg gewild, waarheen was niet zo relevant. Het huis was eigendom van vrienden van Franks ouders. Ze hadden er geen trek meer in om het tijdens vakanties te verhuren, had Frank verteld. En zelf maakten ze er geen gebruik van, omdat ze allebei nog werkten. Ze hadden het gekocht als investering, als spaarpotje voor hun oude dag, totdat de huizenmarkt instortte. Frank had Connie zelfs aangeboden bij hem thuis in te trekken toen de boel klapte. Voor Alice, had hij er snel achteraan gezegd, voor het geval Connie een verkeerde indruk mocht krijgen. Hij was na zijn scheiding weer opgekrabbeld, had een nieuwe vrouw leren kennen. Maar ze waren meer dan welkom in zijn logeerkamer, zolang de verslaggevers nog voor haar deur bivakkeerden. Ze was destijds zo wanhopig geweest dat ze bijna op het aanbod was ingegaan. Wellicht had Frank zich toch gerealiseerd dat hij met een paar ongenode gasten opgescheept zou zitten, want al snel had hij het huis in de Tyne-vallei voor haar geregeld. Connie kon hem horen aan de telefoon, tegenover zijn vrienden: je moet me helpen. Je hebt vast wel een plek waar ze kan logeren. Ja, ze mag het dan allemaal wel aan zichzelf te danken hebben, maar dat wil niet zeggen dat Alice eronder moet lijden. Als ik niets anders kan verzinnen, zullen ze bij mij moeten blijven pitten. Hij gebruikte nog steeds woorden als 'pitten'. Hij was artistiek directeur van een theater in Newcastle en zijn nieuwe vriendin was een jonge ontwerper.

Het huis, dat bekendstond onder de naam Mallow Cottage, zag er vanbuiten fraai uit. Ouderwetse stenen, een pannendak en een kleine tuin die grensde aan een beekje, dat voorbij de kleine brug overging in de rivier. Binnen was het donker en vochtig, maar daar kon Connie wel tegen. De eerste paar weken waren geweldig geweest. Ze had Alice bij de crèche aangemeld en was weer iets van een sociaal leven op gaan bouwen. De moeders, in elk geval de vrouwen die haar uitnodigden voor een kopje koffie, lieten hun kinderen naar de boerderij afreizen om met Alice te kunnen spelen. Connie had besloten haar meisjesnaam weer aan te nemen. Ze was al een tijdje gescheiden, dus Franks achternaam had voor haar geen betekenis meer. Misschien zou het haar lukken om in de anonimiteit te verdwijnen. Wellicht zou ze zelfs weer een baan kunnen vinden nu de publiciteitsstorm was gaan liggen. Ze had tenslotte geld nodig. Ze kon het niet eeuwig uitzingen met haar spaargeld en Franks vrijgevigheid. En misschien zou een baan ervoor zorgen dat de nachtmerries 's nachts weg zouden blijven.

Toen was dat artikel in een landelijke krant verschenen, waarin precies een jaar na dato werd stilgestaan bij Elias' dood. Een foto van een angstige, huilende Connie die de rechtbank verlaat. Plots was het gedaan met het bezoek dat op de boerderij kwam koffie leuten. Elizabeth uitgezonderd, wier motieven louter zakelijk waren. Alice werd nergens meer voor de thee uitgenodigd. Het gefluister en het geloer waren begonnen. Enkele vrouwen deden hun best om vriendelijk te blijven, maar Connie had al snel in de gaten dat Veronica Eliot de hetze tegen haar aanvoerde. Als je vriendschap met haar sluit, lijkt het alsof je haar daden goedkeurt. Is dat wat je wilt? Wil je dat iedereen denkt dat je zelf niet anders bent? Ik begrijp niet dat ze haar haar dochter niet afnemen. Kinderachtige, kleingeestige woorden, die uit de mond hadden kunnen komen van de aanvoerder van een groepje achtjarigen op het schoolplein, maar die wel effect sorteerden. Het was een ongeschreven regel. Niemand sprak Veronica tegen. En daarom werd Connie in de rij voor de deur van de crèche doodgezwegen, en werd ze nagestaard als ze op het postkantoor de kinderbijslag kwam ophalen.

De oude Connie zou zich dit niet zomaar hebben laten welgevallen. Luister nou eens een keer, stomme koe, en laat het me uitleggen. Maar na een jaar vol politieonderzoeken en rechtszaken was alle fut om terug te krabbelen verdwenen. Daarbij vond ze zelfmedelijden immoreel. Na de dood van Elias had ze dat recht verspeeld. Dus slofte ze door het dorp zonder te rekenen op enig contact, laat staan vriendelijkheid. Ze vermagerde. Soms wenste ze geheel te kunnen verdwijnen, en alleen nog zichtbaar te zijn voor Alice. Haar enige troost bestond uit de halve fles wijn die ze zichzelf toestond als haar dochter in bed lag. Ze was bijna verheugd als Alice in haar bed had geplast en naast haar kwam liggen; dan had ze tenminste iemand om vast te houden.

Ze waren net naar buiten gegaan, toen de bezoeker zich aandiende. Misschien had hij al die tijd al op de brug naar hen staan kijken, aan het zicht onttrokken door de boom. Op een van zijn tochtjes naar de boerderij had Frank een dik touw over een tak van de appelboom gegooid, die in een hoek van het tuintje aan de oever van het beekje stond. Alice gebruikte het touw als schommel. Ze zou in september naar school gaan en ze was groot en sterk voor haar leeftijd. In fysiek opzicht kende ze geen angst. Ze pakte het touw vast, zette het op een rennen en als ze zich dan van de grond afzette, vloog ze zowat naar de overkant van het water. Connie was wijs genoeg om hier geen opmerkingen over te maken. Ze mocht haar eigen angsten niet op haar dochter projecteren.

Maar ze draaide zich kortstondig om, zodat ze Alice niet hoefde te zien vliegen en beet op haar lip om niet te gaan schreeuwen. Doe voorzichtig lieverd, kijk toch uit.

Alice was ook nu aan het schommelen. De appelbloesem was aan het ontkiemen. De nieuwe bladeren waren felgroen en onttrokken de weg aan het zicht. Connie dronk de koffie die ze na de lunch had gezet. Toen had Alice 'Hallo!' geroepen naar iemand die Connie niet kon zien, waarna de vreemdeling bij het hek was verschenen. Hij bleef naar hen staan kijken. Connies eerste gedachte was dat hij een journalist was die hen op het spoor was gekomen. Dat was een van haar angsten, sinds ze naar de vallei waren verhuisd. De man was jong en had de glimlach van een geboren charmeur. Zeker weten een journalist. Hij droeg een rugzak over zijn schouder, waar heel goed een camera in kon zitten. Maar dankzij het gebreide hoedje leek hij ook op een wandelaar, dus misschien maakte hij alleen maar een tochtje langs de rivier.

'Kan ik u ergens mee helpen?' Ze zei het dermate vinnig dat Alice, die juist weer met haar beide benen op de grond was beland, haar vol verbazing aankeek.

Ook hij leek een beetje geschrokken. De glimlach verflauwde. 'Het spijt me, ik wil u niet tot last zijn.'

Toch geen persmuskiet, dacht Connie. Die verontschuldigden zich niet. Hoe charmant ze ook mochten zijn. Met een bescheiden handgebaar verontschuldigde zij zich ook. 'U verrast me. We krijgen niet vaak bezoek.'

'Ik ben naar iemand op zoek,' zei hij. Hij sprak beschaafd.

'Ja?' De argwaan was terug. Ze was gespannen, klaar om hem terecht te wijzen, mocht hij haar naam noemen of aanstalten maken het hek te passeren.

'Mevrouw Eliot. Veronica Eliot.'

'Aha.' Ze voelde opluchting, maar ook nieuwsgierigheid. Wat wilde deze man van Veronica?

'Kent u haar?'

'Ja,' antwoordde Connie. 'Uiteraard. Ze woont in het witte huis aan het einde van de straat. Net voorbij het kruispunt. Kan niet missen.' Toen hij even aarzelde alvorens zich weer om te draaien, voegde ze hieraan toe: 'Als u met de auto bent, kunt u op de parkeerhaven aan het einde van de weg keren.' Er was geen reden om niet behulpzaam te zijn. Bovendien was ze nieuwsgierig. Ze had geen auto gezien.

'Nee,' zei hij. 'Ik heb geen rijbewijs. Ik ben met de bus.'

‘Tjonge, dat noem ik nog eens moedig! U wilt vanavond nog terug?’

Hij glimlachte. Ze vond het lastig zijn leeftijd te schatten. Hij was zeker jonger dan zij, maar veel verder dan ergens tussen de achttien en de dertig kwam ze niet. Ze wist dat Veronica een volwassen kind had, een modelkind natuurlijk, dat geschiedenis studeerde in Durham. Maar diens vrienden zouden toch wel weten waar Veronica woonde?

‘Over een paar uur moet er een bus vertrekken naar Hexham,’ zei hij weifelend. ‘En als dat niet lukt, kan ik altijd nog een taxi nemen.’

‘Bent u familie?’ Ze realiseerde zich dat dit het eerste normale gesprek was dat ze in maanden had gevoerd. Ze hoopte het nog even te kunnen rekken. Hoe tragisch dat het zover heeft moeten komen, bedacht ze.

Hij twijfelde. Hij leek van zijn stuk gebracht door deze eenvoudige vraag. ‘Nee,’ zei hij eindelijk. ‘Niet echt.’

‘Ik denk overigens dat ze niet thuis is,’ zei Connie. ‘Toen ik eerder vandaag langsliep, heb ik haar auto niet op de oprit zien staan. En ik heb gehoord dat haar man Christopher op reis is voor zijn werk. Wilt u niet in mijn tuin wachten, met een kopje thee? Als Veronica de deur uit is voor de lunch, zal ze wel gauw weer thuiskomen. We kunnen vanuit hier haar auto zien rijden.’

‘Nou, als het niet te veel moeite is.’ Hij deed het hek open en betrad de tuin. Plots leek hij minder zenuwachtig, arrogant bijna. Heel even schoot Connie in paniek. Wat had ze gedaan? Ze had het gevoel dat ze het ongeluk in huis had gehaald. De jongeman ging naast haar op de afbladderende, witgeverfde houten bank zitten en wachtte beleefd af. Ze had hem een kopje thee aangeboden, dus hij rekende erop dat zij daarvoor zou zorgen. Maar de keuken lag aan de achterkant van het huis, vanwaar ze Alice niet in de gaten kon houden. Connie vond het ondenkbaar dat ze haar kind alleen zou laten met een vreemdeling.

‘Alice, kom maar mee. Jij kunt mooi de serveerster zijn en de koekjes dragen.’ Ze hoopte dat ze koekjes in huis had; het woord miste zijn uitwerking niet en Alice sjokte gedwee achter haar aan het huis in.

Ze zetten alles klaar op een dienblad. De theepot en de kopjes, het melkkannetje en de suikerpot. Sap in een beker voor Alice. Ik woon al te lang op het platteland. Nog even en ik word lid van de bond voor plattelandsvrouwen. Maar daar was weinig grappigs aan. De voorzitter van de plaatselijke afdeling was Veronica Eliot, en daarom was het ondenkbaar dat Connie welkom was, mocht ze het lidmaatschap al ambiëren. Ze liepen terug de tuin in. Connie droeg het dienblad, Alice kwam achter haar aan met een paar koekjes op een gebloemd bord.

Maar toen ze omliepen naar de zonnige kant van het huis, met het uitzicht op de weg en het water, was het witte bankje leeg. De jongeman was verdwenen.

4

Toen Vera klein was, was het Willows een statig hotel geweest, eigendom van een familie en beroemd in het hele land. Het was ook de plek waar ze eens met z'n drieën hadden geluncht; een van de spaarzame herinneringen die ze had aan haar moeder. Wellicht ter gelegenheid van haar moeders verjaardag. Ongetwijfeld op Hectors initiatief; haar vader was altijd gevoelig geweest voor status. Ze kon zich niet meer herinneren wat ze hadden gegeten. Ze vermoedde inmiddels dat het eten niet veel kon hebben voorgesteld: na-oorlogse, Britse keuken. Een te gare lap vlees met doodgekookte groente. Maar er was nog wel sprake geweest van enige stand. Een vrouw in een lang gewaad speelde op de vleugel in de hoek. Hector had op een luide en enigszins arrogante toon champagne besteld en haar moeder was na twee glazen al een beetje aangeschoten. Hector had uiteraard de rest opgedronken.

Het was van origine een groot landhuis, en nog altijd beschikte het over een door het weiland kronkelende oprit. Omdat het in een bocht van de rivier lag, kreeg je haast het gevoel dat het op een eiland stond, zeker in dit jaargetijde, als het waterpeil van de Tyne vanwege het smeltwater hoog was. Aan de oever stonden afgeknotte wilgen, inmiddels met hun wortels in het water. In deze contreien deed het verhaal de ronde dat hier een van de archeologen had gewoond die vanaf het begin betrokken was bij het werk aan de Muur van Hadrianus, en in de woonkamer en in de bibliotheek hingen vervaagde sepia foto's van opgravingen, mannen in plusfours en vrouwen in lange rokken.

Het hotel was onlangs in handen gekomen van een kleine keten waarvan het hoofdkantoor in het zuiden stond. De kelder was omgebouwd tot sportschool, en aan niets was nog af te zien dat het een oord voor de sterren en de zeer welgestelden betrof. Ze hadden godbetert Vera binnengelaten! Maar de pretenties waren niet helemaal verdwenen. De mannelijke restaurantbezoekers werden geacht in een jasje met das te verschijnen. Het meubilair was oud en versleten, maar ooit was het schitterend geweest.

In de sportschool hing nog de nodige spanning en er heerste een zekere mate van chaos, maar Vera had het gevoel alles onder controle te hebben en was gelukkiger dan ze in maanden was geweest. Laat al die lichaamsbeweging maar zitten – wat zij nodig had om zich weer mens te voelen was een interessante zaak.

Billy Wainwright, de forensisch expert, was gearriveerd om de plaats delict veilig te stellen. De stoom was uit de cabine verdreven, maar alle oppervlakten waren vochtig van de waterdamp. 'Je realiseert je hopelijk wel dat dit de meest waardeloze plaats delict is die ik ooit heb onderzocht? Hier gaan we geen enkele vingerafdruk vinden. Al is half Newcastle hier binnen geweest, dan nog zouden we er geen spoor van kunnen terugvinden.' Alsof Vera daar iets aan kon doen. Billy Wainwright, berucht vanwege zijn mooie vrouw die hij structureel bedroog. Een kei in zijn vak, maar een lul van een vent. Hoewel Vera een flink eind ervandaan stond, had ze, terwijl ze hem door de geopende deur aan het werk zag, beter zicht op de dode vrouw. Typisch een lid van deze sportschool. Goed gekapt, van middelbare leeftijd, met het lijf van een jonge vrouw. Aan het koordje van haar badpak zag ze een kluissleuteltje hangen.

'Wat is het kluisnummer op die sleutel, Billy?'

Hij tilde hem met zijn dikke, gehandschoende vingers behoedzaam op. 'Vijfendertig.'

Ze was ervan uitgegaan dat Taylor, de bedrijfsleider, hen alleen had gelaten. Hij had ongetwijfeld wel betere dingen te doen. Maar hij stond nog altijd aan de rand van het zwembad, waar hij in zijn pak en glimmende zwarte schoenen nogal uit de toon viel. Hij hield de walkietalkie weer aan zijn oor. Ze liep naar hem toe en wachtte ongeduldig tot hij zijn gesprek beëindigd had.

'Sorry,' zei hij. 'Ik moet een paar bijeenkomsten omgooien, zodat we de foyer kunnen vrijhouden voor de getuigen. Er vindt hier ook een congres van personeelsmanagers plaats.'

'Ik ga ervan uit dat u een loper hebt die op de kluisjes past?'

'Ja.'

'Nou, wilt u die dan even gaan halen?' Waarom deed ze zo onvriendelijk tegen hem? Hij was zeer behulpzaam geweest. Misschien kwam het door het feit dat hij hun niet in alle rust hun werk liet doen. Het feit dat hij overduidelijk genoot van zijn rol in het onderzoek, hoewel hij slechts een buitenstaander was. Ik heb het recht hier opgewonden van te raken, dacht ze, want dit is mijn leven. Hij is op z'n hoogst een soort voyeur.

Eindelijk liep hij nu weg bij het zwembad, door de kleedruimten naar de balie achter de tourniquets. Boven haar, in de foyer, weerklonken de geanimeerde gesprekken, het gerinkel van koffiekopjes. Ashworth had een paar agenten opgetrommeld om hem te helpen met de verklaringen, maar het was wel duidelijk dat het allemaal niet vlot ging. Zoals Vera al had verwacht, beschouwden veel bejaarden het als gratis vermaak; ze hadden absoluut geen haast om te vertrekken. Taylor sprak de vrouw achter de balie aan.

'Mag ik de loper van de kluisjes, mop?'

Het kwam eruit alsof hij een kind toesprak; Vera dacht dat als hij haar ooit zo betuttelend zou toespreken, ze hem een dreun zou verkopen. De vrouw achter de balie was ouder dan hij. Ze kon zomaar dik in de veertig zijn, al deed ze haar best het verval een halt toe te roepen. Zwart haar en zwaar opgemaakte ogen. Volgens haar naamplaatje heette ze Karen.

'Werkt uw zoon hier tijdelijk als schoonmaker?' vroeg Vera.

Karen had zich omgedraaid om de sleutel te pakken die aan een haakje achter haar hing. 'Hoezo? Wat heeft hij hiermee te maken?'

'Waarschijnlijk niets. Maar ik wil even met hem praten. Werkt hij vandaag?'

Karen legde de sleutel op de balie. 'Hij doet de late diensten. Hij is hier niet voor vieren.'

'Ik heb geen haast,' zei Vera kalm. 'Ik spreek hem tegen die tijd wel.'

Een vrouwelijke agent in uniform bewaakte de ingang naar de kleedkamer, en dat was het punt dat Vera Taylor wegstuurde. 'Ik wil u niet langer ophouden. Ik red het wel.' Ze had het idee dat hij zou gaan tegensputteren, maar hij wist zichzelf net op tijd te beheersen en glimlachte alleen maar. Toen hij de trap op liep, zag ze de reflectie van het licht in de gepoetste hiel van zijn schoenen.

Vera herkende de agente bij de deur, maar kon zich haar naam niet meer herinneren. 'Is alles veiliggesteld daarbinnen?'

'Ja.'

'Heeft Billy Wainwright alles bekeken?'

'Voor zover dat zin had, zei hij.' De vrouw glimlachte er teder bij, wat Vera zich deed afvragen wat het toch was met die man. Hij was niet eens erg knap. Hij was vast aardig, bedacht ze. Kon goed luisteren. Wellicht zat de aantrekkingskracht daarin.

'Ik ben al in de kleedkamer geweest,' zei Vera. 'Je kunt me dus net zo goed binnenlaten.'

De agente haalde haar schouders op. Vera was de baas, bovendien was het allemaal niet haar probleem.

In de kleedkamer stond de tv die hoog aan de muur hing nog aan. Sky News zond beelden uit van de Amerikaanse president die met zijn vrouw op een of andere exotische bestemming op staatsbezoek was. Afrikaanse kinderen in stijve witte overhemden, vrouwen gehuld in bontgebatikte gewaden. Het kluisje van de dode vrouw lag praktisch naast het kluisje dat Vera die dag gebruikt had. Ze trok een nieuw paar handschoenen aan. Het slot was stroef en heel even vroeg ze zich af of ze de kluis wel open zou krijgen. Toen ze haar schouder tegen de deur zette, duwde ze net zolang totdat het mechanisme in werking schoot. De deur zwaaide open.

Vera keek aanvankelijk alleen maar, zonder iets aan te raken. De kleren waren netjes opgevouwen. Een rok met bloemmotief, een wit overhemd dat bijna zo smetteloos was als de overhemden die de kinderen op de tv hadden gedragen, een blauwe katoenen trui. Wit kanten ondergoed dat er zo fris uitzag dat het net uit de verpakking leek te komen. Hoe speelden vrouwen dat klaar? Vera's ondergoed was na één keer wassen al grijs. En zelf zou ze nooit zoiets charmants aanschaffen. Onder de kleding stond een paar sandalen. Je kon gewoon zien dat ze lekker liepen, zacht maar stijlvol leer, een bescheiden hak, gevlochten leer dat ter hoogte van de enkel was vastgemaakt. Schoeisel dat Vera in nog geen miljoen jaar aan haar voeten zou doen.

Op de tv werd het weerbericht voorgelezen door een jonge vrouw met een hijgerige stem. De komende dagen zouden ongewoon zacht en zonnig worden voor de tijd van het jaar. 'Heerlijk lenteweer.' Vera draaide zich heel even om en zag een afbeelding van dikke lammeren en jonge katjes. De boeren die het stuk grond naast haar uitbaatten, waren nog steeds aan het lammeren. Zo ver noordelijk in de heuvels viel die periode altijd wat later.

Geen handtas. Dat leek Vera vreemd. Had niet iedere vrouw immers een handtas bij zich? Zelfs Vera vervoerde haar bezittingen in een canvas boodschappentas. Wel vond ze een damestasje, verstopt in een van de mouwen van de blauwe trui. Had de vrouw haar handtas in de auto laten liggen, omdat die te groot was voor het kluisje? Aan een hoek van het damestasje zat met een metalen clip een sleutelbos bevestigd. Toen ze het tasje openmaakte, vond ze de lidmaatschapspas van de vrouw. De foto was klein en korrelig, maar de afbeelding was onmiskenbaar van het slachtoffer. Ze hadden een naam.

Jenny Lister, eenenveertig jaar. Vera had haar een paar jaar jonger geschat. Ze woonde in een dorpje in de Tyne-vallei, Barnard Bridge, nog geen tien kilometer verderop. Heel fraai, dacht Vera, en bovendien geheel volgens verwachting. Maar waarom vermoordde iemand een vrouw van middelbare leeftijd uit een welvarende gemeenschap op het platteland van Northumbrië?

Ze bestudeerde de inhoud van het tasje. Een paar pinpassen en creditcards, allemaal met dezelfde naam erop, en twintig pond in contanten. Op een van de creditcards werd ze aangeduid als mevrouw Jenny Lister. Er was dus een echtgenoot, of in elk geval geweest. Als ze nog samen waren, zou hij nu wel op zijn werk zijn. Vera keek op haar horloge. Het was inmiddels na drieën. Misschien had het stel tijdens het ontbijt de dag doorgenomen. Hij had er nu geen benul van wat zijn vrouw was overkomen, zou zich niet druk maken om haar veiligheid. Tenzij hij degene was die haar gevolgd was en gewurgd had, natuurlijk.

Boven in de foyer waren Ashworth en zijn collega's bijna klaar met het afnemen van verklaringen van de deelnemers aan de aquarobicsles. Hij had zich in een klein kamertje geïnstalleerd en riep iedereen een voor een bij zich, noteerde hun contactgegevens, vroeg hen of ze in de stoomcabine waren geweest en of ze iets verdachts hadden gezien. Op het naambordje op de deur van de kamer stond: RYAN TAYLOR, ASSISTENT-BEDRIJFSLEIDER.

'Wie is de bedrijfsleider?' vroeg Vera, even van haar stuk gebracht. 'De grote baas?'

'Een vrouw genaamd Franklin. Ze is op reis. Marokko.'

'Lekker zeg.' Het kwam er als vanzelf uit, maar Vera wist dat ze eigenlijk een hekel had aan reizen. Ze kreeg altijd uitslag van de warmte.

Ashworth was alleen en werkte de aantekeningen van zijn laatste ondervraging bij.

'We hebben een naam,' zei Vera. 'Jenny Lister. Woont in Barnard Bridge.'

'Die zit dus goed in de slappe was.' Ashworth keek op van zijn notities.

'Ik wilde er nu even een kijkje gaan nemen. Wellicht heeft ze schoolgaande kinderen. Ik vertel hun liever rechtstreeks wat er is gebeurd, voordat ze in paniek vriendinnen gaan bellen om erachter te komen waar ze uithangt.'

'Prima,' zei Ashworth. 'Wil je dat er iemand met je meegaat?'

'Ik denk dat ik het zelf wel kan vinden.' Vera was zich ervan bewust dat het niet haar taak was om zich te bemoeien met de woning en de naasten van het slachtoffer. Tijdens elk beoordelingsgesprek kreeg ze te horen dat haar functie een zuiver strategische was. Je moet eens leren delegeren, inspecteur. Maar ze was beter in dit soort dingen dan al haar teamleden, dus wie schoot er iets mee op als ze deze taak zou overlaten aan een minder bekwame rechercheur?

'Wat wil je dat ik doe als ik hier klaar ben?'

'Het personeel ondervragen,' antwoordde Vera. 'Dat was ik van plan, maar bij nader inzien ga ik liever naar haar huis. Dat daar is Lisa. Ze lijkt me een nogal nerveus type. Wie weet zit ze ergens mee. De vrouw achter de balie heet Karen. Ze heeft een zoon, een student, die hier in de paasvakantie tijdelijk schoonmaakt. Probeer ook hem te spreken te krijgen. We moeten nagaan of hij gisteravond de stoomcabine heeft schoongemaakt. De mogelijkheid bestaat dat het lijk hier de hele nacht heeft gelegen. Dat ligt niet voor de hand, want je zou verwachten dat iemand de vrouw voor die tijd al zou hebben gemist, maar we moeten hoe dan ook met hem praten. Probeer erachter te komen of iemand zich het slachtoffer kan herinneren. Taylor kan je wel helpen om de foto op haar lidmaatschapspas te reproduceren. Ze worden hier ter plekke gemaakt als je je aanmeldt als lid. Ze staan vast ergens in de computer.'

'Ben jij lid?' Ashworth grijnsde.

Vera negeerde de vraag. 'Laat haar foto rondgaan onder het personeel om te zien of iemand haar kent. En zeg tegen Holly dat haar computernerd moet uitvogelen hoe laat Jenny hier vanochtend heeft ingecheckt.' Ze haalde een autosleutel van de sleutelbos die aan Jenny's tasje had gezeten. 'En als je het personeel hebt gesproken, ga dan op zoek naar haar auto. Neem een forensisch expert mee. Die zal de auto beschouwen als een plaats delict. Ik denk dat de handtas van het slachtoffer er nog in ligt. Laat het me weten als dat zo is.'

'Ik zal mijn vrouw laten weten dat het een latertje wordt.' De woorden waren sarcastisch bedoeld, maar Vera sloeg er geen acht op.

'Oké. Als ik bijtijds klaar ben, zie ik je hier weer. Anders bel ik je wel even. Morgenochtend vroeg vergadering op het bureau. Is er al een crisisruimte ingericht?'

'Daar is Holly mee bezig. Charlie heeft me hier geholpen met de verklaringen.'

Vera knikte. Het leek haar verstandig om Holly er de volgende dag maar eens op uit te sturen. Ze was geen strenge baas. Niet echt. Ze was zich ervan bewust hoe belangrijk het was om haar ondergeschikten tevreden te houden. Toen ze het parkeerterrein overstak, merkte ze dat ze uitgehongerd was. Ze had voor het zwemmen bij Gregg's een kaaspasteitje gehaald, dat nog altijd in een zak op de bijrijdersstoel in haar auto lag. Het was na een hele dag in de zon een beetje vettig en lauw, maar er zat geen vlees in, niets wat kon bederven. Ze verorberde het met smaak en reed toen in zuidwestelijke richting naar de Tyne.

Barnard Bridge lag ten westen van het hotel, op weg naar Cumbria. Het lag in een regio waar Vera niet erg bekend was. Ze was zelf opgegroeid in de heuvels, en de meeste misdaden in haar district werden gepleegd in de stad of in de negentiende-eeuwse dorpen aan de zuidoostkust van het land. De boerderijen in de dorpen en gehuchten waren opgekocht door yuppen op zoek naar het goede leven, milieufanaten die er geen been in zagen hun groene voornemens te combineren met het forenzen over de A69, naar Newcastle, Hexham of Carlisle. Het was een plek voor boerenmarkten, onafhankelijke boekwinkels en schrijvers. Een vleugje Zuid-Engeland, overgewaaid naar het noorden. Dat was althans Vera's indruk. Maar zij had dan ook een vooroordeel zo groot als Kielder Forest. Wat wist zij er nu van? Ze had zich nooit op haar gemak gevoeld tussen de intellectuelen.

5

Het huis was kleiner dan Vera had gedacht. Het was een rijtjeshuis aan de hoofdweg door het dorp. Ze parkeerde pal voor de deur. Het was vijf uur en stil op straat. De supermarkt op de hoek was nog open, maar Vera zag geen klanten. Om deze tijd zaten de kinderen aan de thee, en de forensen zaten nog op hun werk of waren nog onderweg naar huis. Ze klopte aan, in de veronderstelling dat niemand open zou doen, maar vrijwel direct hoorde ze voetstappen en de klik van het slot dat werd ontgrendeld.

'Je sleutel weer vergeten?' De woorden werden al uitgesproken voordat de deur goed en wel open was gezwaaid. Achter hen klonk gelach. 'Jezus, mam, je bent echt hopeloos.' Toen het meisje Vera zag, zweeg ze en glimlachte.

'Sorry, ik dacht dat het iemand... Kan ik iets voor u doen?'

'Is jouw moeder Jenny Lister?'

'Ja, maar die is op dit moment niet thuis.'

'Ik ben van de politie. Ik denk dat je me maar beter even binnen kunt laten.' Ze zag de paniek die zich nu eenmaal onvermijdelijk bij mensen manifesteert zodra er onverwacht een agent op de stoep staat. Het meisje deed een stap naar achteren om haar binnen te kunnen laten en volgde Vera toen door de nauwe gang, terwijl ze haar torpedeerde met vragen.

'Wat is er aan de hand? Heeft ze een ongeluk gehad? Bent u hier om me naar het ziekenhuis te brengen? Moeten we dan niet meteen weg?'

Vera nam plaats aan de tafel in de keuken, die aan de achterzijde van het huis lag. De gele muren werden verlicht door de laaghangende zon. Ook dit was niet zoals Vera het zich voorgesteld had. Ze had gedacht dat Jenny een huisvrouw zou zijn geweest die dankzij haar hardwerkende echtgenoot baadde in weelde, maar ze leek eerder in een studentenwoning te zijn beland. De keuken keek uit op een kleine tuin, de zondagskranten lagen nog op tafel, op het aanrecht stond een halflege fles rode wijn met de kurk weer in de hals gedrukt.

'Woon je hier alleen met je moeder?' vroeg Vera. Op het prikbord aan de muur waren een paar foto's bevestigd. Het slachtoffer met dit meisje, allebei lachend naar de camera. Er bestond dus geen enkele twijfel over de identiteit van het slachtoffer, wat Vera ineens intens droevig stemde. Het was naar de foto's te oordelen een aardige vrouw geweest. Normale vrouwen konden tenslotte ook lid worden van sportscholen.

'Ja, mijn pa is hem gesmeerd toen ik nog klein was.' Het meisje had rood haar en de matte, romige huidskleur die daar zo vaak bij leek te horen. Ze droeg een spijkerbroek en een lange katoenen trui met bloemmotief. Blote voeten. Ze was zo mager dat het lastig was haar leeftijd te schatten. Eindexamenleeftijd misschien. Maar vriendelijk en beleefd. Geen puberale woede waar je de laatste tijd zoveel over las. Ze stond nog altijd tegen de vensterbank geleund en keek naar buiten.

'Ga zitten,' zei Vera. 'Hoe heet je, lieverd?'

'Hannah.' Het meisje koos een stoel tegenover Vera. 'Wilt u me alstublieft vertellen wat er aan de hand is?'

'Ik vrees dat ik het niet mooier kan maken dan het is, lieverd. Je moeder is dood.' Vera boog zich voorover en legde Hannahs handen in de hare. Het leek haar zinloos erachteraan te zeggen hoe erg ze het vond. Wie had daar iets aan? Zelf was ze nog jonger geweest dan deze meid toen haar eigen moeder overleed. Maar zij had toen tenminste nog steun gehad van Hector. Hector was weliswaar een egoïstische klootzak geweest, maar dat was nog altijd beter dan helemaal niemand op wie je kunt terugvallen.

'Nee!' Het meisje keek haar aan alsof ze medelijden had met Vera, vanwege de blunder die ze zojuist had begaan. 'Mijn moeder is niet ziek. Ze is heel gezond voor haar leeftijd. Ze zwemt, doet aan pilates, ze danst. Ze is net begonnen met een cursus flamencodansen.' Ze zweeg. 'Een auto-ongeluk dan? Maar ze rijdt heel behoedzaam. Ze is een neurotische chauffeur. U hebt waarschijnlijk de verkeerde persoon voor zich.'

'Is ze lid van de sportschool in het Willows?'

'Ja, dat heb ik voor haar geregeld. Ongeveer twee jaar geleden werd ze veertig. Ik wilde haar iets bijzonders geven, dus heb ik het schuldgevoel van mijn vader wat gemasseerd en bij hem het geld losgepeuterd.' Eindelijk leek het meisje te beseffen wat ze te horen had gekregen, vol afschuw staarde ze Vera aan.

'Ze is geen natuurlijke dood gestorven.' Vera keek haar aan om te zien of haar woorden tot haar doordrongen en zag de tranen geluidloos over de perfecte wangen rollen. Het meisje leek geen woord meer te kunnen uitbrengen en Vera verduidelijkte: 'Ze is vermoord, Hannah. Iemand heeft haar om het leven gebracht. Dit is zwaar. Bijna onmenselijk, maar toch moet ik je een paar vragen stellen. Het is mijn taak om de dader te pakken. En hoe sneller ik meer informatie krijg, hoe sneller ik dat voor elkaar heb.'

'Mag ik haar zien?'

'Uiteraard. Ik wil je wel een lift geven naar het ziekenhuis als je dat wilt. Maar dat kan pas vanavond, misschien morgen.'

Hannah zat tegenover Vera met haar rug naar het raam. De zon verlichtte haar haar als een aureool.

'Wil je dat ik je vader vraag of hij hierheen komt?' Ze kon het maar het beste volgens het boekje afhandelen.

'Nee. Die zit in Londen. Daar woont hij tegenwoordig.'

'Hoe oud ben je, Hannah?'

'Achttien.' Ze antwoordde direct, te zeer uit het veld geslagen om Vera's recht op het stellen van die vraag in twijfel te trekken.

Ze was dus volwassen. Een oppas was niet nodig. Formeel gezien dan. Maar alles in ogenschouw genomen, leek ze nog een kind. 'Is er iemand anders die je graag zou zien? Een familielid?'

Ze keek haar aan. 'Simon. Haalt u alstublieft Simon.'

'En wie is hij?'

'Simon Eliot. Mijn vriend.' Ze zweeg. Toen, ondanks haar verdriet en verwarring, corrigeerde ze zichzelf, wat haar zichtbaar enige troost gaf. 'Mijn verloofde.'

Vera moest een glimlach onderdrukken. Het leek wel alsof ze vadertje en moedertje speelden. Wie trouwden er tegenwoordig nog zo jong? Maar haar toon bleef ernstig. 'Woont in de buurt zeker?'

'Zijn ouders wonen in dat grote witte huis aan de andere kant van het dorp. U bent er vast langsgekomen op weg hiernaartoe. Hij studeert in Durham. Hij is hier vanwege de paasvakantie.'

'Waarom bel je hem niet even? Vraag of hij langs kan komen. Of wil je liever dat ik met hem praat?' Vera dacht dat de ouders van de jongen Hannah eventueel onder hun hoede konden nemen, mocht er verder niemand anders blijken te zijn. In elk geval totdat ze contact hadden weten te leggen met haar vader en hem vanuit Londen hadden laten overkomen. Hannah had haar mobieltje al tevoorschijn gehaald en drukte op wat toetsen. Op het laatste moment, vlak voordat hij zou overgaan, gaf ze hem aan Vera. 'Vindt u het erg? Ik kan er niet over praten. Wat moet ik zeggen?'

‘Hé schatje.’ Een zwaardere stem dan Vera had verwacht, warm en sexy. Het schoot haar te binnen dat nog nooit iemand op zo’n toon tegen haar gesproken had.

‘Je spreekt met inspecteur Vera Stanhope van het politiekorps van Northumbrië. Er heeft zich een onverwacht sterfgeval voorgedaan. Het betreft Hannahs moeder. Hannah heeft me gevraagd contact met je op te nemen. Ik vroeg me af of je in de gelegenheid bent naar haar toe te gaan. Ze kan wel wat steun gebruiken.’

‘Ik kom eraan.’ Hij had al opgehangen. Geen half werk. Het deed Vera genoegen te merken dat Hannah het niet met een of andere klojo had aangelegd.

‘Hij is onderweg,’ zei ze.

Terwijl ze op hem wachtten, zette Vera thee. Ze snakte naar thee, en de pastei had haar honger niet bepaald verdreven. Dit leek haar een huishouden waar ze koekjes hadden. Misschien wel zelfgemaakte taart.

‘Wat deed je moeder voor de kost?’ Ze had de waterkoker aangezet en draaide zich weer om naar Hannah, die nog altijd doelloos voor zich uit staarde. Het huis verschafte haar geen aanwijzingen, Vera kon nergens iets uit afleiden, maar ze gokte op iets kunstzinnigs. De inrichting van het huis – de meubels, het servies, de schilderijen – had niet veel gekost, maar alles was met zorg bij elkaar gezocht.

Hannah tilde traag haar hoofd op. Het leek alsof het uren had gekost om de vraag te laten doordringen, en dat haar zojuist te binnen was geschoten hoe die ook weer luidde. ‘Ze zat in de hulpverlening. Pleegouderschap en adoptie.’

Vera moest haar denkbeelden bijstellen. Ze had nooit veel opgehad met hulpverleners. Het waren ofwel bemoeizuchtige regelaars die het anderen onmogelijk maakten een normaal leven te leiden, ofwel nutteloze dweilen. Toen haar eigen moeder overleed, had ze bezoek gehad van een maatschappelijk werker, hoewel ze destijds nog niet zo werden genoemd. Gezinsvoogd heette het toen nog. Hector had het mens om zijn vinger gewonden en gezegd dat hij uiteraard prima in staat was om voor zijn dochter te zorgen, waarna de vrouw zich niet meer had laten zien. En hoewel Hector toch onmogelijk een ideale vader genoemd kon worden, vroeg Vera zich af of alles met de komst van een maatschappelijk werker zoveel beter zou zijn afgelopen. Ze kon zich een reactie besparen toen er werd aangeklopt en Simon zichzelf binnenliet. Hij moest over zijn eigen sleutel beschikken. Die gedachte schoot door haar hoofd op het moment dat ze de jongeman Hannah zag omhelzen.

En hoewel het niet erg relevant was, omdat Jenny niet in haar eigen woning om het leven was gebracht, maakte dit hem op een of andere manier onderdeel van het gezin, en ze vond de gedachte dat de twee verloofd waren, op slag minder raar.

Hij was gebruind en groot en torende boven Hannah uit. Geen standaard knappe jongen, dacht Vera. Mollig, een nerdy bril, onmogelijk grote voeten. Maar er was sprake van chemie tussen de twee, zelfs nu het meisje in rouw gedompeld was, die Vera naar adem deed happen en haar een duistere en onheilspellende steek van jaloezie bezorgde. Ik heb zoiets in mijn leven nog nooit ervaren, en dat zal waarschijnlijk ook nooit meer gaan gebeuren. Hij ging op een van de keukenstoelen zitten, nam Hannah op schoot en begon haar haar uit haar gezicht te strijken, alsof ze een klein meisje was. Het was een dermate intiem gebaar dat Vera zich kortstondig gedwongen zag haar hoofd af te wenden.

De student richtte zijn aandacht op Vera en knikte haar bijna onmerkbaar toe. 'Ik ben Simon Eliot, Hannahs verloofde.'

'Wat vond Jenny van jullie verloving?' Ze moest hen aan de praat krijgen, het was niet te missen dat de twee gek op elkaar waren. Ook voor Jenny moet dit onmogelijk te negeren zijn geweest.

'Ze vond ons er nog te jong voor.' Hannah liet zich van Simons knie af glijden en ging op de stoel naast hem zitten, maar liet haar hand op zijn been rusten. 'We wilden aanstaande zomer gaan trouwen, maar zij heeft ons aangeraden te wachten.'

'En waren jullie dat met haar eens?'

'Uiteindelijk wel. We wachten in elk geval totdat Simon is afgestudeerd. Over een jaar. Dat lijkt nu een eeuwigheid, maar als je het grote geheel bekijkt...'

'Waarom willen jullie überhaupt trouwen?' vroeg Vera. 'Waarom gaan jullie niet gewoon samenwonen, zoals iedereen?'

'Dat is het hem nou juist!' Heel even leek Hannah de dood van haar moeder te zijn vergeten. Haar ogen gloeiden. 'We zijn niet zoals iedereen. Wat wij samen hebben, is heel bijzonder. We wilden dat op een bijzondere manier bezegelen. We wilden de wereld laten weten dat wij de rest van ons leven samen willen blijven.'

Vera bedacht dat Hannahs ouders tijdens hun bruiloft soortgelijke beloften hadden uitgesproken, maar dat hun huwelijk de geboorte van hun dochtertje amper had overleefd. Zij waren waarschijnlijk ook zo idealistisch, toen ze eraan begonnen. Maar Hannah was jong en romantisch ingesteld en het zou wreed zijn om haar dromen door te prikken. Op dit moment was deze student de enige op wie ze kon rekenen.

'Maar Jenny had niets tegen Simon?'

'Natuurlijk niet! We konden het allemaal heel goed met elkaar vinden. Mam was gewoon heel voorzichtig. Nadat mijn vader ervandoor is gegaan, zijn we met z'n tweeën achtergebleven. Ik denk dat ze moeite had te accepteren dat er iemand anders in mijn leven was.'

Vera richtte zich tot de man. 'En jouw ouders, wat vonden die van je voornemen om al zo jong te trouwen?'

Hij haalde kort zijn schouders op. 'Ze waren niet dolenthousiast. Maar ze zouden wel zijn bijgetrokken.'

'Simons moeder is een snob,' zei Hannah. 'De dochter van een maatschappelijk werker leek haar niet bepaald de ideale bruid voor haar zoon.' Ze glimlachte om te laten zien dat ze het niet kwaad bedoelde.

Het viel even stil. Het had er wat Vera betreft de schijn van dat ze geen van drieën over de moord op Jenny Lister wilden praten. Ze wilden nog even doen alsof er niets was gebeurd, dat het enige ongemak in hun leven bestond uit een vaag gevoel van ontevredenheid dat hun ouders hadden naar aanleiding van een vroeg huwelijk.

'Wanneer heb je je moeder voor het laatst gezien?' vroeg Vera, op nog steeds dezelfde toon – de nieuwsgierige buurvrouw.

'Vanochtend,' antwoordde Hannah. 'Aan het ontbijt. Ik ben op tijd opgestaan om samen met haar te kunnen eten. Ik heb paasvakantie, maar ik wilde eens serieus werk gaan maken van mijn examen. Ik wilde Simons ouders laten zien dat ik wel degelijk hersenen heb, ook al wil ik naar de kunstacademie en niet naar een of andere chique universiteit.'

'Heeft ze verteld wat ze vandaag ging doen?'

'Ja, ze zei dat ze voor haar werk wilde gaan zwemmen. Ze draait veel avonddiensten, daarom hoeft ze niet om negen uur te beginnen.'

'Weet je of er iets specifieks was waarvoor ze naar haar werk moest?' Het leek Vera verstandiger het tijdstip van Jenny's overlijden af te leiden aan de hand van haar aankomsttijd in de sportschool, dan te wachten op de bevindingen van de patholoog.'

'Een vergadering, om halfelf dacht ik. Ze had een sessie gepland met een student die ze begeleidde.'

'Waar werkte Jenny?'

'Het regiokantoor in Blyth.'

Vera keek haar verbaasd aan. 'Dat is een flink stuk rijden elke dag!'

'Dat vond ze niet erg. Ze zei dat het de nodige afstand schiep tussen privé en werk en omdat ze verantwoordelijk was voor de hele regio, moest ze op sommige dagen sowieso hier in de buurt zijn.' Er viel een stilte, en toen keek Hannah Vera recht in de ogen. 'Hoe is ze overleden?'

'Dat weet ik niet. Daarvoor zullen we de resultaten van het onderzoek moeten afwachten.'

'Maar u moet toch iets meer weten?'

'Ik vermoed dat ze is gewurgd.'

'Ik ken niemand die mijn moeder iets zou willen aandoen.' Het meisje sprak met overtuiging, dezelfde overtuiging waarmee ze haar gevoelens had uitgesproken over de man naast haar. 'Het moet een vergissing zijn geweest. Of het werk van een gestoorde. Mijn moeder was een goed mens.'

Terwijl ze het huis verliet, bedacht Vera dat goedheid een concept was dat ze niet helemaal begreep.

6

Soms dacht Joe Ashworth dat hij wel een heilige moest zijn, omdat hij het uithield met Vera Stanhope. Zijn vrouw versleet hem in elk geval voor gek dat hij de late avonden en de vroege ochtenden accepteerde en op afroep naar het huis van Vera in de heuvels draafde: 'Alleen maar omdat zij geen gezinsverantwoordelijkheden heeft, geen leven heeft naast haar werk, wil dat niet zeggen dat je alles maar kunt laten vallen en naar haar toe kunt rennen.' Ashworth had geprobeerd het met een grapje af te doen: 'In elk geval hoef je niet bang te zijn dat er tussen ons iets zal opbloeien!' Vera was twintig jaar ouder dan hij, bovendien was ze dik en was haar huid schilferig van het eczeem. Zijn vrouw had hem verbaasd aangekeken, haar grote ogen zwevend boven de rand van haar kop warme chocolademelk, die ze elke avond klaarmaakte om beter in slaap te kunnen vallen. Ze hoefde niet bang te zijn dat ze te veel zou aankomen. Ze was net gestopt met borstvoeding geven en de kinderen hielden haar wel bezig. 'Jij mag dan niets zien in de inspecteur, maar wie weet heeft ze wel een oogje op jou!' Daarop was Ashworth in de lach geschoten, hoewel het idee hem deed huiveren. Soms keek zijn baas hem door halfgeopende ogen op een typische manier aan; dat waren altijd momenten waarop hij zich afvroeg waar ze aan dacht. Zou ze ooit seks hebben gehad? Daar kon hij toch bezwaarlijk naar informeren, hoewel ze hem soms zeer persoonlijke vragen stelde, op het onbeschofte af.

Deze keer had ze de leiding over het onderzoek in de sportschool en het hotel aan hem overgedragen en ze was zelf naar de Tyne-vallei vertrokken om in het privéleven van het slachtoffer te kunnen neuzen. Dat was helemaal haar taak niet, en bovendien een klusje dat ze prima aan een ondergeschikte uit haar team had kunnen overlaten. Zijn vrouw opperde geregeld het voorstel om bij een andere afdeling te solliciteren – niet per se om hogerop te komen; een stap opzij zou ook goed zijn voor zijn ontwikkeling. Dit was zo'n moment dat Ashworth dat helemaal niet zo'n gekke gedachte vond.

Hij zag Lisa, de jonge vrouw die Vera had uitverkozen tot haar hulpje ter plaatse, in de foyer van het hotel, die nu eindelijk leeg was; alle bezoekers van de sportschool waren ondervraagd en naar huis gestuurd, en op een vel papier op de deur stond met grote letters te lezen dat de sportschool de komende vierentwintig uur gesloten zou zijn 'wegens onvoorziene omstandigheden'. Hij was van mening dat Vera wat Lisa betrof haar boekje te buiten gegaan was – het was onprofessioneel en niet netjes van haar geweest om het meisje een kijkje te gunnen in de stoomcabine, alleen om zelf een paar minuten eerder klaar te kunnen zijn met de identificatie.

De foyer leek bestierd te worden door een jonge vrouw met een Pools accent. Ze was gehuld in een zwarte jurk en droeg platte schoenen. 'Kan ik iets te drinken voor u halen?' Hij informeerde bij Lisa of ze koffie wilde en toen haar latte werd gebracht, voorzien van kleine, ronde, huisgemaakte koekjes, ging Lisa voorover zitten en ze vouwde haar handen om de mok. Ze had een beetje opgeschuimde melk op haar bovenlip. Het moet haar opgevallen zijn dat het zijn aandacht trok, want ze begon te blozen en veegde snel met haar servet haar mond af.

De indeling van de foyer leek op die van een van de monumenten waar Joe's vrouw hem een keer naartoe had gestuurd, voor de geboorte van de kinderen. Een donkere, geboende houten vloer met in het midden een vierkant tapijt. Het geweven kleed was rood en voelde bijna net zo stevig aan als de vloer, en op sommige plekken was het dermate versleten dat het patroon geheel was vervaagd. Aan de muur hingen schilderijen in grote vergulde lijsten. Voornamelijk portretten van mannen met pruiken en vrouwen in lange gewaden. Grote leren chesterfields tegen de muur en gebloemde stoelen die om tafels met dunne poten heen stonden. In één muur was een enorme open haard gemetseld, die echter niet brandde vandaag, ook de grote radiatoren stonden niet aan, waardoor het bij binnenkomst kil aanvoelde. In de ruimte rook het vaag naar stof.

Op de tafels prijkten de lege koffiekopjes en de witte bordjes met daarop de restanten van de broodjes die de bejaarden hadden genuttigd. Er stonden koffiepotten en schalen gevuld met suikerklontjes. De vloer was bezaaid met korsten en kruimels. Aan de andere kant van de ruimte maakte een vrouw van middelbare leeftijd aanstalten om met schoonmaken te beginnen.

'Bedankt voor je hulp,' zei hij. Lisa's dienst zou er inmiddels wel opzitten. Ze zaten in een hoek en zijn woorden leken door de hele ruimte te weerkaatsen.

Ze draaide haar ogen omhoog om hem aan te kunnen kijken. 'Graag gedaan.'

'Het slachtoffer heet Jenny Lister,' zei hij. 'Zegt die naam je iets?'

Ze schudde haar hoofd. 'Ze heeft nooit een van mijn lessen bezocht. Maar ik geef voornamelijk bewegingslessen aan vijftigplussers en daar leek ze me nog te jong voor.'

'Klopt,' zei hij. 'Het spijt me dat mijn baas je naar haar heeft laten kijken.'

'Omdat ze me niet heel oud leek,' vervolgde ze, 'kan ze best eens een deelneemster zijn geweest van Natalies lessen voor moeders en hun kindjes. Het gebeurt wel vaker dat we kersverse moeders van boven de veertig verwelkomen. Zeker tegenwoordig. Je zou eens navraag bij haar kunnen doen.'

'Heb je de hele ochtend dienst gehad bij het zwembad?'

'Nee,' zei ze. 'De officiële badmeesters komen pas na halftien, als de ergste drukte voorbij is. Voor die tijd komen de fanatieke zwemmers. Zij moeten een vrijwaringsformulier tekenen. Meestal is er wel iemand om een oogje in het zeil te houden, maar we hebben nu even te kampen met een personeelstekort. Ik ben een paar keer poolshoogte gaan nemen, maar ik heb niets verdachts gezien.'

Ze zweeg en keek hem bedremmeld aan. Ashworth voelde dat het initiatief hem ontglipte. Wat zou Vera Stanhope nu doen? Ze had gezegd dat ze vermoedde dat dit meisje iets op haar lever had en meestal had ze het bij het rechte eind, als het op mensen aankwam. 'Hoe bevalt het werken hier?'

Hij kon zien dat deze vraag Lisa verraste. Wat had dat te maken met de moord op een vrouw van middelbare leeftijd?

Ze keek hem argwanend aan. 'Het gaat wel. Over het algemeen.'

'Dit blijft tussen jou en mij,' zei Ashworth. 'Ik zal niets aan je baas vertellen.'

'Hij is wel oké.'

Misschien valt het allemaal wel mee met haar zenuwen, dacht Ashworth. Ze is misschien gewoon een wat nukkige, weinig praatgrage tiener. Hij kon zich nog herinneren hoe zijn jongere zussen zijn ouders vroeger tot wanhoop dreven met hun zwijgzaamheid en nukkige buien.

'Is er verder nog iets waarvan je vindt dat ik het moet weten? Iets vreemds of vervelends dat voor ons onderzoek van belang kan zijn?' Hij sprak kordaat, maar wist de neiging om zijn stem te verheffen te weerstaan.

Lisa zette haar latte neer en leek zich ongemakkelijk te voelen. Haar vingers speelden met een haarlok. 'Er verdwijnen dingen,' zei ze. 'Sinds een paar weken.'

'Wat voor dingen?'

'Portemonnees, creditcards, horloges.'

'Uit de kleedkamers?' Waarom heeft Taylor daar niets over gezegd? Als Jenny Lister de dief had betrapt, dan was dat mogelijk een motief.

'Het is één of twee keer gebeurd,' zei Lisa. 'Het meeste is uit de personeelskamer gestolen. Daarom heeft Ryan er geen last mee gekregen dat hij het niet gerapporteerd heeft. Hij wilde geen gedoe. Hij had geen zin in opzeggingen van leden die vermoedden dat hier een dief rondliep. Niet zolang Louise, de directrice, niet terug was.'

En daarom heeft hij er niets over gezegd.

Lisa keek hem opnieuw aan. 'Ze denken dat ik het heb gedaan,' zei ze. 'Niet Ryan, hij is oké. Eerlijk. Hij weet dat ik zulke dingen nooit zou doen. Maar dat geldt niet voor de anderen. Ik heb ze horen kletsen. Het komt doordat mijn vader heeft gezeten en ik in west woon. Alleen je adres is al genoeg om nagewezen te worden. Maar ik heb niets gedaan. Ik hou van mijn werk. Dat ga ik niet op het spel zetten.'

Ashworth knikte. De sociale huurwoningen in het westelijk deel van Newcastle waren in zijn jeugd al berucht geweest, en ondanks de bouw van de nodige koopwoningen in de buurt, had de wijk wat benden en criminaliteit betreft nog altijd een slechte reputatie. Vera had weer eens gelijk gehad, dacht hij. 'Enig idee wie de dief kan zijn?'

Ze zweeg. Ze was ongetwijfeld opgevoed met het idee dat het niet netjes was om te klikken.

'Ik sta heus niet met mijn handboeien in de aanslag,' zei hij. 'Ik ben gewoon benieuwd naar je vermoedens. Jij werkt hier tenslotte.'

Hij zag haar zijn woorden wegen en ontwaarde op haar gezicht een bescheiden glimlach. Misschien werd haar niet vaak om haar mening gevraagd. Ze dacht na.

'De incidenten zijn ongeveer begonnen rond de tijd dat Danny hier is begonnen.'

'Danny?'

'Danny Shaw. De tijdelijke schoonmaker. Ik hoorde Ryan iets over hem zeggen tegen die dikke vrouwelijke agent. Hij is een student. Zijn moeder werkt bij de receptie.'

'Wat is het voor een jongen?'

Ze nam even de tijd om haar woorden te kiezen en sloeg haar armen over elkaar. 'Een beetje een gladjakker. Hij zegt altijd de dingen die je wilt horen. En hij is geen geweldige schoonmaker. Maar goed, dat is sowieso geen taak waar mannen in uitblinken, vindt u wel?' Zo te horen had ze die wijsheid overgenomen van haar moeder, dacht Ashworth. Net toen hij bedacht dat ze klonk als een oude vrouw keek ze hem aan. 'Maar hij is wel een lekker ding. Dat vinden alle meiden die hier werken.'

'Is een van hen weleens met hem uit geweest?'

Ze schudde haar hoofd. 'Hij speelt het spelletje mee, doet vrolijk mee aan het geflirt en gevlei, maar iedereen kan zien dat hij het niet heel serieus neemt. Hij denkt dat hij beter is dan wij.'

'En hoe zit het met jou?' vroeg Ashworth joviaal, als haar vijfenvijftigjarige oom. 'Heb jij al een leuke knaap aan de haak geslagen?' En hij hoopte dat dat het geval zou zijn. Hij hoopte dat ze gelukkig was.

Ze werd weer ernstig. 'Nog niet. Ik heb gezien wat mijn moeder is overkomen. Getrouwd op haar zeventiende, op haar eenentwintigste had ze al drie kinderen. Ik doe het rustig aan. Ik wil me op mijn carrière richten.' Ze bleef rechtop zitten, met haar handen op haar knieën, net zolang tot hij haar met een glimlach op zijn gezicht vertelde dat ze mocht gaan.

Karen Shaw, de receptioniste, stond op het punt om weg te gaan. Ze zat achter de balie, keek naar de klok op de muur tegenover zich, en op het moment dat de grote wijzer het hele uur had volgemaakt, stond ze op, borg haar tijdschrift op en sloeg haar vest om haar schouders. Ashworth vroeg zich af waarom Taylor haar daar de hele middag had laten zitten. Misschien was hij haar gewoon vergeten. Of misschien had Vera haar opgedragen haar dienst vol te maken.

'Kan ik u even spreken?'

Ze staarde hem aan. 'Na zo'n dag als vandaag wil ik niets liever dan naar huis, in bad, met een groot glas wijn.'

'U hebt nauwelijks iets te doen gehad. Er waren geen bezoekers vanmiddag.'

'Nee,' zei ze. 'Ik heb me te pletter verveeld.' Ze hees haar tas over haar schouder. 'Luister, het is niet bepaald het meest uitdagende werk, om het zacht uit te drukken. Vandaag kon ik het wel uitschreeuwen.' Hij leek de energie om haar heen te kunnen voelen.

Hij schonk haar zijn zoetste glimlach, waarvan zijn moeder altijd zei dat hij er doden mee tot leven kon wekken. 'Weet u wat, als u een halfuur voor me vrijmaakt, krijgt u van mij dat glas wijn.'

Ze aarzelde en grinnikte toen. 'Een klein glaasje dan. Ik moet nog rijden.'

Ze ging hem voor naar de hotelbar. Er hing een nogal onbehaaglijke, doodse sfeer. Het deed Ashworth denken aan een horrorfilm die hij ooit van Sarah op tv had moeten zien. Ze had een voorkeur voor het macabere. Hij stelde zich voor dat er een man met een bijl door de gangen dwaalde. Alleen was Jenny Lister niet met een bijl om het leven gebracht.

De ruimte was kleiner dan de foyer en ook de stijl was anders. Ashworth zag heren voor zich in witte colberts, en vrouwen in ruisende jurken met hoeden en lange sigarettenpijpjes. Er waren planken met cocktailglazen, en op de golvende houten bar stond een zilveren cocktailshaker. Daarachter profiteerde een puisterige puber van de doodse sfeer en hij las gezeten op een barkruk het sportkatern van de *Chronicle*. Al het personeel had zo te zien te horen gekregen dat ze gewoon moesten doorwerken, alsof er bij het zwembad geen moord was gepleegd. De jongen vond het duidelijk vervelend om gestoord te worden. 'Het spijt me, het hotel is gesloten.'

Karen schonk hem een glimlach. 'Ik werk hier en hij is een juut.'

Ze gingen aan een tafeltje bij het raam zitten, zij met een glas chardonnay, hij met een glaasje jus, waar ze uitzicht hadden op de tuin bij de rivier. Het viel hem op dat het gazon was gemaaid, maar dat de belendende begroeiing welig tierde. Een merkwaardige opwelling deed hem er ineens aan denken dat ze wel een stelletje leken – de pasgetrouwde man met de olijke, gescheiden vrouw, allebei hunkerend naar lol, passie of gezelschap. Spraken dat soort mensen niet altijd af in dit soort hotels? Voor het eerst begreep hij iets van de aantrekkingskracht, de spanning die bij een dergelijke affaire hoort.

'Ik heb niet veel tijd. Mijn man rekent erop dat zijn kopje thee klaarstaat.' Zijn fantasie in duigen. Waarom was hij ervan uitgegaan dat ze gescheiden was?

'Hoe lang werkt u al in het Willows?'

Haar gezicht betrok. 'Twee jaar.'

'U beleeft er weinig plezier aan?'

'Het is nogal eentonig, zoals ik al zei. Maar ik beschik niet echt over de papieren om iets anders te gaan doen. Ik heb er altijd op gerekend mijn dagen als huisvrouw te zullen slijten. Ik vrees dat ik moeite heb met baantjes waarin je moet slijmen tegen je baas.'

Ze zweeg, maar hij onderbrak haar niet. Hij had het idee dat ze graag aan het woord was. Ze zou nog wel even door willen gaan.

En zo geschiedde: 'Mijn man zit in het vastgoed. Hij heeft vlak voor de explosie op de huizenmarkt een paar goedkope appartementen aan de Tyne gekocht, die hij heeft opgeknapt en aan studenten verhuurde. Hij heeft echter veel werk op aanbetaling laten doen. Hij dacht dat hij altijd nog tot verkoop zou kunnen overgaan als de situatie nijpend werd.'

Toen ze er opnieuw het zwijgen toe deed, reageerde hij wel. Alleen maar om te laten merken dat hij luisterde. 'Maar toen dat gebeurde, bleven de kopers weg...'

'Jep. Ineens was het geld op. Dat was even schrikken. Geen buitenlandse vakanties meer, geen nieuwe auto's. We hebben zelfs onze schoonmaakster moeten ontslaan.' Ze grijnsde naar hem, ten teken dat ze zelf ook vond dat ze er een bizar leven op had nagehouden. Ze was duidelijk in haar jeugd niet opgegroeid te midden van weelde.

Ze vervolgde op ernstiger toon: 'We overleefden het wel, al was het niet altijd makkelijk. Toen vertrok Danny naar de universiteit en zijn rekeningen stapelden zich op. Hij is onze enige zoon, we wilden niet dat hij iets tekort zou komen. Jerry werkte al non-stop. Het enige wat er op zat was dat ik ook een baan ging zoeken. Ik was al lid van de sportschool in het Willows, dus toen ik de vacature voor deze baan zag, dacht ik: dat is wel iets voor mij. En dat is het ook. Maar ik moet wel zeggen dat ik er niet op gerekend had dat ik me zo zou vervelen.'

Ze staarde uit het raam. Hij zag Keating, de patholoog, eindelijk aankomen. Hij was opgehouden door een andere zaak en Jenny Lister lag nog altijd in de stoomcabine op hem te wachten.

'Kende u het slachtoffer?'

'Van gezicht. Ik zou haar naam niet hebben geweten.'

'Wat kunt u over haar vertellen?'

'Ze had altijd haast en bleef nooit lang. En ze was beleefd. Glimlachte en zwaaide altijd naar me, zelfs als ze alleen maar haar pas door de kaartlezer haalde. Ze behandelde me als een persoon, niet als een anoniem radertje in het systeem.'

Dit was voor Ashworth het moment om een gevoeliger onderwerp aan te snijden. Een moeder zou haar zoon tenslotte altijd in bescherming nemen, nietwaar? 'Klopt het dat u hier een vakantiebaantje hebt geregeld voor Danny?'

'Ja.' Ze schoot direct in het defensief en keek hem aan alsof ze wilde zeggen: nou en, dat is toch niet erg?

'Hoe bevalt het hem?'

‘Hij is nog jong. Het liefst ligt hij in zijn nest of trekt hij eropuit met zijn vrienden. Maar het was zijn eigen idee. Hij wil aankomende zomer op reis en hij weet dat we dat niet voor hem kunnen betalen. Dus moet hij dat zelf doen.’

‘We willen hem graag spreken,’ zei Ashworth. ‘Hij heeft rond het zwembad schoongemaakt. Mogelijk heeft hij iets gezien.’

‘Daar hebt u mijn toestemming niet voor nodig. Hij is bijna twintig. Volwassen. Hij zal ondertussen al wel aan het werk zijn, mits ze hem het hotel hebben binnengelaten.’

Ashworth wist dat Danny al binnen was, want hij zat te wachten in Taylors kantoor. Hij was de volgende die ondervraagd zou worden.

‘Wat kunt u me vertellen over de diefstallen die hier de laatste tijd hebben plaatsgevonden?’

Ze dronk haar glas leeg en zette het op tafel. Haar stem bleef rustig. ‘Dat soort dingen komen overal voor, denkt u ook niet? Helaas. Er werkt hier van alles. Al zie ik niet wat dat met een moordzaak te maken heeft.’

‘Maar het moet zijn uitwerking hebben gehad op de sfeer op de werkvloer. Roddels. Het is geen prettig idee dat een van je collega’s je wellicht besteelt.’

Ze haalde haar schouders op. ‘Ik probeer niet te veel aandacht aan roddels te besteden.’ Opnieuw pakte ze haar grote, plompe tas. ‘Als dat alles is; er wacht thuis een bad en een koel glas. De ervaring heeft me geleerd dat eentje meestal niet volstaat.’ Hij bleef zitten en staarde net zolang uit het raam tot hij haar de voordeur van het hotel uit zag komen. Ze pakte haar mobieltje uit haar tas, drukte op een knop en hield het toestel bij haar oor. Bij de auto draaide ze zich om. Hij zag dat ze getergd keek en geagiteerd sprak. Hij durfde er zijn pensioen om te verwedden dat ze haar zoon aan de lijn had.

7

In het huis van de Listers probeerde Vera Hannah ertoe over te halen een paar dagen bij Simons ouders te logeren, maar het meisje bleef weigeren. 'Ik wil de hele nacht wakker blijven en huilen. Daar zal wel de nodige drank aan te pas komen. Dat kan ik alleen maar in mijn eigen huis doen.'

'We kunnen ervoor zorgen dat je gezelschap krijgt van een contactpersoon.'

'Nee,' zei Hannah. 'Absoluut uitgesloten. Ik zou gek worden.'

Ze liep weer terug naar het raam en keek naar de tuin, waar de zonnestralen inmiddels uit waren verdwenen.

'Jij blijft bij haar?' Vera stelde de vraag aan Simon. Het meisje besteedde geen aandacht aan hen.

'Uiteraard,' zei Simon. 'Wat ze maar wil.'

Hij ging achter het meisje staan en sloeg zijn armen om haar heen. Geen van tweeën leek te merken dat Vera vertrok.

Op de terugweg zag Vera het witte huis waar volgens Hannahs beschrijving Simon woonde. In een impuls reed ze de oprit op. Nog altijd beschouwde ze Simon en Hannah als kinderen en het zou haar geruststellen als er een volwassene naar het meisje zou omkijken, of in elk geval van de situatie op de hoogte was. Het was bovendien best mogelijk dat Simons moeder bevriend was geweest met Jenny Lister. De vrouw had wellicht iets nuttigs te vertellen.

Toen Vera langs de heg van taxusbomen liep, viel het haar direct op hoe onberispelijk de tuin erbij lag. De witte en trompetnarcissen hadden hun beste tijd gehad, maar overal in de tuin was kleur te zien: bosjes blauwedruifhyacinten, vergeet-me-nietjes en dieppaars nieskruid. Zelfs het gazon had zijn eerste maaibeurt al gehad. Deze vrouw is of een liefhebber of ze heeft hulp. Vera kon nette tuinen niet uitstaan, ze zag bovendien meer in het kweken van eetbare dingen dan bloemen. Op vochtige stukken liet ze de paardenbloemen groeien, waar ze de bladeren van plukte voor in een salade als ze bij wijze van uitzondering eens zin had in een gezonde maaltijd. Haar buren, hippies op leeftijd, waren blij met de rommelige tuin van hun buurvrouw. Vera vroeg zich eventjes af wat ze van deze tuin zouden vinden.

Boven zich zag ze beweging achter een raam. Het geluid van haar auto had de aandacht getrokken. Vera vroeg zich af of het nieuws over Jenny's dood al als een lopend vuurtje door het dorp ging. Had Simon bij het verlaten van zijn huis tegen zijn moeder gezegd dat de moeder van zijn vriendin het slachtoffer was? Waarschijnlijk niet, dacht Vera. Hij was dermate snel bij Hannah geweest dat hij geen tijd had gehad voor een gesprek. Er verscheen niemand bij de voordeur. Simons moeder – als dat tenminste degene was op de bovenste etage – wilde niet overkomen als een vrouw die vanachter de gordijnen loerde. Of misschien hoopte ze gewoon dat de bezoeker weer weg zou gaan?

Vera belde aan en hierop volgde het geluid van voetstappen op de trap. De deur ging open.

'Ja?' De vrouw was lang. In de vijftig, wellicht even oud als Vera, maar ze zag er net zo netjes en verzorgd uit als haar smetteloze tuin. Donker krullend haar, grijze broek, een witte katoenen blouse en een lang, grijs vest. Lippenstift. Stond ze op het punt de deur uit te gaan of liep ze altijd zo rond? Terwijl ze daar zo stond, bedacht Vera hoe vreemd sommige vrouwen waren.

'Wat kan ik voor u doen?' De vrouw werd ongeduldig. Vera zag dat ze in verwarring was. De auto waarin Vera reed was groot, nieuw en redelijk duur. Een van de voordelen die haar rang haar bood. Mevrouw Eliot was ongetwijfeld van mening dat zo'n auto bestuurd hoorde te worden door een succesvolle zakenman. Maar Vera was fors, sjofel, met haar blote benen en bladderige huid. Ze droeg nooit make-up. Vera maakte een armlastige indruk.

'Ik ben van de politie, inspecteur Stanhope.' Ergens onder in haar tas lag het bewijs daarvoor, al kon ze dat maar beter niet tevoorschijn halen. Wie weet stuitte ze per ongeluk op de restanten van het broodje ham van gisteren.

'O?' Bang was ze niet, maar haar interesse was gewekt; de gebruikelijke reactie op een verrassingsbezoek van de politie. Heb ik iets misdaan? Is er een ongeluk gebeurd? Is er iets gebeurd met mijn man, mijn dochter of mijn zoon? Simons moeder liet de informatie even tot zich doordringen en leek zowaar nieuwsgierig. Wellicht was ze al op de hoogte van de moord op haar buurvrouw, hoewel ze niet verdrietig was of dat leek te zijn.

Ze stak haar hand uit. 'Veronica Eliot. Bent u hier vanwege Connie Masters? Ze heeft weliswaar haar naam veranderd, maar ik herkende haar direct. Ik wist wel dat het uiteindelijk tot een aanklacht zou komen.'

De naam kwam Vera vaag bekend voor, maar ze liet zich er niet door van de wijs brengen.

'Ik ben hier vanwege Jenny Lister.'

De vrouw fronste. Verbaasd? Teleurgesteld? 'Wat is er met Jenny?'

'Uw zoon heeft u dus niets verteld?' En toen de vrouw haar hoofd schudde: 'In dat geval kan ik maar beter even binnenkomen, mevrouw.'

Veronica deed een stap achteruit en bood Vera de gelegenheid de grote hal binnen te stappen. Aan de muur tegenover de deur hing een schilderij dat Vera's aandacht trok. Een kleine aquarel van twee stenen zuilen waartussen een weggetje door het gras kronkelt. Vera vond het weggetje er uitnodigend uitzien. Je kreeg de neiging het te volgen. Maar het kwam zo te zien nergens uit. De zuilen waren bovenop voorzien van uitgehakte vogelkoppen. Gieren, wellicht. Lange nekken, lange snavels.

'Waar is dat?' vroeg Vera.

'Dat is de toegangspoort naar Greenhough, het huis van mijn grootvader,' antwoordde de vrouw.

'Bijzonder chic.'

'Niet meer. Het is in de jaren dertig afgebrand. Het enige wat er nog staat is het botenhuis. En die poort dus.'

Veronica ging nadrukkelijk met haar rug naar het schilderij gekeerd staan. Ze ging Vera voor de kille gang door, naar de keuken. Het domein van de bedienden, dacht Vera. Dat is dus de indruk die ze van me heeft. Zonder op toestemming te wachten, ging Vera aan het hoofd van de keukentafel zitten. 'Jenny Lister is dood. Vermoord. Daarom moest je zoon ervandoor: om Hannah op te vangen.'

De vrouw verpinkte niet. Een kleine frons, eerder uit afkeuring dan van schrik. In alle rust ging ze aan de keukentafel zitten. Het onbewerkte hout van de stoelen, die voorzien waren van grijze bekleding, paste goed bij de tafel. Duur en stijlvol, als je tenminste een keuken wilde die eruitzag als een bestuurskamer van een kantoor. Alle apparaten, groot en van roestvrij staal, stonden aan één kant, op ongeveer een kilometer afstand.

'Ik snap het,' zei Veronica eindelijk. 'Een van haar cliënten waarschijnlijk. Ik heb nooit helemaal begrepen waarom iemand een baan als hulpverlener zou willen. Denk eens aan de types met wie je te maken krijgt. Kijk maar naar Connie Masters.'

Weer die naam. Vera zou het uitzoeken, zodra ze eindelijk terug op het bureau zou zijn. Ze had nooit veel opgehad met hulpverleners, maar nu ze geconfronteerd werd met de houding van deze vrouw, voelde ze een sterke aandrang om het voor Jenny Lister op te nemen.

Ze stond op het punt iets te zeggen toen Veronica haar dat belette: 'Het is natuurlijk droevig, maar nu is in elk geval dat belachelijke huwelijk van de baan.'

'U vindt Hannah Lister niet aardig?' vroeg Vera verbaasd. Ze had het meisje direct gemogen. Ze had gedacht: als ik een zoon had die thuis zou komen met zo'n meisje, zou ik dolgelukkig zijn.

'O, ze is best aardig, maar ze zijn nog zo jong. En ik heb altijd gedacht dat Simon zichzelf tekortdoet. Hij gaat naar Durham. Er zitten een paar heel leuke jongedames bij hem op de universiteit.' Ze keek er melancholiek bij.

Mijn god! dacht Vera. Hannah heeft gelijk. Ze is werkelijk een ouderwetse snob. Ik dacht dat dit soort jaren geleden al was uitgestorven.

'En mevrouw Lister stond wel achter de verloving? Dat was niet de indruk die ik van Hannah kreeg.'

'Je wist het bij Jenny nooit zeker. Typisch een hulpverlener, bleef altijd op de vlakte. Ze zei wel dat ze hen te jong vond, maar deed ondertussen wat mij betreft te weinig moeite om hen uit elkaar te houden. In de vakantie woonde Simon daar zowat. Hannah is nog een scholiere. Hoewel Jenny zich leek te realiseren hoe merkwaardig die relatie was, bleef Simon welkom bij hen thuis.'

'Wat vindt uw echtgenoot van de verloving?' Ze moest wel getrouwd zijn, dacht Vera. Er moest iemand zijn die het geld verdiende en ervoor zorgde dat Veronica haar dure cosmetica en meubels kon blijven kopen.

'O, Christopher is voor zijn werk veel op reis. Hij is zelden thuis. Hij heeft Hannah maar een paar keer ontmoet.'

'Hebben Hannah en Simon elkaar op school leren kennen?'

'Nee, Hannah heeft in Hexham op de middelbare school gezeten.' Veronica gniffelde haast. 'We hebben Simon naar de privéschool in het dorp gestuurd.'

'Dat moet het nodige gekost hebben.'

Vera liet het terloops vallen en Veronica deed alsof ze het niet hoorde. Ze ging door: 'Ze hebben elkaar op muziekles leren kennen. De Sage organiseert lessen voor jonge musici. Simon bracht Hannah steeds vaker thuis na de repetities. Na een muzikale tournee door Noord-Italië kwamen ze stapelverliefd terug. Vanaf dat moment waren ze onafscheidelijk.'

Vera's gedachten dwaalden af naar de jongeren met wie ze dankzij haar werk in aanraking kwam: de dopers en de zuipers, de dieven en vechtersbazen, de moeders die in hun huurwoninkjes stierven van ongerustheid. Ze vond dat Veronica Eliot weinig reden tot klagen had. 'Enig idee waarom iemand Jenny Lister om het leven zou willen brengen?' vroeg ze ineens. Ze had nog steeds geen idee wat het motief zou kunnen zijn. Om Veronica niet de kans te geven weer over haar cliënten te beginnen, voegde ze hieraan toe: 'Ze werkte naar het schijnt met kinderen. We gaan er op dit moment dus van uit dat de moord geen verband houdt met haar werk. Hoe was haar verhouding met de andere inwoners van het dorp? Wat vond men van haar?'

Veronica leek hierover te moeten nadenken. 'We verkeerden niet echt in dezelfde kringen. Ze kwam er waarschijnlijk niet vaak. Ze werkte de hele dag en moest ver reizen. Ik vind het belangrijk om in een kleine gemeenschap je bijdrage te leveren. Je weet wel, dingen als het parochiebestuur, de oudercommissie van de crèche, het schoolbestuur. Ik zit overal in.'

Het moest heerlijk zijn om zoveel tijd te hebben. Maar Vera zou nog liever twee staken in haar ogen steken dan zo'n plaatselijke beroepsbemoeial te worden.

'Bent u lid van de sportschool in het Willows?'

Mocht deze vraag voor Veronica al als een verrassing komen, dan hield ze dit goed verborgen. 'Nee,' zei ze. 'Dat is geen plek voor mij. Het was ooit een geweldig hotel, maar nu het door die keten is overgenomen, is het hard achteruitgegaan. Ik was te gast tijdens de opening, maar ik vond het allemaal nogal smakeloos.' Haar samengeperste lippen verrieden haar ongenoegen. 'Leden worden zelfs geacht hun eigen handdoek mee te nemen.'

Ondanks de instinctieve minachting die ze voor de vrouw voelde, leek het Vera te vroeg om Veronica als verdachte aan te merken. De inspecteur zou haar dolgraag meenemen naar het bureau, haar te midden van de vaste klanten aan de balie laten wachten en haar in een stinkende verhoorkamer ondervragen, maar Veronica was natuurlijk geen type om iemand te wurgen. Eerder zou ze diegene met haar arrogante blik en haar hooghartige uitspraken zijn plaats wijzen.

'Kunt u mij in contact brengen met iemand die haar beter heeft gekend?' Vera hoopte dat er behalve haar familieleden nog iemand anders bestond die haar dood betreurde, iemand die ter nagedachtenis aan Jenny het glas wilde heffen en verhalen over de goeie ouwe tijd wilde opdissen.

'Werkelijk, inspecteur, ik denk niet dat ik u veel verder kan helpen. Jenny en ik kenden elkaar, omdat onze kinderen bevriend zijn. We hadden verder niets gemeenschappelijks.' Ze stond op en liep de keuken uit, de gang in. Vera volgde haar. 'U kunt natuurlijk eens bij Connie Masters informeren. Zij en Jenny zullen elkaar vast via Jenny's werk hebben leren kennen.' Ze toverde een bescheiden, triomfantelijke glimlach op haar gezicht, treuzelde wat bij de deur in de hoop op een reactie, maar toen die uitbleef sloot ze hem en draaide hem zorgvuldig op slot.

Vera was zo nieuwsgierig dat ze geneigd was op de deur te rammen om meer te weten te komen over Connie Masters. Maar dat was duidelijk waar Veronica op had aangestuurd en dat pleziertje weigerde Vera haar te gunnen. In plaats daarvan stapte ze in haar auto en reed langzaam weg, in de hoop dat het opspattende grind de lak van haar splinternieuwe auto niet zou beschadigen.

Bij de kruising aan de rand van het dorp stopte ze even om de balans op te maken. Ze zag dat er op de bovenverdieping van de boerderij die beneden naast de rivier aan de overkant van de straat lag, licht brandde. Hierdoor besefte ze dat het al later was dan ze had gedacht. Terwijl ze op het dashboardklokje keek, bedacht ze dat Ashworth waarschijnlijk al wel klaar was bij het Willows en dat hij op weg was naar zijn knusse kleine hokje in een lieflijk wijkje net buiten Kimmerston. Ze zou hem morgen wel spreken. In de boerderij zag ze de silhouetten van een vrouw en een kind, geprojecteerd door het licht op de achtergrond, en plots werd ze overmand door een gevoel van spijt, vanwege de jeugd die ze nooit had gehad. De vrouw in de boerderij omhelsde haar kind alsof ze het wilde afschermen van de buitenwereld die zich voorbij het raam uitstrekte. Hector was nooit bewust wreed geweest, maar hij was wel roekeloos en hij had Vera aan haar lot overgelaten.

8

Ashworth was niet, zoals Vera had verondersteld, op weg naar huis. Hij bevond zich nog in de stoomcabine en staarde, staande naast Keating, de patholoog, naar het ontzielde lichaam van Jenny Lister. De arts was een rugbyspeler uit Ulster die doorgaans klare taal sprak, maar vandaag klonk hij wat eigenaardig. Hij leek niet voor het eerst in het hotel te zijn. 'We hebben het Willows overwogen als locatie voor het huwelijk van mijn dochter. Buiten is het prachtig, maar binnen...' Hij zweeg, even afgeleid door de eerste aanblik van het slachtoffer. '... droevig, vind je niet? Het is tegenwoordig onmogelijk om nog een tent van deze omvang draaiende te houden.'

'Volgens de baas is ze gewurgd,' zei Ashworth. Danny Shaw zat te wachten in het kantoor van de bedrijfsleider, en hij wilde niet dat de jongen zijn geduld zou verliezen en ervandoor zou gaan. Hij had nu geen tijd om te kletsen.

'Dat heeft de baas dan goed gezien. Maar niet met de hand. Kijk eens naar die afdruk. Een dun touw of draad. Waarschijnlijk touw, aangezien de huid nog intact is.'

'Is ze hier om het leven gebracht of hiernaartoe verplaatst?' Ashworth wist welke vragen Vera beantwoord wilde hebben.

'Hier vermoord, zou ik zeggen, hoewel we de uitslag van het onderzoek moeten afwachten om dat met zekerheid te kunnen zeggen.'

'Dank je. Kan ik dit verder aan jou overlaten? Ik wil nog een paar getuigen ondervragen.'

Keating moet de onvrede in Ashworths stem gehoord hebben. 'Waar hangt onze mooie Vera uit?'

'Die stelt de familie op de hoogte.'

'Doe je best om haar te verdragen, Joe. Ze is de beste speurder met wie ik ooit gewerkt heb.'

Ashworth schaamde zich. Hij wilde niet dat Keating dacht dat hij niet loyaal was. 'Dat weet ik.'

Danny Shaw zat te wachten in het kantoor van de bedrijfsleider. Ashworth kon hem door een raam in de deur zien zitten. Hij hing achterover in zijn stoel en wiegde zijn hoofd op de maat van de muziek die uit zijn iPod kwam. Maar er was iets in zijn bewegingen waardoor Ashworth de indruk kreeg dat hij acteerde. De jongen was te zelfbewust en niet zo cool en ontspannen als hij de buitenwereld wilde doen geloven. Hij droeg een zwarte legerbroek en een slobberig zwart T-shirt, wat Ashworth betreft een doorsneestudent. Zodra de deur openging deed hij zijn oordopjes uit en hij ging rechtop zitten. Hij veerde als geste van beleefdheid op uit zijn stoel. Aan zijn manieren zal het niet liggen, moest Ashworth toegeven. Hij had het niet zo op studenten, over het algemeen. Afgunst, wellicht; hij had er geen bezwaar tegen gehad om drie jaar lang op zijn krent te zitten lezen. Toen schoot hem te binnen wat Lisa over Danny had verteld: hij zegt altijd de dingen die je wilt horen.

'Sorry dat ik je heb laten wachten,' zei Ashworth. 'Maar je moeder heeft je ongetwijfeld verteld dat ik eraan kwam.'

De jongen keek verdwaasd uit zijn ogen. Wie weet was het toch niet Danny geweest tegen wie Karen na hun gesprek in de bar zo geagiteerd tekeer was gegaan op de parkeerplaats van het hotel.

'Kende je Jenny Lister, de vrouw die is overleden?' Meteen maar ter zake, dacht Ashworth. Sarah zou hem wat aandoen als hij veel te laat zou komen. Ze kon niet slapen voordat hij thuis was, en de baby werd 's nachts geheid wakker. Eén uur stipt, altijd, en dan om vijf uur weer, tenzij ze geluk hadden.

'Ze laten me niet in de buurt komen van de leden.' Danny lachte. 'Ik ben de schoonmaker maar.'

Ashworth legde een uitvergrote foto van het slachtoffer op het bureau. 'Maar het kan zijn dat je haar een keer gezien hebt.'

Toen Danny zijn blik naar beneden wendde, was er een licht moment van aarzeling. 'Sorry,' zei hij. 'Ik kan u niet verder helpen.'

'Vertel me eens wat je hier doet,' zei Ashworth. 'Beschrijf eens hoe een gewone dienst eruitziet.'

'Ik doe de late dienst. Begin om vier uur. Altijd beginnen met de mannenkleedkamers. Het is een druk tijdstip, veel mensen die rechtstreeks uit hun werk komen, dus is het zaak alles mooi schoon te houden en de vloer te dweilen op de plekken waar de mensen uit het zwembad komen, de toiletten en de douches in de gaten houden. Na sluitingstijd om tien uur maak ik het zwemgedeelte en de fitnessruimte schoon.' Hij was erin geslaagd te laten doorschemeren dat dit werk beneden zijn stand was.

'En dat heb je gisteravond ook gedaan?'

'Ja, zoals gewoonlijk.'

'En heb je ook de stoomcabine en de sauna gecontroleerd?' Ashworth moest die vraag stellen, hoewel Vera hem had gebeld na haar gesprekje met Jenny's dochter. Inmiddels wisten ze dat Jenny die ochtend nog had ontbeten. Het was dus onmogelijk dat haar lichaam de hele nacht in de stoomcabine had gelegen.

'Uiteraard.' Hij glimlachte, als reactie op het feit dat Ashworth zijn betrokkenheid bij zijn werk in twijfel trok. Ashworth besloot er niet op in te gaan.

'Is je daarbij nog iets ongewoons opgevallen?'

'Zoals?'

'Dat weet ik toch niet.' Ashworth deed zijn best niet ongeduldig over te komen. 'Sporen van een inbraak of aanwijzingen dat er nog iemand binnen was.'

'Denkt u dat de moordenaar al de avond ervoor binnen is gekomen?'

'We hebben op dit moment nog geen specifieke theorie. We moeten alle opties nagaan.'

Weer viel er een stilte. In elk geval leek Danny nu bereid serieus over de vraag na te denken. 'Ik weet zeker dat ik niemand heb gezien. Dan zou ik meteen de beveiliging hebben gebeld. In de weekeinden vinden er in het hotel vaak huwelijksfeesten en conferenties plaats. 's Avonds laat krijg je nog weleens te maken met dronken gasten die het leuk vinden om in hun eentje te gaan zwemmen; ik heb een keer een paar lui betrapt die zich in de douches probeerden te verstoppen, maar we controleren altijd of alle bezoekers weg zijn. Gisteravond heb ik niets raars gezien.'

'Kun je me naar de kleedruimten brengen?' Ashworth kon zich niets voorstellen bij de kleedkamers en datgene wat zich achter de schermen van een sportschool afspeelde. Hij wist dat Vera al binnen was geweest om het legitimatiebewijs van het slachtoffer te zoeken, maar het kon geen kwaad om zelf ook even een kijkje te nemen.

'Natuurlijk.' De jongen stond op – blij, zo leek het, dat hij eindelijk weer in beweging kon komen. Omdat hij zo ineengedoken in zijn stoel had gezeten, was het Ashworth niet opgevallen hoe groot hij eigenlijk was. Eenmaal rechtop was hij een slungelige, lenige reus.

Ashworth volgde hem naar de dameskleedkamers. Er hing een chloorlucht, met dank aan het zwembad, maar Ashworth rook daarnaast nog een vage cosmeticageur. Eén muur was geheel bedekt met kluisjes, met houten banken ertussen. De tegelvloer was schoon en droog. Heel even wenste hij aan deze steriele, kunstmatige omgeving te kunnen ontsnappen. Sinds Vera hem had ontboden, rond lunchtijd, had hij geen buitenlucht meer gezien.

'Is dit de plek waar zoveel spullen verdwenen zijn?'

'Verdwenen?'

'Neem je me in de zeik, jongen?' Meestal lette hij tijdens zijn werk – en daarbuiten – op zijn taalgebruik, maar er was iets aan deze knaap wat hem zijn geduld deed verliezen. 'Ik heb gehoord dat er spullen uit kleedkamers zijn gestolen.'

'O, dat. Ik weet niet wat er uiteindelijk allemaal is gejat. De meeste leden zijn op leeftijd. Als ze iets vergeten, denken ze vast dat het gejat moet zijn.'

'En hoe zit het dan met de spullen die uit de personeelskamer zijn verdwenen? Wijt je dat ook aan dementie?'

'Daar weet ik niets van.' Danny had zijn pogingen om in de smaak te vallen gestaakt en gedroeg zich als een nukkige puber. 'Ik kom niet vaak in de personeelskamer. Slechte koffie, slecht gezelschap.'

Ashworth schudde zijn hoofd en liet de jongen gaan.

Het lukte hem niet een forensisch expert te vinden die hem wilde helpen zoeken naar Jenny Listers auto. Ze hadden wel wat beters te doen dan met hem door het donker banjeren, luidde de boodschap. Zodra hij hem had gevonden, moest hij hen bellen, dan zouden ze komen om de zaak te onderzoeken.

Buiten was het nog altijd helder en de maan bescheen de mistflarden boven de rivier. Dicht bij het gebouw waren een aantal parkeerplaatsen en in de buurt van de toegangspoort lag nog een grotere parkeerplaats tussen de bomen verscholen. Hij liep naar de rij auto's bij het hotel en drukte op de ontgrendelknop op de sleutel die Vera hem had gegeven. Niets. In zijn zak had hij een kleine zaklamp en het vervulde hem met een merkwaardig soort trots dat hij zo goed voorbereid was. Op de grote parkeerplaats was het uitzonderlijk donker. De lichten van het hotel en het maanlicht werden geblokkeerd door de bomen. Hij liep nog maar een keer langs de geparkeerde auto's, ondertussen verwoed op het knopje drukkend en net toen hij bedacht dat Jenny misschien wel een lift had gekregen en hij hier zijn tijd stond te verdoen, hoorde hij een klik en zag hij een paar koplampen aan- en uitfloepen. Hij had haar auto gevonden.

Het was een Volkswagen Polo, klein, maar slechts een jaar oud. Hij scheen met zijn zaklamp door de ramen. Geen handtas op de voorstoelen of op de achterbank, ook niet op de grond, voor zover hij kon zien. Hij haalde zijn zakdoek tevoorschijn en gebruikte die om de kofferbak open te maken. Hij kreeg liever de wind van voren van de forensische dienst dan van Vera. Geen handtas. Hij wist niet goed wat hij daarvan moest denken.

Toen hij terugliep naar het hotel om de techneuten te vertellen waar Jenny's auto stond, ging zijn mobiel: het was zijn vrouw, met de vraag of hij van plan was de hele avond weg te blijven.

Hij had net de auto op de oprit thuis tot stilstand gebracht, toen hij opnieuw gebeld werd. Door Vera Stanhope deze keer. Hij bleef in de auto zitten om het gesprek te kunnen aannemen. Sarah zou zijn auto ongetwijfeld hebben gehoord, maar ze vond het niet prettig als hij in huis zakelijke telefoongesprekken afhandelde.

'Ja?' Hij hoopte dat hij net zo vermoeid klonk als hij zich voelde. Het zou hem niet verbazen als ze weer een klusje voor hem had.

Ze sprak luid. Ze had nooit helemaal aan de mobiele telefoon kunnen wennen en schreeuwde erin. Ze klonk alsof ze net ontwaakt was na een lange nachtrust. Moorden hadden dat effect op haar. Dit was voor haar net zo verkwikkend als voor de pensionado's die hij de hele middag had ondervraagd. Een keer, na een paar glazen Famous Grouse, had ze verklaard dat ze voor dit werk gemaakt was.

'Connie Masters,' zei ze. 'Zegt die naam je iets?'

Ergens wel, maar niet genoeg om haar tevreden te stellen en hij wist dat hij, zodra hij zijn vrouw begroet had en ze even de dag hadden doorgenomen, de rest van de nacht goeddeels wakker zou zitten met de laptop op zijn schoot, om gegevens te verzamelen voor die andere vrouw in zijn leven.

9

Connie had sinds de sterfdag van Elias niet meer naar het journaal gekeken. Ze was bang een glimp van zichzelf op te vangen, bleek en stotterend tijdens die eerste persconferentie, of in de regen de trappen van het gerechtsgebouw af lopend na de rechtszaak, in de wetenschap, toen al, dat het allemaal nog lang niet achter de rug was. Ze keek tegenwoordig het liefst naar vluchtige, escapistische programma's; ze keek naar documentaires over beroemdheden, of over het verkopen van je huis, of over emigreren naar de zon. Elke avond, als Alice in bed lag, schonk ze zichzelf een glas wijn in, at een maaltijd die nauwelijks enige voorbereiding behoefde en vergaapte zich aan de banaliteiten op het tv-scherm. Weer een dag overleefd. Alice had weer een dag overleefd. Dat alleen al was een feestje waard. De verveling was slechts een bescheiden offer.

Het was bijna tien uur toen haar ex-man belde. Ze werd tegenwoordig zo weinig gebeld dat ze schrok van het geluid. Ze merkte dat ze trilde.

'Ja?' Ze had dreigtelefoontjes ontvangen, al waren die wel in aantal afgenomen om uiteindelijk geheel achterwege te blijven. Misschien had het krantenbericht waarin Elias' dood werd gememoreerd de zaak opnieuw aan het rollen gebracht.

'Met mij.' Toen haar reactie uitbleef: 'Frank.' Scherp, afgemeten, alsof ze doof of heel oud was.

'Ja,' zei ze. 'Dat hoor ik wel. Wat wil je?' Waarschijnlijk belde hij om Alice' vakantie te bespreken. Hij had voorgesteld om haar in juni mee te nemen naar Frankrijk. Kamperen. Natuurlijk had ze daarmee ingestemd. Ze wilde haar dochter een dergelijk uitstapje niet ontzeggen, maar in haar achterhoofd zeurde sindsdien een stemmetje, een heel jaloers, kinderachtig stemmetje. Maar ik wil ook mee.

'Ik vroeg me af of je het al had gehoord. Van Jenny Lister.'

'Wat is er dan met haar?' Jenny had nooit goed met haar kunnen opschieten. Ze was op het eerste gezicht alleraardigst. Meegaand. Maar ze was ook meedogenloos. Bikkelhard. Principieel.

'Ze is dood. Vermoord.'

Connies eerste reactie – een afschuwelijk bericht, natuurlijk – was dat die pedante Jenny Lister eindelijk haar verdiende loon had gekregen. Hierna schoot haar door het hoofd dat dit weleens een ongunstige uitwerking kon hebben op haar eigen leven. Wat als hierdoor de hele geschiedenis met Elias weer werd opgerakeld? Pas hierna kwam het schuldgevoel, want eigenlijk wist ze wel dat Jenny haar niet anders had behandeld dan iedere andere leidinggevende zou hebben gedaan, en dat met iemand anders aan het hoofd de zaak op vergelijkbare wijze zou zijn afgelopen.

Frank was nog altijd aan het woord. 'Het spijt me dat ik je heb gestoord. Maar ik dacht dat je het wel wilde weten.'

'Ja,' zei ze. 'Bedankt. Ik wist het nog niet.' Ze hing op. Op de achtergrond was nog altijd het geluid van de tv hoorbaar, die ze uitzette. Toen hoorde ze de geluiden van buiten: de kabbelende beek aan het einde van de tuin, het tikken van de bladeren van de appelboom tegen het raam boven. En de stemmen in haar hoofd.

Ze huiverde. Ze kon het vocht in Mallow Cottage inmiddels ruiken en ze stelde zich voor hoe het door de vloer heen sijpelde en langs de muren omlaag stroomde, groen en slijmerig als de rotsen in de beek. Ze ging naar boven, haalde het dekbed van haar bed en nam het mee naar de woonkamer, schonk nog een glas wijn in, eentje meer dan gebruikelijk. Ineengekruld op de bank, met het dekbed over zich heen geslagen, dacht ze terug aan Elias en Jenny en ze treurde zo intens als ze kon. Het ging nog niet heel overtuigend, maar in elk geval deed ze haar best, voor het eerst. Toen het al licht werd zat ze nog steeds op de bank en tegen die tijd was de fles leeg.

Jenny Lister was de vrouw die haar had aangenomen. Connie had, zo rond haar dertigste, na ironisch genoeg een korte carrière bij een plaatselijke krant, gekozen voor de hulpverlening. Wat had haar die kant op doen drijven? De gebruikelijke clichés, meende ze. Het romantische idee dat ze wellicht veranderingen kon bewerkstelligen in het leven van anderen. Tijdens haar opleiding had ze steeds een beeld voor ogen van een gezin dat dankzij haar steun bij elkaar zou blijven: een jongen met warrig haar en een meisje met grote droeve ogen dat op haar knie kroop en haar bedankte voor de hulp aan papa en mama. Allemaal onzin, natuurlijk, maar ze is een type dat om door te zetten altijd wel wat lof kan gebruiken. Jenny was gul geweest met het uitdelen van complimenten, in elk geval in het begin.

Eén keer per maand hadden ze onder leiding van Jenny een sessie in haar kantoor. Echte koffie en lekkere koekjes – soms zelfgemaakt. Jenny was zo'n supervrouw die in het weekeinde graag in de keuken stond, het theater bezocht en fatsoenlijke boeken las. Franks nieuwe vriendin zou misschien ook zo'n type worden. Dat waren de momenten dat Connie haar cliënten ter sprake kon brengen. Ze maakten deel uit van het kinderbeschermingsteam – het meest spannende maar dramatische specialisme binnen de hulpverlening. Voor hen geen incontinente oude dames of onwelriekende, schizofrene mannen. Jenny was verantwoordelijk voor de pleeggezinnen en adoptie, beoordeelde en onderwees toekomstige adoptieouders; Connies belangrijkste taak bestond uit het in de gaten houden van de kinderen uit de risicogroep. Sommigen van hen werden natuurlijk geadopteerd of ondergebracht in een pleeggezin, maar terwijl Jenny tijdens haar huisbezoeken in lommerrijke buitenwijken gezellig keuvelde met keurige mensen uit de gegoede middenklasse, reisde Connie voor haar bezoeken af naar de meest aftandse buurten in het noordoosten. Een en al hondenstront en graffiti, en geen jongen met warrig haar of meisje met droeve oogopslag te bekennen. Af en toe dacht ze dat Jenny geen idee had hoe het er echt aan toeging.

Aanvankelijk gaf Jenny tijdens de beoordelingen steeds bemoedigend commentaar. 'Zo te zien heb je een goede band met die moeder opgebouwd. Het was een heel goed idee om met haar mee te gaan naar de crèche.' En: 'Groot gelijk dat je erop stond om met de klassenleraar te gaan praten.' Connie kwam steevast stuiterend van de koffie en de complimentjes weer naar buiten. Later echter kreeg Connie meer cliënten en werden de huisbezoeken meer routinewerk. Connie had steeds meer moeite de cliënten uit elkaar te houden – was Leanne nu het meisje met de hoofdluis, of was dat het meisje dat in het huis woonde waar die rottweiler in de keuken aan de ketting lag? Dan keek Jenny haar ontevreden aan en schoot Connie in de verdediging. Ze zorgde er altijd voor dat haar aantekeningen op orde waren – ze was tenslotte journalist geweest, ze wist hoe ze een verhaal moest vertellen – maar soms, als ze weer eens aanklopte bij een appartement waar een tienermoeder samenwoonde met een of andere agressieve gast met zo'n vage blik, was ze opgelucht als er niet werd opengedaan. En zelfs als ze door het slaapkamerraam een glimp van een vrouwengezicht meende te zien, pende ze NIET THUIS in haar agenda en ging door naar het volgende bezoekadres. Ze kreeg te weinig betaald om zich te laten uitschelden. In die wijken patrouilleerden zelfs de agenten niet in hun eentje.

Toen ze in verwachting bleek van Alice, voelde dat als een opluchting. Was ze zwanger geworden om maar van haar werk verlost te zijn? Toen Frank het nieuws hoorde, was hij niet bepaald door het dolle heen. Ze had lekker gekookt, kaarsen aangestoken en bloemen gekocht, en het enige wat hij had weten uit te brengen was: 'Niet echt lekker getimed, schatje.' Hij was net begonnen als artistiek directeur van het theater en was gestopt met lesgeven aan het Newcastle College, met de nodige inkomstenderving tot gevolg. Misschien lag hij toen al in bed met zijn nieuwe kleine vrouwtje en reageerde hij daarom zo ongemakkelijk op het nieuws.

Ze had achter zijn keuze gestaan om te stoppen met lesgeven, hoewel dat inhield dat zij moest blijven doorwerken, al werd ze elke ochtend bijna misselijk bij de gedachte aan de betonnen trappenhuizen in de kale en morsige flats, waar ze het te stellen zou krijgen met hysterische moeders en onverschillige vaders. Ze begreep hoe het voor hem moest zijn om een baan te hebben die hij niet leuk vond. En het ontbrak haar aan de moed om met haar vuist op tafel te slaan en te zeggen: 'En ik dan? Waar kan ik heen vluchten?' Had ze doorgehad dat ze op het punt stond hem kwijt te raken en dat elke willekeurige eis van haar hem in de armen zou drijven van de magere ontwerpster over wiens werk hij de loftrompet stak? Maar in elk geval zorgde de zwangerschap ervoor dat ze met verlof kon, even op adem kon komen. Tijdelijk de paniek buiten de deur houden. Ze had tijd om haar wereld te ordenen, een kinderwagen te kopen en rijen rompertjes klaar te leggen in de witgeschilderde commode. Frank voelde zich geroepen haar te verwennen en was zich geheel tegen verwachting in gaan hechten aan het kind dat in haar buik trappelde.

Jenny had zich zeer belangstellend getoond, toen ze weer aan het werk was. Ze had gezwijmeld bij foto's van Alice. 'Weet je zeker dat je hiermee verder wilt? Veel jonge moeders vinden het te zwaar, te dicht bij huis. Andere takken in dit vak geven evenveel voldoening, maar zijn minder veeleisend.' Incontinente oude vrouwtjes. Groepsbegeleiding.

Connie had het aanbod naast zich neergelegd. Waarom? Trots, en omdat het alternatief nog erger was. Ze had namelijk de indruk dat het moederschap haar had verrijkt met inzichten en een mate van empathie waar het haar vroeger aan had ontbroken. Ze had dit hortend en stotend aan Jenny uitgelegd, die haar een brede glimlach had geschonken. 'Prima. Dan gaan we ervoor.' En de week erop had Connie kennisgemaakt met de moeder van Elias.

Mattie was kwetsbaar geweest. En verknipt. Ze had het grootste deel van haar leven te maken gehad met hulpverleners, na door haar alleenstaande en studerende moeder te zijn verworpen en het ene na het andere pleeggezin te hebben versleten. Om een of andere reden was ze nooit opgegeven voor adoptie. Geen van de mislukte experimenten met pleeggezinnen leek Matties schuld te zijn; ze was flexibel en meegaand. Op haar zestiende vond men een appartement voor haar. Niet in een louche wijk, maar in een kleinschalig complex met sociale huurwoningen. Dat had de heilige Jenny voor elkaar gekregen, die het van meet af aan voor Mattie had opgenomen. Op haar zeventiende kwam ze erachter dat ze in verwachting was. Toen Connie haar leerde kennen, was Elias inmiddels zes jaar. Een schat van een jongen. Duidelijk een halfbloedje met zijn koffiekleurige huid en zijn zwarte haar. Door de krullen leek het in de war te zitten; hij was het kind waar Connie als studente over had gefantaseerd, het kind dat zij zou redden, wiens beschermengel zij zou worden. De vader van de jongen kwam in het verhaal verder niet voor.

Tijdens de peutertijd van de jongen had Mattie het zonder al te veel hulp van buitenaf gered. Ze bracht het kind naar de overheidscrèche in de buurt. Ze ging regelmatig met hem naar het consultatiebureau. Uit alles bleek dat ze een overbezorgde, zelfs neurotische moeder was. In vergelijking met de drugsverslaafde, onverantwoordelijke tienermoeders met wie hulpverleners doorgaans te maken krijgen, was ze een engel. Een schat. Naar verluidt niet de slimste van het stel, maar wel een toegewijde moeder.

Toen werd Mattie verliefd. Connie is er nooit precies achtergekomen hoe het stel elkaar heeft leren kennen. Als ze ernaar informeerde, begon Mattie te blozen en te stotteren: 'O, we sijn elkaar gewoon erreges tegen het lijf gelopen, weet je wel.' En aan die vent van haar, het object van haar liefde, kon ze het niet vragen, omdat hij er nooit was. Misschien via een bemiddelingsbureau? De personaliarubriek in de plaatselijke krant? Connie had Mattie nooit zien lezen, op die ene keer na dat ze Elias stotterend uit een plaatjesboek had voorgelezen, omdat ze op de crèche hadden verteld dat dat goed voor hem was. Misschien had Michael Morgan haar gewoon op straat opgepikt. Ze was een aantrekkelijke vrouw geworden, voor wie van hulpeloze en zeurende types hield. En als ze Frank mocht geloven, vielen de meeste mannen wel voor zo'n uitstraling.

Iedereen was het erover eens dat Michael een mafketel was. Zij het van het onschuldige soort. Connie was alleen maar op de zaak gezet, omdat Jenny geen risico wilde nemen en bovendien Mattie wel een interessant geval vond omdat, zo zei ze, 'uit alle onderzoeken blijkt dat de dynamiek van het gezin verandert, zodra er een vreemde man ten tonele verschijnt. We kunnen voorlopig maar het beste een oogje in het zeil houden.' En waarschijnlijk ook omdat het Jenny verstandig leek om Connie na haar zwangerschapsverlof met een eenvoudige zaak te laten beginnen.

Jenny had haar weer eens vragend aangekeken, toen Connie had gezegd dat ze Michael maar vreemd vond. 'Hoe bedoel je, vreemd?' Misschien kwam het door de lading van het woord en het feit dat Jenny ruimdenkend was. Of misschien keek ze altijd zo als ze iets niet begreep en wilde ze werkelijk dat Connie haar woorden toelichtte.

Connie had hierop haar schouders opgehaald. 'Hij is hoogopgeleid en werkt in dat therapeutisch centrum in Tynemouth. Acupunctuur. Ik vraag me af wat hij ziet in Mattie, met haar kind.'

'Iemand die zich ontfermt over de minderbedeelden?' En Jenny had gelachen. 'Daar weten wij hulpverleners alles van.'

'Hij zegt nooit wat.' Connie voelde de behoefte om door te praten over het ongemakkelijke gevoel dat de man haar gaf. Ze klonk alsof ze zijn karakter uitgebreid had bestudeerd, terwijl ze hem in werkelijkheid maar één keer had ontmoet. 'Hij zit daar maar te glimlachen. Ik vroeg me af of hij iets gebruikt had. Of dat hij ziek was. Gek.'

'Geen strafblad.' Jenny had weer gefronst. 'Laten we de zaak toch maar in de gaten houden. Ga op je gevoel af, oké?'

Dus was Connie langs blijven komen, wat ze geheel niet tegen haar zin deed, aangezien Matties appartement een oase van rust was te midden van de scheldende ouders, de naar pis en erger stinkende flats en de baby's met vieze luiers. Mattie zette altijd kruidenthee die ze serveerde in grote mokken met zonnebloemen erop. Het was er altijd netjes geweest, maar nu stonden er ineens boeken in huis. Geen fictie, maar boeken over religie en alternatieve geneeskunst. Er lagen kleden op de vloer, een vaas met bloemen. Maar geen speelgoed, viel Connie op. Nergens rommel. Alice was inmiddels een peuter en hun huis zag er altijd uit alsof er zojuist een orkaan doorheen was getrokken. Ze maakte er een opmerking over tegen Mattie, die echter geen sjoege gaf. 'Michael houdt niet van troep,' zei ze. Voor haar volgende bezoek koos Connie een tijdstip uit waarop Elias al uit school zou zijn. Hij zat aan tafel huiswerk te maken toen Connie kwam, maar glimlachte niet toen hij opkeek. Nog steeds nergens speelgoed te zien.

Frank had zes maanden na Alice' tweede verjaardag de benen genomen. Zijn vertrek kwam voor Connie als een volslagen verrassing. Er waren geen ruzies geweest. Frank stoorde zich zo af en toe aan de chaos in hun leven, maar hij was slim genoeg om dat niet geheel op haar conto te schrijven. Het leven was goed en ze begon zelfs stiekem aan een tweede kindje te denken. Wellicht had hij het in redelijke harmonie met haar uitgehouden, omdat hij al had besloten dat hij bij haar weg zou gaan, omdat de magere ontwerpster hem al vertroosting bood op de zaterdagmiddagen dat Connie zich ontfermde over Alice en de berg te strijken wasgoed, de middagen waarop hij zogenaamd met de groep aan het repeteren was. Het enige waar hij voor had gerepeteerd, dacht ze inmiddels, was een leven vervuld van echtelijk geluk.

Connie had met het oog op Alice en haar werk de schijn opgehouden. Er kon geen sprake van zijn dat zij in het kantoor van de heilige Jenny in tranen zou uitbarsten. Ze had geen behoefte aan haar medelijden. 'We zijn als vrienden uit elkaar gegaan,' hield ze haar collega's voor. Dat was op dezelfde dag geweest dat Elias' leraar Connie had gebeld om zijn zorgen over de jongen kenbaar te maken.

10

'Er is over de zaak vergaderd,' zei Vera. In de calamiteitenkamer in Kimmerston leidde Vera haar eigen vergadering. Al haar manschappen waren aanwezig: Joe Ashworth, haar rechterhand; Holly, haar mooie lievelingetje; en oudgediende Charlie, wazig en sjofel als altijd. En Billy, de plaatsdelictexpert, die ondanks zijn slappe gelul meer verstand in het vingertopje van zijn pink leek te hebben dan alle anderen bij elkaar, dacht Vera weleens. 'Ik heb de indruk dat hulpverleners dat altijd doen, zodra ze niet meer weten hoe het verder moet.'

Het weer was omgeslagen, het leek inmiddels weer bijna winter; het was buiten nog altijd zo goed als donker en regendruppels liepen langs de ramen. Vera probeerde haar aandacht weer op de groep te richten. Ze had niet veel geslapen, maar bruiste van de energie die ze door haar grote lompe voeten voelde stromen en die haar vingers deden tintelen.

'De bezorgdheid van de lerares was niet erg concreet. Elias arriveerde vermoeid en hongerig op school. Hij had geregeld woede-uitbarstingen, hoewel dat niets voor hem was. Hij heeft een paar keer in zijn broek geplast. Ze wist dat het gezin in contact stond met de hulpverlening, daarom heeft ze contact opgenomen met Connie Masters. Anders had ze waarschijnlijk alleen maar even met de ouders gepraat.'

'Geen sporen van misbruik?' Holly droeg een mooie spijkerbroek en een strakke zwarte trui. De kleren van de jongere vrouw vielen Vera altijd op en werkten als een rode lap op een stier.

'Niet lichamelijk,' zei Vera. 'Geen schroei- of blauwe plekken. Als hij jonger was geweest, zou je hebben kunnen denken dat zijn ontwikkeling stokte. Hij had last van een zekere lusteloosheid, een verandering van zijn karakter.' Misbruik kent vele gedaanten, dacht ze.

'Wat heeft die vergadering opgeleverd?' Joe Ashworth stelde haar geregeld vragen; hij wilde opschieten. Hij zag er vermoeid uit. Maar hij was ook het grootste deel van de nacht op geweest, om zich te kunnen verdiepen in de zaak Elias Jones.

'Men was het er unaniem over eens dat er geen reden was voor drastische maatregelen. Connie Masters zou wat vaker langsgaan – ze kwam er maar drie tot vier keer per jaar. Ze zou onder vier ogen met de jongen praten en met zijn moeder. De leraar zou op school een extra oogje in het zeil houden. Het was mogelijk dat het veranderde gedrag van de jongen niets te maken had met zijn thuissituatie. Misschien werd hij geplaagd of had hij ruzie gehad met zijn vriendjes op het schoolplein.'

Charlie hoestte en nieste in een grijze zakdoek, die ooit wellicht wit was geweest. Vera keek haar klasje rond. 'Dus tot zover is alles volgens de regels verlopen. Alle besluiten en acties zijn vastgelegd. Hulpverlening volgens het boekje.' Met haar vingers zette ze in de lucht een paar aanhalingstekens. Die laatste zinsnede was een letterlijk citaat geweest uit het onderzoeksrapport.

'Wat heeft ons slachtoffer hiermee te maken?'

'Jenny Lister.' Vera sprak de naam nadrukkelijk uit en keek hem aan om zeker te weten dat hij de boodschap had begrepen: de vrouw verdiende het met haar eigen naam te worden aangeduid. 'Ze was Connie Masters' baas. Ze heeft de vergadering destijds voorgezeten. Ze kende Elias' moeder al van kinds af aan, omdat Mattie Jones ook haar leven lang met hulpverleners in aanraking was geweest.' Ze keek Ashworth aan en nodigde hem uit het verhaal af te maken. Hij liep naar voren. Hé, jongen, is dit wat je wilt? De leiding overnemen en mij buitenspel zetten, als een kuiken dat zijn te dikke pleegmoeder het nest uit werkt? Ze wist niet of ze vanwege zijn brutaliteit nu trots of geïrriteerd moest zijn.

'Het was dus aan Connie Masters om het gezin in de gaten te houden. Maar haar eigen wereld was op dat moment ook aan het instorten. Haar echtgenoot was er net vandoor gegaan en had haar met een peuter laten zitten. Dat heeft bij het onderzoek zwaar meegewogen. Men had het idee dat ze tijdens het werk met het gezin van Elias niet geheel objectief is geweest.' In zijn toon zat een zweem eigendunk. Dat gebeurde zo nu en dan, en Vera kreeg de neiging om hem op die momenten een goeie tik te verkopen. Alleen omdat hij een perfect gezinnetje had, meende hij dat dit voor iedereen weggelegd was. Maar ze liet hem verdergaan.

'Connie Masters regelde een uitstapje voor Elias, wist hem er warm voor te laten lopen. Ze zouden aan de kust gaan picknicken en op weg naar huis vis en patat eten. Ze dacht dat hij wat spraakzamer zou worden als ze een hele middag samen op stap waren geweest.'

'Was zoiets gebruikelijk?' interrumpeerde Holly, die zich in haar stoel omdraaide, zodat ze zeker wist dat ze op ieders aandacht kon rekenen. 'Dat een hulpverlener een hele middag uittrekt voor één kind, bedoel ik. Als er geen acute reden voor is. Ik dacht dat hulpverleners altijd omkwamen in het werk.'

'Dit was een speciaal geval,' zei Ashworth. 'Een lievelingskind, zogezegd. En zoals ik al zei, Mattie was voor hen een goede bekende, bijna familie. Misschien voelden ze zich daardoor extra verantwoordelijk voor haar zoon.'

Hij leek niet gehinderd te worden door de onderbreking, en ging verder alsof er niets was gebeurd. 'Dus brachten ze een middag aan het strand door. Longsands, Tynemouth, voorzien van een schepje met een emmer, broodjes ei en limonade. Elias vermaakte zich kostelijk met zandkastelen bouwen en voetballen. Connie informeerde naar de nieuwe vriend van haar moeder: "Gaat Michael er ook weleens met je op uit?" Maar er kwam geen reactie. Hij zei niet eens dat Michael "wel aardig" was. Elias weigerde over hem te spreken.'

Hij zweeg en even konden ze het gezoem van een printer in een belendende kamer, de regen die het raam geselde en het verkeer dat onder hen stilaan toenam horen.

'Vlak voordat ze weer zouden opstappen, stelde Connie voor nog snel even pootje te baden. "We kunnen toch niet naar het strand zonder nat te zijn geworden!" Elias wilde niet, maar zij pakte zijn hand en liep met hem mee naar de waterlijn. Toen het water over zijn tenen spoelde, gilde hij het uit. Ze dacht dat hij was geschrokken van het koude water, maar toen een wat hogere golf hem natspetterde, sprong hij pas echt uit zijn vel. In paniek klampte hij zich aan haar vast en zij moest hem weer het droge zand op dragen. Ze probeerde de oorzaak van zijn schrikreactie te achterhalen. Was hij bang dat Mattie en Michael boos op hem zouden worden, omdat zijn kleren nat waren? Daar hoefde hij niet over in te zitten, ze zou hun uitleggen dat het haar schuld was. Maar hij hield zijn kaken op elkaar en was niet meer te vermurwen. Toen ze hem weer thuis afzette, had ze het gevoel dat ze helemaal niets was opgeschoten.'

'En dit heb je allemaal uit het rapport?' vroeg Holly sceptisch. Omdat ze ambitieus was, school er altijd een zekere rivaliteit in haar omgang met Ashworth.

Ashworth keek haar aan. 'Jep,' zei hij. 'Zo goed als. Voordat ze de hulpverlening in ging, werkte Masters als journaliste. Zij weet hoe je een verhaal moet brengen.'

Weer viel het stil en Vera had het idee dat ze op dat moment allemaal met het kind op het strand waren en zich afvroegen: wat zou ik hebben gedaan? Wie eerlijk durfde te zijn, gaf toe dat hij niets zou hebben gedaan. Een jongen die zich aanstelde en die bang was voor een beetje water. Dat was geen reden om iemand uit huis te laten plaatsen. De rechter zou je recht in je gezicht uitlachen. Ze was zelf ook bang als er water over haar gezicht liep.

Ashworth vertelde wat Connie Masters toen deed. 'Een paar weken later ging ze 's avonds bij het gezin langs. Ze had geen afspraak gemaakt. Elias lag al in bed, dus ze heeft de jongen niet gezien, maar ze kwam ook niet voor hem. Omdat ze hem op school een beetje in de gaten hadden gehouden, wilde ze even praten met de moeder en met de man die nu de facto Elias' stiefvader was. Het ging er ogenschijnlijk allemaal netjes aan toe. Michael zat aan tafel te schrijven – werk, kennelijk – en Mattie was het theeservies aan het afwassen. Het viel Masters op dat Mattie onderdanig deed en dienstbaar leek.'

Charlie keek op. 'Er zijn tijden geweest,' zei hij, 'waarin niemand raar opkeek van een situatie waarin de man werkte en zijn vrouw zijn thee zette.' Hij hoestte nog maar eens een keer en verviel vervolgens weer in een kortaangebonden zwijgen. Iedereen was op de hoogte van zijn beladen privésituatie en daarom ging niemand erop in.

'Wat haar ook opviel,' Ashworth praatte door alsof Charlie niets had gezegd, 'was dat de tv was verdwenen. Toen ze nog alleen woonde met de jongen keek Mattie graag tv, ze sprak over de soapseries alsof de personages echt bestonden. Masters informeerde ernaar. Ze dacht dat de tv misschien in reparatie was, of dat ze wachtten op een vervangend exemplaar. "Michael houdt niet van tv-kijken," zei Mattie. "Hij zegt dat het je hersenen afstompt." Daar is geen speld tussen te krijgen.'

Vera, die in een hoek alles aanhoorde, dacht dat er momenten waren waarop dat juist gewenst was. Je hersenen even uitschakelen. Whisky was haar beproefde middel, maar ze begreep wel dat anderen daar de tv voor gebruikten, de eindeloze herhalingen van *Inspector Morse* of *Midsomer Murders*, de make-overprogramma's en de talentenjachten die je 's avonds hielpen in slaap te vallen.

'Ze belegden dus hun vergadering,' ging Ashworth verder. 'Mattie Jones, Connie Masters en Michael Morgan. Masters vertelde dat men zich zorgen maakte over Elias. Hij kon op school zijn aandacht er moeilijker bij houden en kende stemmingswisselingen. Gedroeg hij zich thuis ook vreemd? En Mattie – die volgens Masters zelden haar mond opendeed, ze was een breekbare schoonheid, zelf haast nog een kind – had slechts haar hoofd geschud en sip gekeken.' Ashworth keek Holly recht aan. 'Zo staat het letterlijk in de aantekeningen. Michael zei dat hij had geprobeerd vriendschap te sluiten met de jongen. "Maar ik ben niet goed met kinderen. Te zeer op mezelf gericht, ben ik bang." Hier voegde hij tot verbazing van Masters, die niet had gerekend op zo'n concrete ontboezeming, aan toe: "Luister, als het allemaal te ingewikkeld wordt, kan ik misschien beter ergens anders gaan wonen. Ik wil Mattie en Elias niet voor de voeten lopen. Dat is wel het laatste waar ik op zit te wachten." En Morgan voegde de daad bij het woord. In het weekeinde was hij al vertrokken naar zijn appartement boven zijn praktijk dat hij had aangehouden en hij beloofde contact te houden met Mattie.'

Vera stond op van de vensterbank waar ze op was gaan zitten. Het was tijd om het over te nemen. Als ze Ashworth zijn gang liet gaan, zaten ze hier de hele dag.

'Alle hulpverleners slaakten een zucht van verlichting,' zei ze kortaf, 'en ze dachten dat het probleem opgelost was. Als er al iets met de jongen aan de hand was geweest, dan was de oorzaak in elk geval geëlimineerd. Jenny Lister was de enige die nog geen victorie kraaide. Ze zei dat Connie er niet van uit kon gaan dat Michael Morgan de oorzaak was geweest van de onrust van de jongen en zei haar dat ze door moest gaan met haar huisbezoeken. Mattie was een beschadigde persoonlijkheid die nog altijd hulp nodig had en in de gaten moest worden gehouden. Ze stuurde iedereen die bij de eerste vergadering aanwezig was geweest een mail van deze strekking. Maar Connie werd in beslag genomen door andere zaken, gezinnen met op het oog urgentere problemen. En haar eigen leven lag in duigen. Ze is nog een paar keer bij Mattie langs geweest, die haar bezwoer dat alles goed ging, maar Elias heeft ze niet meer gezien. Het bleek dat na het overleg in het appartement niemand nog contact had gehad met Michael. Tijdens het onderzoek dat volgde op zijn overlijden, bleek dat Elias nog altijd problemen had gehad op school, maar dat vanwege Jenny's e-mail zijn leraar in de veronderstelling verkeerde dat Connie zich met het gezin bemoeide en de zaak in het oog hield. De jongen is bijna exact een jaar geleden overleden. Verdronken in bad. Mattie heeft hem verdronken. Ze zei aanvankelijk dat het een ongeluk was, maar tijdens de eerste confrontatie met de politie gaf ze al toe dat ze hem had vermoord. Ze gaf hem er de schuld van dat Michael ervandoor was gegaan. Ze dacht dat haar man misschien bij haar terug zou komen als de jongen er niet meer zou zijn.'

Vera keek de kamer rond. Ze constateerde dat ze de volle aandacht had. Er volgden geen snerende opmerkingen, geen ogen die naar boven keken ten teken dat het verhaal hen had verveeld. Meestal waren ze alleen geïnteresseerd in actie, maar de dood van een kind maakte indruk en deed hen verstommen.

'De agenten die de zaak hebben onderzocht, hebben ook Michael ondervraagd. Wassen en in bad gaan is voor de knaap kennelijk altijd een probleem geweest. Tijdens de ondervraging heeft Mattie toegegeven dat ze Elias soms strafte met behulp van water en dat ze zijn hoofd weleens net zo lang onderhield tot hij geen lucht meer kreeg.' Vera verhief haar stem niet, maar probeerde zich in haar hoofd het tafereel voor te stellen. Een fluisterende Mattie, zodat haar geliefde niets zou horen: Michael houdt niet van rommel. Michael houdt niet van lawaai. Als je braaf bent, hoef ik dit nooit meer te doen. 'Het was nauwelijks verrassend te noemen dat de jongen aan het strand door die onverwachte golf in paniek raakte. In de rechtszaal probeerden haar advocaten de jury ervan te overtuigen dat zijn dood een optelsom van een aantal eerdere incidenten was en dat ze niet de intentie had haar zoon om het leven te brengen.'

De teamleden reageerden furieus, vol verontwaardiging. 'Heeft haar vriend haar niet geprobeerd tegen te houden? Welke moeder doet haar eigen kind zoiets aan?'

Vera beantwoordde de laatste vraag het eerst. 'In het psychologisch rapport wordt gewag gemaakt van Matties lage IQ. Michael was de eerste man ooit die haar enige aandacht schonk en ze was helemaal hoteldebotel van hem. De psycholoog was verbaasd dat ze water had gebruikt om de jongen in het gareel te houden. Dat is geen normale manier van straffen. Het leek haar aannemelijk dat Mattie op dezelfde manier behandeld was, misschien door een van haar pleegouders, of misschien in de opvang. Wie weet dacht Mattie wel dat het een acceptabele methode was.'

Het viel stil. 'Michael beweert dat hij nooit heeft geweten dat Mattie haar zoon mishandelde,' ging Vera door. 'De openbaar aanklager moet hem geloofd hebben. Hij is nooit vervolgd.' Hierop ging er een zucht van verlichting door de ruimte, begeleid door wat honend gegniffel. Geen van hen had een hoge pet op van de openbaar aanklager.

Ze keek Ashworth aan. Ze had zijn show lang genoeg gestolen. Hij mocht het weer overnemen.

'De pers wees Connie Masters aan als schuldige,' zei hij. 'Ze werd geschorst en daarna ontslagen. Ze is in hoger beroep gegaan, maar dat heeft niet mogen baten. Jenny Listers opmerking was hierin cruciaal. Ze had Masters opgedragen bij de zaak betrokken te blijven, niet om zich uitsluitend op Michael te richten.'

Ashworth zweeg. Vera vroeg zich af of hij zich op school bezig had gehouden met amateurtoneel. Hij kon beter dan wie ook dramatisch zwijgen. Op haar na. Niemand kon zo nauwkeurig tot de essentie van een zaak doordringen als zij.

'Wat voor ons uiteraard van belang is,' zei hij, terwijl hij, het gezelschap rondkijkend, zich ervan vergewiste dat hij ieders aandacht had, 'is de vraag of dit allemaal iets te maken heeft met de moord op Jenny Lister of dat dit allemaal slechts berust op toeval.'

11

Ashworth bevond zich in Connie Masters' woning. Het huis was donker en troosteloos, gevuld met tweedehandsmeubels. Hoewel het al volop ochtend was, hadden ze de schemerlamp in de hoek van de kamer moeten aandoen. Het tapijt mocht ook weleens gereinigd worden. Joe en zijn vrouw hadden hun huis ingericht met spullen van IKEA, of de Habitat als het zo uitkwam, blank hout en veel licht, met af en toe een kleurtje.

In gedachten was hij nog volop bezig met de ochtendbriefing. Na het gesprek over de zaak-Elias Jones hadden ze het rapport van de lijkschouwer besproken en een lijst van mogelijke verdachten bij het Willows opgesteld. Vera had met name oog voor de wijze waarop het slachtoffer was gewurgd. 'Dun touw. Slim. Je kunt in een zwembroek of badpak geen moordwapen verstoppen, maar het valt niemand op als je het touw in je gesloten vuist bij je draagt. Dat maakt dit moord met voorbedachten rade, denk je ook niet? En de moordenaar moet geweten hebben dat Jenny na het zwemmen graag een stoombad nam. Het is goed mogelijk dat hij haar daarbinnen heeft opgewacht.' Hierna stopte ze en ze sloeg met haar vlakke hand tegen haar voorhoofd, op dermate theatrale wijze dat Joe vermoedde dat ze al van meet af aan met deze optie rekening had gehouden. 'Hoe zit het met de nylonkoordjes waarmee het personeel de naambadges draagt? Kan ze daarmee om het leven zijn gebracht? Hebben we er eentje ter vergelijking?' In het schemerige boerderijtje probeerde Joe de briefing uit zijn hoofd te zetten en zich op het heden te concentreren.

Hij had Connie in haar eentje thuis aangetroffen; haar dochter was kennelijk op de crèche. 'Ik heb maar een halfuurtje,' zei ze direct nadat hij zich had voorgesteld. 'Dan moet ik Alice ophalen.' Ze was defensief, wilde hem eigenlijk liever niet binnenlaten.

Maar dat had ze wel gedaan en nu zaten ze samen aan de koffie. Ze zag er vermoeid uit, grauw. Ashworth had op het aanrecht een paar lege wijnflessen zien staan, hij vroeg zich af of ze aan de drank was.

'U beweert dat het allemaal toeval is?' vroeg hij. 'Dat u er toevallig achter kwam dat u praktisch bij mevrouw Lister om de hoek bent gaan wonen?'

Meestal vermeed hij de confrontatie tijdens een verhoor. Dat was niet zijn stijl en bovendien was het zijn ervaring dat een bedeesde en meelevende aanpak betere resultaten opleverde. Maar inmiddels begon hij zijn geduld te verliezen; dat was al begonnen met Danny, de student annex schoonmaker, en nu deze vrouw weer. Als hij naar haar keek, kostte het hem moeite de beelden van een verdronken Elias Jones uit zijn hoofd te bannen. Ze had de moord weliswaar niet gepleegd, maar ze had het wel laten gebeuren.

Ze keek hem aan, getergd door zijn toon. 'Ja, zo is het precies. Ik wist niet eens dat ze hier in het dorp woonde.'

'U wist niet waar de vrouw woonde met wie u zes jaar hebt samengewerkt?' Het ongeloof lag duidelijk in zijn stem besloten en de vraag kwam er hard en op hoge toon uit.

'Luister eens, ik ben een stadsmens.' Connie keek hem over de rand van haar koffiemok aan en zette die voor zich op tafel voordat ze verderging. 'Opgegroeid in Londen, voor mijn studie verhuisd naar Newcastle. Ik woonde in een flat in Heaton voordat we na ons huwelijk ons kleine huisje in West Jesmond betrokken. Ik wist dat Jenny ergens in de wildernis van Northumbrië woonde. Op de spaarzame momenten dat we elkaar buiten het werk om zagen – afdelingsuitjes, dat soort dingen – waren we altijd in de stad. Hoe kon ik weten dat ze in Barnard Bridge woonde? Weet u waar uw baas woont?'

Een retorische vraag, die Ashworth niettemin in gedachten beantwoordde. O, en of ik dat weet. Hoe vaak heb ik haar niet thuis afgezet, omdat ze weer eens te lam was om te rijden? Hoe vaak heeft ze me niet opgetrommeld om een zaak te bespreken?

'U denkt toch niet dat ik haar vermoord heb?'

Ashworth vermoedde dat Connie werkelijk zojuist pas aan deze mogelijkheid gedacht had. Het idee had haar depressie en haar kater doorkruist. Ze keek hem nu angstig en met heldere ogen aan.

'Sommige mensen zijn van mening dat u een motief hebt. Als zij niet tussenbeide was gekomen, zou u uw baan nog hebben. Dan zou u hier niet zitten, met een uitkerinkje, uitgekotst door de maatschappij.'

'Nee!' Connie stond op om haar woorden kracht bij te zetten. 'Dat was mijn eigen schuld. Als ik me aan de regels had gehouden, als ik Elias' leraar gebeld zou hebben, als ik de moeite zou hebben genomen om 's avonds langs te gaan op een moment dat hij samen met Morgan zou zijn, zou ik nog aan het werk zijn en zou mijn foto niet in alle kranten hebben gestaan. Ik heb Elias niet vermoord. Dat heeft zijn moeder op haar geweten. En Jenny Lister heeft me niet de laan uitgestuurd. Ik heb mijn carrière helemaal zelf naar de knoppen geholpen.'

'Ze had u kunnen steunen, het verhaal een beetje kunnen verdraaien om u uit de wind te houden.'

Connie glimlachte en voor het eerst zag hij dat ze helemaal geen onaantrekkelijke vrouw was. 'Neuh,' zei ze. 'Dat zat er niet in. Zo was Jenny niet.'

'Waar was u gisterochtend?' Hoewel ze hem gaandeweg overtuigd had met haar verhaal, wilde hij dit niet laten merken.

'Hoe laat?'

'Tussen acht en halftwaalf, ongeveer.'

'Ik was tot negen uur hier. Toen heb ik Alice naar de crèche gebracht. Dat moet voor kwart over negen. Ik heb haar daar afgezet en daarna ben ik een uurtje Hexham in geweest. Mezelf verwend met een fatsoenlijke kop koffie. En verder een beetje etalages gekeken. Niet helemaal te vergelijken met een bezoekje aan Newcastle, maar meer tijd had ik nu eenmaal niet. Omdat het een mooie dag was, heb ik de auto hierheen gebracht en ik ben naar het dorp gelopen om Alice op te halen.'

Ashworth keek naar buiten en zag dat het was opgehouden met regenen. De lucht – of wat er door de druipende bomen heen van te zien was – begon op te klaren. 'Waar hebt u in Hexham geparkeerd?'

'Naast de grote supermarkt vlak bij het station.'

'U hebt vast de bekeuring niet bewaard?'

'Ik heb geen bekeuring gekregen!' Ze raakte een beetje geïrriteerd, wat hij beter bij haar vond passen: hij had liever dat ze voor zichzelf opkwam dan dat ze alles maar lijdzaam over zich heen liet komen. 'Je mag daar gratis parkeren en dan is het nog een flinke wandeling naar het centrum. Van het geld dat ik bespaar op het parkeren, gun ik mezelf een kop koffie. Dat zijn de afwegingen die ik dankzij mijn uitkering en het schijntje dat mijn echtgenoot betaalt voor het levensonderhoud van mijn dochter, moet maken.'

'Had u een afspraak met een kennis?'

'Ik heb geen kennissen in deze negorij.'

'Ik vraag het,' ging Ashworth door, de rust zelve, 'omdat het lichaam van Jenny Lister is aangetroffen in de sportschool in het Willows. Dat is ongeveer halverwege hier en Hexham. Dat is maar een klein eindje. U moet er op weg naar het dorp langs zijn gereden. Wellicht ook toeval?'

'Ja, rechercheur,' zei ze. 'Zo is het.' Ze zweeg. 'Ik ben een paar keer in het Willows geweest. Als je in het restaurant gaat eten, mag je ook gebruikmaken van het zwembad. Dat deed ik vroeger, toen ik nog getrouwd was en Alice nog niet was geboren, en een tochtje naar het platteland op een zomeravond nog een leuk uitstapje was.' Omdat ze was opgestaan, ging Ashworth ervan uit dat het gesprek wat haar betreft ten einde was, maar ze liep naar de keuken om de koffiepot te pakken die op het warmhoudplaatje had gestaan. Zonder iets te vragen schonk ze een mok voor hem in en ze vulde ook de hare nog eens. Hij dronk zijn koffie bij voorkeur met melk en suiker, maar dat bood ze niet aan en hij vroeg er niet om.

'Vertelt u eens wat meer over Jenny,' zei hij. 'Hoe zou u haar omschrijven?'

'Efficiënt,' zei ze. 'Eerlijk. Gesloten.'

'Mocht u haar?'

Daar moest Connie even over nadenken. 'Ik bewonderde haar,' zei ze. 'Maar ze liet niemand zo dichtbij komen om te kunnen zeggen of we haar aardig vonden of niet. Geen van haar collega's, in elk geval. Dat was haar overlevingsmechanisme volgens mij. Sommigen in de hulpverlening draaien het om: ze hebben alleen maar vrienden die hetzelfde werk doen, omdat die snappen hoeveel stress en frustratie erbij komt kijken. Jenny zei altijd dat ze geen behoefte had haar werk mee naar huis te nemen. Misschien wilde ze daarom ver van haar werk vandaan wonen.' Ze zweeg even. 'Jenny was altijd erg overtuigd van haar eigen gelijk. Altijd. Ze luisterde wel naar argumenten, maar als ze zich eenmaal iets in haar hoofd had gehaald, was ze daar niet meer vanaf te brengen.'

Ashworth bedacht dat deze omschrijving ook van toepassing was op enkele van zijn collega's. En er waren in het korps heel wat mensen te vinden die er niet van hielden om zakelijk en privé door elkaar te laten lopen. De meesten van zijn vrienden waren ook dienders, omdat zij dezelfde humor hadden en de spanning begrepen, maar sommige collega's leken hem niet meer te kennen, zodra hun dienst erop zat. Dat maakte hen tot buitenbeentjes, einzelgängers. Zou Jenny ook zo zijn geweest, afstandelijk, belerend wellicht?

'Had ze het ooit over haar gezin?'

'Ik wist dat ze een dochter had, maar alleen omdat Jenny een foto van haar op haar bureau had staan waar ik een keer een vraag over heb gesteld. En toen mijn man de benen nam, vertelde Jenny dat haar hetzelfde was overkomen, toen haar dochtertje nog heel klein was. Maar dat was alles.'

'U hebt dus geen idee wie haar vermoord zou kunnen hebben?'

'O, ik weet zeker dat ze in de loop der jaren weleens bedreigd is,' zei Connie als vanzelf. 'Dat geldt voor ons allemaal.'

'Wat bedoelt u?'

Ze keek hem aan alsof hij achterlijk was. 'Ons werk bestaat uit het uit huis plaatsen van kinderen, meestal tegen hun wil. Er zijn natuurlijk mensen die ons bloed wel kunnen drinken. Wij hebben het lef gehad hun ouderschap te ondermijnen, ons toegang te verschaffen tot hun woningen en hen daardoor voor het oog van de buurt af te schilderen als incompetent of wreed. Hoe denkt u dat daarop gereageerd wordt? Het ging er vaak agressief en grof aan toe.' Ze zweeg even. 'Maar als u mij vraagt of Jenny door een van haar cliënten om het leven is gebracht, dan zeg ik nee, geen sprake van. De meesten van hen zijn chaoten die hun leven niet op de rails hebben, vandaar dat wij aan hun capaciteiten als ouder twijfelen. Het is ondenkbaar dat zo iemand een dergelijke moord kan plannen en uitvoeren. Ze zouden niet eens het Willows weten te bereiken, laat staan dat ze zich toegang zouden weten te verschaffen tot de sportschool. Ik weet niet wie Jenny Lister heeft vermoord, maar het zou mij hogelijk verbazen als haar dood iets te maken zou hebben met haar werk in de hulpverlening.'

Ze verzamelde de mokken en bracht ze naar de keuken, kwam terug naar de kleine woonkamer en trok haar schoenen aan. Ashworth liep met haar mee naar buiten. Hij vroeg zich af hoe gezond het was om op zo'n laaggelegen, vochtig stuk land naast de rivier te wonen. De tuin was overwoekerd. In een hoek schoot de rabarber uit de grond en in het lange gras groeide her en der wat speenkruid. 'Denkt u dat u hier lang zult wonen?' Hij zag het niet voor zich. Ze was meer een stadsmens, zoals ze zelf al had geconstateerd.

'God, nee!' Ze trok een grimas. 'Maar ik wilde heel graag de pers ontlopen en Frank, mijn ex, kent de eigenaars. Ik denk dat ik het hier niet een hele winter uit zou houden.'

Bij het kleine, door het mos groen uitgeslagen en verrotte hek, stopte ze.

'Ik heb een onbekende in het dorp gezien,' zei ze. 'Gistermiddag, vlak na lunchtijd. Waarschijnlijk is het niets. Hij was niet op zoek naar Jenny.'

'Vertelt u toch maar verder.'

Ze keek op haar horloge om te controleren of ze nog een paar minuten had en leek gerustgesteld.

'Het was een beetje vreemd. We wilden na de lunch nog even buiten zitten – het was de eerste mooie lentedag – en daar was hij. Alice zag hem op de brug staan. Hij zei dat hij met de bus was gekomen. Hij zocht Veronica Eliot. Zij woont in dat grote witte huis bij het kruispunt. Ik zei tegen hem dat ik langs haar huis was gelopen en had gezien dat ze er niet was. Ik heb voorgesteld om bij mij op haar te wachten en ik heb hem een kopje thee aangeboden.'

'Waarom deed u dat?' Ashworth was pertinent tegen het nemen van risico's. Hij vond het van de gekke dat een alleenstaande vrouw een vreemde uitnodigde om thee bij haar te komen drinken.

'Ik weet het niet. Ik voelde me eenzaam. Sinds die hele toestand rond Elias bekend is geworden, word ik als een paria behandeld. Ik had behoefte aan wat volwassen gezelschap en hij leek me wel aardig. Maar omdat ik het niet aandurfde om Alice met hem alleen te laten, heb ik haar meegenomen naar de keuken om me met de thee te helpen. Toen we weer terugkwamen, was hij verdwenen. Zoals ik al zei: vreemd. Misschien had hij Veronica's auto de oprit op zien komen. Of misschien vond hij dat hij wel iets beters had te doen dan thee leuten met een zielige, wanhopige huisvrouw met een kind.'

Connie glimlachte kort en bedroefd en liep toen gehaast het modderige pad af.

12

Na de vergadering met haar team bleef Vera in haar kantoor zitten. Ze moest haar gedachten ordenen. Ze had Ashworth naar Barnard Bridge gestuurd om Connie Masters aan de tand te voelen. Holly en Charlie waren weer naar het Willows om het personeel te ondervragen dat de dag ervoor niet had gewerkt. Terwijl ze uitkeek over de straat waar de wekelijkse markt al aardig wat volk op de been bracht, bedacht Vera dat de keuze voor de sportschool als locatie voor de moord uiterst relevant was. Waarom had de dader daar toegeslagen, op een plek waar hij volop kans liep gezien te worden? Er waren genoeg andere, minder ingewikkelde locaties te bedenken om een moord te plegen. Jenny's moordenaar moet geweten hebben dat ze lid was of hij was haar op weg naar de sportschool gevolgd. Dat impliceerde dat er een stalker aan het werk was, dat de moord met voorbedachten rade was gepleegd en dat alles zorgvuldig was voorbereid. Een andere mogelijkheid, dacht Vera, was dat het motief banaler, trivialer was, dat Jenny onderweg naar het Willows iets heeft gezien wat ze met haar leven heeft moeten bekopen. Het tegendeel van voorbereid. Moorden werden vaak om de stompzinnigste redenen gepleegd en dat waren altijd de meest tragische gevallen.

Ze belde naar het vaste nummer van Jenny in Barnard Bridge. Simon Eliot nam op.

'Hoe gaat het met Hannah?'

'We hebben niet veel geslapen,' zei hij. 'Ik denk erover haar huisarts te bellen en de zaak uit te leggen. Ze heeft de hele nacht gepraat en ze moet nu uitrusten. Misschien kan hij haar iets geven waardoor ze in slaap valt.' Hij zweeg. 'Ze wil haar moeder zien.'

Niet haar moeder, maar het lijk van haar moeder. Dat is iets heel anders.

'Dat kan geregeld worden. Ik heb er zelf even geen tijd voor, maar ik zal ervoor zorgen dat jullie worden opgehaald.' Vera had al bedacht dat ze Holly daar op af zou sturen. Misschien zou Hannah iets loslippiger worden tegen iemand die wat meer van haar eigen leeftijd was.

'Ik betwijfel of ze mij erbij wil hebben,' zei Simon. 'Ik denk dat ze graag in haar eentje afscheid wil nemen.' Vera hoorde de pijn in zijn stem.

'Dat lijkt me een goed idee,' zei ze. 'Dan heb je even wat tijd voor jezelf. Niemand heeft er iets aan als jij ook nog bezwijkt.' Ze zweeg. 'Ik wil graag in contact komen met Jenny's vrienden. Het lijkt erop dat ze op haar werk geen collega's had met wie ze het goed kon vinden, dus ga ik ervan uit dat haar vrienden uit het dorp moeten komen. Je moeder kon ons niet verder helpen. Jij wel?'

'Anne Mason,' antwoordde hij. 'Ze is lerares op de basisschool in de vallei en ze woont in een opgeknapte schuur niet ver buiten het dorp. Ze gingen samen naar het theater, uit eten. Ze zaten samen op flamencodansen. Ik geloof dat ze een paar dagen weg is. Het is paasvakantie. Zij en haar man hebben een vakantiehuis in Bordeaux, waar ze zo vaak mogelijk heen gaan. Jenny ging weleens mee.'

'Je hebt niet toevallig haar mobiele nummer?'

'Ik niet, maar Hannah misschien wel. Ik zal het haar vragen.' Het bleef even stil aan de andere kant van de lijn. 'Ik kan niets voor haar doen,' verzuchtte hij uiteindelijk.

'Dat geldt op dit moment voor ons allemaal, schat.' En ze gaf hem Holly's naam door en zei dat zij contact zou opnemen als Hannah in het mortuarium terechtkon.

Vera had een lunchafspraak in Kimmerston met Craig, Jenny's rayonmanager. Hij moest toch in de stad zijn en dat was het enige gaatje in zijn agenda dat hij nog had die dag. Zo praatte hij: als een wandelend cliché. Hij had een vergadering met zijn partners, had hij aan de telefoon gezegd. Managementgedoe. Daaruit bestond zijn werk tegenwoordig, een en al strategie en politiek. Hij kwam tijdens zijn leven geen moment meer in contact met cliënten. Daar leek hij volgens Vera nogal mee in zijn nopjes. Zo zou ik het ook moeten doen, strategie en politiek. Dat is wat de hoge heren van me verwachten. Maar mijn god, stel je toch eens voor hoe saai het dan zou worden.

Hij had een afspraak voorgesteld in een wijnbar aan Front Street. Ze was er een aantal keer langsgelopen, maar had nooit de aanvechting gehad er naar binnen te gaan. Ze wist precies hoe het er zou zijn: duur en protserig. Bevolkt met allemaal mooie mensen die haar zouden aangapen en denken dat ze een verkoopster van de daklozenkrant zou zijn die na een avondje op straat even kwam binnenwaaien. Ze was met opzet iets te laat, zodat ze niet het risico liep in haar eentje op hem te hoeven wachten, en ze zag hem direct: een man van in de veertig, in pak, verdiept in *The Independent*. Een attachékoffer naast hem op de grond. Vera had nog nooit met een attachékoffer rondgelopen. Het café was vrijwel leeg – het was nog te vroeg voor de lunchdrukte – dus niemand zou hun gesprek opvangen.

Toen hij haar op zich af zag komen, kon ze de verrassing en teleurstelling van zijn gezicht aflezen. Wellicht had hij gehoopt op een lookalike van Helen Mirren. Het publiek verwachtte tegenwoordig dat oudere vrouwelijke agenten eruitzagen alsof ze zo uit de politieserie *Prime Suspect* waren weggelopen. Toen hij opstond om haar de hand te schudden merkte ze hoe lang hij was. Er waren niet veel mannen naast wie ze veranderde in een dwerg.

'Wat een afschuwelijk nieuws,' zei hij. 'Jenny Lister was de beste maatschappelijk werker die ik ooit heb ontmoet. Ik heb geen flauw idee hoe we het zonder haar moeten rooien. Haar team is er kapot van.' Hij keek bedremmeld op haar neer. 'Ik weet niet hoe ik zonder haar verder moet. Zij hield de tent draaiende. Ze was op papier mijn assistent, maar in de praktijk wees ze mij de weg.'

Dat deed Vera ontdooien. Onder al dat jargon en die ambitie school nog altijd een mens. Toen hij naast zijn baguette met gerookte zalm nog een portie friet bestelde, vond ze hem op slag nog een stuk sympathieker.

'Ze was dus goed in haar werk?'

'Dat lijkt me het understatement van het jaar.' Hij doopte een frietje in de mayonaise. 'Als ze had gewild, had ze afdelingshoofd kunnen worden. Ze was netjes, een zeer goede supervisor, angstaanjagend slim.'

'Waarom heeft ze nooit promotie gemaakt?' Vera had nooit in heiligen geloofd. Wat was de reden dat Jenny Lister in het veld was blijven werken en geen leidinggevende functie had gekregen?

'Dat wilde ze zelf niet,' zei hij. 'Ze zei dat ze het geld en de irritaties niet nodig had. Ze zou het werken met cliënten en pleegouders missen. Ze zou de kinderen missen.'

'Geloofde je haar?'

De man keek haar geschokt aan. 'Natuurlijk! Jenny Lister loog niet.'

Niet waar, dacht Vera. We liegen allemaal. Anders zouden we niet kunnen overleven. De een is er nu eenmaal beter in dan de ander. Jenny Lister moet een fantastisch goeie leugenaar zijn geweest.

De man vertelde verder: 'Ze vond het heerlijk om de meest getalenteerde maatschappelijk werker te zijn. Misschien had ze door dat leidinggeven niet bij haar paste. Ze was niet iemand die dingen graag half deed.'

'Wat weet je van haar achtergrond?' vroeg Vera. 'Kwam ze hier uit de buurt?'

Hij keek op van zijn eten. 'Ja, geboren en getogen in Northumbrië. Ze heeft in het zuiden gestudeerd, maar verder heeft ze haar hele leven hier gewoond.'

'Leven haar ouders nog?' Als ze in de buurt woonden, had Jenny hen wellicht in vertrouwen genomen. Misschien zou Hannah daar een tijdje terechtkunnen.

'Nee,' zei hij. 'Ze heeft het er nooit over gehad, maar mijn vrouw, een fanatieke amateurhistorica, kwam een keer een artikel tegen in een oude regionale krant. Jenny's vader bleek een frauderende notaris te zijn geweest. Hij heeft zelfmoord gepleegd voordat de zaak goed en wel voor de rechter kon komen. Haar moeder heeft hierna nog een flinke tijd geleefd, maar ze is naar verluidt de klap nooit helemaal te boven gekomen. Ze kon de schaamte niet verdragen. Ik geloof dat ze ergens aan de kust in een bejaardentehuis woonde. Ze is ongeveer tien jaar geleden overleden. Ik weet nog dat Jenny naar haar begrafenis is geweest.'

Nog een vrouw met een schurk als vader, dacht Vera. Misschien dat zij en Jenny uiteindelijk toch het een en ander gemeen hadden.

Terwijl Vera zich door de stroom marktbezoekers op het trottoir heen een weg baande naar het station, piepte haar telefoon ten teken dat ze een bericht had ontvangen. Ze had het sms'en nooit helemaal begrepen. Waarom niet bellen en een boodschap inspreken? Ze had eigenlijk een bril nodig, maar ze was te ijdel en ook te chaotisch om tijd uit te trekken om haar ogen te laten testen en nu, in deze drukke straat, had ze wel wat beters te doen dan stomme berichten lezen. Ze zou geplet worden door de tegemoetkomende oudere boeren en hun plattelandsvrouwen. In haar kantoor zette ze eerst koffie voordat ze haar telefoon tevoorschijn haalde. Het bericht was van Simon Eliot. Zo communiceerde de jeugd, ze had het kunnen weten. 'Jenny's vriendin Anne net terug van vakantie. Vindt het prima om je te ontmoeten.' Gevolgd door een telefoonnummer.

Ze stond op het punt Anne Mason te bellen toen haar vaste telefoon overging. Het was Holly, die net Hannah bij het mortuarium had afgezet en merkwaardig genoeg fluisterde. 'Vind je het goed als ik bij haar blijf, chef? Ze is er niet best aan toe. Ze is nog maar een kind.' Hoorde ze daar een beschuldigende toon? Alsof Vera een of ander harteloos monster was, omdat ze niet beter naar haar had omgekeken?

'Uiteraard, als zij dat ook wil.'

'Ze is zo uitgeput dat ik niet goed weet wat ze wil, maar ze heeft me wel gevraagd of ik in de buurt wilde blijven.'

'Oké, uitstekend. Probeer haar aan het praten te krijgen. Tot nu toe weten we van Jenny Lister dat ze een kruising was tussen moeder Teresa en Gandhi. Met een even bloeiend liefdesleven.'

'Ja,' Holly klonk enthousiast, blij dat ze weer iets had om zich in vast te bijten. 'Haar echtgenoot heeft haar verlaten toen Hannah nog heel jong was. Er moeten sindsdien toch andere mannen zijn geweest. Dat was jaren geleden.'

Ze leek niet te beseffen dat de opmerking nogal cru was, maar Vera ging er niet op in. Vera had in haar leven nog nooit een man gehad. Wat zou Holly daarvan vinden?

Anne Mason woonde halverwege een heuvel vanwaar je uitzicht had over de vallei en het langs de oever van de rivier uitgestrekte Barnard Bridge. Vera hield niet van dit soort tot woning omgebouwde schuren – een enorme ruimte waarin het galmde en je helemaal tot aan de nok kon kijken. Het ontwerp deed Vera denken aan een kerk, en waar moest je zonder zolder met al je rotzooi heen? Vanaf het begin van het smalle pad, dat zich na een paar kilometer buiten het dorp losmaakte van de hoofdweg, had ze het huis van Anne al kunnen zien. Het pad volgde een poos de looprichting van de Tyne en daarna blokkeerde het bos het uitzicht. Hierna reed ze weer door minder dichtbegroeid gebied en kwam het huis weer in zicht. Het melkachtige zonlicht werd weerkaatst door het glas dat de brede schuurdeuren had vervangen.

Anne Mason leek geen type dat veel troep verzamelde. Ze was tenger, fijn gebouwd, had kleine handen en praktisch, kortgeknipt grijs haar. Ze droeg nog steeds de katoenen broek en de wandelschoenen waarin ze gereisd had.

Ze zaten in stijlvolle Scandinavische stoelen en keken uit over de vallei.

'Toen we op de A1 reden, kregen we een telefoontje van Simon. Ik kan het maar niet geloven. Uitgerekend Jenny.' Op de geboende vloer naast de deur stond een rugzak. Af en toe wierp ze er een blik op, Vera kon zien dat ze het ondanks de dood van haar vriendin vervelend vond dat ze niet direct haar spullen kon uitpakken. Dit was een vrouw die een hekel had aan slordigheid en halfslachtigheid. Onbewust schoot Vera een zin uit het rapport over Elias Jones te binnen: Michael houdt niet van rommel. De vrouwen waren dus geen boezemvriendinnen. Bij Jenny thuis was het een gezellige janboel geweest; zij had er geen moeite mee om naar haar werk te vertrekken, terwijl er nog een paar vieze borden op het aanrecht stonden.

'Waar is je echtgenoot op dit moment?' vroeg Vera. De man had wellicht bruikbare informatie, gezien het feit dat Jenny ze in het verleden had vergezeld met vakantie.

'Hij haalt de hond op bij de kennel.' Ze glimlachte verontschuldigend. 'We hebben geen kinderen. De hond is ons kind.'

De begane grond van de schuur was een grote ruimte met aan de ene kant een forse houtkachel en aan de andere kant de keuken. Een en al glimmend zwart graniet en roestvrij staal.

'Wat doet hij voor de kost?' Dit huis koop je niet van een lerarensalaris.

'Hij is architect. Dit was zijn project.' Ze glimlachte weer, klaar om het gebruikelijke compliment in ontvangst te nemen.

'Prachtig,' zei Vera, die geen moeite deed oprecht over te komen. 'Wat kun je me allemaal vertellen over Jenny Lister? Ik heb begrepen dat jullie goede vriendinnen waren.'

'Zeker. We hebben elkaar ongeveer tien jaar geleden leren kennen. Ik gaf toen les op Hannahs basisschool – daar werk ik overigens nog steeds. Jenny werd lid van het schoolbestuur. We reden na vergaderingen samen naar huis, gingen na afloop steeds vaker nog even iets drinken in het café en kwamen er zodoende achter dat we veel gemeenschappelijke interesses hadden: film, theater, literatuur. Vanaf dat moment zijn we steeds hechter geworden.'

'Hoe vaak zagen jullie elkaar?'

'Minimaal één keer per week. Woensdagavond was onze vaste avond. We hadden het allebei zo druk dat het eenvoudiger was om altijd dezelfde avond vrij te houden. Soms gingen we uit – als de Royal Shakespeare Company naar Newcastle kwam, gingen we altijd kijken; soms was er in de Sage iets wat we de moeite waard vonden. We hebben onlangs nog een zesweekse basiscursus flamencodansen gevolgd, wat ontzettend leuk was, hoewel Jenny er veel beter in was dan ik. Meestal bleven we gewoon in het dorp. We aten hier of bij haar thuis. 's Zomers, als het mooi weer was, gingen we wandelen.' Plots leek Anne van slag,

Vera kon zien dat ze ineens besefte dat die woensdagavonden voorgoed verleden tijd waren. Niets meer om naar uit te kijken, geen uitjes meer die de wekelijkse sleur doorbraken. Ze zou zich ongetwijfeld schuldig voelen over haar egoïsme. Vera had schuld altijd al een overgewaardeerde emotie gevonden.

'Heeft ze het tegenover jou gehad over de moord op Elias Jones?'

'Niet in detail. Ze was zeer discreet wat haar werk betrof. Ik kon aan haar merken dat ze het moeilijk had met al die slechte publiciteit over hulpverleners die destijds in de kranten verscheen. Ik heb haar een keer gevraagd waarom ze dat werk deed. Lesgeven is niet de makkelijkste baan die er is, maar het is nog altijd niet te vergelijken met maatschappelijk werk, vind je wel? Altijd troep over je heen krijgen, nooit eens een schouderklopje.' Anne zweeg en keek door de enorme ramen naar buiten in de richting van het dorp. 'Jenny antwoordde dat ze het werk gewoon heel erg leuk vond. Het was het enige waar ze goed in was. Dat klopte natuurlijk niet, ze kon veel meer. Ze was een fantastische moeder.' Weer viel er een korte stilte. 'En een geweldige vriendin.'

'Waar hadden jullie het dan wel over?' Vera kon zich er maar moeilijk een voorstelling van maken. Deze twee vrouwen van middelbare leeftijd, uit de middenklasse, die zoveel tijd met elkaar doorbrachten. Zouden ze nooit eens uitgepraat zijn geraakt? Zelf had ze nooit een dergelijke vriendschap gekend. Ze kon het goed vinden met haar hippieachtige buren die het boerderijtje naast haar in de heuvels beheerden. Op sommige avonden bezatten ze zich met haar whisky en hun afschuwelijke zelfgemaakte wijn. Ze hielp een handje als de schapen geschoren moesten worden of als de hanen moesten worden gevangen. Maar urenlang alleen maar praten...

'De laatste tijd was ik steeds meer degene die praatte, zij luisterde.' Anne leek nu wat meer gespannen en Vera dacht dat ze zich de hele tijd al zo moest voelen. Dat ging verder dan de moord op haar vriendin. Wie weet was ze gewoon zo'n soort vrouw – nerveus, gespannen. Wellicht had ze er daarom voor gekozen om op een rustige plattelandsschool les te gaan geven aan goed opgevoede kinderen. Ze was waarschijnlijk tegen geen enkele vorm van stress bestand.

Anne slaakte een diepe zucht en ging verder. 'Het gaat sinds kort niet zo goed met mijn huwelijk. Het zal wel een soort midlifecrisis zijn. Ik voelde me aangetrokken tot een nieuwe werknemer op school. Er is niets gebeurd, niets serieus, maar ik raakte van slag door mijn gevoelens. Het was Jenny die me deed inzien dat ik niet zo hard van stapel moest lopen. Ze zei dat John en ik pas net klaar waren met deze verbouwing, waar we jaren mee bezig waren geweest, en dat alles nu even tegenviel nu het werk erop zat. Ik was gewoon op zoek naar de volgende afleiding. Ik ben ervan overtuigd dat ze gelijk had.'

God, dacht Vera, wat een zelfingenomen prietpraat. Ik zou liever met een onvervalste crimineel opgescheept zitten dan met deze zweefteef.

'Ze zou weer met ons mee naar Frankrijk, maar ze besloot daarvan af te zien. Ze zei dat John en ik wat tijd voor onszelf nodig hadden. Zo'n vriendin was ze.'

'En hoe zat het met haar?' vroeg Vera afgemeten. 'Had zij mannelijke vrienden?'

'Dat weet ik niet.'

Het had er dus alle schijn van dat de ontboezemingen slechts van één kant waren gekomen. Jenny had met alle liefde willen luisteren naar de zielenroerselen van haar vriendin, maar had daar zelf niets tegenover gesteld. Discretie leek dus niet alleen in haar werk maar ook in haar privéleven het devies. Welke geheimen had ze te verbergen gehad?

'Ik dacht onlangs dat er wellicht een man in het spel was,' zei Anne ineens. 'Ze belde woensdagavond op het laatste moment af, zonder een echte reden. En ze maakte de laatste tijd een heel gelukkige indruk. Ze straalde.'

'Heb je niet gevraagd wat er aan de hand was?' Vera begon nu werkelijk haar geduld te verliezen. Deze vrouw klonk als een klef tijdschriftartikel.

'Ze zei dat er iets gaande was, maar ze wilde er niets over loslaten,' zei Anne.

'Waar heeft ze haar geheimzinnige minnaar opgeduikeld?' Vera kon zich niet langer inhouden. 'Bij de flamencoles?'

'Nee!' Anne leek geschokt door het idee. 'Nee, dat denk ik niet. En als dat wel zo was, waarom zou ze me dat dan niet verteld hebben?'

'Wat zit er dan achter al die geheimzinnigheid?'

'Ik dacht eerder aan een collega.' Anne keek er ongemakkelijk bij. 'Of een getrouwde man.'

Dus achteraf gezien toch niet zo'n heilig boontje.

Tevreden reed Vera over het smalle pad terug naar het dorp. Het leek wel alsof ze de Jenny Lister van het gezellige kleine huisje en de charmante dochter opnieuw had leren kennen. Vera had altijd al meer opgehad met zondaars.

Plots moest ze, in gedachten verzonken, stoppen om een tractor voorrang te verlenen. Toen ze langs de kant van de weg was gestopt, viel haar oog op de toegangspoort met de uitgesneden gierenkoppen die ze voor het eerst op het schilderij aan Veronica's muur had gezien. Ze waren dermate overwoekerd dat ze vanaf de weg amper te zien waren. Impulsief zette Vera de motor af en stapte uit. Ze liep over het gras tussen de pilaren, langs elzenbosjes en beukenbomen. Er stonden verder viooltjes en bosanemonen, de kleuren helder aangezet door het zonlicht dat tussen de bomen door viel. Toen bereikte ze de rand van het bos en daar zag ze de plek waar het huis ooit gestaan moest hebben.

Ze zag de overblijfselen van de aangelegde tuin, grote terrassen en een ommuurd stuk dat ooit als moestuin dienst had gedaan en waar nog altijd het geraamte van een kas tegen de muur stond. Alle stenen overblijfselen van het huis waren echter verdwenen. Bewerkte stenen moesten een klein fortuin waard zijn in de Tyne-vallei. Waarom was het land nooit verkocht? Was het in bezit van Veronica of een ander familielid? Deze plek was de natte droom van iedere projectontwikkelaar. Misschien was het inmiddels een natuurgebied waarin niet meer gebouwd mocht worden.

Een grote stenen trap liep door tot in het hart van de tuin. Toen ze naar beneden liep, had ze het gevoel door een filmset te wandelen. Aan weerszijden stond een rij standbeelden. Gehavende en met mos begroeide, merkwaardige mythische figuren. Een aantal werd door klimop aan het zicht onttrokken, anderen waren overwoekerd door braamstruiken. Op een van de terrassen stond een enorme lege fontein.

Toen ze naar beneden naar de rivier keek, ontdekte ze een poel. Vera, haar aardrijkskundelessen van lang geleden indachtig, dacht dat in de loop der jaren de stroomrichting van de rivier wellicht veranderd was en dat zodoende het kleine plasje had kunnen ontstaan. Ernaast lag het botenhuis waar Veronica het over had gehad, nog redelijk intact. Het was gebouwd van hout dat onlangs nog gelakt moest zijn, in het water was een steiger aangelegd. Er lagen geen boten meer in; de ramen waren dof, erachter hingen roodwitte gordijnen. Naast het botenhuis lagen een paar roeibootjes ondersteboven. Het leek Vera de perfecte locatie voor grootse picknicks met het gezin. Ze stelde zich Veronica voor die met behulp van een grote rieten mand probeerde iets van de oude glorie van haar grootvaders huis terug te halen.

Toen ze terugliep naar haar auto, kreeg ze bijna medelijden met haar.

13

Buiten bij Connie Masters' boerderij, bleef Ashworth even staan om haar auto nader te inspecteren; ze had hem in de berm gezet en had het lange gras en het fluitenkruid geplet. Een zilverkleurige Nissan Micra van zeven jaar oud met een deuk in het rechterspatbord. Hij noteerde het kenteken. Als er camera's hingen bij de parkeerplaats in Hexham, waar ze haar auto naar eigen zeggen de vorige dag had achtergelaten, was het wellicht mogelijk om haar definitief van het verdachtenlijstje te schrappen.

Hij beluisterde zijn voicemail. Vera had ingesproken dat ze met Jenny Listers leidinggevende zou lunchen. Geen opdrachten dan wel verzoeken. Misschien maakten de jaren haar wat milder. Toen belde hij het bureau met het verzoek om iemand de camerabeelden van het parkeerterrein in Hexham te laten ophalen. Hij had zelf een opdracht uit te besteden. Jezus, ben ik op weg een soort Vera Stanhope te worden? Hij moest glimlachen om dit idee. Er was op deze wereld niemand die ook maar bij benadering op Vera leek.

Bij het Willows trof hij Charlie, die net naar buiten kwam. Van een afstandje had hij hem het hotel uit zien komen, met gekromde rug en zijn handen in zijn jaszakken. Met zo'n houding zou hij tegen zijn zestigste zijn rug naar de knoppen hebben geholpen, dacht Ashworth. Terwijl ze bij Charlies auto wat stonden te praten, was Ashworth zich ervan bewust dat ze goed te zien waren vanuit de openbare delen van het hotel. Hoewel niemand hen kon afluisteren, voelde hij zich niet op zijn gemak, alsof ze op een podium stonden en werden aangestaard door een vijandige menigte. Hij hield het dan ook kort.

'Iets opgeschoten?'

Charlie haalde zijn schouders op. 'Ik heb iedereen die vanochtend aankwam een foto van Lister laten zien. Een paar medewerkers herkenden haar van het zwembad, maar daar houdt het mee op. Je zou toch verwachten dat iemand van het personeel haar kende, af en toe een praatje maakte. Uit de gegevens blijkt dat ze hier minstens één keer per week kwam.'

'Ik weet het niet. Dit soort plekken zijn altijd nogal onpersoonlijk.' Joe Ashworth was een jaar geleden lid geworden van een sportschool bij hem in de buurt, al was die niet zo chic als deze. Hij bracht er elke keer een uur door, maar had altijd zijn walkman op en sprak nauwelijks met andere bezoekers. Onbewust gleed hij met zijn hand over zijn buik. Te dik, zeker weten. Sinds de geboorte van hun laatste kindje had hij niet veel tijd gehad om te sporten.

'Volgens mij is ze minstens een uur voordat het lichaam is gevonden, vermoord,' zei Charlie. 'Je kunt na halftien met korting naar binnen, vanaf dat moment komen de oudjes. Daarvoor komen alleen de fanatieke zwemmers, die hun baantjes trekken voordat ze aan het werk gaan. Geconcentreerd zwemmen. Je krijgt de indruk dat alles buiten het bad hun ontgaat en meestal hebben ze ook geen tijd voor een bezoekje aan de sauna of de stoomcabine.'

'En voor halftien houdt het personeel de zaak minder scherp in de gaten.' Ashworth herinnerde zich zijn gesprek met Lisa.

Charlie stapte in zijn auto en draaide zijn raampje naar beneden om nog een peuk te roken, voordat hij wegreed.

Binnen liep Ashworth linea recta naar het kantoor van Ryan Taylor. Zowel het hotel als de sportschool was weer geopend, hoewel het er rustiger was dan Ashworth had verwacht. Misschien bleek een moord toch niet zo bevorderlijk voor de zaken. Een jonge vrouw was bezig de foyer te stofzuigen. Geen spoor van Danny, maar zijn dienst begon ook pas aan het einde van de middag. Ashworth vroeg zich af hoe de jongen zijn dagen sleet. Thuis, studerend, of buitenshuis met zijn vrienden?

Hij bedacht weer hoe koelbloedig de moordenaar moest zijn om Jenny om te brengen, terwijl de andere bezoekers zich op slechts luttele meters afstand bevonden, weliswaar baantjes trekkend in het zwembad. Of was de moordenaar een opportunist? Uiteindelijk toch een gek, die geen weerstand kon bieden aan de kick van het moorden.

Taylor was aan de telefoon. De deur van zijn kantoor stond op een kier en Ashworth wachtte tot hij het gesprek had afgerond. Toen tikte hij op het glas en liep naar binnen. De bedrijfsleider keek verbaasd op.

'Dat was weer een afzegging,' zei hij. 'Een conferentie die we volgende week zouden hebben. Ze zeiden dat ze het niet aandurfden om hun gasten hier te huisvesten. Wat denken ze allemaal wel? Dat de moordenaar hier nog door de gangen sluipt op zoek naar zijn volgende slachtoffer?'

'Misschien niet.' Ashworth ging erbij zitten. 'Maar ze zouden wel moeten weten dat hier een kruimeldief rondloopt die problemen veroorzaakt. Waarom heb je me niets over de diefstallen verteld?'

'Je denkt toch niet dat dat relevant is voor de moord?' Taylor friemelde aan de knoop van zijn das, keek uit het raam en ontweek Ashworths blik zorgvuldig.

'Het is niet aan jou om dat te beoordelen. Ik wil gewoon weten wat er zich hier allemaal heeft afgespeeld.'

'Er zijn een aantal dingen ontvreemd.' Taylor leek zijn jongensachtige energie vandaag te hebben verloren. Hij zag er moe uit, afgepeigerd. Begonnen de verantwoordelijkheden van een bedrijfsleider hem eindelijk op te breken? 'Voornamelijk uit de personeelsruimte. Die dingen gebeuren. Ik zit erbovenop.'

'En hoe denk je daar een einde aan te gaan maken?' Toen Taylor hier het antwoord op schuldig moest blijven, ging Ashworth door: 'Of hoop je gewoon dat het probleem uit zichzelf verdwijnt?'

'Luister, over een paar dagen is Louise terug van vakantie, de directeur. Zij is degene die wordt betaald om de problemen met het personeel op te lossen. Laat haar het uitzoeken. Ik heb niet de bevoegdheid om mensen te ontslaan dan wel aan te nemen.'

'Dat is niet helemaal waar, of wel?' Ashworth probeerde zo sympathiek mogelijk over te komen. 'Je hebt Danny Shaw aangenomen, en sindsdien wordt er gestolen. Dat brengt je hoe dan ook in een lastig parket, ook al valt er niets te bewijzen.'

'Dat ging om een tijdelijke betrekking, op een moment dat we erg omhoog zaten.' Taylor begon een beetje zenuwachtig te worden – niet vanwege zijn vragen, dacht Ashworth, maar omdat hij besefte dat hij zich tegenover zijn leidinggevende zou moeten verantwoorden, zodra ze weer terug zou zijn. 'Danny gaat over een kleine week weer terug naar de universiteit.'

'En je wilt zijn moeder niet van streek maken,' zei Ashworth. 'Leek me een pittige dame. Daar zou ik geen mot mee willen.' En dat was maar al te waar, dacht hij, terwijl hij terugdacht aan de donkerharige Karen, welbespraakt en met vuurspuwende ogen.

Ze bleven even zwijgend zitten.

'Begrijp je nu dat dit soort details heel belangrijk kunnen zijn?' zei Ashworth uiteindelijk. 'Jenny kan vermoord zijn, omdat ze iemand heeft zien stelen, omdat diegene haar het zwijgen wilde opleggen.'

'Je vermoordt toch niet iemand om zo'n kleinigheid?' Taylor was defensief, uitgelaten als een schooljongen die een standje krijgt vanwege iets doms en het niet kan opbrengen om te blijven zitten en het te ondergaan.

'O, neem maar van mij aan dat dat wel degelijk voorkomt,' zei Ashworth. En onwillekeurig kwamen gedachten aan weerzinwekkende geweldsdelicten bij hem op: een kapotgeslagen glas waarmee iemands gezicht was bewerkt vanwege een zogenaamd beledigende opmerking, een vrouw die was doodgeslagen omdat haar strijkwerk niet pico bello was, een kleine jongen die in bad was verdronken door zijn moeder, omdat ze meende verliefd te zijn. 'Daarom moet ik exact weten wat zich hier allemaal heeft afgespeeld: wat wanneer is gestolen. En ik wil graag van je horen wie jij denkt dat erachter zit.'

Uiteindelijk bleek Taylor van groter nut dan Ashworth had gedacht. In elk geval had hij melding gemaakt van elk incident en elke klacht die hem had bereikt en hij had alles netjes in een document op de computer verwerkt.

'Wie is volgens jou de dader?' vroeg Ashworth, nadat hij de geprinte pagina's had bestudeerd en de lijst met gestolen spullen had bekeken, met daartussen contanten, horloges, oorbellen en halskettingen. Er zat niets van uitzonderlijke waarde tussen, maar alles bij elkaar opgeteld, tikte het toch aan. 'Je moet zo je vermoedens hebben. Denk je dat Danny erachter zit?'

'Dat denk ik niet. Hij is een jonge hond en niet zo'n geweldige schoonmaker, maar hij is niet achterlijk. Hij heeft te veel te verliezen om hier en daar wat spullen mee te graaien die hij voor een habbekrats kan doorverkopen. Nee, ik denk niet dat hij de dief is.'

'Wie dan wel?'

Taylor keek ongemakkelijk. 'De anderen verdenken Lisa.'

'Omdat ze in het westen van de stad woont en haar vader een strafblad heeft.' Ashworth hoopte dat Lisa niet in de personeelsruimte door handtassen en jaszakken was gegaan. Hij had haar aardig gevonden en hij had het idee dat hij mensen goed kon inschatten. Vera lachte er altijd om en noemde hem naïef. Iedereen is tot geweld in staat, Joe, als de druk maar hoog genoeg is. Ook jij.

'Niet alleen daarom,' zei Taylor. 'Ze houdt zich op de vlakte. Ze is een beetje nuffig. De anderen zien elkaar buiten het werk om; ze borrelen en feesten samen. Lisa doet daar niet aan mee. Ze geven liever haar de schuld. Dat is nog altijd makkelijker dan te denken dat een van hun gabbers de dader is.' Hij zweeg. 'Wat ik me wel afgevraagd heb...'

'Ja?'

'Of het niet allemaal doorgestoken kaart is geweest met als doel haar te lozen. Het is vreemd hoeveel aversie sommigen kunnen oproepen. Ze maken haar het leven behoorlijk zuur. Kleingeestige steken onder water. Beledigingen. Terwijl ik werkelijk niets kan bedenken wat zij gedaan zou kunnen hebben wat zulk gedrag rechtvaardigt. Het lijkt wel alsof ze gewoon iemand nodig hebben om te haten. De vrouwen zijn het ergst. Die geven Lisa de schuld van alles wat hier misgaat. Alsof Lisa geen gevoelens heeft. Ik heb bewondering voor het feit dat ze het volhoudt.'

'Is dat de reden dat je dit gisteren voor me hebt verzwegen? Je vermoeden dat de rest van het personeel Lisa zwart wil maken? Dat het een grote truc is om haar ontslag af te dwingen?' Ashworth vroeg zich af of Taylor misschien een oogje op haar had en of zij het protectionistische manneninstinct in hem wakker maakte. Of schaamde hij zich voor de sneue plagerijen van zijn collega's?

'Het is vreselijk wat ze Lisa aandoen. Ik geloof niet dat er eentje is die het voortouw neemt. Het gaat niet om een enkeling die het vuurtje aanwakkert; het komt eerder voort uit een merkwaardig soort groepsgedrag. Ik lig er wakker van. Louise, mijn baas, weigert er iets aan te doen. Ze wil er ook bijhoren. Dat is toch triest! Ik had gehoopt het probleem tijdens haar vakantie te kunnen aanpakken, maar het lijkt alleen maar erger geworden.' Hij keek Ashworth aan, opgelucht dat hij eindelijk iemand in vertrouwen kon nemen over het probleem waar hij overduidelijk mee zat. 'Toen we gisteren die dode vrouw vonden, was ik opgelucht. Vreselijk, vind je niet? Maar ik dacht dat ze nu tenminste iets anders hadden om over te roddelen. Zo blijft Lisa even buiten schot, voorlopig althans.'

'Wanneer zijn de vijandigheden begonnen? Vanaf het moment dat Danny hier is komen werken?'

'O god nee, lang voor die tijd al. Op haar eerste werkdag. Iets wat ze zei, of iets in haar houding, stond de anderen van meet af aan tegen.'

'En je denkt werkelijk dat de diefstallen in scène zijn gezet om haar de laan uit te sturen?' Het klonk allemaal belachelijk vergezocht, wat Ashworth betrof. Maar een groep mensen in een dergelijk oord, die zo verveeld was geraakt door het werk en door elkaar, zou wellicht niet terugdeinzen voor het creëren van wat drama om de werksleur te doorbreken. Een samenzwering die hun het gevoel gaf een hechte groep te zijn.

Taylor haalde zijn schouders op. 'Of om mij eruit te werken. Ik ben ook niet bepaald hun favoriete collega.'

'Waarom ben je zo begaan met Lisa?' vroeg Ashworth. 'Heb je een verhouding met haar?' Hij was nog altijd benieuwd of de man, verblind door een romantische band met haar, het probleem niet groter maakte dan het was.

Taylor lachte, opgelucht dat de spanning was doorbroken. 'Lijkt me niet. Ik ben al bezet. Mijn partner heet Paul en we wonen samen in Jesmond. Ik heb geen oogje op Lisa, al mag ik haar wel graag. Ze is een gouden kracht. En moedig. Ze verdient het om door iemand gesteund te worden.'

14

Connie drukte zichzelf tegen de muur van het postkantoor om een veewagen in de nauwe hoofdstraat van het dorp te laten passeren. Er werd al een tijdje campagne gevoerd voor een weg om Barnard Bridge heen, maar niemand geloofde echt dat die er zou komen. Terwijl ze buiten wachtte tot de crèche zou uitgaan, dacht ze: vierentwintig uur geleden stond ik hier ook, zonder te weten dat Jenny Lister dood was. Ze had haar gesprek met de jonge rechercheur nog eens in haar hoofd afgespeeld. Had ze de juiste toon aangeslagen? Het was belangrijk dat hij haar zou geloven. Ze moest er niet aan denken weer in het middelpunt van de belangstelling te staan en de brutale vragen van nieuwsgierige agenten te moeten beantwoorden. Ze had hem natuurlijk niet alles verteld, dat kon gewoon niet. Zelfs nu kon ze de gedachte dat ze stom was geweest niet verdragen.

Veronica Eliot stak de straat over. Ze zag er in haar fraaie bruine broek en tweedjasje helemaal uit als een plattelandsvrouw. Ze had haar auto in de buurt van de oude school neergezet. Zelfs van een afstandje herkende Connie haar figuur, de nogal detonerende rode lippen en rode nagels. Een vampier in kasjmier en groene rubberlaarzen. Waarom heb ik toch zo'n hekel aan haar?

Terwijl Veronica dichterbij kwam, bereidde Connie zich voor op de kille blik of het stekelige commentaar, de kin omhooggestoken terwijl ze langsliep, maar in plaats daarvan stopte de oudere vrouw. Ze aarzelde en maakte voor het eerst sinds Connie haar had ontmoet een onzekere indruk. Het was nog vroeg en er waren nog geen andere ouders, geen getuigen van hun onderonsje.

Connie genoot kortstondig van de onzekerheid van de vrouw en volhardde in haar zwijgen.

'Je hebt vast het nieuws over mevrouw Lister gehoord.' Veronica begon behoedzaam, voor haar doen. Ze klonk niet provocerend, zo te horen was ze zelfs niet aan het hengelen naar informatie, zoals Connie had verwacht. Ze was ervan overtuigd dat Veronica de vreemde auto bij haar voor de deur had zien staan; en Ashworth speelde zo overduidelijk de agent dat Veronica ongetwijfeld de conclusie had getrokken dat ze bezoek van de politie had gehad. Daar zou ze het fijne van willen weten.

'Uiteraard,' zei Connie. 'Het was op het regionale nieuws gisteravond.'

'Je moet haar gekend hebben. Is ze een collega van je geweest?'

'Ja.'

'Wat een vreselijk drama,' zei Veronica, die iets van haar gebruikelijke houding terugkreeg. 'Ik kende haar niet goed, maar onze kinderen zijn goede vrienden. Weet je misschien of de politie al iets is opgeschoten met het onderzoek?'

Ze was uiteindelijk dus toch aan het vissen. Of was haar behoefte om te roddelen sterker dan haar antipathie jegens Connie?

'Het lijkt me niet echt voor de hand liggen dat ze mij in vertrouwen nemen, of wel soms?' Connie voelde iets van haar oude bravoure terugkeren en lachte kort om dat gevoel kracht bij te zetten.

'Waarschijnlijk niet, maar ik dacht dat je wellicht nog wat vrienden had in die hoek. Misschien dat zij weten wat er aan de hand is...' Op het moment dat een groep moeders hen passeerde, brak Veronica haar zin abrupt af, en vervolgde daarna gehaast: 'Luister, kom anders bij me lunchen. Niets bijzonders. Neem de kleine meid mee.' En zonder op een antwoord te wachten, stiefelde ze naar de andere moeders. Terwijl Connie haar nakeek, dacht ze dat ze leek op de watervogels die je aan het strand kunt zien, al zocht ze met haar pikkende kop niet naar wormen, maar naar informatie. Tijdens het kinderophaalritueel deed ze weer alsof Connie niet bestond, maar Connie vroeg zich af of het afleveren van de uitnodiging wel de enige reden voor haar aanwezigheid was.

Ze was vastbesloten niet te gaan. Hoe durfde die vrouw haar zowat te sommeren, in de veronderstelling dat ze wel braaf ja en amen zou zeggen. Maar terwijl ze met Alice terugliep naar het dorp, merkte ze dat de nieuwsgierigheid haar in haar greep kreeg. Ze was niet alleen benieuwd naar wat Veronica van haar wilde, maar ook naar haar leven en familieleden. Ze voelde weer het instinct van de hulpverlener, de behoefte om zich te verdiepen in andermans leven. En ze had haar lunch aangeboden. Connie had al een paar dagen geen boodschappen gedaan en er was niet veel eetbaars meer in huis. Toen ze Veronica zag langskomen in haar Range Rover vroeg ze zich af hoe het zou zijn om deel uit te maken van haar kringen, om te worden onderhouden door een rijke echtgenoot, om in een groot huis te wonen en in een dikke bak te rijden. Ze voelde een steek van jaloezie. *Ik wil daar ook wat van.*

Ze kende het huis slechts van op afstand en ze voelde zich een indringer toen ze de grote houten poort passeerde en naar de voordeur liep. Het was niet bijzonder oud of statig. Een stevige vierkante doos, neergezet – meende Connie – in de jaren vijftig, witgekalkt en -geschilderd, de contouren vervormd door de klimop die langs een hoek omhoog groeide en slechts indrukwekkend dankzij de grote tuin. Een zogenaamd landhuis voor een zogenaamde plattelandsvrouw. Connie voelde zich even superieur: haar kleine boerderijtje was in elk geval authentiek. Het stond er al eeuwen en het was deel gaan uitmaken van het landschap. Het was er muf en donker, maar het huis had een eigen karakter.

Alice was stil. Ze was altijd moe na de crèche. Ze vroeg niet eens waarom ze niet rechtstreeks naar huis gingen. Wat zou Connie daarop hebben kunnen antwoorden? Mama wil haar vijand wat beter leren kennen.

De voordeur zwaaide open en daar stond Veronica. Zou ze hopen dat Connie snel naar binnen zou stappen, zodat haar vrienden geen getuige waren van hun verbroedering? Was dat überhaupt een woord dat van toepassing kon zijn op twee vrouwen? Connie had vanwege slaapgebrek en de gebeurtenissen van gisteren moeite om helder te denken. Ze had het gevoel dat ze had gedronken, diverse vreemde gedachten schoten door haar hoofd. Niemand wist dat ze hier was. Er was al een vrouw uit het dorp vermoord. Zou zij het volgende slachtoffer worden? Ze merkte dat het idee van Veronica als moordenaar haar aan het glimlachen maakte; ze kreeg een visioen van haar scherpe rode nagels klauwend in zacht vlees.

'Fijn dat je er bent.'

Nu Veronica haar zin had gekregen, was ze vriendelijk. Connie betrad de glimmende parketvloer in de hal, waar op een kleine tafel een grotere koperen pot met bloemen stond en schilderijen aan de muur hingen. Een foto van een donkere pas afgestudeerde jongeman met baret en cape nam een prominente plaats in.

'Ik heb wat te eten klaargezet in de keuken.' Ze had zich duidelijk uitgesloofd. Er was salade – 'de eerste sla uit eigen kas' – koud vlees, paté uit de streek en Northumbrische geitenkaas. Brood van de bakker uit Rothbury. In de koelkast stond de witte wijn klaar. Voor Alice waren er kleine worstjes, gesneden wortelen en een zelfgemaakte taart. Had Veronica dit vanochtend allemaal geregeld, of zat haar voorraadkast altijd zo vol?

Ze is op meer uit dan een paar roddels die ze met haar vriendinnen kan delen.

Connie kon er niets aan doen dat ze genoot van alle aandacht. De animositeit was verdwenen. Ze kon zich op dit moment niets fijners voorstellen dan hier in deze lichte, witte keuken koude witte wijn drinken, terwijl Veronica wat oud speelgoed zocht waar Alice zich mee kon vermaken: Dinky Toys, waar niet alleen haar zoon maar ook haar vader nog mee had gespeeld, een houten legpuzzel en een emmer gevuld met plastic blokken.

'Is je man nog steeds op reis voor zijn werk?' Het was een doodgewoon gespreksonderwerp, maar toch keek Veronica haar aan alsof ze meer achter die vraag vermoedde, een zweem van sarcasme wellicht. Ze moest echter snel weer gerustgesteld zijn aangezien ze vrijwel direct antwoord gaf.

'Ja, hij heeft een congres in Rotterdam.'

'En je zoon is hier vanwege de paasvakantie?'

De kunst van het converseren bleek toch niet zo erg moeilijk, dacht Connie. Ze was het nog niet verleerd.

Weer viel er een stilte, een korte taxerende blik. Geen antwoord dit keer, Veronica stelde in plaats daarvan een wedervraag. 'Wist je dat Simon, mijn zoon, een relatie heeft met de dochter van Jenny Lister?'

'Nee!' Het duurde even voordat deze boodschap bij Connie was doorgedrongen. Op Jenny's bureau stond een foto van een tenger, roodharig kind, dat inmiddels natuurlijk uitgegroeid moest zijn tot een jonge vrouw. 'Dit moet voor haar afschuwelijk zijn. Ik heb haar nooit ontmoet, maar ik had de indruk dat zij en Jenny erg close waren.'

Veronica boog voorover en schonk haar gast nog een keer bij. 'Ik neem aan dat je weleens bij Jenny over de vloer kwam. Jullie waren praktisch buren.' Het viel Connie op dat ze zelf nauwelijks iets dronk.

'Nee! Ik wist niet eens dat ze in het dorp woonde.' Als ik het maar vaak genoeg blijf herhalen, zullen mensen me dan gaan geloven?

Veronica leek overtuigd, want ineens ontspande ze en ze schonk haar een zuinige maar brede glimlach, een omgekeerde, rode sikkel. 'Dus jullie waren geen goede vrienden.'

'Volgens mij knoopte Jenny met geen van haar collega's vriendschappelijke betrekkingen aan. Ze koos er bewust voor om werk en privé gescheiden te houden.'

'Heel verstandig. Zo denkt mijn man er ook over. Ik ken zijn collega's amper.'

Haar melancholieke toon deed Connie inzien hoe verveeld en eenzaam Veronica moest zijn. Haar zoon was het huis uit en stond op eigen benen, haar man was er nooit. Niet verwonderlijk dat ze zich vol overgave stortte op de oudercommissie van de kleuterschool en het bestuur van de huisvrouwenbond. Waar moest ze anders haar voldoening vandaan halen? Connie kreeg bijna medelijden met haar, maar toen dacht ze aan de hatelijke blikken van de andere moeders, de snedige opmerkingen. Zo snel streek ze nu ook weer niet met haar hand over haar hart.

Veronica vervolgde: 'Ik organiseer natuurlijk wel etentjes voor zijn klanten, maar dat is iets anders. Dat hoort bij zijn werk. Alsof hij voor een avondje zijn werk mee naar huis heeft genomen.' Eindelijk schonk ze voor zichzelf een groot glas wijn in. Het licht dat er vanuit de tuin doorheen scheen, voorzag het van een groenige tint. 'Ik vind het niet erg. Ik doe dat graag voor hem.'

'Ik ben de laatste jaren thuis op nogal onaangename wijze met mijn werk geconfronteerd.' Connie verlegde haar aandacht van het glas naar Veronica. Ze had besloten dat ze er nog niet aan toe was om deze vrouw alles te vergeven, dat ze dankzij een enkele beschaafde lunch maanden van stekelig commentaar nog niet kon vergeten. 'Het ging maar door en er viel niet aan te ontsnappen. Ik had gehoopt dat mijn verhuizing zou helpen, maar natuurlijk verhuisde het schandaal met me mee. Mensen die slechts gedeeltelijk van de waarheid op de hoogte waren, reageerden erg onvriendelijk.'

'De emoties liepen hoog op,' zei Veronica. 'Dat is altijd het geval als er een kind in het spel is.' Haar scherpe verweer had niet lang op zich laten wachten.

'Ik heb op mijn werk een fout gemaakt.' Waarom voelde ze de behoefte om zichzelf te verdedigen? 'Anderen, die heel wat meer geld verdienen dan ik ooit gedaan heb, maken ook fouten, maar hun koppen zie je niet terug in de kranten.'

'Maar er is een kind om het leven gekomen!' Het kwam er klagend uit, waardoor Connie de indruk kreeg dat het haar persoonlijk trof. Achter de haatcampagne die Veronica tegen haar had gevoerd, zat meer dan alleen bemoeizucht. Had ze zelf een kind verloren, een miskraam gehad, een doodgeboren vrucht ter wereld gebracht? Alice keek, opgeschrikt door de schreeuw, op van haar speelgoed. Toen ze de vrouwen ogenschijnlijk nog steeds vriendelijk keuvelend aan tafel zag zitten, speelde ze weer verder.

'Dat klopt,' zei Connie zacht. 'Er is een kind om het leven gekomen. Er gaat sindsdien geen dag voorbij dat ik daar niet aan denk. Je hoeft me daar niet aan te herinneren.'

Ze bleven een tijdje zwijgend zitten. Buiten kwam de zon achter de dunne wolken vandaan. De lichtgloed zette het gazon in vuur en vlam en maakte alle kleuren nog bonter en surrealistischer. Veronica stond op om een raam open te zetten en plots begon een merel bijna oorverdovend te zingen.

'Ik maak me zorgen over Simon,' zei ze. 'Ik wil niet dat hij hierbij betrokken raakt. Hij heeft een wetenschappelijke carrière in het vooruitzicht. Hij wil per se bij Hannah blijven. Ik heb haar uitgenodigd om hier te komen, maar ze zegt dat ze in de buurt van haar moeder wil blijven. Dat klinkt nogal morbide wat mij betreft. Haar vader is van mening dat ze bij hem moet komen logeren, maar dat wil ze niet.'

Connie wist niet wat ze hierop moest zeggen. Ik ben wel de laatste persoon die je kan adviseren over je kind. Alice, die er ineens genoeg van had, stond op en klom op haar moeders knie. Ze stak haar duim in haar mond en viel zowat in slaap. Connie streelde haar voorhoofd. Ze was zich bewust van Veronica's blik, hebberig bijna.

'Wat ben je toch een bofkont!' zei Veronica. 'Dit is een heerlijke leeftijd.'

Gewone woorden, waar echter dermate veel kracht achter zat dat het Connie verontrustte. Ze kon zien dat Veronica ernaar hunkerde weer eens een klein kind in haar armen te houden. Ze zou snel komen met een onschuldige, loze opmerking: wie weet komen er snel kleinkinderen. Maar terwijl de woorden zich in haar hoofd aandienden, wist ze dat ze geen troost zouden bieden. Veronica wilde een eigen kind. Haar eigen vlees en bloed, van haarzelf en niet van een van haar kinderen. Connie merkte dat ze Alice onbewust iets dichter tegen zich aan trok.

'Tijd voor koffie!' Veronica was opgestaan en daarmee was de spanning doorbroken. Connie meende dat haar fantasie met haar op de loop was gegaan. Dat kwam vast door de spanning van de vorige dag, bovendien viel alcohol bij de lunch nooit goed. Alice sliep inmiddels. Connie verplaatste haar gewicht zodanig dat ze een hand vrij had om haar mok vast te houden. De koffie rook heerlijk, de geur deed haar terugdenken aan de eerste keer dat ze met Frank naar Frankrijk was geweest. Een café in de Cevennen. Hitte, stof en loomheid na seks.

'Ik ben zo blij dat we even hebben kunnen praten.' Veronica was dichterbij gaan zitten. Ze bewoog haar vooruitgestoken gezicht op dezelfde pikkende, watervogelachtige manier die Connie eerder al was opgevallen. 'Ik ben zo opgelucht dat de lucht tussen ons geklaard is.'

Connie was verrast. Hoezo, lucht geklaard?

'Kom nog eens langs. Dan kan Alice lekker in de tuin spelen. En als je eens een keer een oppas nodig hebt, geef je maar een gil.'

Connie dronk haar koffie op, stond op en liet Alice van haar knie glijden. 'Kom op lieverd, tijd om te gaan. Wakker worden, anders slaap je vanavond niet.' Ze wilde het huis ontvluchten, weg van deze vrouw die zo'n ondoorgrondelijke gedaanteverwisseling had ondergaan. Bij de voordeur bleef ze even staan. Ze wilde de ontmoeting met een normale woordenwisseling afsluiten, niet met het gevoel dat ze vluchtte.

'Wat ik je nog wilde vragen: heeft die man je nog gesproken?'

Veronica keek verbaasd. 'Welke man?'

'Gistermiddag rond lunchtijd stond er iemand bij mijn hek die naar je informeerde. Jong, charmant. Ik wist niet zeker of je thuis was, maar ik heb hem jouw richting opgestuurd.'

'O.' Met een uiterste krachtsinspanning toverde Veronica een glimlach op haar gezicht. 'Zal wel een vriend van Simon zijn geweest.' Maar vlak voor ze de woorden uitsprak, had Connie dezelfde begerige blik gezien waarmee ze ook naar Alice had gekeken.

15

Aan het einde van de middag riep Vera haar team bijeen in de calamiteitenkamer. Thee met gebakjes van de bakkerij aan de overkant. Er gebeurde zoveel in deze zaak, dat ze haar aandacht bij de rode draad van het onderzoek moest zien te houden. Ze had tijdens een interview voor de *Police Gazette* ooit de vraag moeten beantwoorden wat de belangrijkste eigenschap was waar elke goede rechercheur over diende te beschikken. 'Concentratie,' had ze geantwoord. Als zij er niet in slaagde om de diverse scenario's in haar hoofd te houden, kon ze niet van haar personeel verwachten optimaal te functioneren.

Holly had afwijzend gereageerd op haar telefonische uitnodiging. 'Ik denk dat ik beter hier kan blijven. Hannah zit er helemaal doorheen, en we kunnen het heel goed met elkaar vinden.'

Vera was blijven aandringen. 'Je doet haar geen plezier door haar van jou afhankelijk te laten zijn. Het mag dan geweldig zijn voor je ego, zij heeft er niets aan. En je moet ons op de hoogte brengen van datgene wat ze je verteld heeft. Je kunt later weer terug, maar laat morgen de zorg over aan de gezinshulpverlening. Zij zijn opgeleid voor dat werk, jij niet.'

Dus was Holly komen opdraven, met een weekendtas aan haar voeten, als bewijs dat er iemand was die haar nodig had. Vera zag, haar waarschuwing ten spijt, dat Holly intens genoot van het gevoel onvervangbaar te zijn. Charlie viel al aan op zijn tweede gebakje, op zijn neus zat een veeg glazuur, kruimels sierden de panden van zijn jasje. En Ashworth bestudeerde aandachtig zijn aantekeningen en maakte zowaar een volwassen indruk. Vera was er niet over uit of de verantwoordelijkheid voor een gezin wel een goede uitwerking op hem had. Hij was zijn plezier, de lol in het werk kwijt. Ze was haar speelkameraad kwijtgeraakt.

'Oké,' zei ze, iedereen tot de orde roepend, met een dikke zwarte stift in de aanslag voor het opschrijfbord. 'Eens zien hoe ver we komen. Holly? Weten we inmiddels meer over Jenny's privéleven? Ik zie dat er huiszoeking is gedaan. Heeft dat iets opgeleverd?'

Holly veegde het haar uit haar gezicht en deed haar best te doen alsof ze niet genoot van de aandacht. 'Hannah was niet op de hoogte van een eventuele nieuwe vriend. Ze zei dat er in het verleden wel mannen zijn geweest. Eentje die in het National Park werkte. Volgens Hannah was hij helemaal weg van haar, maar zij heeft hem ongeveer een jaar geleden aan de kant gezet. Hannah was erdoor verrast: ze dacht dat haar moeder hem ook wel leuk vond. Sindsdien is er niemand meer geweest.'

'Heb je ook de naam van deze man?' Vera wist dat Holly die zou weten. Holly was ambitieus en wist wat ze moest doen om eventuele kritiek voor te zijn.

'Natuurlijk. Laurence May. Achter in de veertig. Gescheiden, geen kinderen. Ze gingen samen wandelen en vogels kijken.' Vera dacht dat Hector, haar vader, hem misschien wel had gekend. Hector was ook dol geweest op vogels, al vond hij het leuker om ze af te schieten en op te zetten. Toen ze zijn huis in de heuvels had overgenomen, had ze in de vriezer tientallen lijken aangetroffen die op zijn behandeling hadden liggen wachten. Als taxidermist die op het randje van de wet opereerde, zou hij May beschouwd hebben als een vijand. Een brave roodborstknuffelaar die geen idee had hoe het er op het platteland werkelijk aan toeging.

'Heb je hem gesproken?'

'Nog niet.'

Natuurlijk niet. Ze was te druk met Moeder Teresa uit te hangen voor dat meisje.

'Daar ga je morgenochtend onmiddellijk achteraan.' Vera keek naar de gebaksschaal en zag dat die leeg was. Eigen schuld. Had ze de schaal maar niet bij Charlie in de buurt moeten laten staan. 'Heeft de zoektocht in haar huis en op haar werk nog nieuws opgeleverd?'

'Ze hebben thuis haar laptop gevonden,' zei Holly. 'We zullen ongetwijfeld e-mails vinden als ze nog contact heeft met Laurence May. Ze hield ook een digitale agenda bij, maar daar stonden voornamelijk werkafspraken in. De IT-afdeling is er nog mee bezig.'

'We hebben nog steeds haar handtas niet gevonden,' zei Vera. 'Een vrouw als zij moet er vrijwel zeker een gehad hebben. Waarschijnlijk ook een aktetas. Holly, wil je dat eens bij Hannah navragen? Ze zal wel weten waar haar moeder meestal mee rondliep.'

Holly knikte, maar Vera kon zien dat ze niet aan dergelijke onbeduidende details dacht. Ze was met haar hoofd nog bij het hulpbehoevende meisje.

'Volgens haar beste vriendin was er sprake van een nieuwe liefde in haar leven,' zei Vera. 'Een geheime minnaar. Als ze het weer met May had bijgelegd, zou ze toch geen reden hebben gehad om daar zo geheimzinnig over te doen.'

'Tenzij ze eerst zeker wilde weten dat het weer goed zat, voordat ze het openbaar wilde maken.' Joe Ashworth deed ook een duit in het zakje. Vera dacht weleens dat hij haar vrouwelijke kant vertegenwoordigde. Hij had de empathie, zij de spierballen. Nou ja, ze had haar postuur mee. Ze moest toegeven dat spieren daar een nogal onaanzienlijk bestanddeel van uitmaakten. 'Ze wilde zichzelf niet voor schut zetten door te roepen dat ze weer samen waren, terwijl het einde alweer in zicht was.'

'Die vriendin wekte de indruk dat onze nieuwe man weleens getrouwd kon zijn,' zei Vera. 'Dat is iets om rekening mee te houden. Wat een mogelijk motief betreft hebben we weinig andere aanknopingspunten.'

'Vergeet de zaak rond Elias Jones niet,' Charlie had nog altijd zijn mond vol. 'Die heeft veel kwaad bloed gezet.'

'Laten we dan die zaak nog eens onder de loep nemen.' Vera schreef de naam van de jongen op het bord. 'Hoe ver zijn we daarmee gekomen? Joe, jij hebt met die maatschappelijk werker gesproken die zo is afgebrand in de pers. Connie Masters. Denken we dat zij haar baas om het leven kan hebben gebracht?'

'Ze beweert dat ze niet eens wist dat Lister bij haar in het dorp woonde.'

'En geloven we dat?' Kom op Joe. Zeg eens wat.

'Ja,' zei hij, ze kon wel juichen. Joe Ashworth had zo vaak de kat uit de boom gekeken dat hij inmiddels blaren op zijn ogen moest hebben. 'Het lijkt in eerste instantie onmogelijk – elkaar mislopen in zo'n klein dorp – maar Masters woont hier nog maar een paar maanden en Lister bracht haar dagen voornamelijk op haar werk door. Op de tijdstippen dat zij zich misschien in het dorp zou begeven, 's avonds dus, zit Connie Masters thuis met haar dochtertje.'

'Toen ze nog collega's waren, gingen ze helemaal niet met elkaar om?' Holly ging graag met de jongens mee naar het café om te vieren dat ze een zaak hadden opgelost. Zwelgen in aandacht.

'Daar lijkt het wel op. Dat was niet Jenny's stijl. Ze hield zakelijk en privé graag gescheiden.'

'Toch lijkt het me wel erg toevallig...' Holly dreef het op de spits.

'De baas vroeg me om mijn mening en die heb ik gegeven.' Ze staarden elkaar aan, als de twee slimsten van de school die de beste van de klas willen zijn.

'Hebben we Michael Morgan al opgespoord?' vroeg Vera. Ze bezag de rivaliteit tussen de twee jongste leden van haar team doorgaans met instemming, maar nu was het zaak de vrede te bewaren en geconcentreerd te blijven. Toen iedereen haar aankeek alsof ze geen idee hadden over wie ze het had, zei ze bits: 'De vriend van Mattie Jones. De man die haar hart heeft gestolen, de man voor wie ze een moord heeft gepleegd, zo wil ze ons doen geloven. De man die is uitgegroeid tot een soort stiefvader voor Elias. Het enige wat ik tot nu toe over hem te weten ben gekomen, is dat hij een rare snuiter is. Ik kan me vergissen, maar zijn we niet naar een gek op zoek? Weten we of zijn werk nog altijd bestaat uit het doorboren van mensen met naalden? Als hij is opgeleid tot acupuncturist, moet hij beschikken over basiskennis van de menselijke anatomie. Dat komt allicht van pas als je een gezonde en sterke vrouw wilt wurgen. Ik vraag me af of we wel hebben gecontroleerd of hij lid was van het Willows.'

Ze was opgelucht dat ze haar allemaal zo schaapachtig aankeken, want eerlijk gezegd was ook zij Matties vriend straal vergeten. Ze had zich, net als de rest, gericht op het privéleven van Jenny Lister.

'Ik wil morgenochtend antwoorden,' zei ze. 'Adres, arbeidsverleden, en een bevestiging of hij al dan niet lid was van het Willows. Maar neem nog geen contact met hem op. We moeten eerst meer over hem te weten komen. Als je het mij vraagt, is het nogal een gladde. Voordat we iets ondernemen is het misschien verstandig om eerst even langs Mattie in Durham te gaan voor een babbeltje.'

'Daar zul je haar niet vinden.' Ze wist niet eens of Charlie het gesprek wel had gevolgd, maar bij het plaatsen van zijn opmerking had hij een brede grijns op zijn gezicht.

'Wat wil je daarmee zeggen?'

'Dat Mattie Jones niet in Durham is.'

'Waar is ze dan wel?' Vera staarde hem aan. Alle vrouwelijke tot levenslang veroordeelden uit de regio werden naar de extra beveiligde afdeling in Durham overgebracht. Vera kon het niet uitstaan dat een teamlid een spelletje met haar speelde.

'Ziekenhuis.' Charlie zei het bijna verontschuldigend. 'Blindedarm. Ze is eergisteren met spoed opgenomen. Ze heeft een of andere infectie opgelopen en ligt daar nog steeds.'

'Dan kan ik maar beter een fruitmand meenemen. Ze zal vast wel bezoek mogen ontvangen.'

Er viel een stilte. Ineens daagde het Vera hoe vermoeid iedereen was. Het onderzoek was nog maar een dag bezig en nu al liepen ze over van informatie. Niets was zoals het leek. Ze moest een tandje bijzetten en de aandacht vasthouden. Misschien had iedereen wel behoefte aan een stukje zwemmen of een bezoekje aan de sportschool. De gedachte aan Charlie op een loopband deed haar grijnzen.

'Het Willows,' zei ze. 'Hoe staat het daarmee?'

'Volgens mij is Lister vóór halftien om het leven gebracht,' zei Charlie.

'De patholoog zal dat nooit zo nauwkeurig kunnen vaststellen.'

'Dat maakt niets uit,' zei hij. 'Na halftien krijgen de bezoekers korting. Vanaf dan komen de ouwe besjes en de huisvrouwtjes. Ze kletsen meer dan dat ze zwemmen. De meeste bejaarden zijn als ze eenmaal in het zwembad liggen, stekeblind zonder hun bril: zie daar de reden dat het zo lang geduurd heeft voordat iemand in de gaten had dat de vrouw dood was, al had de moordenaar dat niet kunnen weten. Voor halftien komen de zakenlui, die snel hun baantjes trekken, voordat ze naar hun werk moeten. Geen badmeester, volgens Taylor. Ik heb met het personeel gesproken. De vroege zwemmers maken nauwelijks gebruik van de stoomcabine. Ze hebben altijd te veel haast.'

'Klinkt logisch,' concludeerde Vera. Je moest Charlie af en toe een complimentje voeren om hem aan de gang te houden.

'Er zijn de laatste tijd wat diefstallen gemeld.' Ashworth wilde afronden. Vera zag hem een vluchtige blik werpen op de klok aan de muur. Hij kreeg geheid van zijn vrouw op zijn kop als hij pas na kinderbedtijd thuis zou komen. 'Als Lister een van hen heeft betrapt, kan dat een motief zijn.'

'Wie is de voornaamste verdachte?'

'Ze beschuldigen Lisa, dat meisje uit west, maar volgens de bedrijfsleider is zij slechts gebombardeerd tot zondebok. Ik gok op Danny, de student. De diefstallen zijn begonnen nadat hij daar een tijdelijke baan had gevonden, en bovendien is het een behoorlijk arrogant mannetje. Je kunt je van hem wel voorstellen dat hij ervan uitgaat dat hij ermee wegkomt. Volgens zijn baas is hij niet het type dat voor een grijpstuiver zijn potentiële carrière op het spel zet, maar ik weet het zo net nog niet. Hij is een opportunist.'

Vera kreeg ineens zin in drank. Bier, dacht ze. Thuis, in de voorraadkast lagen nog een paar blikken Speckled Hen. Als hij zich wist te gedragen, zou ze er misschien eentje aan Joe Ashworth afstaan. Zij woonde op de route naar zijn huis. Ongeveer.

'Volgens mij hebben we te maken met drie verschillende onderzoeksgebieden,' zei ze afgemeten. 'Ten eerste Jenny Listers privéleven. We moeten erachter komen wie haar geheime minnaar is. Waarom wilde ze hem koste wat kost verborgen houden? Als hij getrouwd is, hebben we wellicht te maken met een jaloerse echtgenote. Dan hebben we de zaak rond Elias Jones. Speelt die een rol in deze zaak? Zo ja, op welke manier? En ten slotte de diefstallen in het Willows. Dat lijkt misschien geen voor de hand liggend motief, maar er zijn wel mensen voor minder vermoord.'

Ze gruwde van het cliché, maar haar team leek tevreden met deze samenvatting. Ze zouden elk woord van haar slikken. Het gepraat was hen zo langzamerhand de keel uit gaan hangen en het enige wat ze wilden was de kamer verlaten.

Ashworth liet zich makkelijker overhalen nog iets bij haar te drinken dan ze had verwacht. Misschien kwam hij liever thuis als de chaos van bad en bed al achter de rug was, als het weer stil was in huis en hij zijn vrouw helemaal voor zichzelf had. Joe beschouwde zichzelf als de ideale gezinsman, maar iedereen had recht op zijn eigen blinde vlek. Het was een kalme avond, het schemerde al toen ze Vera's huis hadden bereikt. Toen ze uit de auto stapte, rook ze de gaspeldoorn, de vochtige bladeren en de koeien. Hector had haar niet veel nagelaten, maar voor dit huis zou ze hem altijd dankbaar blijven. Ze merkte dat ze tijdens dit onderzoek en al het geklets over ouderschap veel aan hem moest denken en plots bedacht ze dat het heel makkelijk was om hem als zondebok aan te wijzen. Alles wat er aan haar leven niet deugde, schoof ze op hem af, wat misschien niet helemaal terecht was. Hector was wellicht verantwoordelijk voor sommige van haar feilen, maar niet voor alle.

Ze stak het hout aan dat al klaarlag in de haard, niet omdat het zo koud was, maar omdat het in de rest van de kamer een bende was en ze op die manier iets had om zijn aandacht af te leiden. Bovendien wist ze dat Joe het gezellig vond. Haar buren hadden met een gast uit de Borders de helft van een lam geruild tegen een lading appelhout waar ze haar een deel van hadden gegeven; toen ze op een avond thuiskwam, had ze onder het afdak naast het huis een keurige stapel houtblokken aangetroffen. Af en toe deed het echtpaar zulke aardige dingen. Ze was blij dat ze naast haar woonden en ze maakte nooit een punt van hun incidentele feesten ter ere van de zonnewende, waar altijd tientallen vreemde lui op afkwamen die hun tenten in het weiland voor haar huis opzetten. En ze kneep een oogje dicht wat het drugsgebruik betrof, zelfs als dat in alle onschuld in haar eigen huis gebeurde.

Vera liet de gordijnen open en ging naar de keuken om bier te halen, een stuk brood op een plank, een homp kaas. Ze zaten in de lage fauteuils met hun voeten bij het vuur. Vera dacht dat ze in haar leven niet gelukkiger zou worden dan ze nu was.

Ashworth verstoorde haar gemijmer. 'Wat vind je van de Elias Jones-zaak? Is die relevant of leidt die ons alleen maar af?'

Terwijl ze hierover nadacht, proefde ze de metalige smaak van het bier en het blikje op haar tong. 'Hoe dan ook relevant,' zei ze. 'Ook als die zaak ons geen motief geeft, kunnen we er wel het nodige over Jenny Lister uit afleiden.'

'Zoals?'

'Ze werkte efficiënt en planmatig. Ze was een controlfreak. Ze hield er niet van om werk en privé door elkaar te laten lopen. Een principieel persoon. Principes maken je niet altijd geliefd. Als zij iemand zou betrappen op iets wat wat haar betrof niet door de beugel kon, zou ze daar zeker haar mond niet over houden.'

'Je doelt op de diefstallen in het Willows?'

Vera nam de tijd om hierover na te denken. 'Misschien, hoewel dat allemaal wel erg weinig om het lijf lijkt te hebben. Ik bedoelde eerder een akkefietje in het dorp.' Ze dacht aan Veronica Eliot in haar modelwoning en haar modelgezin. Niets was ooit zo perfect, dus wat was er precies gaande achter die façade?

Ashworth keek op zijn horloge.

'Het is al goed, Joe,' zei ze lankmoedig. 'Je kunt intussen veilig naar huis. De koters liggen vast al in bed. Ik wil dat je morgen Holly weghoudt bij dat meisje. Iemand van jullie moet achter Jenny's mysterieuze minnaar aan. In een dorp van die omvang moet er toch iemand zijn die meer weet. Iemand heeft vast een vreemde auto gezien, of is hen in Hexham tegen het lijf gelopen.'

Hij stond op. Zijn gezicht was dankzij het vuur rood aangelopen. Of misschien had de opmerking over de kinderen er wel ingehakt. 'En jij dan?'

Ze bleef zitten. Hij wist de weg. 'Ik ga, zoals ik al zei, op ziekenbezoek.'

16

Mattie had een aparte kamer; in de hoek zat een vrouwelijke bewaker met een stapel tijdschriften op haar schoot en een zak snoep in haar hand. God, dacht Vera, die vrouw kan vast haar geluk niet op, omdat ze het grootste deel van haar tijd niet in de gewone vleugel hoeft door te brengen. De agente was zo te zien van dezelfde leeftijd als de patiënte in bed, was donkerblond en had grote borsten; de knoopjes van haar uniform trokken. Joviaal, het type dat een goed avondje stappen wel wist te waarderen, net als een paar dagen binnen op je kont blijven zitten met een stapel goedkope lectuur en chocolade.

'Hoi!' Nog vriendelijk ook. Dat stemde Vera tevreden. Wat Mattie ook op haar kerfstok had, ze vond het geen prettig idee dat ze met een angstig en vijandig gevoel in het ziekenhuis zou liggen. 'De zuster zei al dat je zou komen. Ik zal mezelf uit de voeten maken, zodat jullie rustig kunnen babbelen? Ik snak sowieso naar een peuk.' Ze had een onderzoekende oogopslag, maar ze legde de stapel tijdschriften op de stoel en verdween. Haar nicotinebehoefte was sterker dan haar nieuwsgierigheid.

Vera trok de stoel dichter bij het bed. De vrouw die erin lag, zag er bijzonder jong uit. Op het kastje naast het bed stond een ventilator, maar ze was niettemin rood en koortsachtig. 'Ze heeft nog altijd flinke koorts,' had de zuster gezegd. 'Heeft vannacht behoorlijk geijld. Maar vanochtend leek het erop dat de antibiotica zijn aangeslagen.'

'Geijld?' Waarschijnlijk vanwege de verhoging, dacht Vera. Maar het kon ook worden veroorzaakt door angst of een schuldgevoel. Er was geen betere aanjager voor nachtmerries dan een schuldgevoel.

'Ze heeft gedroomd over monsters, demonen. Je kent het wel.' De zuster had erbij staan lachen. Voor haar niets nieuws.

Mattie leek wat te doezelen. Toen Vera haar naam uitsprak, deed ze haar ogen open en knipperde een aantal keer, ogenschijnlijk verward.

'Waar is Sal?'

'Heet de bewaakster zo?'

Mattie knikte.
'Ze is even roken. Ik wil je een paar dingen vragen. Ik ben Vera Stanhope.'
'Ben je ook een dokter?' Ze klonk ook als een klein meisje. Je zou niet zeggen dat ze zelf een kind had gehad dat al naar school ging.
Vera lachte. 'Nee, lieverd. Ik ben een juut.'
Mattie deed haar ogen weer dicht, alsof ze Vera daarmee wilde wegtoveren. Ze leek nog liever genoegen te nemen met haar monsters en demonen.
'Ik ben hier niet om je het leven zuur te maken,' zei Vera. 'Ik wil alleen maar wat informatie, een beetje kletsen. Ik heb het vermoeden dat je me ergens mee kunt helpen.'
Mattie keek haar aan. 'Ik heb de politie van begin af aan alles al verteld.'
'Dat weet ik,' zei Vera. 'Heb je het nieuws de laatste tijd een beetje bijgehouden?' Er stond op een tafeltje tegen de muur een tv waar geld in moest om hem aan te krijgen. De zorginstellingen probeerden overal geld uit te halen.
Mattie volgde haar blik. 'Sal zet hem weleens voor me aan. Dat betaalt ze zelf. Maar naar het journaal hebben we niet gekeken.'
Natuurlijk niet, dacht Vera. Mattie hield ongetwijfeld van tekenfilms en Sal keek waarschijnlijk graag naar *Britain's Next Top Model* en *Wife Swap*.
'Jenny Lister is overleden,' zei Vera. 'Kun je je Jenny herinneren?'
Mattie knikte. Haar ogen waren groot. 'Ze heeft me opgezocht in de gevangenis.' Een traan rolde over haar wang. 'Wat is er gebeurd?'
'Ze is vermoord.'
'Wat kom je hier doen?' Mattie leek ineens klaarwakker en deed zelfs een poging iets rechterop te gaan zitten. 'Ik heb daar niets mee te maken.'
'Je hebt haar gekend,' zei Vera. 'Ik praat met zo veel mogelijk mensen die haar hebben gekend. Meer niet.'
'Je kunt me niets verwijten.' De woorden werden dermate hard en hysterisch uitgesproken, dat Vera vreesde dat het de aandacht van de zusters zou trekken. 'Ik zat achter de tralies. Zelfs als ik het had gewild, had ik geen kant op gekund.' Vera schatte in dat ze hier waarschijnlijk geen behoefte aan had. Ze zou zich in de gevangenis veilig voelen, in de vleugel met de andere risicogevallen, gerustgesteld door vriendelijke cipiers als Sal en de dagelijkse sleur van eten en leren. Daarbij leek Mat-

tie niet op de hoogte van het tijdstip van Jenny's overlijden. Op het fatale moment had ze in het ziekenhuis gelegen en niet in haar cel gezeten.

'Niemand beweert dat jij het hebt gedaan,' zei Vera. 'Ik heb je hulp nodig. Dat is de reden dat ik hier ben.'

Mattie leek in verwarring. De notie dat iemand haar nodig kon hebben, was haar duidelijk vreemd. Zij was altijd de hulpbehoevende geweest.

'Ik mocht Jenny. Ik wou dat ze niet dood was.' Stilte, gevolgd door weer een jammerklacht, een volgende uitbarsting van zelfmedelijden. 'Ik zal haar missen. Wie zal me nu nog komen opzoeken?'

'Wanneer heb je haar voor het laatst gezien?'

'Afgelopen donderdag.' Het antwoord kwam vlot.

'Weet je dat zeker?' Vera had gerekend op een vagere omschrijving, ergens in het verleden.

'Ze kwam altijd op donderdag.'

'Elke week?' Vera was verbijsterd. Dat was ongetwijfeld veel vaker dan haar drukke schema eigenlijk toestond.

'Donderdagmiddag, vaste prik.'

'Waar hebben jullie het afgelopen donderdag tijdens haar bezoek over gehad?' Vera dacht dat van een echt gesprek waarschijnlijk geen sprake was geweest. Wat de ware reden voor Jenny's wekelijkse bezoekjes ook geweest mocht zijn, ze kwam niet voor de diepzinnige gesprekken. Werd ze gedreven door schuldgevoel? Rekende de maatschappelijk werkster zichzelf de dood van de jongen en Matties gevangenschap aan?

'Gewoon, hetzelfde als altijd,' zei Mattie.

'Wat was dat dan?' Vera merkte dat haar geduld op begon te raken. Ze kreeg de neiging het meisje eens door elkaar te schudden en haar te vertellen dat ze wakker moest worden, dat Vera achter een moordenaar aan zat. Voor een volgend gesprekje met Mattie Jones zou ze Joe Ashworth sturen. Hoewel Vera hem in de loop der jaren enigszins had weten te drillen, was hij nog altijd een kleffe ouwehoer.

'Over mij,' zei Mattie met gepaste trots. 'Over mijn jeugd en zo.'

'Als een soort therapie?' Vera vroeg zich af wat het nut daarvan was geweest. Deze vrouw zat achter de tralies. Ze zou in de nabije toekomst niet in staat zijn opnieuw een moord te plegen. Waarom had Jenny haar vermeende kwaliteiten niet aangewend om andermans schedel te lichten, ten gunste van de cliënten die haar nodig hadden?

Mattie keek verbaasd. Het idee van de gesprekken als therapie was nog niet eerder bij haar opgekomen. 'Voor haar boek,' zei ze.

'Wat voor boek?'

'Mevrouw Lister was bezig met een boek over mij.' De vrouw glimlachte als een kind dat iets lekkers krijgt. 'Met mijn foto voorop en zo.'

De bewaakster verscheen weer bij de deur. Zelfs vanaf een afstandje kon Vera de rook ruiken. Ze had een kartonnen bekertje koffie bij zich en een blikje cola. 'Alles goed daarbinnen?' vroeg ze opgewekt. Het colablikje zette ze naast de ventilator op het nachtkastje. Weer een geste van vriendelijkheid die Vera op dat moment ontging.

'Wist je hiervan?'

'Wat?' Omdat de bewaakster direct in haar schulp kroop, paste Vera haar toon aan.

'Dat Matties hulpverlener van plan was een boek over haar en de zaak rond Elias Jones te publiceren?'

De bewaakster schudde haar hoofd. 'Mattie kreeg geregeld bezoek van haar maatschappelijk werker. Dat vonden we maar wat aardig van haar, want ze was de enige die bij haar op bezoek kwam.'

Vera richtte haar aandacht weer tot de patiënte, die erin geslaagd was het colablikje te pakken te krijgen en het opentrok.

'Michael kwam dus nooit langs?' vroeg ze. 'Hij heeft je nooit in de gevangenis opgezocht?'

Mattie bevroor even, het colablikje bleef op weg naar haar mond in de lucht hangen. Daarna schudde ze haar hoofd.

'Heb je hem nooit gevraagd langs te komen? Heb je wel telefonisch contact met hem gehad? Heeft hij nog hetzelfde werk?'

Te veel vragen, zag Vera direct. Mattie kon ze niet allemaal bevatten. Vera stond op het punt om haar vragen een voor een te herhalen toen de jonge vrouw antwoord gaf, waarbij ze ongemakkelijk in haar bed heen en weer schoof.

'Hij heeft me verteld dat hij een ander had. Ze is in verwachting van hem. Hij zei dat ik hem met rust moest laten.'

'Heb je dat ook aan mevrouw Lister verteld?' Vera boog voorover. Als de situatie erom vroeg, kon ze vriendelijk en begripvol zijn. Ineens hadden ze een mogelijk motief. Als Michael Morgan op het punt stond vader te worden, zou de hulpverlening daarvan op de hoogte willen zijn. Mogelijk liep het kind gevaar.

'Ik was geschokt,' zei Mattie. 'Ik had mijn telefoonkaart gebruikt om hem te kunnen spreken en hij kwam met het verhaal over de zwangerschap aanzetten. Hij had mijn zoontje nooit gemogen en hij beweerde dat hij nooit een kind van me had gewild, maar met zijn nieuwe wijf is het meteen raak. Het is niet eerlijk. Die middag kwam mevrouw Lister op bezoek, ik ben in huilen uitgebarsten en heb mijn hart bij haar uitgestort.'

'Wanneer was dat?' vroeg Vera. 'Hoe lang is dat geleden, Mattie?'

Mattie schudde haar hoofd. 'Niet zo lang geleden,' zei ze.

'Tijdens mevrouw Listers laatste bezoek? Of het bezoek daarvoor?'

Maar Mattie gaf geen antwoord. Ze begon stilletjes te huilen, niet vanwege de overleden maatschappelijk werker, maar vanwege haar eigen situatie, verlaten door de man met wie ze een relatie dacht te hebben.

Sal schoof ongemakkelijk heen en weer; ze had de neiging de jonge vrouw over wie ze waakte in bescherming te nemen, maar ze wilde ook behulpzaam zijn. 'Mattie raakte van streek rond Elias' sterfdatum,' zei ze. 'Dat was het moment dat ze opnieuw contact heeft gezocht met Morgan. Ik denk dat een paar meiden het via de lokale nieuwszender hebben opgevangen en het haar nog eens hebben ingewreven.'

Vera glimlachte haar kort toe. 'Dank je.' Ze wendde zich van het bed af en dempte haar stem. 'Laat het me weten zodra Mattie zich meer over de maatschappelijk werker weet te herinneren. Ik moet haar moordenaar zien te vinden.' Ze diepte een kaartje op uit de linnen tas van Sainsbury's, haar eigen model attachékoffer, en schreef haar mobiele nummer achterop. 'Jenny Lister was een goed mens.'

Maar terwijl ze zich een weg baande door de brede, glimmende gangen van het nieuwe ziekenhuis, vroeg ze zich af of dat wel zo was. Als Jenny Lister bezig was met een boek over Elias Jones, had ze het vertrouwen van haar cliënte misbruikt voor persoonlijk gewin. Non-fictieboeken over spraakmakende moordzaken gingen als warme broodjes over de toonbank, en een boek geschreven door een maatschappelijk werker die bij de zaak betrokken was geweest, zou heel veel publiciteit genereren. Jenny Lister zou er veel geld mee hebben kunnen verdienen. Het paste zo slecht bij de vrouw die Vera net een beetje dacht te leren kennen, dat ze het nauwelijks kon geloven. Maar waarom zou Mattie zoiets uit haar duim zuigen?

Vera trapte op de A1 het gaspedaal flink in, en nadat ze de afslag naar Hexham had genomen, belde ze Holly. 'Ben je nog in het huis van Lister?'

'Ja.' Vera had aan dat ene woord genoeg om te horen dat ze in een nukkige en afstandelijke bui was. Ashworth had vast al contact met haar opgenomen om te zeggen dat ze voort moest maken.

'Hoe gaat het deze ochtend met Hannah?'

'Ze is nog altijd in shock en redelijk daas, maar ze heeft vannacht in elk geval fatsoenlijk geslapen. De dokter heeft haar een slaappil gegeven en Simon heeft haar op het hart gedrukt hem in te nemen.'

'Is hij daar ook nog?'

'Hij is net weg,' zei Holly. 'Zijn vader is terug van een lange reis en hij is naar huis om hem te begroeten. Zijn moeder heeft een lunch georganiseerd. Hij werd vriendelijk doch dringend verzocht daarbij aanwezig te zijn.' Een stilte. 'Luister, chef, ik ben van mening dat ik hier moet blijven. Het lijkt me onverstandig om Hannah alleen te laten, en de gezinsbegeleider kan hier pas vanmiddag zijn.'

'Geen probleem,' zei Vera. 'Ik wil toch nog even met haar praten, dus pak je spullen en zorg dat je klaar bent voor vertrek. Ik ben er over een halfuur.' Ik moet wel een vreselijk mens zijn, dacht ze, terwijl ze een vrachtwagen met hout inhaalde, dat ik dit gesprek met zoveel genoegen heb gevoerd.

Hannah leek nog altijd gedrogeerd toen Vera ter plaatse kwam. Ze zat in een schommelstoel bij het keukenraam en keek toe hoe de pimpelmezen zich tegoed deden aan een streng pinda's die aan het voederplankje hing. Holly omhelsde haar stevig voordat ze vertrok, maar Hannah reageerde daar nauwelijks op. Vera schatte in dat Holly dat niet leuk zou vinden: hoe vriendelijk ze ook was, ze had wel behoefte aan waardering.

'Ik weet niet hoe het met jou zit,' zei Vera, 'maar ik verga van de honger. Heb je iets te eten in huis?'

Hannah draaide zich in haar stoel om en haalde slechts haar schouders op. Ze leek in de twee dagen die verstreken waren na het overlijden van haar moeder een paar kilo te zijn afgevallen, en ze was al behoorlijk dun geweest. Vera vond dat Holly haar tijd beter had kunnen besteden aan het klaarmaken van een fatsoenlijke maaltijd voor het kind dan te zwelgen in haar ellende.

De vriezer was netjes ingeruimd, alles voorzien van etiketten. Supervrouw Jenny Lister. Vera vond een bak met zelfgemaakte soep en een zak volkorenbroodjes. Ze zette de bak soep in de magnetron en gooide de broodjes in de oven om af te bakken. Haar manier van koken. Ze negeerde Hannah tijdens het tafeldekken en riep haar daarna voor haar lunch.

'Ik heb geen honger.' Hannah keek haar met waterige oogjes vaag aan.

'Nou, ik wel, en je moeder heeft je ongetwijfeld geleerd dat het onbeleefd is om toe te kijken terwijl iemand anders zit te eten.'

Hannah kwam overeind uit de schommelstoel en ging bij Vera zitten. Terwijl Vera de soep in een kom schepte, leunde ze met haar ellebogen op tafel. Hij rook heerlijk – naar tomaten en basilicum – en als vanzelf stak het meisje haar lepel in haar soepkom en brak daarna een stuk brood af.

Vera wachtte tot de soep op was, voordat ze het gesprek begon.

'Wist je dat je moeder Mattie Jones opzocht in de gevangenis?'

Hannah zag er iets beter, iets wakkerder uit. 'Ze had het niet vaak over haar werk.'

'Mattie Jones is de jonge vrouw die haar kind om het leven heeft gebracht. Je hebt er vast wel over gehoord op het journaal. De zaak is nogal prominent in het nieuws geweest. Heeft je moeder er destijds niets over verteld?'

Een stilte. 'Nu weet ik het weer. Het was een van de weinige keren dat ik mijn moeder kwaad heb gezien. Ze stond op en heeft de tv uitgezet. Ze zei dat ze het niet kon aanzien hoe de betrokkenen door de media werden gedemoniseerd – Mattie en de maatschappelijk werker. De journalisten deden alsof de zaak beklonken was, maar dat was niet terecht.' Hannah sloot haar ogen en er verscheen een bescheiden glimlach op haar gezicht. Vera wist dat het meisje haar moeder weer heel even tot leven had weten te wekken.

'Heeft Jenny ooit iets laten vallen over een boek waar ze aan werkte?'

Hannah glimlachte opnieuw. 'Ze sprak over niets anders, al geloof ik niet dat ze al echt met schrijven was begonnen.'

'Wat bedoel je precies?' Om het meisje niet onder druk te zetten, om niet te laten merken hoe belangrijk haar antwoord kon zijn, stond Vera op om de waterkoker te vullen.

'Dat was haar grote droom. Schrijfster worden.'

'Je bedoelt van verhalen en zo?' Vera liet, nog steeds met haar rug naar Hannah toe gedraaid, de theezakjes in de mokken vallen.

'Nee! Ze zei dat ze nooit goed zou worden in het schrijven van fictie. Ze wilde een boek maken over maatschappelijk werk. Met echte zaken – geanonimiseerd natuurlijk – die tot de verbeelding van de lezer zouden spreken. Ze wilde de lezer informeren over de stress en de dilemma's waar maatschappelijk werkers mee geconfronteerd worden.'

Vera zette een mok thee voor Hannahs neus en rommelde in een trommel op zoek naar een paar koekjes.

'Ik denk dat ze wel met schrijven was begonnen,' zei Vera. 'Met haar onderzoek, in elk geval. Weet je zeker dat ze er thuis nooit mee bezig was?'

'Dat weet ik niet zeker, nee. We leefden behoorlijk langs elkaar heen. Ze zat hier best vaak op haar laptop te werken. Misschien wilde ze er in het geheim een begin mee maken. Je weet hoe het gaat als je mensen deelgenoot maakt van je dromen. Dat schept verwachtingen, druk. Ik kan me voorstellen dat ze me pas op de hoogte zou stellen als het af was en ze een contract met een uitgever had getekend. Dan kon ze zeggen: "Tadaa, kijk eens wat ik heb gemaakt!" Dan zouden we het gevierd hebben met een glaasje bubbels.' Hannah keek haar aan, met koortsachtige ogen, net als bij Mattie het geval was geweest. 'Maar dat zal er nu niet meer van komen.'

'Zou ze het rechtstreeks op de laptop hebben geschreven?' Ze hadden namelijk nergens op de harde schijf een dergelijk document aangetroffen. De techneuten hadden de laptop al binnenstebuiten gekeerd.

'Nee, waarschijnlijk niet. Ze schreef graag met de hand. Ze schreef nog brieven! Echte brieven aan haar vrienden en oude tantes, met kerst. Een van haar tips over het schrijven van opstellen voor school was dan ook: als het moeilijk wordt, eerst uitschrijven. Er bestaat een rechtstreeks verband tussen je hersenen en de pen. Mij heeft het nooit geholpen, maar haar wel.'

'We moeten dus op zoek naar een notitieboek.' Vera sprak meer in zichzelf dan tegen het meisje, maar Hannah gaf niettemin antwoord.

'Yep! A4-formaat, gebonden. Ze kocht ze bij een ouderwetse kantoorboekhandel in Hexham. Ze gebruikte ze ook veel voor haar werk. Hoezo? Is het belangrijk?'

Het kan ons helpen de moordenaar van je moeder op te sporen. Maar dat zei Vera niet. Ze glimlachte alleen maar en ging nog maar eens verse thee zetten.

'Heeft Holly geïnformeerd naar je moeders handtas?' Ze zaten nog altijd aan tafel, de theepot tussen hen in.

'Ik geloof het niet.'

Natuurlijk niet. Een mengeling van woede en tevredenheid nam bezit van haar. Ze had nu een reden om Holly bij hun eerstvolgende ontmoeting de mantel uit te vegen.

'Die hebben we nog niet gevonden,' zei Vera, 'en hij kan van belang zijn. Kun je hem beschrijven? En gebruikte ze ook een koffertje?'

'De tas was groot genoeg voor haar dossiers, dus ze had geen koffer nodig.' Hannah lachte plots. 'Ze was gek op haar tas. Hij was van heel zacht, rood leer.'

'Deze notitieboeken, zou ze die ook in haar tas hebben vervoerd?'

'Waarschijnlijk wel.' Hannahs aandacht verslapte weer. Ze staarde uit het raam. 'Denk je dat Simon snel weer terugkomt?' Alsof de jongen de remedie was tegen haar verdriet, alsof hij de enige was die het zou kunnen wegnemen.

17

Joe Ashworth vond het prima om van Vera instructies te krijgen, maar Holly losweken uit het huis van de Listers was niet eenvoudig geweest. Uiteindelijk waren ze een compromis overeengekomen: ze zou vertrekken zodra de gezinshulpverlener was aangekomen. Wat inhield dat hij 's ochtends alleen in Barnard Bridge was, en hoewel Vera had beweerd dat toch iemand op de hoogte moest zijn van de identiteit van Jenny's minnaar, zou het niet eenvoudig worden om deze persoon op te sporen. Ashworth was opgegroeid in een van de mijnwerkersdorpen in Zuid-oost-Northumbrië – hoewel er ook toen hij klein was al niet veel mijnen meer open waren. Het was zo'n dorp waar de kinderen op straat speelden, gadegeslagen door hun moeders die gezeten op de stoep de laatste roddels doornamen. Hij had er geen moeite mee om in zijn oude thuishaven te gaan spitten naar geheimen. Als hij Vera mocht geloven, was hij een goochelaar die de bekentenissen uit het niets tevoorschijn wist te toveren. Maar met goochelen had dat niets te maken. Hij stapte het eerste het beste café binnen, mat zich het plaatselijke accent aan, en voor hij het wist had de dame achter de bar hem alles verteld wat hij maar wilde horen. Of hem in contact gebracht met iemand die hem verder kon helpen. Iedereen hield ervan verhalen te vertellen en Joe was een geboren luisteraar.

Hier lag het anders. Hij was iets voor negenen aangekomen, met het idee dat hij de jonge moeders die hun kroost naar school brachten nog zou kunnen treffen; hij was natuurlijk vergeten dat de school in het dorp inmiddels was gesloten. Het gebouw was verbouwd tot een chique woning en op het voormalige schoolplein stonden nu twee dikke auto's geparkeerd. Daar was de crèche waar het dochtertje van Connie Masters naartoe ging, al was die maar drie dagen per week geopend. Hij keek naar het bordje buiten op het dorpshuis. Niet vandaag. Op de hoofdweg was geen voetganger te zien, maar wel een gestage stroom verkeer. De trillingen van de vrachtauto's dreunden door in zijn hoofd en beletten hem helder na te denken. De baby was vannacht een paar keer wakker geworden, het slaapgebrek werkte niet bepaald bevorderlijk.

In het postkantoor, die ook als buurtwinkel dienstdeed, stonden bij de balie een paar bejaarden te wachten. Hij wachtte geduldig tot ze hun rekeningen op de bus hadden gedaan en een enkeling de brief naar zijn volwassen kind in Australië had verstuurd, voordat hij een praatje met hen aanknoopte. Twee oudere mannen die hun hele leven al in het dorp woonden.

'Het is niet meer zoals vroeger. Ooit wist ik de namen van iedere man, vrouw en kind in het dorp. Nu wordt de helft van de huizen bewoond door lui die ik nog nooit gezien heb.'

Ashworth voelde zijn zelfvertrouwen weer toenemen. Ex-kompel of ex-boer, dat maakte geen verschil. Een van de mannen was de buurman van Jenny Lister geweest. Hij had al met een agent gesproken, zei hij verlegen, aangespoord door zijn kompaan. Ze waren de vorige dag de hele straat langsgegaan. Een aardige knaap, die echter duidelijk haast had. Ze hadden hem een kop thee aangeboden, maar daar had hij geen tijd voor gehad.

'Nou, ik heb alle tijd van de wereld,' zei Ashworth. 'En ik zou een moord doen voor een kop koffie.'

Toen de mannen elkaar aankeken, voelde Ashworth aan dat er een probleem was. Ze wilden niet ongastvrij overkomen, maar geen van de mannen voelde zich geroepen hem bij hen thuis uit te nodigen. Cuthbert woonde een heel eind buiten het dorp en Maurice was er die ochtend op uitgestuurd, zodat zijn vrouw in alle rust kon schoonmaken en koken. Ze zou zich opgelaten voelen als hij met een onbekende gast aan kwam zetten zonder dat ze daarop was voorbereid. Ze hadden ieder een volkstuintje, naast elkaar, waar ze naartoe wilden. Ashworth dacht dat ze waarschijnlijk op school al naast elkaar hadden gezeten. Cuthbert en Maurice. Cuthbert de prater, de aanvoerder. Hij had het tot bedrijfsleider weten te schoppen op een groot boerenbedrijf, en hij woonde nog steeds in een huis dat eigendom was van het bedrijf. Maurice was stiller en stotterde lichtjes. Er leek iets mis te zijn met zijn linkerarm. Hij was het die naast Lister had gewoond.

Wederom nam Cuthbert het voortouw. Ze konden wel even naar het theehuis, zei hij. Er was in hun volkstuintjes niets wat niet kon wachten. En Maurice stemde hiermee in, zoals gewoonlijk. Het theehuis lag pal naast de rivier. Er hing een groot, nieuw bord aan de gevel waar THEEHUIS TYNE op stond. Chique, ouderwetse letters, goud op een groene achtergrond. Bij de deur aarzelden de mannen. Ashworth merkte dat ze hier nog niet eerder waren geweest en dat zelfs Cuthbert enigszins zenuwachtig was.

'Is dit nieuw?' vroeg Ashworth. 'Ziet er goed uit. Ik betaal natuurlijk.'

Vanaf dat moment was de sfeer ontspannener, wat Ashworth goed kon begrijpen. Zijn moeder had bij hun thuis altijd gewaakt over de huishoudportemonnee; ze bestudeerde elke maand nauwgezet de bankafschriften en vrijdags rond theetijd was het moment dat zijn vader zijn zakgeld kreeg.

'Dit was vroeger een bakkerij,' zei Cuthbert. 'Na Mary's pensioen heeft een of ander grietje uit het zuiden het gekocht. Mijn vrouw is er een keer eerder geweest en dat was meteen ook voor het laatst, zei ze. Toeristenprijzen.'

Ze gingen aan een tafeltje bij het raam zitten. Een vrouw van middelbare leeftijd kwam hun bestelling opnemen. Ze serveerden vijf verschillende soorten koffie en omdat Maurice hierdoor enigszins van de wijs leek te worden gebracht, bestelde Cuthbert voor hen allebei maar een cappuccino. 'Mo heeft niet zo lang geleden een beroerte gehad,' zei hij. 'Soms laat zijn spraakvermogen het afweten. Maar we hebben met z'n vieren heerlijk vakantie gevierd in Italië vlak na onze pensionering, de galerieën bezocht en zo, dus ik weet wel waar hij van houdt.' Na deze opmerking kon Ashworths beeld van twee pummels die nog nooit een stap buiten de Tyne-vallei hadden gezet, in de prullenbak.

'Iets te eten erbij?' vroeg de eigenares vriendelijk, die afgaande op haar accent niet zuidelijker dan York kon zijn opgegroeid, schatte Ashworth in.

Ze bestelden diverse hapjes. Toen de vrouw die had gebracht en weer naar achteren was verdwenen, bracht Ashworth het gesprek weer voorzichtig op Jenny Lister.

'Jullie kenden haar zeker vanaf het moment dat ze hier kwam wonen?' De vraag was aan beide mannen gericht. Maurice leek er geen bezwaar tegen te hebben dat Cuthbert namens hen beiden zou antwoorden, maar Cuthbert keek zijn vriend aan ten teken dat hij het woord moest nemen.

'Jep, het meisje was toen nog een baby. Mijn Hilda paste weleens op. We hebben zelf geen kinderen en ze vond het leuk om te doen.'

'Jullie mochten elkaar dus wel?'

'O, ze waren geweldige buren. Na mijn beroerte bracht Jenny Hilda altijd naar het ziekenhuis. Elke avond, een week lang.' Maurice beet in een gebakje met roze glazuur en likte zijn dikke gebruinde vingers af.

'Ik moet jullie een aantal persoonlijke vragen stellen,' zei Ashworth. 'Over zaken die Jenny niet in de openbaarheid wilde hebben, een wens waarvan ik weet dat jullie die willen respecteren. Maar in dit geval ligt het anders. We hebben hier te maken met een zwaar vergrijp. Het kan ons helpen haar moordenaar te vinden.'

Ze knikten. Zeer ernstig, opnieuw een en al bereidwilligheid.

'We hebben het vermoeden dat ze een vriend had,' zei Ashworth. 'Maar niemand weet om wie het zou gaan. Heeft een van jullie bezoek bij haar aan huis zien komen?'

Maurice schudde traag zijn hoofd. 'De vriendinnen van haar dochter. Die zijn bijdehand, hoor. Je leest van alles over de jeugd van tegenwoordig, maar ze zijn altijd in voor een praatje en een grapje. Die lerares van de school in Effingham komt af en toe langs, maar verder niemand. Niet voor zover ik me kan herinneren.'

'Zou Hilda meer weten?'

Cuthbert begon te lachen en verslikte zich in de laatste hap van zijn gebakje. 'Natuurlijk weet Hilda meer. Tyne Valley is voor haar even noodzakelijk als dat spionnenbolwerk in Cheltenham voor de veiligheidsdienst.'

'Maar ze is geen roddeltante,' stamelde Maurice. 'Niet echt.'

'Nou, ze weet in elk geval altijd meer dan ze laat blijken.' Cuthbert was coulant. 'Dat staat als een paal boven water.'

'Zou ze met mij willen praten, denk je?' Ashworth was ervan overtuigd dat hij die geweldige Hilda de nodige informatie zou weten te ontfutselen. Oudere vrouwen liepen met hem weg. 'Als ze ergens mee bezig is, wil ik haar natuurlijk niet storen, maar je kunt natuurlijk laten doorschemeren dat dit belangrijk is.'

Maurice aarzelde.

'Kom op, Mo!' zei Cuthbert. 'Een kans om met zo'n aardige jongen te praten! Die pakt ze met beide handen aan. Ik denk dat je dieper in de problemen zit als je haar niet aan hem voorstelt. Bovendien zal ze inmiddels wel klaar zijn met stofzuigen, en de was hangt ongetwijfeld ook al aan de lijn. Ze zit vast met een kop koffie naar iets stoms op tv te kijken.'

Maurice schonk hem een scheve glimlach en stond op.

Hilda was nog niet helemaal klaar met het huishouden. Toen ze aankwamen, stond ze de keukenvloer te dweilen. Ze stonden in de hal en ze zagen haar brede achterwerk heen en weer wiegen op het ritme van de dweil.

'Wat krijgen we nou?' Fel, maar ook bezorgd. Misschien dacht ze dat er weer iets met Maurice was gebeurd.

'Het gaat om Jenny Lister,' zei Cuthbert.

Hilda keek hem streng aan, een blik die Ashworth niet helemaal wist te duiden. Ze liet hen wachten in de hal, totdat ze de hele vloer had gedaan en ging hen toen voor naar de kleine woonkamer, waarvan ze de deur openliet, zodat ze vanuit de keuken tegen hen kon blijven praten. Het had het huis van Ashworths oma kunnen zijn. Glimmende, donkere houten meubels en overal kanten kleedjes. Geborduurde merklappen aan de muren. De geur van bijenwas en pepermunt. Een klein raam dat vanwege de vitrage die ervoor hing heel weinig licht binnenliet.

'Thee of koffie?' Ze had haar emmer leeggegooid en droogde de vloer.

Maurice grijnsde naar Cuthbert. Het leek erop dat ze de juiste beslissing hadden genomen.

De koffie was uitzonderlijk slap, oploskoffie met warme melk, maar er waren ook huisgemaakte appelflappen en nog warme scones, voorzien van veel boter die tijdens het eten langs hun vingers liep. De gebakjes in het café waren in een hap weg geweest.

'En wie mag dit dan wel wezen?'

'Hij is van de politie.' Maurice keek haar gespannen aan.

'Zoiets had ik al begrepen!' Ze wendde zich tot Ashworth. 'Je hebt vast ook een naam.'

Hij stelde zich voor en beantwoordde haar vragen, waar hij was geboren en waar hij woonde. Het bleek dat ze vroeger als secretaresse bij Parson's had gewerkt en dat ze een van zijn tantes had gekend.

'Wat wil je van me weten? Ik neem aan dat je het over Jenny Lister wilt hebben.'

'Alles wat u me maar kunt vertellen,' zei Ashworth. 'Het is niet zo dat we altijd precies weten wat we moeten vragen.'

Hilda deed haar schort af, ging op een stoel met hoge rugleuning zitten en drapeerde haar handen in haar schoot. Ze sprak met de concentratie van een kandidaat in een quizprogramma die vragen over zijn specialisme moest beantwoorden. 'Jenny Lister is in het dorp komen wonen...' Korte stilte. '... in 1993. Hannah was nog een baby, en Jenny was nog met zwangerschapsverlof.' Weer een stilte, ze haalde kort haar neus op om te laten merken hoezeer ze de situatie afkeurde. Jaloezie? vroeg Ashworth zich af. Als ik kinderen zou hebben gehad, zou ik thuis zijn gebleven, zodat ik ze zelf in de gaten kon houden. 'De vader, Jenny's echtgenoot, was teruggekeerd naar Londen, waar hij oorspronkelijk vandaan kwam.'

Een vergelijkbaar verhaal met dat van Connie Masters, dacht Joe Ashworth. Verlaten door haar man toen ze net een kind had gekregen. Was deze overeenkomst relevant? Of was de stress die gepaard ging met het in stand houden van een huwelijk, een jong kind en een uitputtende baan in de meeste relaties gewoon te veel van het goede? Misschien was het wel heel normaal. Zijn vrouw had sinds de geboorte van hun eerste kind niet meer gewerkt. Hij kon zich niet voorstellen hoe hij het zou moeten redden als zij de hele dag weg zou zijn. Hij vond het vreemd dat hij zich nooit eerder gerealiseerd had hoezeer hij erop vertrouwde dat zij hun leven op de rails hield.

Hilda vertelde verder. 'Jenny was wat in die dagen een algemeen maatschappelijk werker werd genoemd. Ze kreeg met van alles te maken. Toen het systeem werd aangepast heeft ze zich in kinderhulpverlening gespecialiseerd. Ze is uiteindelijk geëindigd als de baas van de afdeling die zich bezighield met pleegouders en adoptie.' Ze keek Ashworth door haar kleine vierkante brillenglazen aan. 'Maar dat zul je inmiddels allemaal wel weten.'

Hij knikte. 'Het is evengoed nuttig om het iemand weer eens te horen opsommen.' De andere mannen hadden net zo goed niet in de kamer aanwezig kunnen zijn. Maurice leek elk moment in slaap te kunnen vallen. De vrachtauto's die langsreden zorgden voor het nodige achtergrondgeluid.

'Ze had een vriend,' zei Hilda ineens. 'Laurence. Werkte als opzichter in het National Park. Aardige vent. We hebben hem een keer te eten uitgenodigd. Voor de beroerte van Maurice hadden we graag mensen over de vloer. Nog steeds, maar tegenwoordig alleen nog maar intieme vrienden.'

'Wat is er van deze Laurence geworden?'

'Ik heb geen idee. Het ene moment hadden ze het over samenwonen en het volgende waren ze uit elkaar.'

'Heeft Jenny het er ooit over gehad?'

'Ze was niet zo'n type dat op andermans schouder uithuilde,' zei Hilda. Nu ze haar schort had afgedaan, viel het Ashworth op dat ze redelijk smaakvol gekleed ging. Een plooirok en een gele katoenen blouse. Een vrouw die in alle opzichten bij de tijd was.

'Maar u was van alle mensen die ze kende degene die de moederrol het dichtst benaderde.'

‘Vlak nadat het gebeurd was, zag ik haar in de tuin. Ze zag er vreselijk uit. Bleek als een vaatdoek en je kon duidelijk zien dat ze had gehuild. Ik heb haar uitgenodigd voor een kopje koffie. Toen vertelde ze me dat ze uit elkaar waren. Ik maakte een opmerking over mannen – je weet wel, de gebruikelijke dingen die je zegt tegen iemand die van slag is: “Maak je niet druk. De meeste mannen durven zich niet te binden.” Iets in die trant. Maar ze zei dat Laurence niet zo’n type was en dat het haar besluit was geweest om met hem te breken.’

‘Heeft ze ook gezegd waarom? Was er een ander in het spel?’

‘Ja.’ Hilda keek hem aan. ‘Iemand die volkomen ongeschikt was. Haar woorden, niet de mijne. “Ik weet dat het verkeerd is, maar ik heb mezelf niet onder controle. Dankzij hem voel ik weer dat ik leef.” Dat is wat ze zei.’

‘Heeft ze nog meer over hem losgelaten? Beseft u hoe belangrijk dit kan zijn?’

‘Ze schaamde zich voor de verhouding.’ De mollige kleine vrouw keek Ashworth aan om zich ervan te vergewissen dat hij haar woorden begreep. ‘Het leek me niet gezond. Je zou je nooit voor de keuze van je man moeten hoeven verantwoorden. Misschien had ze hem bij toeval ontmoet, misschien hadden ze een zogenoemde onenightstand gehad. Of misschien heeft ze hem wel via haar werk leren kennen.’

‘Een collega?’ Ashworth kon zich goed voorstellen dat dat de nodige wenkbrauwen zou doen fronsen, maar een verhouding hebben met een maatschappelijk werker leek hem nou niet noodzakelijkerwijs iets om je voor te schamen.

‘Eerder een cliënt, denk je niet?’ Hilda sprak hem toe als een gelijke, alsof hij bijna net zo scherpzinnig was als zijzelf. ‘Dat zag ik wel gebeuren. Ze krijgt medelijden met iemand, probeert hem te helpen en raakt er vervolgens emotioneel bij betrokken.’

Dat zag Ashworth ook wel voor zich, en hij begreep alle geheimzinnigheid ineens een stuk beter. Het zou waarschijnlijk hebben ingedruist tegen haar beroepsethiek, en ook zou Jenny bang zijn geweest om te worden uitgelachen. De koele professional die ervandoor gaat met een of andere loser. Wat voor indruk dacht je dat dat wekte?

‘Het kan een getrouwde man zijn geweest,’ zei Ashworth. ‘Iemand uit de buurt, iemand die u wellicht kende, waardoor ze niet met u over hem wilde praten.’ Het idee dat Jenny was gezwicht voor een cliënt klonk hem logischer in de oren, maar hij moest ook andere opties aftasten.

‘Misschien.’ Hilda leek hier niet van overtuigd. ‘Maar over een buitenechtelijke verhouding lijkt niemand zich tegenwoordig nog druk te maken. Ik vraag me af of Jenny daar zo moeilijk over zou hebben gedaan. Bovendien, als het ging om iemand uit de buurt, dan zou ik het inmiddels wel gehoord hebben.' Ze liet merken dat daar geen twijfel over kon bestaan.

'Cuthbert beweert dat hij de helft van de inwoners niet meer kent.'

Hilda grijnsde vilein. 'Nou ja, Cuthbert is dan ook geen lid van de vrouwenclub.'

18

Connie voelde zich de ochtend na haar lunch met Veronica Eliot moe en uitgeblust. Ze reed naar Hexham voor haar boodschappen en keerde terug zonder zelfs koffie te hebben gedronken in het centrum. Bij een kiosk in de hoofdstraat was haar oog gevallen op een vette krantenkop: MOORD OP HULPVERLENER UIT DE TYNE-VALLEI. ONDERZOEK GAAT DOOR. Er was nog geen link gelegd met de zaak rond Elias Jones, maar Connie was ervan overtuigd dat het slechts een kwestie van tijd was, voordat de pers het verband zou ontdekken en haar weer zou gaan lastigvallen.

Alice was 's nachts een aantal keer wakker geschrokken van haar nachtmerries. Ze drentelde lusteloos door de supermarkt, aan de hand gehouden door Connie, en toen ze eenmaal weer thuis waren, was ze direct na de lunch voor de televisie in slaap gevallen. Connie trok een deken over haar heen en liet haar slapen. In het stille huis, waar op de achtergrond slechts het geluid van stromend water te horen was, dacht ze weer terug aan haar dagen op het kantoor van de hulpverlening en ze probeerde zich de gesprekken met Jenny Lister te herinneren die ze de maanden voor en na de gebeurtenissen rond Elias Jones hadden gevoerd. Ze probeerde het raadsel rond de nieuwe moordzaak op te lossen, een zaak waar zij verder geen aandeel in had.

Jenny had een bescheiden kantoor gehad. Eén muur was bedekt met tekeningen en kleurplaten van de kinderen die dankzij haar een pleeggezin hadden gevonden. Tekeningen van glimlachende poppetjes, een groot roze hart. MOLLY HOUDT VAN JENNY. Er hadden groene, gezonde planten gestaan, in tegenstelling tot de gemeenschappelijke ruimte waar de rest van haar team gebruik van maakte. Wie Jenny's kantoor binnenging, betrad een oase van kleur en beschaving. Hoewel er weliswaar vrijwel uitsluitend ellendige dingen werden besproken, was de plek voor Connie eerder een toevluchtsoord dan een plek om te biechten geweest. Zelfs als kind al had ze over haar zonden gelogen.

'Vertel eens wat meer over Michael Morgan.' Jenny had haar bemoedigend toegelachen tijdens de gezamenlijke sessie na Morgans voorstel om Mattie en het kind vrijwillig de rug toe te keren. Ze hadden tegenover elkaar in de leunstoelen aan weerszijden van de kleine salontafel gezeten. Jenny gooide voor vergaderingen altijd de inrichting overhoop. Ze wilde niet zittend achter haar bureau haar team toespreken.

En Connie had een beetje gebloosd. Ze stond niet te trappelen om te vertellen dat ze de man eigenlijk maar twee keer ontmoet had. Een keertje kort, vlak nadat hij bij Mattie was ingetrokken, waarbij hij een dermate zwijgzame indruk had gemaakt dat ze hem had omschreven als 'raar'; en tijdens die laatste bijeenkomst waarin hij had aangeboden om het gezin met rust te laten. Ze ging bewust bij Mattie langs op tijdstippen dat hij er niet was. Ogenschijnlijk omdat Mattie losslippiger was en vrijer sprak als hij er niet bij was, maar in werkelijkheid omdat de man haar de kriebels gaf. Als hij erbij was, had ze het gevoel dat ze nergens meer controle over had.

Ze was begonnen met een uitvlucht. 'Natuurlijk probeer ik Mattie zo vaak mogelijk onder vier ogen te treffen. Ik heb het idee dat hij haar werkelijk domineert.'

'Maar je moet toch wel een indruk van hem hebben gekregen?' Jenny keek verbaasd. Als ze fronste, wekte ze altijd de indruk dat ze lichtelijk teleurgesteld was in het feit dat het personeelslid dat tegenover haar zat, de kwaliteit van haar eigen werk niet had weten te evenaren.

'Hij is charismatisch.' Connie had de woorden uitgesproken nog voordat ze zich realiseerde hoe deze zouden kunnen overkomen. Maar nu ze het hardop gezegd had, wist ze dat het waar was. Hoewel ze hem pas twee keer ontmoet had en hem niet zou kunnen beschrijven – ze zou bijvoorbeeld geen compositietekening van hem kunnen opstellen, zoals je vaak in tv-series zag – had ze wel degelijk een mening over hem. Een man die wist wat hij wilde en ervan overtuigd was dat hij dat ook zou krijgen. Een man die de aandacht opeiste, in welk gezelschap hij zich ook bevond.

'In welk opzicht?' De frons was verdwenen en Connie zag dat ze inmiddels op Jenny's onverdeelde aandacht kon rekenen.

Connie schudde haar hoofd, gefrustreerd omdat ze niet precies de juiste woorden kon vinden om hem te omschrijven. 'Het zit in de manier waarop hij je aankijkt. Dwingend. Je krijgt de neiging hem alles te vertellen wat hij maar wil horen. Bijna alsof je bij een priester te biecht gaat.' Connie was katholiek opgevoed, en hoewel ze dat natuurlijk allemaal had afgezworen vanaf het moment dat ze enigszins logisch had kunnen nadenken, was ze de rituelen niet vergeten.

‘Wat ziet zo’n man in Mattie?’ Ze hadden het onderwerp eerder besproken, maar Jenny leek plots meer dan ooit in hem geïnteresseerd te zijn. ‘Hij is duidelijk hoogopgeleid en hij beschikt over een zekere aantrekkingskracht, zoals je hebt geconstateerd. Iets met controle? Hij zoekt een vrouw die hem blindelings gehoorzaamt.’

‘Misschien.’

En Jenny had zich voorovergebogen. ‘Ik denk dat het goed is als ik hem een keer spreek. Ik wil je deskundigheid niet in twijfel trekken, helemaal niet, maar hij kan gevaarlijk zijn, niet alleen voor Mattie en Elias, maar mogelijk ook voor andere jonge, kwetsbare vrouwen en hun kinderen. Ik wil graag mijn eigen afweging maken.’

Dit deed Jenny af en toe: dan trok ze voor haar eigen eergevoel een van de zaken van haar teamleden naar zich toe. Dat was de controlfreak in haar, zeiden haar teamleden, die het een vervelende gewoonte vonden, omdat ze altijd ergens op stuitte dat zij gemist hadden, maar tegelijk bewonderden ze haar gedrevenheid ook.

In het donkere boerderijtje, met ernaast de rivier die onder het raam door kabbelde, probeerde Connie zich te herinneren wat ze die middag hadden besloten. Had Jenny een ontmoeting met Morgan geregeld?

Connie wist in elk geval zeker dat dit nooit tijdens de rechtszaak of de hoorzittingen ter sprake was gekomen. Als Jenny een gesprek met Morgan zou hebben gehad, zou ze daar zeker verslag van hebben gedaan. Ze zou zelfs opgeroepen kunnen zijn als getuige, om haar mening over de man en zijn invloed op de alleenstaande moeder te geven. Matties advocaat had geïmpliceerd dat Morgan medeverantwoordelijk was voor Elias’ dood: ‘Deze man hield van controle. Hij heeft bij mevrouw Jones de indruk gewekt dat indien zij zich van haar zoon zou ontdoen, hij bij haar terug zou keren. We kunnen zelfs stellen dat hij er bij de moeder op heeft aangedrongen haar kind om het leven te brengen.’ De rechter had deze opmerking weggehoond en Morgan leek de jury gunstig te kunnen stemmen. Connie was niet bij zijn getuigenis aanwezig geweest, maar ze had later van enkele aanwezigen vernomen dat hij een uiterst vriendelijke en attente indruk had gemaakt. Charmant zelfs. Wat was Jenny’s oordeel over hem geweest? Connie was inmiddels razend nieuwsgierig. Waarom heb ik het haar niet gevraagd toen ik daartoe de kans had?

Plots werd het donkerder in de kamer en Connie zag een gestalte voor het raam die het binnenvallende licht blokkeerde. Er stond iemand buiten die een blik naar binnen wierp. Een vrouw, groot, slonzig, met een rond en bleek gezicht. Connie dacht dat het zo'n marskramer was die je af en toe theedoeken of een bosje gelukskruid wilde slijten. Ze haastte zich naar de deur, voordat de vrouw zou kunnen aanbellen en Alice zou wekken, en ze stelde tot haar verbazing vast hoe lekker het buiten was in vergelijking met de temperatuur in de kamer.

'Ik koop nooit aan de deur.' Het was het beste om meteen ferm over te komen, voordat ze aan hun verkooppraatje konden beginnen.

'Nou, mevrouw, ik heb ook niets te verkopen.' De vrouw grijnsde. Ze stond plompverloren op de stoep en was niet van plan een centimeter te wijken.

'Ik heb er ook geen behoefte aan bekeerd te worden.'

'Ik ook niet.' De vrouw slaakte een zucht. 'Mijn vader was een soort wetenschapper en mijn aversie voor de kerk is me met de paplepel ingegoten. Maar ik ben het niettemin altijd fascinerend blijven vinden. Je weet hoe dat gaat met verboden vruchten.'

'Nou, wat wilt u?' Connie was inmiddels dermate geïrriteerd dat ze vergat dat Alice lag te slapen en ze verhief haar stem.

De vrouw legde haar vinger op haar lippen, alsof ze een berisping uitdeelde. 'Maak de kleine niet wakker. Ik zag haar liggen toen ik door het raam keek. Lief. Kunnen we even hierbuiten praten? Ik ben Vera Stanhope, inspecteur van de politie van Northumbrië. U hebt gisteren mijn collega Joe Ashworth te woord gestaan.'

'U bent van de politie?' Connie was verbijsterd. En niet zomaar een agent, maar een inspecteur!

'Ik weet het, mevrouw. Moeilijk om je voor te stellen, nietwaar? Maar er werken bij ons niet alleen maar van die knappe types als Joe.' Ze ging moeizaam op de houten bank onder het raam zitten en sloeg met haar vlakke hand een paar keer naast haar, ten teken dat Connie moest komen zitten. 'Als je de deur openlaat, kunnen we het meisje wel horen mocht ze wakker worden.'

En tot haar verbazing deed Connie wat haar gevraagd werd.

'Jenny Lister,' zei Vera.

'Ik heb je collega alles verteld wat ik weet.' Maar was dat wel zo? In haar hoofd waren weer nieuwe details naar boven gekomen. Zoals het feit dat Jenny had gezegd dat ze contact wilde opnemen met Michael Morgan.

Vera keek haar aan met een heldere, strakke blik. 'O, vast en zeker niet alles,' zei ze. 'Bovendien schrijdt de tijd voort. Er komen nieuwe aanwijzingen die we moeten onderzoeken en nieuwe vragen komen boven.'

Ze zweeg. 'Wist je dat Jenny plannen had om een boek te schrijven over de Elias Jones-zaak?'

'Nee.' Dat was geen vraag waar ze op had gerekend. Ze vroeg zich af of deze vrouw ze wel allemaal op een rijtje had. Maar hoe langer ze erover nadacht, hoe minder moeite ze had zich Jenny als schrijfster voor te stellen. Jenny was altijd overtuigd geweest van haar eigen gelijk en had het misschien als haar roeping gezien om haar kennis aan anderen door te geven.

Vera knikte en ging meteen door.

'Wist je dat ze elke week bij Mattie Jones op bezoek ging in de gevangenis? Zelfs toen ze in voorarrest zat?'

'Nee. Eigenlijk niet.' Het antwoord klonk minder empathisch, de aarzeling ontging Vera niet.

'Je werkte nog met Jenny samen op het moment dat de zaak voor de rechter kwam. Ze zou je zoiets toch wel verteld hebben?'

'Zodra het lichaam van Elias werd gevonden, ben ik van de zaak gehaald,' zei Connie. 'Dat is onderdeel van de standaardprocedure, nog voor de hoorzitting.'

'Maar jullie zaten in hetzelfde kantoorgebouw,' drong Vera aan. 'Je moet haar toch weleens in de kantine of op de wc's zijn tegengekomen. Je zou toch verwachten dat ze je van haar plannen op de hoogte zou houden.'

Connie schudde haar hoofd. 'Dat was niets voor Jenny. Ze was discreet. Ik was niet langer bij die zaak betrokken.'

'Je lijkt niet verbaasd te zijn. Over die bezoeken aan de gevangenis.'

'Nee.' Aan de overkant van de rivier zaten een paar houtduiven in de bomen te koeren. Ze deden Connie denken aan de vakanties in haar kindertijd, de lange zomerse dagen op het platteland. 'Mattie was voor Jenny niet zomaar een cliënt. Ze kenden elkaar al jaren. Jenny had ongetwijfeld het gevoel dat ze haar in de steek had gelaten.'

'Het was dus een soort boetedoening?' Weer het geloof dat om de hoek kwam kijken.

'Ja,' zei Connie. 'Misschien wel ja, zoiets.'

'Dat boek...'

'Geloof me, ze heeft er tegenover mij nooit iets over losgelaten.'

'Het schijnt,' Vera zweeg even om haar woorden met zorg te kiezen, 'dat ze over de nodige zendingsdrang beschikte. Ze wilde de wereld laten zien hoe het er in het leven van een maatschappelijk werker werkelijk aan toeging. De mens achter het beroep, de morele dilemma's waar ze mee te maken kregen. Tegenwicht bieden aan alle clichés uit de bladen. Klinkt dat enigszins bekend?'

Dit keer was het Connie die even zweeg. 'Jep, zo was Jenny. Ze kon nogal preken.'

Vera straalde. 'Halleluja! Ik heb al nooit willen geloven dat heiligen bestonden. Eindelijk komt er iemand met de waarheid omtrent deze vrouw over de brug.'

Connie keek verrast op, kruiste Vera's blik en begon hierop ook te grijnzen.

'Wist je dat Michael Morgan een andere vriendin had? En dat ze van hem in verwachting was?' vroeg Vera. 'Dat is althans wat hij Mattie verteld heeft. Het kan natuurlijk een poging zijn geweest om van haar af te komen.'

'Hadden ze nog contact met elkaar?' Daar had Connie niet op gerekend. Ze dacht dat Michael al voor de moord voorgoed uit Matties leven was verdwenen.

'Zij onderhield het contact met hem. Zij belde vanuit de gevangenis, gaf hem informatie over de regels voor als hij op bezoek wilde komen. Ze was tenslotte gek op hem. En er bestaan vrouwen die zelfs hun laatste beetje trots laten varen.' Vera strekte haar benen voor zich uit. Ze droeg sandalen en had nogal vieze voeten. 'Dat zou de alarmbellen wel hebben doen afgaan, denk je ook niet? Michael Morgan die met een andere vrouw een kind krijgt?'

'Ja, natuurlijk. Hoewel hij nooit ergens voor aangeklaagd is. Er is geen bewijs dat hij ooit getuige is geweest van mishandeling, of in iets dergelijks de hand heeft gehad. De hulpverleners moesten behoedzaam te werk gaan. Ze zijn ongetwijfeld door advocaten ingefluisterd.'

'Welke procedure zou er gevolgd zijn?'

'Dat weet ik niet precies.' Voor Connie leek dat leven, het leven van crisisvergaderingen en de bureaucratie van het risicoregister, inmiddels zowat deel uit te maken van een andere wereld. Een wereld die ze niet meer begreep. 'Om te beginnen een informeel bezoek, denk ik. Contact opnemen met haar huisarts en verloskundige, om hen te wijzen op een mogelijk probleem.'

'Wie zou dat doen? Wie zou de leiding over die nieuwe zaak op zich nemen?' Vera draaide zich in afwachting van het antwoord naar Connie toe. Toen Connie begreep hoe belangrijk dit voor haar moest zijn, werd haar eigen hartslag ook de hoogte in gejaagd en voelde ze evenveel spanning als Vera.

‘Waarschijnlijk iemand met veel ervaring, gezien het feit dat het een delicate zaak betrof. Maar daar zou je zo achter moeten komen. Er zouden dossiers moeten zijn.’

‘Dat weet ik, lieverd. Maar ik vraag het aan jou. Je kende al die mensen. Je zat er middenin.’

‘Ze zouden misschien Jenny wel gevraagd hebben,’ zei Connie uiteindelijk. ‘Zij kende Michael Morgan tenslotte al.’

‘Ze kénde Morgan?’

De agressie waarmee het antwoord werd uitgesproken, deed Connie terugkrabbelen. ‘Daar ben ik niet zeker van. Dat zul je moeten onderzoeken. Maar ze vertelde dat ze hem wilde ontmoeten. Dat was nadat hij Matties woning had verlaten, maar voordat Elias overleed. Ze zei dat ze zich zelf een oordeel over hem wilde vormen, om te zien hoe groot het risico was dat het gezin liep.’ Ze zweeg. ‘Daar was ik eigenlijk best pissig over. Het wekte bij mij de indruk dat ze me niet vertrouwde.’

‘Ze is er nooit meer op teruggekomen? Ze heeft je nooit verteld of die ontmoeting daadwerkelijk heeft plaatsgevonden?’ De rechercheur viel stil, maar Connie kon haar hernieuwde energie, haar scherpte voelen. Opwinding.

‘Nee, maar kort daarop overleed Elias. We hadden vanaf dat moment andere dingen aan ons hoofd. Je kunt het allemaal terugvinden, zoals ik al zei. Jenny was beroemd vanwege de manier waarop ze haar dossiers bijhield.’

Vera hees zich van het bankje en veegde wat mos van haar rok. Ze pakte Connies hand en klemde die met haar twee kolenschoppen stevig vast. ‘Mondje dicht over dit gesprekje,’ zei ze. ‘Veiliger, nietwaar?’

‘Je hoeft niet bang te zijn dat ik naar de pers stap!’ Connie wilde nu dat Vera niet zou vertrekken. Ze had graag thee met haar gedronken. Ze vond de vrouw vermakelijk.

‘Nou, pas goed op jezelf.’

En toen de vrouw het pad af kloste op weg naar haar grote, glimmende auto, bleef Connie met een ongemakkelijk en eenzaam gevoel achter.

19

De gezinshulpverlener kwam aan bij het huis van de Listers vlak nadat Hannah de afwas had gedaan. Vera had halfslachtig aangeboden het te doen, maar Hannah had geweigerd. Ze moest het gevoel blijven houden dat dit nog steeds haar huis was, dacht Vera. En niet dat van anonieme politiefunctionarissen.

'Wat ben je van plan, lieverd? Wil je in je eentje hier blijven?'

Hannah draaide zich vanachter het aanrecht om en keek haar verdwaasd aan, alsof de vraag niet tot haar was doorgedrongen. Dat was het moment dat de deurbel was gegaan en de gezinshulpverlener zich had aangediend, en hoewel Hannah zichtbaar baalde dat het Simon niet was, leek ze blij te zijn geweest met de onderbreking.

Buiten op de stoep slaakte Vera een diepe zucht; haar opluchting, het gevoel dat ze ontsnapt was, was groter dan wanneer ze de gevangenis van Durham verliet. Ze belde Ashworth. 'Waar hang je uit?'

'Ik ga weer langs de deuren.' Hij dempte zijn stem. 'De gasten die het de eerste keer hebben gedaan, hebben het nodige over het hoofd gezien.'

'Ben je iets wijzer geworden?'

'Ik kan op dit moment niet echt praten.' Vera stelde zich voor dat hij bij iemand in huis stond. Hij had zich ongetwijfeld verontschuldigd en zich uit de woonkamer teruggetrokken om het telefoontje aan te nemen, hij stond nu vast in een of andere nauwe gang, met aan de andere kant van de deur de bewoners die hun best deden om er geen woord van te missen.

'Geef me een halfuur,' zei ze. 'Ik wil nog even praten met die voormalige maatschappelijk werker op wie je zo'n indruk hebt gemaakt. Daarna wil ik naar Michael Morgan, en ik wil dat je met me meegaat. Charlie redt het daar wel. Ik heb Holly op Laurence May afgestuurd, die ex-vriend van Jenny.'

Op weg naar Connie reed ze langs de Eliots. Op de oprit van het witte huis prijkte een nieuwe auto, iets laags en sportiefs. Het was duidelijk dat de heer des huizes was teruggekeerd, wat door het gezin waarschijnlijk gevierd werd met een copieuze lunch, terwijl Hannah thuis rouwde om de dood van haar moeder.

Vera was opgegroeid in de heuvels en van deze laaggelegen oorden, verscholen tussen de bomen, kreeg ze de kriebels. Ze zou zelf niet graag zo dicht bij de rivier wonen: ze zou visioenen krijgen van overstromingen, stekende insecten, ziekten. Zelfs de lammeren leken hier overvoed en vet.

Toen ze na haar gesprek met Connie contact opnam met Ashworth, zei hij dat hij in zijn eigen auto naar Tynemouth wilde, de plaats waar Morgan woonde en zijn praktijk had. Het was een flink eind rijden, pal aan de kust, en hij wilde na afloop rechtstreeks naar huis. Anders zwaaide er wat. Vera stond erop dat hij met haar mee zou rijden. 'We kunnen hier niet zomaar op afgaan. Dit kan cruciaal zijn, man. We moeten het op z'n minst een keer doorspreken.'

'Kan het niet wachten tot morgen? Dat geeft ons meteen de mogelijkheid om ons beter voor te bereiden.'

Maar Vera wist, terwijl ze buiten de winkel in het fletse lentezonnetje stond, dat een confrontatie met Morgan niet een hele avond en nacht kon blijven wachten. Daar zou ze aan onderdoor gaan. Ze had af en toe zo'n roekeloze bui. Impulsief. Gezien alle haken en ogen wist ze dat het verstandig zou zijn om even te wachten; ze kon het niet opbrengen.

'Als het laat wordt, breng ik je wel thuis,' zei ze. 'En ik haal je morgenochtend op. Het is toch geen ramp om je auto hier een nachtje te laten staan.'

Daar had hij weinig tegen in te brengen. Hij ging naast haar in de auto zitten. Ze bedacht dat hij net zo graag met Morgan wilde praten als zij. Hij had alleen eerst af te rekenen met zijn schuldgevoelens ten opzichte van zijn gezin.

'Wat hebben de huisbezoeken opgeleverd?' Vera wist dat ze een vaardig chauffeur was. Instinctief. De smalle wegen konden gevaarlijk zijn voor wie er niet bekend was, maar ze hadden geen tijd te verliezen. Toen ze Ashworth naast zich zag verstijven, trapte ze op de rem en vertraagde enigszins. Hij moest geconcentreerd blijven. Ze luisterde naar zijn verslag van zijn conversatie met Jenny's buurvrouw.

'Zij dacht dat Lister was bezweken voor de charmes van een van haar cliënten?'

'Dat wist ze niet zeker,' zei Ashworth. 'Ze wist alleen dat de verhouding niet gepast was.'

‘Maar het verhaal dat ze er met een cliënt vandoor was, komt toch niet uit het niets!’ Vera sprak nu geagiteerd. ‘Misschien heeft Jenny iets gezegd, een hint gegeven die Hilda op dit idee gebracht heeft. En hoewel ze zich de exacte formulering niet meer kan herinneren, is het wel in haar hoofd blijven hangen.’

‘Misschien.’ Vera zag dat Ashworth van mening was dat ze er te veel achter zocht. Hij was haar remmende factor. Af en toe, dacht ze, is hij niet minder dan mijn geweten.

‘Connie zei dat Jenny een ontmoeting heeft gehad met Michael Morgan,’ zei Vera op rustige toon. Ze wilde bij Ashworth niet de indruk wekken dat ze doordraafde. ‘Ze wilde naar het schijnt de man met eigen ogen zien.’

‘Denk je dat Lister een verhouding had met Morgan?’ Het kwam er scherp en vol scepsis uit.

‘Ik hou overal rekening mee,’ zei ze. ‘Maar als die klootzak haar vermoord heeft, is hij nog niet klaar met me.’

Tynemouth was een schattig klein plaatsje, met een brede hoofdstraat en mooie gregoriaanse huizen. Van een kasteel en een priorij restten enkel ruïnes. Er waren theesalons, chique boetieks en een omgebouwde kerk, die Land of Green Ginger was gedoopt, en waar je antiek, boeken en luxe kinderkleding kon kopen. ’s Avonds namen de jonge inwoners bezit van de cafés en restaurants, maar op dit uur van de dag was het het domein van bejaarde dames en stellen van middelbare leeftijd die hand in hand langs de etalages slenterden. Hetzelfde soort mensen, dacht Vera, dat de sportschool in het Willows bezocht.

Ze vonden Morgans praktijk, die aan een nauwe klinkerstraat vlak bij de kust lag. TYNEMOUTH ACUPUNCTUUR stond in kleine letters aangebracht op een stijlvolle koperen plaat naast de pas geschilderde deur. Zo te zien bewoonde hij zelf het appartement boven de winkel. Het raam stond open, van waaruit ze muziek konden horen. Als je het al muziek kon noemen. Iets elektronisch, monotoon. De praktijk was gesloten.

Vera drukte op de bel en hoorde na lange tijd lichte voetstappen op een kale vloer. Ze had verwacht Morgan te treffen, maar er werd opengedaan door een jonge vrouw, nauwelijks ouder dan een meisje. Lang, recht, donker haar, een schaars bedrukte jurk met daaronder een legging, kleine platte schoenen. De jurk zat ruim en flodderig en was prima geschikt om een vroege zwangerschap aan het zicht te onttrekken.

‘Zouden we Michael Morgan kunnen spreken?’

Het meisje glimlachte. 'Het spijt me, hij is even bezig, maar ik kan een afspraak inplannen als u wilt.' Ze deed het voorkomen alsof ze hun handjes mochten dichtknijpen dat ze een afspraak met de man konden krijgen. Slimmer en minder getikt dan Mattie, maar voor de rest eenzelfde type, besloot Vera. Fragiel en onnozel.

'Maar hij is er dus wel?'

'Michael is aan het mediteren,' zei het meisje. 'Hij mag niet gestoord worden tijdens zijn meditatie.'

'Onzin.' Vera glimlachte kort naar haar. 'We zijn van de politie, en ik weet dat hij meer dan bereid is onze vragen te beantwoorden.' Ze knikte naar Ashworth die haar passeerde en de trap begon te beklimmen. 'En jouw naam luidt?'

'Freya.' Nu leek ze wel een scholiere. 'Freya Adams.'

'We willen straks ook even met jou praten. Maar als je nu zo vriendelijk zou willen zijn om ons een halfuurtje met rust te laten... Haal gerust even wat eten en drinken, dan zien we je straks hier weer.' Vera sloot de deur en liet het meisje op de stoep achter. Ze dacht dat ze misschien wat tactvoller had kunnen zijn. Soms nam de adrenaline het over, waardoor ze te glad en te bijdehand uit de hoek kwam.

Waarschijnlijk waren er twee kamers samengetrokken tot een lange smalle ruimte met aan weerszijden ramen. Boven aan de trap aangekomen, liep Vera direct door. De vloer was geschuurd en in de was gezet en was honingkleurig. Er hingen dunne, goud- en saffraankleurige mousselinen gordijnen. De schaarse inrichting bestond uit een futon, een lage tafel en een wand geheel gevuld met boekenkasten. De muziek was afkomstig uit een stereo-installatie in een van de kasten. 'Kan dat uit?' Het kon nooit kwaad om direct je autoriteit te laten gelden. Bovendien werd ze gek van het aanhoudende gejengel. Toen was er stilte.

Morgan en Ashworth stonden vlak bij een raam dat uitzicht bood over een kleine tuin achter het huis, en waren druk in gesprek. Vera had gerekend op een vijandige ontvangst: zelf zou ze pislink worden als twee vreemden haar huis zouden binnendringen en bevelen gingen uitdelen. Maar het leek Morgan allemaal weinig te kunnen schelen. Hij was in werkelijkheid knapper dan ze op basis van de foto's had vermoed: hij had een aantrekkelijk gezicht en diepblauwe ogen. Ze had alle foto's van hem bestudeerd die ze in de krant had kunnen vinden, maar ze zou hem op straat niet herkend hebben: hij schoor sinds de rechtszaak zijn hoofd kaal en leek daardoor op een oosterse monnik – het imago waarnaar hij op zoek was, dacht ze. Hij kwam met uitgestoken hand op haar af. 'En u bent?'

'Vera Stanhope. Inspecteur bij de recherche.'

Hij droeg een ruimzittende katoenen broek en een katoenen overhemd zonder kraag. Dezelfde kleren waar haar hippieburen dol op waren. Ze bedacht dat deze man zomaar eens te gast kon zijn geweest op een van hun feestjes.

'Ik vertelde meneer Morgan net hoezeer het ons spijt dat we hem moeten storen,' zei Ashworth.

'En ik heb hem geantwoord dat ik de politie altijd zo goed mogelijk ter wille tracht te zijn.' Morgan knikte hen toe bij wijze van uitnodiging om te gaan zitten. De futon zat net zo ongemakkelijk als Vera op grond van het uiterlijk had verwacht. Hij kraakte. Hij was duidelijk niet berekend op iemand van haar gewicht, en ze wist niet zeker of ze zonder hulp weer overeind zou kunnen komen als het gesprek eenmaal ten einde zou zijn.

'Wilt u een kopje thee?' De man glimlachte. 'Ik heb kamille, munt...'

'We hebben slechts een paar vragen,' zei Vera. 'We zullen niet te veel van uw tijd opeisen.'

Weer glimlachte hij en hij ging op de grond zitten, met zijn gezicht naar hen toe. Dat deed hij in een vloeiende, gracieuze beweging en Vera kon niet verhelpen te denken dat hij ongetwijfeld heel goed zou zijn in bed. Het fysieke gedoe. Was dat een deel van zijn charme? Heel even voelde ze een golf van paniek, dat oude gevoel van spijt dat de tijd haar door de vingers glipte. Gevolgd door iets wat nog het dichtste bij lust in de buurt kwam.

Er viel een stilte. Ashworth en Morgan wachtten tot ze iets zou zeggen. Morgan keek haar aan alsof hij haar ongemak begreep, met die begripvolle blauwe ogen die haar aandacht gevangenhielden. Genoeg! Had ze zijn medelijden nodig? Zijn lichaam misschien, maar dat was een heel ander verhaal.

'Klopt het dat je die vriendin van je hebt bezwangerd?'

Ze voelde Ashworth tot rust komen, zodra ze haar woorden had uitgesproken. Hier had hij op gerekend, een frontale aanval.

'Volgens mij hebben we daar toch echt samen een rol in gespeeld. Het klopt inderdaad, Freya is in verwachting. We zijn ontzettend blij.' Hij glimlachte voorzichtig en hoewel zijn houding Vera niet aanstond, kon ze haar ogen niet van zijn gezicht afhouden.

'Maar Mattie wat minder, of niet dan?'

'Waar wilt u naartoe, inspecteur? Waarom bent u hier?' Hij sprak nog altijd rustig.

Vera negeerde zijn vraag. 'Wat ik niet snap, meneer Morgan, is wat u in Mattie zag. Het is een leuke meid, maar niet bepaald intellectueel gelijkwaardig, volgens mij. Of was dat een onderdeel van haar charme? Dat ze u nooit tegensprak?'

Morgan keek bedenkelijk. 'U hebt natuurlijk gelijk. Mijn relatie met Mattie was een vergissing. Eentje die ik altijd zal betreuren. Ze raakte gefixeerd, geobsedeerd. Dat is echt niet iets wat ik heb aangemoedigd. En ik prefereer vrouwen die zelfstandig kunnen nadenken.' Hij schonk Vera een glimlach, die ze haast als een flirt interpreteerde: ik heb veel liever iemand zoals jij. Maar dat was natuurlijk onzin. Niemand wilde haar. Morgan draaide zich om en zei zacht: 'Ik zal me altijd schuldig blijven voelen over Elias' dood, altijd het gevoel houden dat ik het had moeten voorzien of iets had moeten doen om het te voorkomen.'

'Hoe hebt u Mattie leren kennen?' Dit was Ashworth, minder agressief, mannen onder elkaar.

'Het is denk ik begonnen uit medelijden.' Morgan boog voorover, plantte zijn ellebogen op zijn knieën, waarmee hij andermaal zijn lenigheid toonde. Vera zag zijn schouderspieren opbollen onder het dunne katoenen overhemd. 'En het is altijd vleiend als iemand je het gevoel geeft dat je nodig bent. Ik dacht dat ik haar leven zou kunnen veranderen. Dat was hopeloos arrogant, weet ik inmiddels.'

'Waar hebben jullie elkaar ontmoet?'

'Bij toeval. In een café in Newcastle. Ze had te weinig geld voor haar koffie en ik heb haar toen een paar cent gegeven. Ze was ongehoord dankbaar. Ik had haar de gêne van het stiekem moeten weglopen bespaard.' Hij keek hen oprecht aan en wilde dat ze hem zouden begrijpen. 'Ze had iets simplistisch wat me geweldig aantrok. Een puur karakter.'

'Toch heeft ze niet bepaald het wiel uitgevonden, of wel soms?' onderbrak Vera hem. 'Waar hadden jullie het zoal over, op die lange saaie avonden bij haar thuis?'

Hij schudde wanhopig zijn hoofd bij het aanhoren van zoveel botheid. 'Ze was zeer leergierig,' zei hij. 'Ik heb altijd al gevonden dat ik aanleg had om leraar te worden – niet in de conventionele zin van het woord, natuurlijk – en mijn overtuigingen en idealen werden alleen maar duidelijker naarmate ik er vaker met haar over sprak.'

Egoïstische eikel. Tot Vera's opluchting had hij zijn aantrekkingskracht verloren. Ineens had ze oog voor de bruine vlekjes tussen zijn tanden, de haar die uit een moedervlek in zijn nek groeide.

'Maar je hebt Mattie wel belazerd. Haar de dingen ontzegd die haar op de been hielden: de tv, haar vrienden van de straat, de spelletjes met haar zoon. Is het al die tijd een experiment voor je geweest? Je hebt haar niet in huis genomen, zoals je wel met je fijne nieuwe vriendin hebt gedaan. Was ze niet gewoon jouw verzetje?'

Vera kon merken dat Morgan opgelucht was dat hij een reden had gekregen om Mattie de rug toe te keren en weer terug te gaan naar Tynemouth. Hij moet na Connies bezoek een gat in de lucht hebben gesprongen. Hij kreeg zijn aftocht op een presenteerblaadje aangeboden en kon het bovendien doen voorkomen, alsof hij het was die zich opofferde: ik vertrek voor het welzijn van je zoon.

Vera vond dat Mattie beter hem dan de jongen had kunnen verdrinken.

Morgan ging door met zijn afgewogen uiteenzetting. 'Ik had niet in de gaten hoe labiel ze was. Ik heb er geen seconde rekening mee gehouden dat ze Elias om het leven zou brengen om mij terug te krijgen.'

'Wanneer is Jenny Lister bij u langsgekomen?' vroeg Vera. Het zou niet lang meer duren voordat Freya terug zou komen, en ze wilde haar onderscheppen voordat ze kans had gezien met Morgan te praten. Het was tijd om tempo te maken.

Voor het eerst antwoordde hij niet meteen.

'Ze is toch bij u langs geweest?'

'Ze is hier een paar keer geweest,' zei hij. 'Ik heb gehoord dat ze is vermoord. Dat is een ontzettend spijtig bericht.'

'Toch wel toevallig,' zei Vera. 'Dat de dood u constant schijnt te achtervolgen. Wat wilde ze van u?'

'Me beoordelen.' Hij glimlachte zuinigjes. 'Dat waren haar woorden.'

'Was dat voordat u Freya leerde kennen of daarna?'

Vera voelde ineens een vlaag van woede. Hij had me bijna op het verkeerde been gezet. Wat is het toch een gladjakker.

'De eerste keer was voor de dood van Elias. Ik denk dat ze zeker wilde weten dat ik geen invloed meer op het gezin uitoefende. Daar heb ik haar van kunnen overtuigen.'

'Jenny is toen voor uw charmes gevallen, of niet soms?'

'Ze geloofde me. Dat had niets met charme te maken.'

'Wanneer hebt u haar voor het laatst gezien?'

Hij viel even stil. Vera werd kortstondig afgeleid door een groepje jongeren dat buiten op straat lachte en joelde. In de verte zag ze Freya naderen.

'Nou? Dat is nog niet zo lang geleden geweest, of wel soms? Ergens in de afgelopen twee weken. Ze had van Mattie Jones gehoord dat uw jonge vlam in verwachting was. Ze wilde u waarschuwen niet dezelfde spelletjes met haar te spelen als u met Mattie hebt gedaan.'

'Ik speel geen spelletjes, inspecteur.'

'Wanneer hebt u haar voor het laatst gezien?' schreeuwde Vera. Het geluid galmde door de kale ruimte.

Hij knikte haar kort toe. 'U zit er niet ver naast. Het was tien dagen geleden, een week voordat Jenny werd vermoord.'

'En wat was de reden van haar bezoek?'

'Een gesprek met Freya, die verklaard heeft dat ze hier vrijwillig woonde en dat we van elkaar houden. Maar ik heb het idee dat liefde niet bepaald een concept is waar u mee vertrouwd bent, inspecteur.'

'Hebt u een verhouding gehad met Jenny Lister, meneer Morgan?'

Hij gooide zijn hoofd achterover en schaterlachte.

Buiten had het meisje bijna de voordeur bereikt. Vera stond bruusk op. Haar woede gaf haar voldoende energie om zich uit de futon te verheffen.

'Ik eis een antwoord.'

'Natuurlijk was er niets gaande tussen ons, inspecteur. Mevrouw Lister was een erg mooie vrouw. Maar niet mijn type.'

Vera beende de kamer uit. Ashworth had haar voorbeeld maar te volgen.

20

Ashworth was van mening dat Vera de ondervraging van Morgan behoorlijk verprutst had. Zo af en toe kwam het voor dat een getuige haar het bloed onder de nagels vandaan haalde en haar op de kast kreeg. Dan raakte ze uit haar doen. Ze hadden de tijd moeten nemen om deze confrontatie voor te bereiden. Nu hadden ze op enkele belangrijke vragen nog steeds geen antwoord. Nadat Vera de trap was af gestommeld, de straat op, had Ashworth nog een paar woorden met Morgan gewisseld en hem bedankt voor zijn tijd. De volgende keer zou hij in zijn eentje terugkomen. Hij had de indruk dat de man niet het achterste van zijn tong had laten zien. Morgan was duidelijk een griezel, maar Ashworth wist dat hij, in tegenstelling tot Vera, professioneel genoeg was om zijn eigen oordeel over hem uit te schakelen.

Toen hij de straat op kwam, zag hij de twee vrouwen bij hem vandaan lopen, in de richting van de hoofdstraat. De lentezon stond inmiddels erg laag waardoor hij niet meer van hen zag dan louter silhouetten. Het omvangrijke postuur van Vera in combinatie met het ranke figuur van het meisje deed hem denken aan de iconische beelden van Laurel en Hardy aan het slot van hun films. Toen hij zijn blik weer naar de zee richtte, zag hij de dikke grijze mist optrekken, en een enorme tanker opdoemen uit de mond van de Tyne.

Op straat hield hij de nodige afstand. Hij wilde het gesprek waarin de vrouwen verwikkeld waren, niet onderbreken. Ze betraden een pas geopende koffiebar, en daar voegde Ashworth zich bij hen. Het was een tent waar zijn vrouw zich waarschijnlijk wel thuis zou voelen, degelijk, pretentieloos meubilair: kale keukentafels en houten stoelen, schoolborden aan de muren met het menu erop, dat voornamelijk bestond uit de plaatselijke specialiteiten vis en lamsvlees. Misschien moest hij op hun volgende uitstapje naar de kust Sarah hier eens mee naartoe nemen. Getuige de kinderstoeltjes in de hoek waren kinderen hier meer dan welkom.

'Dit is Joe,' zei Vera. 'Mijn rechterhand.'

‘Ik moet terug.’ Het meisje was nog altijd onzeker, niet op haar gemak. Vera had haar nog niet weten te betoveren. ‘Michael zal ongerust worden.’

‘We hebben geen haast.’ Vera ging zitten en plantte haar enorme uitgespreide handen plat op tafel. ‘Die zit vast te mediteren. Je hebt zelf gezegd dat hij tijdens zijn meditatie niet gestoord wil worden.’ En hier had Freya uiteraard niets tegen in te brengen. ‘Voor mij een biertje, Joe. Ze hebben hier dat bier dat ze in Allendale brouwen. En iets om te knabbelen, ik lust wel een hapje. Wat wil jij, schat? Je zult wel gestopt zijn met drinken, vanwege de baby.’

‘Michael en ik drinken sowieso niet.’ Freya zat keurig met haar handen in haar schoot.

‘Des te beter. Dan wordt het een jus d’orange. Of heb je liever een ijsje?’

Het meisje keek Vera vragend aan. Joe wenste dat zijn baas haar rare opmerkingen eens achterwege zou laten, maar Freya gaf niettemin antwoord. ‘Een glaasje jus is prima.’

Toen Joe terugkwam van de bar zaten ze nog steeds zwijgend tegenover elkaar.

‘Heb je gehoord dat mevrouw Lister is vermoord?’ vroeg Vera. Het was klaar met de grapjes, haar lage stem klonk ernstig.

‘Mevrouw Lister?’ Freya leek werkelijk even uit het veld geslagen.

‘De maatschappelijk werker met wie je hebt gesproken over je relatie met Michael.’

‘O, die vrouw! Ik geloof dat ik toen alleen haar voornaam heb opgevangen.’

‘Michael kende haar daar goed genoeg voor, niet dan?’

Ashworth merkte dat Vera weer de oude was, maar het meisje beantwoordde haar vraag niet. De ober kwam met hun drankjes, een mandje brood en een schaaltje olijven.

‘Je wist dus niet dat Jenny Lister is overleden?’ vroeg Vera opnieuw.

‘Nee.’ Het was op basis van het afgemeten antwoord onmogelijk vast te stellen of Freya de waarheid sprak. Ze strekte haar arm uit om een stuk brood te pakken dat ze met boter besmeerde, maar daarna onaangeroerd op haar bord liet liggen.

‘Dat is de reden dat we hier zijn en met Michael en jou willen praten.’ Vera leek op dit moment wel de geduldigste vrouw ter wereld. ‘Jullie hebben haar allebei vlak voor haar overlijden nog gezien.’

‘We zijn dus een soort getuigen.’ Freya’s gezicht klaarde op, wat wel het laatste was wat Ashworth had verwacht. Maar het gebeurde vaak genoeg dat mensen een bepaald voyeuristisch genoegen beleefden aan een gewelddadige dood in hun nabije omgeving, alsof het hun een zekere status gaf. Hij hoopte maar dat ze vriendinnen had die ze via de telefoon of per sms op de hoogte kon stellen van haar aandeel in dit drama. Een moeder die ze kon bellen, zodra de weeën begonnen. Hij vond het idee dat ze alleen met die man in dat appartement zou zitten onverdraaglijk.

'Precies,' zei Vera. 'Jullie zijn getuigen. Je vindt het dus vast niet erg om een paar vragen te beantwoorden?'

'Natuurlijk niet. Ik dacht dat jullie alleen maar hier waren om me de les te lezen over Michael. Omdat hij wat ouder is dan ik.'

Vera keek even naar Ashworth, maar liet het gaan. 'Hoe vaak heb je Jenny Lister ontmoet?'

'Eén keer maar,' antwoordde het meisje. 'Maar Michael kende haar al. Hij heeft iets gehad met dat afschuwelijke mens dat haar zoon heeft vermoord, en daar is toen ook een maatschappelijk werker aan te pas gekomen.'

'Dat heeft hij je allemaal verteld?'

'Natuurlijk,' zei Freya. 'Michael en ik hebben geen geheimen voor elkaar. Het was zo te horen een vreselijke geschiedenis. Michael was echt dol op die jongen. Hij was er kapot van. Toen kwamen de geruchten op gang. Men dacht dat hij er op een of andere manier de hand in had gehad.'

'Slecht voor de zaken.'

Ashworth dacht dat Vera te ver was gegaan, maar Freya zocht er verder niets achter. 'Ja, zeker weten! Zijn vaste klanten zijn hem natuurlijk trouw gebleven, maar het begint sinds kort pas weer een beetje aan te trekken.'

'Het stoorde jou verder niet? Het feit dat hij werd genoemd in de zaak rond Elias Jones?'

'Nee! Als je echt van iemand houdt, dan steun je diegene toch?' Ze keek hen aan, op zoek naar bevestiging, maar haar blik werd door geen van beiden beantwoord.

'Laten we even teruggaan naar Jenny Lister,' zei Vera vriendelijk. 'Je hebt haar ongeveer een week geleden nog gezien?'

'Ja, zo ongeveer.'

'Waar heb je haar ontmoet?'

'Ze is naar ons toe gekomen,' zei Freya. 'Volgens mij heeft ze telefonisch een afspraak gemaakt, want Michael wist dat ze zou komen. Hij heeft me gevraagd eerder van de universiteit weg te gaan, zodat ik op tijd zou zijn.'

'Waar studeer je?' Ashworth kon zich niet beheersen. Hij was verheugd te horen dat Freya er nog een eigen leven op nahield. Colleges en roddels. Hij kreeg de neiging haar in zijn auto te zetten en haar bij haar ouders af te leveren.

'Newcastle College. Toneel en Engels. Acteren is echt mijn ding.' Ze glimlachte zelfvoldaan. 'Ik heb zelfs al een agent.'

'Komt de baby dan niet erg ongelegen?' Vera staarde naar Ashworth, ontstemd omdat hij haar gesprek had gekaapt. Hij haalde verontschuldigend zijn schouders op. 'Ik ga ervan uit dat Michael de vader is?'

'Uiteraard! Waar ziet u me voor aan?'

'Heb je overwogen het te laten weghalen?'

Fantastisch, Vera, dacht Ashworth. Wat een tact. Laten we vooral in een openbare gelegenheid, waar iedereen ons kan horen, een boom opzetten over haar abortus.

Maar het meisje verpinkte niet. 'Michael gelooft niet in abortus. En hij heeft beloofd dat we samen voor de baby zullen zorgen. Hij is ervan overtuigd dat ik een groot actrice ga worden. Hij wil me de ruimte geven om mijn passie te volgen en mijn droom waar te maken.'

Er viel een verblufte stilte. 'Dat willen we allemaal. Ik wil graag hoofdcommissaris worden, en de Miss World-verkiezing winnen.' Vera nam een slok van haar bier en slaakte een verveelde zucht van tevredenheid. Ashworth, die dacht aan de chaos bij hem thuis, de stress die zijn werk in combinatie met zijn gezin hem opleverde, had medelijden met het meisje. 'Hoe is het gesprek met Jenny Lister verlopen?'

'Goed.'

'Een paar details zouden geen kwaad kunnen.'

'Het eerste deel van het gesprek was met ons samen.' Freya leunde achterover in haar stoel, en voor het eerst zag Ashworth de bescheiden bolling van haar buik. 'Over onze opvattingen over een baby, de enorme invloed die het kindje op onze levens zou gaan hebben. Michael moest zich neerleggen bij het feit dat alles anders zou worden, dat hij te maken zou krijgen met rommel, troep, herrie. Hoe zou hij daarmee omgaan? Praktische zaken, contact onderhouden met de dokter, het regelen van een zwangerschapscursus. Daarna vroeg ze aan Michael of hij ons alleen wilde laten en hebben we nog een tijdje onder vier ogen gepraat.'

'Daar had Michael geen bezwaar tegen?' vroeg Vera.

'Hij is heel beschermend,' zei Freya, 'Maar ik heb gezegd dat het wel goed was. Toen begon die maatschappelijk werker meer persoonlijke vragen te stellen, eerder bemoeizuchtig eigenlijk. Over onze relatie, mijn achtergrond, dat soort dingen.'

'Wat vinden je ouders van Michael?' Weer kon Ashworth zich niet stilhouden. Geen denken aan dat zijn dochter ooit thuis zou komen met een man die oud genoeg was om haar vader te kunnen zijn.

'Het kan mijn ouders werkelijk geen flikker schelen. Die zijn naar Spanje verhuisd en hebben daar een café gekocht. Doen alsof ze weer twintig zijn. Geen verantwoordelijkheid, elke avond bezopen.'

'Het ware leven,' mompelde Vera, zodanig dat alleen Ashworth het hoorde.

'Die maatschappelijk werker was een stijve trut,' ging het meisje verder. 'Ik heb veel van dat soort types als leraar gehad. Die praten tegen je op een toon alsof je dom bent, en zelf altijd alles beter weten. Ik kan me best voorstellen dat iemand zo gek van d'r werd dat ie zich niet meer kon beheersen en haar heeft vermoord.'

'Waar heb je Michael leren kennen?' vroeg Ashworth. De winkels in de hoofdstraat sloten hun deuren. Het was gaan schemeren. De mist was vanaf het water op komen zetten, en ze hoorden de misthoorn aan de monding van de Tyne. De eerste forensen kwamen met de metro van hun werk. De ober stak het kaarsje aan dat op hun tafel stond en de kortstondig felle vlam verlichtte het gezicht van het meisje.

'In het Willows,' zei ze, terwijl ze met haar hand het lange haar uit haar gezicht veegde. 'Dat chique hotel aan de andere kant van het dorp, weet je wel. Hij hield daar vroeger een keer per week spreekuur. Ik werk daar al vanaf mijn vijftiende in het weekeinde in de bediening. We hebben elkaar begin december ontmoet, op het kerstfeest voor het personeel.'

21

Vera zat alleen in het huis dat ooit aan haar vader toebehoorde. Op dit soort avonden, na een paar glazen whisky, kon ze hem weer zien zitten in zijn enige comfortabele stoel, dicht bij het vuur. Of aan tafel, die met plastic is afgedekt, zijn hand in het achterste van een vogel die klaar is om te worden opgezet, zijn ogen uit concentratie samengeknepen. Die geur van dood vlees en chemicaliën.

'Taxidermie. Een combinatie van wetenschap en kunst,' zei hij altijd.

En diefstal. En moord. Want hij had zeldzame vogels gevangen en ze, zo gek als hij was, gedood op bestelling van andere verzamelaars, en zij had hem nooit een strobreed in de weg gelegd. Wat zei dat over haar? Het schoot haar te binnen dat het in deze zaak ook draaide om gezinsverbanden, die merkwaardige verhouding tussen kinderen en hun ouders. Bloed en water, dacht ze, Elias indachtig, verdronken door de moeder die beweerde van hem te houden.

Ze was opgegroeid met Hectors beledigingen, zijn als humor verpakte gemopper. 'Je moeder was een mooie vrouw. Ik verzamel uitsluitend mooie dingen. O Veer, wat is er toch met jou gebeurd? Waar ben jij vandaan gekomen? Dat moeten wel de genen van mijn familie zijn, denk je ook niet? Laten we dan maar hopen dat je je hersenen ook van mij hebt.'

En dat was ook al niet het geval, dacht ze nu, terwijl ze een vers blok op het vuur gooide en toekeek hoe de opkrullende bast knetterend spleet. Ik had van tevoren moeten nagaan of er een verband bestond tussen Michael Morgan en het Willows. Routinewerk.

Tijdens de gehele reis terug naar het noorden was ze tegen die arme Joe Ashworth tekeergegaan. 'Moet ik nou echt alles zelf bedenken? Ik heb om een lijst met werknemers gevraagd. Om te kunnen kijken of een van onze verdachten ertussen zit. Daar zou Charlie achteraan gaan. Wat heeft die luie donder zitten doen?' Ze reed te hard in de mist en genoot ervan hem bleek te zien wegtrekken. Ze zag hem huiveren toen ze bijna op een tegemoetkomende auto botste, zijn lippen stijf op elkaar geknepen.

Uiteindelijk ontlokte ze hem de reactie waar ze al die tijd op had gehoopt. Bij hem was de bom ook gebarsten. 'Omdat jij geen moer om je eigen leven geeft, wil dat niet zeggen dat je het recht hebt mij met je mee te sleuren. Ik heb een vrouw en kinderen. Mensen die wel om me geven. En als je je team zou aansturen zoals een inspecteur dat behoort te doen, in plaats van hun taken overnemen, had je wel geweten wat Charlie al die tijd had uitgespookt.'

Ze had hem aan het einde van zijn straat afgezet en vlug afgesproken hoe laat ze hem de volgende dag zou ophalen. 'Zorg dat je klaar bent. Ik heb geen zin te moeten wachten, omdat je nog een luier moet verschonen of afscheid van je kroost moet nemen.' Geen uitnodiging om bij haar thuis nog wat te drinken, hoewel ze daar de hele middag al naar had uitgekeken; de kans om alles even te laten bezinken, om te ontspannen met de enige man met wie ze echt goed contact had. Het had al in haar hoofd gezeten vanaf het moment dat hij zijn auto in de Tyne-vallei had achtergelaten.

Hoe sneu! Haar vader had zich weer in haar gedachten genesteld. Hij zou je zoon kunnen zijn. Denk je echt dat hij een zier om je geeft?

Ze stond op en liep naar het raam. De mist hulde de vallei in duisternis. Het leek wel alsof ze van de wereld was afgesloten, alleen. Wankelend bracht ze de fles en haar glas naar de keuken. Als ze nog meer zou drinken, zou ze de hele nacht wakker blijven, wist ze, en ze wilde de geest van haar vader laten zien dat ze haar werk goed uitvoerde. Dat ze wist waar ze mee bezig was.

De ochtendbriefing in het politiebureau van Kimmerston. Ashworth had al staan wachten toen ze bij zijn keurige, kleine huis in de keurige yuppenwijk aankwam; nog voor ze kans had gezien uit te stappen, kwam hij de voordeur uit gewandeld. En dat had ze gewaardeerd. Ze had zich zelfs verontschuldigd, wat voor haar doen iets ongehoords was. Er was dus sprake van een broze wapenstilstand.

Ze keek de kamer rond naar haar teamleden. 'We hebben een grote blunder begaan.' Vera vond dat ze zich met dat 'we' van haar nobelste kant liet zien. 'Hoe is het mogelijk dat we het verband tussen Morgan en het Willows over het hoofd hebben gezien?'

'Hij hoort niet echt bij het personeel,' zei Charlie. 'Hij heeft een kamer in de sportschool in gebruik waar hij amper huur voor betaalt, omdat hij van mening is dat hij extra publiek trekt voor de overige activiteiten. Hij is eigen baas, dus daarom stond hij niet op de werknemerslijst die we hebben gekregen, en ook is hij officieel geen lid.'

Hij was zenuwachtig, tot Vera's onuitsprekelijke vreugde. Zo zenuwachtig dat zijn hand met daarin het plastic koffiebekertje trilde en zijn stem onvast klonk. Ze verdacht Ashworth ervan dat hij gisteravond toen hij thuiskwam direct Charlie had gebeld: zorg dat je je verhaal op orde hebt, de baas is op oorlogspad.

'Weten we of hij op de ochtend van de moord op Jenny Lister in het hotel was?'

'Niemand kan dat bevestigen.' Charlie keek haar ontmoedigd aan, in afwachting van haar driftbui. 'Hij hoeft zich in tegenstelling tot het andere personeel niet te melden als hij begint.'

'Dat moesten we dan maar eens uit gaan zoeken.' Vera keek hen een voor een aan. 'Beter gezegd, dat ga ik uitzoeken. Ik moet sowieso hoognodig terug naar het hotel. Ik ben die plek een beetje uit het oog verloren, hoewel ik het daar beter ken dan jullie. Heeft Morgan een pas die hem toegang verschaft tot het zwembad?'

'Ja, hij heeft een personeelspas. Die heeft hij bedongen toen hij daar zijn zaak begon. Op de dagen dat hij er is, zwemt hij en maakt hij gebruik van de apparaten.'

Charlie werd weer wat rustiger. Vera was geneigd hem de duimschroeven nog eens aan te draaien om hem scherp te houden, maar ze was met een zalvend gevoel wakker geworden, vervuld van trots omdat ze er op een gevoelig moment in geslaagd was de dop op de fles te houden. 'Wat weten we over Freya Adams?'

Hij had over Freya nota bene een en ander opgeschreven, dat hij nu begon voor te lezen, steeds vlotter naarmate hij doorkreeg dat ze hem niet zou onderbreken.

'Freya Adams is ongeveer twee jaar geleden in het Willows begonnen, eerst op zaterdag omdat ze nog naar school ging, toen fulltime in de laatste zomervakantie en met kerst. Ze zat toen al op Newcastle College. Ze heeft zelfs de kerstdagen doorgebracht in de kamers voor het personeel, omdat haar ouders naar het buitenland zijn verhuisd. Ze hadden geregeld dat ze bij haar grootmoeder terechtkon, maar dat is niet echt een succes gebleken. Ze vond het kennelijk niet vrij genoeg. Haar oma behandelde haar als een kind. Volgens Ryan Taylor in elk geval, de bedrijfsleider.'

'Werkt ze nog steeds in het hotel?' vroeg Ashworth.

Een vlugge blik op de aantekeningen. 'Niet meer sinds ze bij Morgan woont. Hij wil dat ze zich op haar studie concentreert.'

'Helemaal niet restrictief dus!' Dit was Holly, die al vanaf het begin van de vergadering zat te popelen om haar steentje bij te dragen.

'Weet de leiding van het Willows dat Freya in verwachting is?' vroeg Vera.

'Ryan heeft een gerucht opgevangen, maar had het er nog niet met Morgan over gehad.' Charlie zweeg. 'Ik heb de indruk gekregen dat Michael zich nogal op de vlakte houdt. Hij bemoeit zich weinig met het hotelpersoneel. Vindt zichzelf daar boven staan. En hij drinkt natuurlijk niet, terwijl gezelligheid vaak gepaard gaat met alcohol.'

'Waarom heeft hij dan het personeelsfeest bezocht? Dat was zo te horen niet echt iets voor hem.' Vera had zelf een hekel aan de kerstborrel op het werk. Iedereen die uitgelaten probeerde te doen. Ranzig eten, goedkope drank. Dat kon ze nuchter werkelijk niet aan.

'Dat weet ik niet,' Charlie keek onzeker op van zijn vel papier en wist zich geen houding te geven. 'Iedereen was verbaasd. Hij was niet eens uitgenodigd, hij is gewoon op komen dagen.'

'Misschien had hij toen al een oogje op Freya?' zei Holly. 'Hij maakt op mij de indruk van een roofdier. Zeker als je kijkt naar de manier waarop hij Mattie heeft opgepikt. Het kan best dat hij haar is gevolgd en heeft toegeslagen, toen hij zag dat ze in het café niet voldoende geld bij zich had. Misschien heeft hij het gemunt op jonge onschuldige vrouwen die betrekkelijk eenzaam in het leven staan. Er doen vast verhalen de ronde over de manier waarop de ouders van Freya haar hebben laten zitten. Het feest kan voor hem een kans zijn geweest om haar beter te leren kennen.'

'Hij moet haar vrijwel direct daarna zwanger hebben gemaakt.' Vera vroeg zich af of die seks met wederzijds goedvinden had plaatsgevonden. Had ze tijdens het feest gedronken? Was het toen gebeurd? Het was inmiddels te laat om hem nog iets ten laste te kunnen leggen, maar al met al begon er een bepaald beeld te ontstaan...

'Wat kunnen we zeggen over Morgan en Jenny Lister?' vroeg Joe Ashworth. 'Hadden die twee een verhouding? Zo ja, sinds wanneer? Al voordat hij aanpapte met Freya?'

Er viel een lange stilte. Ze probeerden het complexe vraagstuk van de timing op te lossen, maar wilden zich ook weer niet uitspreken.

'Ik begrijp het niet,' zei Holly eindelijk. 'Hij houdt van iele, kleine poppetjes. Behoeftige vrouwen die bovendien niet tegen hem in durven gaan. Vrouwen over wie hij controle kan uitoefenen. Het zou van een radicale omslag getuigen als hij ineens zou zijn gevallen voor een oudere, onafhankelijke, sterke vrouw. We hebben via de bejaarde buren van Jenny alleen gehoord dat ze een nieuwe liefde had. Niets wijst erop dat dit Morgan was.'

'Sterke vrouwen hebben ook behoeftes.' Vera sprak zonder erbij na te denken en zag toen dat ze haar allemaal aankeken en waarschijnlijk conclusies trokken waarvan ze had gehoopt dat ze achterwege zouden blijven. 'En haar vriendin uit het onderwijs dacht dat ze in een of andere affaire verwikkeld geraakt was, met een man wiens identiteit geheim moest blijven. Nou, ze zou een verhouding met Morgan niet bepaald van de daken schreeuwen, of wel soms? Een cliënt, bovendien eentje die in verband gebracht werd met een berucht schandaal. Holly, wat ben je te weten gekomen naar aanleiding van je gesprek met Laurence May, de man met wie Jenny een relatie heeft gehad?'

'Hij kan onmogelijk de dader zijn,' zei Holly. 'Hij was op een congres in Derbyshire. Ik heb het nagetrokken.'

'Heeft hij je verteld waarom ze hem aan de kant gezet heeft?'

'Nee, maar waarschijnlijk omdat ze zich kapot verveelde met hem. Ik bedoel, het was best een aardige kerel. Maar zo serieus. Je kent die types wel. Alsof hij eigenhandig de planeet gaat redden. Toen ik in zijn kantoor mijn plastic flesje in de vuilnisbak gooide, kreeg ik het voor mijn kiezen omdat ik het niet hergebruikte.'

'Ze heeft hem niet laten weten dat ze haar oog op iemand anders had laten vallen?'

'Hij zei dat hij de indruk had dat er iets in haar leven veranderd was,' zei Holly. 'Ik heb doorgevraagd, maar meer kon hij niet zeggen. Hij wist niet of het om een nieuwe liefde ging of een nieuw project.'

'Dus we kunnen hoe dan ook niet bewijzen of Lister iets had met Morgan,' zei Ashworth. 'We moeten er dus rekening mee blijven houden, maar ons er niet op blindstaren. Het doet er uiteindelijk niet toe of Morgan Lister heeft vermoord omdat ze zich bemoeide met zijn nieuwe leven met Freya of omdat hij haar neukte. Motieven kunnen rechters weinig schelen. We moeten aantonen dat hij op de bewuste ochtend in het Willows is geweest. We hebben bewijs nodig dat hij het was die een koord om haar nek gelegd heeft en haar heeft gewurgd. Het waarom kan desnoods achterwege blijven.'

Maar ik wil wel weten waarom, dacht Vera in afwachting van de andere klussen die gedaan moesten worden. Ik vind motief wel belangrijk. Ik ben een nieuwsgierig type, bovendien vind ik dat het leukste aan mijn werk.

Toen ze het Willows naderde en om zich heen de vrouwen zag arriveren, met hun sporttassen en op hun dure gympies, had Vera moeite te geloven dat ze een van hen was geweest, een klant die tussen de vergaderingen door of vlak voor werktijd nog even een snelle fitnesssessie meepikte. Ze was benieuwd of de bezoekers nog altijd wegbleven, of dat sommige vrouwen hun contributie terug hadden geëist. Vera vond het gezien het moment van de dag betrekkelijk rustig. Ze liep door de foyer en daalde de trap naar de sportschool af. Ze haalde haar pas door de lezer en passeerde de tourniquet. Zowat onzichtbaar, dacht ze, zelfs zonder sporttas en handdoek. De zoveelste vrouw van middelbare leeftijd die in de waan verkeerde dat ze gezonder en mooier werd van die paar baantjes zwemmen. Als het personeel haar signalement zou krijgen, of zelfs geconfronteerd zou worden met een foto van haar, betwijfelde ze of men haar zou herkennen.

Ryan Taylor worstelde met een kapot koffiezetapparaat. Een plas bruine vloeistof lekte vanonder de machine op de keukenvloer. Koks en serveersters verspreidden de prut aan hun schoenen door de ruimte. Het was er heet. Er stonden dampende pannen op het fornuis en iemand schreeuwde tegen een jonge vrouw met een schort voor: 'Ben je dat stuk vlees aan het cremeren? Waar denk je dat je werkt? Een of andere fastfoodkeuken?'

Taylor stond naast het zwembad in zijn telefoon te blèren. 'Zometeen wordt het hier een gekkenhuis. Ik heb nú een monteur nodig! En zorg dat iemand die troep komt schoonmaken.'

'En ik rekende er nog wel op in elk geval een fatsoenlijke kop koffie te krijgen.'

Hij was waarschijnlijk voldoende gerustgesteld, gezien het feit dat hij ophing en zich grinnikend tot haar wendde. 'Als u me volgt naar mijn kantoor, zal ik daar koffie voor u zetten.'

'De schoonmaker waar u op wacht is niet toevallig Danny, de student?'

Ryan keek haar scherp aan en probeerde het belang van de vraag in te schatten. 'Nee, hij draait altijd late diensten, bovendien heeft hij vandaag vrij. Hoezo?'

'Zomaar. Nieuwsgierigheid.'

Ze volgde hem naar zijn kamer en wachtte met praten totdat hij het koffiezetapparaat had gevuld.

'Hierbinnen,' zei ze, terwijl ze toekeek hoe het water door de filter druppelde, 'is het moeilijk voor te stellen dat er buiten ook een wereld bestaat. Dat zal voor jou nog wel erger zijn. Woon je hier?'

'Nee, ik woon in de stad met Paul, mijn partner. Ik heb hier de beschikking over een kamer als ik hier moet overnachten.'

'Het is een aparte gemeenschap, zo'n groot hotel.' Ze kon zien dat hij nadacht over de strekking van deze opmerking. Ze wist het zelf ook niet precies. 'Met name voor de werknemers die hier ook wonen. Iedereen zit op elkaars lip. Als in een klooster. Geeft dat nooit aanleiding tot spanningen?'

'Soms. Dan lijkt het hier allesbehalve op een klooster.'

'Romances, dus. Affaires...'

'Dat komt voor.'

'Michael Morgan en Freya Adams.' Ze nam de mok aan die hij haar aanreikte en rook er goedkeurend aan. 'Wat speelde er tussen die twee?'

Ryan haalde zijn schouders op. 'Ze zijn allebei volwassen. Ik weet dat een paar personeelsleden zich er enigszins over opwonden. Karen, de receptioniste van de sportschool, heeft haar moederlijk toegesproken. "Weet je zeker dat je hiermee door wilt gaan?" en dat soort dingen. Maar er was niets wat ik ertegen kon doen.'

'Heeft Morgan het weleens eerder aangelegd met jongere vrouwen?'

Ryan dacht hier even over na. 'Niet voor zover ik weet, maar ik zal eens rondvragen.'

'Doe dat. Ik wil ook weten of hij hier was op de ochtend van de moord. Het was niet zijn vaste praktijkdag, maar naar ik heb begrepen, kwam hij hier af en toe sporten. Hij staat niet op de lijst van leden die volgens jullie technische afdeling met hun pas naar binnen zijn gekomen, maar daar heeft hij vast iets op gevonden. Hij is niet dom.'

'U denkt dat hij een moordenaar is?'

Vera kon zien dat zijn gedachten bij het hotel waren, bij de publiciteit en de gevolgen van de aanhouding van een man die praktisch een werknemer was. Ryan beschouwde Michael Morgan niet als een vriend. Hij was niet begaan met zijn lot. 'Nee, dat zeg ik niet. Ik denk hardop, verzin scenario's. Die vormen de ruggengraat van mijn werk. En meestal blijft het daar ook bij: scenario's.'

'We stonden vorig jaar op het punt om hem de wacht aan te zeggen, na alle commotie rond die jongen.' Ryan staarde uit het raam. 'Maar het is hem uiteindelijk gelukt om Louise van gedachten te laten veranderen.'

'Hij ligt nogal goed bij de vrouwen, of niet soms?' Vera lachte even om te benadrukken dat de vraag niet al te serieus bedoeld was.

'Dat kan niet anders. Louise is als het erop aankomt geen gemakkelijke baas.'

'Heeft hij ooit Mattie Jones, de moeder van de jongen, hier mee naartoe genomen?' vroeg Vera.

Ryan schudde zijn hoofd. 'Niet dat ik weet. En nadat Freya bij hem was introkken, bleef zij ook weg. Haar voormalige collega's hebben haar nog een keer uitgenodigd voor de lunch, maar toen is ze niet op komen dagen.'

'Heb je een sleutel van de kamer die hij als praktijkruimte in gebruik heeft?'

'Natuurlijk. Maar Michael laat er nooit iets achter. Hij sleept elke keer alles weer mee.'

'Houdt hij zijn eigen afspraken bij, of doen de dames bij de receptie dat voor hem?'

'Dat regelt hij allemaal zelf,' zei Ryan. 'We geven zijn mobiele nummer door aan de mensen die gebruik willen maken van zijn diensten.'

'Er is dus geen agenda.' Vera had kunnen weten dat het niet zo eenvoudig zou zijn. 'Geen overzicht van zijn clientèle.'

'Helaas.'

Ze gebaarde naar de gesloten deur, in de richting van de wereld buiten Ryans kleine kantoortje. 'Weet je wat, als je straks voor mij aan het werk gaat en je personeel uithoort over Michael Morgan, vergeet dan vooral niet te vragen of iemand hem ooit samen met Jenny Lister heeft gezien.'

Ryan knikte, weer zo'n jonge knaap die bereid was zich voor haar uit te sloven.

'Ik wilde eigenlijk een beetje rondlopen en hier en daar wat navraag doen. Ik hoop dat je daar geen bezwaar tegen hebt?'

'In het geheel niet.' Maar Vera wist dat hij maar wat graag van haar af wilde en dat hij bijzonder opgelucht zou zijn als zij het hotel eenmaal zou hebben verlaten.

22

Ze slenterde door het hotel, liep naar ruimtes waar alleen het personeel mocht komen, snuffelde door kastjes en de wasserette en kwam uiteindelijk terecht in de personeelsruimte. Een klein vierkant hok waar nauwelijks daglicht naar binnen kwam, met in het midden aan het plafond een fel peertje en gevuld met elders in het pand overbodig geworden meubilair. Eén muur bedekt met kluisjes.

Lisa de badjuf at haar lunch, fruitsalade uit een plastic bakje en was ondertussen verdiept in een boek. Vera gebaarde ernaar met een hoofdknik. 'Is het wat?'

Een paar vrouwen van middelbare leeftijd zaten in een hoek te kletsen. Ze keken even op en hervatten daarna hun gesprek. Met hun oren gespitst.

Lisa legde haar boek weg en at haar laatste stukje meloen op. 'Gaat wel. Onderhoudend.'

'Tja, dat hebben we tenslotte allemaal nodig. Heb je even? Ik hoopte dat je me misschien zou kunnen rondleiden.' Vera had het hotel inmiddels grondig verkend, maar ze had geen behoefte aan die roddeltantes in de hoek.

'Prima.' Lisa deed het deksel op het bakje en stopte het in haar tas. Ze was altijd al bleek, maar vandaag zag ze er wat Vera betreft uit alsof alle kleur uit haar gezicht was verdwenen.

'Heeft al het personeel een pas?' Ze verlieten de personeelsruimte maar bleven in een deel dat afgesloten was voor het gewone publiek. Grijze muren, stof, her en der stapels ondefinieerbare apparaten.

'Ja, een elektronische sleutel waarmee je naar binnen kunt. Heel geavanceerd.'

'God,' zei Vera. 'Wat een nachtmerrie. Ik zou die van mij binnen een week kwijt zijn.'

Lisa lachte begripvol. Zij was zo iemand die nooit iets verloor.

'En als je eenmaal door de personeelstoegang bent, kun je overal naartoe?'

'Dat klopt.'

'Ook naar het zwembad?' Er begon bij Vera een idee te broeien. Tot dan toe was ze ervan uitgegaan dat de moordenaar via een van de openbare kleedruimten het zwembad had betreden, maar als je er ook via de personeelsingang naartoe kon, hoefde dat dus niet per se het geval te zijn. Weer had ze een inschattingsfout gemaakt, de meest elementaire stappen uit het oog verloren. Ze had direct om een plattegrond van het hotel moeten vragen. Nee, dacht ze. Dat had Charlie moeten doen. Het schoot haar te binnen dat al dat gedoe rond Elias Jones één grote afleidingsmanoeuvre kon zijn.

'Ja, hierlangs.' Lisa leidde haar door een korte gang die uitkwam op een kamer die het midden hield tussen een kantoor en een opberghok. In een hoek stond een klein bureau voorzien van een computer en een telefoon. De rest van de kamer was gevuld met boeien en de flexibele rubberen slangen die bij aquarobics werden gebruikt. Ze maakte een volgende deur open waarna ze uitzicht hadden op het zwembad, een paar meter verwijderd van de stoomcabine.

Lisa trok een la open en haalde er een stapel blauwe plastic overschoenen uit. 'Als u het zwembad wilt betreden, zult u deze aan moeten.'

Vera trok de overschoenen aan en stapte op de tegels. De overschoenen waren precies dezelfde die ze altijd gebruikte op een plaats delict. Het was er stil. Slechts die merkwaardige galm, die herinneringen opriep aan pijnlijke ledematen en een bonkend hart. Een paar fanatieke zwemmers ploegden door het water, op de ligstoelen lagen twee vrouwen. Van buitenaf gezien maakte de deur naar het kantoor deel uit van de muur. Het was dus niet zo gek dat ze die over het hoofd hadden gezien. Lisa leek te zien waar ze aan dacht. 'De architect wilde zo min mogelijk onderbrekingen. Er zijn nog een paar andere opslagruimten die je niet kunt zien. Dit is de enige ruimte waar je van beide kanten in kunt.'

Vera liep met haar mee terug naar het kantoor. Ze plantte haar kont tegen het bureau. 'Ken je een zekere Michael Morgan?'

'Die van de alternatieve therapie?' De vraag kwam er achteloos uit, maar Vera liet zich niet beduvelen. Lisa kende hem wel degelijk. Ineens was ze op haar hoede.

'Komt hier eens per week. Heeft een van de jonge serveersters zwanger gemaakt. Die bedoel ik.' Vera keek Lisa indringend aan. 'Heeft hij bij jou weleens wat geprobeerd?'

'Nee! Nooit. Dat zou hij nooit doen.' Lisa leek alleen al te gruwen bij de gedachte.

‘En waarom niet? Het zou niet de eerste keer zijn.’

‘Ik ben bij hem onder behandeling geweest,’ zei Lisa. ‘Onze relatie was puur zakelijk.’ Ze bloosde van haar nek tot aan haar wangen.

Dat zal best, maar jij had ongetwijfeld graag gezien dat het op meer zou zijn uitgedraaid. Wat is dat toch met Michael Morgan in combinatie met vrouwen die beter zouden moeten weten?

‘Ga door.’

‘Ik vond het werk hier zwaar. Ik ben goed in mijn werk en ik vind het ook leuk, maar ik heb me hier nooit echt thuis gevoeld.’

‘Je bent gepest,’ zei Vera.

‘Dat klinkt wat zwaar, maar zo voelde het inderdaad. Ik ging niet mee stappen met de andere meiden en ik heb andere interesses. Ze konden ongelooflijk gemeen zijn. Het zorgde ervoor dat ik met tegenzin naar mijn werk ging en dat ik paniekaanvallen kreeg. Mijn huisarts kon me niet verder helpen, dus ben ik naar Michael gestapt.’

‘En kon hij er wel iets aan doen?’

Lisa knikte. ‘Ik weet niet precies wat hij heeft gedaan, maar ik werd er heel rustig van. Alsof ik me helemaal kon afsluiten voor de meningen die alle anderen over me hadden. Ik kreeg weer zin om aan het werk te gaan.’

‘Heb je hem ook buiten het hotel om ontmoet?’

‘Nee.’ Lisa speelde met een van de schuimrubberen boeien, draaide hem om zijn as. ‘Luister, niemand weet ik dat ik zijn praktijk bezocht. Er werd sowieso veel over hem geroddeld, eerst toen die kleine jongen werd vermoord en daarna toen hij iets kreeg met Freya. Ze vinden hem een engerd. Ze zouden er wel raad mee weten als ze erachter kwamen dat ik bij hem onder behandeling ben geweest. Dat is weer iets waar ze me mee om de oren kunnen slaan. Maar tegen mij was hij aardig, vriendelijk, en ik ben hem dankbaar.’

‘Ben je hem ooit tegen het lijf gelopen in de personeelsvleugel?’

Lisa keek verbaasd. ‘Nee. Alleen maar in het kamertje waar hij praktijk hield.’

‘Maar had hij de beschikking over zo’n elektronische sleutel waarmee hij hier naar binnen kon?’

‘Ik denk het wel.’ Lisa keek op haar horloge. ‘Luister, ik moet gaan. Mijn dienst is tien minuten geleden al begonnen.’

‘Waren er nog andere personeelsleden die van zijn diensten gebruikmaakten?’ Lisa was al bijna bij de deur, maar keerde terug om de vraag te beantwoorden.

‘Geen idee,’ zei ze. ‘Hoe zou ik dat moeten weten? Ik zou wel de laatste zijn die dat te horen zou krijgen.’

Vera reed via de nauwe landwegen van het Willows naar Barnard Bridge en timede de reis, alleen maar omdat haar dat zinnig leek en het nog te vroeg was om terug naar het bureau in Kimmerston te gaan. Ze had voor de dader niet een specifieke inwoner van het dorp op het oog. Connie Masters zou nooit haar kind alleen hebben achtergelaten om vijftien kilometer verderop haar voormalige collega om het leven te brengen, en hoewel Vera nog altijd dolgraag Veronica Eliot in de beklaagdenbank wilde zien, lag ook die optie niet voor de hand. Gezien haar hernieuwde kennis omtrent de indeling van de sportschool leek het haar waarschijnlijker dat ze op zoek moesten naar een personeelslid. Ze wilde de student eens aan de tand voelen, wiens indiensttreding samenviel met het begin van de reeks diefstallen in het Willows. Misschien moest ze hem vanmiddag maar eens trakteren op een verrassingsbezoekje thuis. Nadat ze iets gegeten had.

De mist van de vorige dag was geheel opgelost met als resultaat een zonnige, en gezien de tijd van het jaar, ongewoon warme dag. Toen ze de hoek omsloeg, zag ze midden op straat een stelletje lopen. Hannah Lister en Simon Eliot, hand in hand. Hannah was gehuld in een spijkerbroek en een wit katoenen topje; Simon maakte naast haar een lompe indruk. Belle en het Beest, dacht Vera. Zelfs op de rug gezien en van deze afstand kon ze het verbond tussen de twee voelen, als een elektriciteitsgolf, en weer werd ze overvallen door een felle steek van jaloezie. Was ze zo’n gefrustreerde koe, aangezien de aanblik van twee geliefden altijd dit gevoel bij haar opriep? Wilde ze dat iedereen op de wereld zich net zo eenzaam zou voelen als zij?

De jongelui stapten de stoep op om haar te kunnen laten passeren, maar zij vertraagde. ‘Kan ik jullie een lift geven?’ Meteen zag ze dat ze beter had kunnen doorrijden zonder aandacht aan hen te schenken. Ze had een voor Hannah zeldzaam vredig moment verstoord, waarin ze alles even had weten te ontvluchten. Toen ze het autoraampje opendeed, hoorde Vera uit het bos langs de weg het vogelgezang opstijgen. Ze probeerde uit de geluiden op te maken welke soorten ze hoorde. Altijd als ze er samen op uit waren, had haar vader haar op de proef gesteld. ‘Kom op Veer, je bent toch geen sukkel, dit geluid herken je toch wel!’

Ze rekende erop dat het jeugdige duo haar aanbod zou afwijzen en was dan ook verbaasd dat ze na enige aarzeling instapten, Simon achterin, hoewel hij dermate lang was dat zijn knieën bijna zijn kin raakten, en Hannah voorin.

'Waar willen jullie naartoe?' vroeg Vera. 'Waren jullie op weg naar huis?'

'Waar zullen we eens naartoe, Simon?' Het meisje draaide zich in haar stoel naar hem toe. Ze klonk broos, bijna manisch. 'Rome? Zanzibar? De maan?'

Hij stak zijn hand uit en omklemde de hare. 'We gaan van de zomer naar Rome,' zei hij kalm. 'Of Zanzibar, als je daar liever heen gaat. Maar op dit moment lijkt het me inderdaad het beste, inspecteur, als u ons thuis wilt afzetten. Bij mijn huis, alstublieft. Het was zulk mooi weer dat we vroeg zijn opgestaan en de hele ochtend hebben gewandeld, maar volgens mij is Hannah nu erg moe. U kwam als geroepen. Mijn moeder heeft aangeboden de lunch voor ons klaar te maken.'

'Je moet je wel wat beter voelen als je een bezoekje aan je schoonmoeder denkt aan te kunnen,' zei Vera glimlachend.

'De dokter heeft me een paar pillen gegeven die ervoor zorgen dat ik überhaupt weinig meer voel.' Hannah was na het lichtpuntje samen met Simon weer vervallen in mistroostigheid. Ze hing met halfgesloten ogen achterover in de stoel.

'Een mens moet toch eten, en geen van ons twee kan het opbrengen om naar de supermarkt te gaan.' Hij leunde nog altijd voorover, de veiligheidsgordel helemaal uitgerold, en streelde met zijn duim de rug van haar hand.

'Ik heb het je nooit gevraagd,' zei Vera tegen Simon, terwijl ze hem via haar achteruitkijkspiegel aankeek, 'maar waar je was op de ochtend van de moord op Jenny.' Ineens kreeg ze de afschuwelijke ingeving dat hij er iets mee te maken had. Ze wist tenslotte niet of hij een alibi had. Maar het idee van Hannahs redder als moordenaar stond haar totaal niet aan.

'Thuis,' zei hij. 'Hannah wilde repeteren, we zouden elkaar dus pas 's avonds zien.' Hij moest wel hebben begrepen waarom ze het vroeg, maar hij leek geenszins beledigd.

'Was je moeder ook thuis?'

'Geen idee. Ik was de vorige avond doorgezakt met een paar oudklasgenoten. Ik ben pas 's middags opgestaan. Toen was mijn moeder de deur al uit, maar ze is vrij snel weer teruggekomen.'

Ze naderden het kruispunt en de afslag naar het dorp. Connie Masters' boerderijtje stond aan de ene kant, het grote witte huis aan de andere. ‘Ken je de vrouw die hier woont?’ Vera knikte in de richting van de boerderij.

‘Nee, ik heb wel gezien dat er mensen wonen. Een moeder met haar dochter. Zijn zij de nieuwe huurders? Vroeger was het een vakantiewoning.’

‘Ze heet Masters,’ zei Vera. ‘Connie Masters.’

Dit wekte Hannahs aandacht. ‘Was zij niet de maatschappelijk werker van Mattie Jones?’

‘Dat klopt. Heeft je moeder het over haar gehad?’

‘Ik wist niet dat ze hier woonde. Mam had medelijden met haar. Vanwege de manier waarop ze door de pers is behandeld. Omdat een fout van haar Elias Jones het leven had gekost.’

Terwijl ze het jonge stel nakeek, vroeg Vera zich af wat zij van Hannahs moeder zou hebben gevonden, mochten ze elkaar ontmoet hebben. Vera had als vanzelf een hekel aan mooie vrouwen, en waarschijnlijk was Jenny’s bekwaamheid, in combinatie met het feit dat ze altijd gelijk had, haar ook tegen gaan staan. Het leek Vera niet ondenkbaar dat de ogenschijnlijk zo aanbeden en gewaardeerde Jenny behoorlijk wat verborgen vijanden had gehad. Een boek waarin ze kond deed van de zwakheden van haar cliënten en collega’s zou zeker niet aan haar populariteit hebben bijgedragen. Connie zou er vrijwel zeker een rol in hebben gespeeld. Ze had er wel degelijk belang bij dat Jenny’s boek nooit het levenslicht zou zien.

23

Vera parkeerde ergens in de hoofdstraat en ging op jacht naar voedsel. De pub was open, bijna werd ze verleid, maar ze wist hoe snel het nieuws ging in kleine dorpen: die dikke politiechef zat tijdens de lunch aan de drank. Bovendien had ze trek in meer dan een zakje chips, waartoe zo te zien het aanbod beperkt bleef. Terwijl ze over straat wandelde, belde ze Ashworth. 'Listers handtas. Die is nog altijd niet boven water. Een groot rood leren geval dat dienstdeed als attachékoffer.' Ze wist dat het weinig zin had om tegen hem uit te varen, omdat het ding voor haar team al prioriteit had en het halve korps van Northumbrië ernaar op zoek was. Haar bloedsuikerspiegel was te laag en daar werd ze altijd narrig van. 'Zie je kans om naar Danny Shaws huis te komen? Het leek me weleens tijd om een praatje met hem te maken.'

Toen ze op Theehuis Tyne stuitte, besloot ze dat dat het maar moest worden. Alle ramen keken uit over de rivier, en de zaak werd verlicht door een rustgevende groene gloed van de bomen en de weerspiegeling van het water op de kwelder. De meeste tafels waren bezet. Oudere echtparen, voor het merendeel bestaande uit stevige kijvende vrouwen en hun onderdanige echtgenoten. Had je maar door moeten blijven werken, snoes, dacht ze. Ze had medelijden met de mannen. Wedden dat je nooit had verwacht dat het gepensioneerde leven er zo uit zou zien, moeder de vrouw overal naartoe brengen en sloten thee wegwerken.

Hierna richtte ze haar aandacht op de huisgemaakte quiche en de mogelijke vindplaats van Jenny Listers tas. Had de moordenaar die uit Listers kluisje gestolen? En zou dat dan betekenen dat de inhoud ervan haar het leven heeft gekost: de aantekeningen voor het boek dat ze wilde schrijven? En wat was ermee gebeurd? Het zou niet meevallen om een forse tas helemaal te vernietigen, hoewel de papieren natuurlijk verbrand konden zijn. Ze schudde haar hoofd en verlegde haar aandacht naar een schuimtaart gevuld met room en bestrooid met chocoladeschaafsel. De meringue was knapperig van buiten en romig van binnen, en benaderde de perfectie, voor zover je daar bij een kunstwerk, dus geen product van de wetenschap, van kon spreken. De tas – met daarin de aantekeningen – lag vast op een of andere vuilnisbelt en zou nooit meer boven water komen.

Joe Ashworth stond haar buiten bij het huis van Danny Shaw al op te wachten, en voordat ze naar binnen gingen, stapte ze in zijn auto om met hem te overleggen. Het huis, een verbouwde vrijstaande boerderij met een kleine boomgaard erachter, was statiger dan ze had verwacht. Als het halverwege een berg had gestaan, had ze er zo haar intrek willen nemen. Het stond in een vallei aan de rand van een gehucht halverwege Barnard Bridge en het Willows, omzoomd door bomen.

Ze knikte met haar hoofd in de richting van het huis. 'Ik dacht dat je had gezegd dat ze vanwege de crisis in zwaar weer terecht waren gekomen.'

'Waarschijnlijk zwaar beleend,' zei hij. 'Wellicht willen ze het per se houden. Daarom heeft zijn moeder die baan in het Willows aangenomen.'

'Is ze nu aan het werk?'

'Dat denk ik.'

Toen ze de auto uitstapte, hoorde ze weer de kakofonie van vogels die inmiddels de standaard muzikale omlijsting van deze zaak leek te zijn. Ze probeerde het geluid te negeren en weigerde mee te gaan in haar vaders overhoring. De tuin was wild; het gras wachtte nog op de eerste maaibeurt van de lente en tussen de tegels van het pad dat zich vanaf de poort uitstrekte, woekerde onkruid. In een hoek waren de resten van een vuur te zien. Misschien kwam vroeger de tuinman wel eens per week, maar waarschijnlijk was ook dat een luxe die ze zich niet meer konden permitteren. Dichterbij het huis hoorden ze muziek.

'Bingo!' zei ze. 'Zijn we toch niet voor niets gekomen.'

Danny zat buiten op het terras, een draagbare cd-speler op de tafel naast hem. Hij had zijn benen op een andere houten tuinstoel gelegd en op zijn knie lag een opengeslagen boek. En hoewel ze zijn gezicht niet kon zien, wist ze dat hij sliep. De zon was nog niet erg krachtig en hij droeg een dikke grijze trui, zijn kin diep in zijn kraag gestoken.

'Je kunt er in dit jaargetijde maar beter het beste van zien te maken, of niet dan?' Vera leunde op de tafel. Het gewicht deed hem wankelen. De jongen reageerde niet.

Even voelde ze een vlaag van woede. Klein arrogant klootzakje. Zelfs als hij had geslapen, had de vraag hem moeten wekken.

'Zeg eens wat, jongen!'

Nog steeds geen reactie. Het leek een eeuwigheid te duren voordat ze begreep wat er aan de hand was. Toen ze haar arm uitstrekte om een hartslag te zoeken, voelde ze koud en dood vlees onder haar vingers, maar nog steeds drong de waarheid niet tot haar door. Ze tilde zijn oogleden op en zag in het oogwit de rode speldenprikken, en toen ze de hoge kraag van zijn trui naar beneden trok, zag ze de sporen in zijn hals. Pas op dat moment drong het tot haar door, als een stomp in haar maag, dat ook Danny was vermoord. Op dezelfde manier gewurgd als Jenny Lister. Deze keer echter was zij verantwoordelijk voor het sterfgeval, haar fout. De muziek uit de cd-speler dreunde in haar oren, daagde haar uit en verdreef het geluid van de zangvogels. Ze had de tegenwoordigheid van geest om het apparaat niet aan te raken. Op de platte plastic knop kon een vingerafdruk zitten. Maar ze werd gek van het geluid en liep ervandaan, in de richting van de weg, en ze wist zich voldoende te herpakken om Joe toe te roepen: 'Blijf daar, ik meld het wel.'

Terwijl ze bij haar auto wachtte op de forensisch specialisten – de batterij experts die op een moord afkwamen als gieren op een karkas – had ze voor het eerst in tien jaar spijt dat ze niet meer rookte. Ze had Danny Shaw niet gekend, maar zijn dood greep haar meer aan dan enig ander sterfgeval waarmee ze uit hoofde van haar werk te maken had gekregen. Deze zaak was tot nu voorspoedig verlopen. Ze had geen seconde rekening gehouden met een tweede moord. Nu maakten haar hersenen overuren. Waarom was Danny Shaw vermoord? Omdat hij iets gezien had? Omdat hij iets wist?

Ze hoorde in de verte een auto aankomen. Vera rekende erop dat het de agenten zouden zijn die ze had ontboden om de plaats delict te bewaken, maar wat ze zag was een klein, groen autootje waar Danny's moeder in zat.

Karen Shaw vloog als door een wesp gestoken haar auto uit. 'Kan ik u ergens mee helpen?' Geërgerd, voorbereid op ruzie, ervan uitgaande dat Vera was gekomen om haar zoon lastig te vallen. Wat uiteraard geheel klopte. Toen leek ze iets aan Vera's stemming te merken. Ze bleef midden op straat staan. 'Wat is er gebeurd? Waar is mijn jongen?'

Vera wist niet wat ze moest zeggen. Voordat Vera haar had kunnen tegenhouden, was Karen het huis binnengegaan waar ze de naam van haar zoon riep.

Toen Vera haar weer had ingehaald, had ze zich via de openslaande deuren in de eetkamer toegang verschaft tot de tuin, waar Joe Ashworth haar in zijn armen hield. Ze was klein; haar hoofd rustte op zijn borst. Hij omhelsde haar en liet haar huilen. Vera sloeg het tafereel hulpeloos gade. In elk geval was de cd afgelopen en was de muziek gestopt.

Even later zaten ze gedrieën in de woonkamer van een van de buren. Karen had haar huis niet willen verlaten, maar Joe had haar uitgelegd dat het moest. 'We moeten de specialisten de gelegenheid geven hun werk te doen. Begrijpt u dat?' En Karen had geknikt, niet omdat ze het begreep, maar omdat ze niet over de energie beschikte om tegen te stribbelen. Ze hadden contact opgenomen met Danny's vader, die onderweg was naar huis, maar Vera wilde met Karen praten. Nu, voordat haar man thuis zou komen. Een overprotectionistisch alfamannetje was wel het laatste waar ze in deze zaak op zat te wachten.

'Hoe ging het met Danny, Karen? De afgelopen dagen, bedoel ik. Sinds de vondst van het lijk van mevrouw Lister.'

'Ik begrijp niet wat u bedoelt.'

'Maakte hij een gespannen of bezorgde indruk? Angstig?'

'Wilt u beweren dat hij zelfmoord heeft gepleegd?'

Vera had die mogelijkheid kortstondig overwogen. Het zou een nette afwikkeling van de zaak kunnen zijn: Jenny die Danny betrapt tijdens het stelen, Danny die haar vermoordt om het niet uit te laten komen en vervolgens de hand aan zichzelf slaat, omdat hij de druk niet aankan. Maar geen mens pleegde zelfmoord door zichzelf te wurgen.

'Nee,' zei Vera vriendelijk. 'We denken dat hij is vermoord.'

'Danny was nooit bang,' zei Karen. 'Zelfs niet als kind. Hij klom altijd in de hoogste boom die hij kon vinden, zwom te ver de zee in. Roekeloos. We zeiden altijd dat hij zichzelf nog eens iets zou aandoen.' Ze staarde Vera bleekjes aan. 'Bij de roekeloze kinderspelletjes was hij altijd degene die het verst ging.'

'Gespannen dan.' Vera deed haar best haar ongeduld te verbergen. 'Zou dat zijn stemming beter omschrijven?'

Gezien de schok kwam Karen nog redelijk coherent over, maar het besef dat haar zoon er niet meer was, moest nog tot haar doordringen. Vera wilde, nu de vrouw nog helder kon nadenken, zo veel mogelijk uit haar krijgen.

'Eerder onvoorspelbaar,' zei Karen. 'Nukkig. Hij had een hekel aan zijn baantje in het Willows, maar hij hoefde nog maar vijf dagen voordat hij weer terug zou kunnen naar Bristol.'

'Wat studeerde hij daar?' Vera wilde de vrouw voornamelijk aan de praat houden.

'Rechten.'

Vera probeerde zich voor te stellen wat voor soort advocaat Danny zou zijn geworden. Zo'n snelle jongen in een duur pak met een jong blond ding aan zijn arm. Maar als hij zou zijn veroordeeld voor een misdrijf, zou hij niet ver zijn gekomen. Als Jenny Lister hem op heterdaad zou hebben betrapt, kon dit mogelijk de reden zijn dat hij haar had vermoord. Danny was misschien zo arrogant geweest om te denken dat hij ermee weg zou komen en had het stelen beschouwd als een aardige aanvulling op zijn inkomsten, waar hij zowat recht op meende te hebben. Ze was wel bekend met dat type crimineel uit de middenklasse. Hij was in dit geval echter het slachtoffer en al het andere leek er niet toe te doen. Vera had het gevoel dat ze verdwaald was in de mist, zonder referentiepunt en zonder bestemming.

'Kende Danny Michael Morgan?' Ashworth had de ondervraging overgenomen. Hij leunde voorover zodat zijn hand bijna die van de treurende vrouw raakte. 'De acupuncturist die ook vanuit het Willows werkt. Kende Danny hem?'

Toen Karen geen antwoord gaf, ging Joe verder, op zachte en rustige toon om haar niet van haar stuk te brengen. 'Ik had de indruk dat ze min of meer bevriend waren. Er is natuurlijk sprake van een leeftijdsverschil. Maar ik kan me goed voorstellen dat twee slimme mannen die op hun werk worden omringd door vrouwen, naar elkaar toe trekken.'

Karen keek op. 'Ik heb Danny gezegd dat hij niet deugde. Ik heb gezegd dat hij bij hem uit de buurt moest blijven.'

'Des te spijtiger dat onze kinderen onze adviezen over het algemeen in de wind slaan.' Joe sprak alsof hij zelf puberende kinderen had. Vera leunde vol bewondering achterover en liet hem begaan. 'Ze denken het altijd beter te weten.' Hij zweeg. 'Hoe hebben ze elkaar leren kennen?'

'Ze gingen altijd samen koffiedrinken in de foyer van het hotel. Danny zei dat hij dat bocht dat in de personeelsruimte werd gezet niet wegkreeg. Sinds zijn verhuizing naar Bristol is hij pretentieus. Ik heb nooit iets anders dan oploskoffie in huis.' Karen glimlachte zuur bij deze spottende woorden over haar zoon, die evenzeer betrekking hadden op haar, omdat ze bezwaar had gehad tegen zijn gedragsverandering. 'Hij ging voordat hij moest beginnen altijd naar de foyer. Morgan kwam daar vaak als zijn werk erop zat.'

'Ik had niet gedacht dat Danny vatbaar zou zijn voor al dat newagegedoe.'

'Volgens hem was Morgan dat ook niet. Niet echt. Het was gewoon goed voor de zaken, een manier om datgene te krijgen wat hij wilde.'

'En waar was Morgan op uit? Heeft Danny dat gezegd?' Dit leek Vera belangrijk. Wat was er gaande geweest tussen de student en de oudere man? Ze hoopte maar dat Karen zich dermate goed zou houden dat ze de vraag nog kon beantwoorden.

'Hetzelfde als ieder ander, kennelijk. Een fatsoenlijk inkomen. Een mooi huis. Een vrouw en kinderen.'

'Maar zijn potentiële vrouwen waren zo jong!'

'Ik weet het, en als Danny over Morgan sprak, leek het alsof hij hem bewonderde. Ik kon dat niet uitstaan. "Kijk eens naar de manier waarop hij zijn vriendinnen behandelt," zei ik geregeld. Maar dan glimlachte Danny alleen een beetje schaapachtig. Hij zei dat Morgan van mooie dingen hield en dat jonge vrouwen over het algemeen nu eenmaal mooier waren dan oude. Hij zag er niets verkeerds in.' Karen stopte abrupt met praten, kneep haar ogen toe en leek wel een kat die op het punt stond te gaan blazen. 'Denkt u dat Morgan Danny heeft vermoord? Stelt u me daarom al deze vragen?'

'Nee.' Ashworth nam geen risico en kwam met de gebruikelijke platitudes op de proppen. 'Het is ons werk om vragen te stellen en verbanden aan het licht te brengen.' Vera zou het graag laten aankomen op een confrontatie tussen Karen en Morgan. Ze zou er heel wat voor overhebben om er getuige van te zijn hoe de vrouw gehakt van hem zou maken, of hij Danny nu had vermoord of niet.

'Had uw zoon nog andere goede vrienden onder het personeel van het Willows?' vroeg ze.

'Ik weet tegenwoordig eigenlijk niet meer wie Danny's vrienden zijn,' zei Karen. Haar stem klonk ijl en kil. 'Toen hij nog op de middelbare school zat in Hexham, waren we hecht. Als vrienden. Maar de laatste tijd spraken we niet veel meer. Sinds zijn vertrek naar de universiteit leek zijn leven totaal veranderd. De enige reden dat ik weet dat hij contact had met Morgan, was omdat ik ze een keer samen op het werk gezien heb. Het leek me wel logisch dat hij afstand van ons nam, nadat hij op zichzelf was gaan wonen. Maar hij was onze enige zoon en het was pijnlijk om te merken dat we geen rol meer speelden in zijn leven. En nu is hij er helemaal niet meer. We zullen nooit meer de kans krijgen om het recht te zetten.' Ze begon te huilen.

24

Het was een crèchedag, die bovendien zonnig genoeg was voor Connie om Alice er lopend heen te brengen. Er werd op straat volop gepraat over de dood van Jenny Lister, wat een verademing was ten opzichte van de standaardroddels over Connie en Elias Jones. Omdat Connie had samengewerkt met het slachtoffer, werd ze, terwijl ze wachtten tot de crèche open zou gaan, bij de gesprekken betrokken. Het begon met een paar voorzichtige, korte vragen, maar het duurde niet lang voordat Connie het middelpunt vormde van een groepje uitgelaten jonge vrouwen. 'Wat denk je dat er gebeurd is? Uit de krantenberichten valt niet echt iets op te maken. Wat heb je van de politie gehoord?' Connie voelde zich een sloerie, maar ze gaf hun wat ze wilden hebben, kleine snippers informatie over Jenny en haar carrière als hulpverlener. Tegen de tijd dat de crèche openging, hingen ze aan haar lippen en had niemand veel haast om naar binnen te gaan.

Veronica Eliot was er ook, om de inschrijvingen voor het nieuwe trimester te regelen. Ze zat aan een kleine tafel met een pen en een klembord in de aanslag, met gestifte lippen en een onberispelijke, zwarte blouse waarvan de kraag zo stijf gestreken was dat het Connie verbaasde dat die de achterkant van haar nek nog niet had doorkliefd. Connie sloot achteraan de rij aan. Toen het echt heel erg was, had Connie overwogen Alice over te laten plaatsen naar een peuterklas in een ander dorp, of haar ex zover te krijgen dat hij privéopvang zou betalen, maar omdat Alice in september al naar de basisschool zou gaan, was het gekkenwerk om haar voor een trimester ergens anders heen te brengen.

Toen ze aan de beurt was, voelde ze zich ongemakkelijk. Ze ging ervan uit dat Veronica het niet op prijs zou stellen als ze zou beginnen over hun gezamenlijke lunch. Veronica zou een dergelijke radicale ommekeer in hun onderlinge relatie nauwelijks aan de andere moeders kunnen uitleggen. Hoe gecompliceerd kon de obligate communicatie tussen vrouwen zijn! Mannen waren vast en zeker directer in de omgang. Maar Veronica schonk haar een vriendelijke glimlach. 'Dat was gezellig, laatst. Zouden we nog eens moeten doen.'

Connie was behoorlijk verrast. Ze keek Veronica aan, in de verwachting een sarcastische blik te zien. Wie weet vormde het de opmaat naar een of andere pesterij.

'Het was heel aardig van je om me uit te nodigen.' Ze keek om zich heen. Ze was de laatste wachtende; de andere moeders maakten zich uit de voeten. Ze dacht dat Veronica die opmerking nooit gemaakt zou hebben als er meer mensen bij waren geweest. 'Waarom kom je de volgende keer niet bij mij langs?' Connie vroeg zich af waar plotseling haar behoefte vandaan kwam om iets terug te doen. 'Kun je vandaag op de thee komen? Ik heb weliswaar niets gebakken, maar ik heb laatst een taart gekocht in Theehuis Tyne. Die zijn altijd lekker.'

Veronica keek op van haar papieren, Connie verwachtte dat ze de uitnodiging zou afslaan, al dan niet vergezeld van een goedbedoeld smoesje. Het dorp kende een hiërarchie en zij bewogen zich sowieso in verschillende kringen, haar reputatie nog daargelaten.

'Dank je!' zei Veronica. Daarna verscheen er kort een bijna triomfantelijke glimlach, alsof ze al die tijd op een uitnodiging had gehoopt. 'Zullen we een uurtje of vier doen? Tot straks dan.' Ze pakte de cheque van Connie aan en legde haar pen neer.

Terwijl Connie terugliep naar haar boerderijtje, vroeg ze zich af wat de oorzaak kon zijn van Veronica's veranderde houding. Waar ging dit nu echt over? Waar was Veronica Eliot werkelijk op uit?

Terwijl Alice zich vermaakte op de crèche, maakte Connie het huis schoon. Tijdens het poetsen en zuigen probeerde ze haar huis te zien door de ogen van de oudere vrouw. Ze stelde zich voor dat zij misprijzend zou reageren op haar schamele meubilair, de spinnenwebben en het vuil. Maar toen Veronica zich meldde, iets te vroeg en tot verrassing van Connie aan de keukendeur, met een groot boeket vers gesnoeide bloemen uit eigen tuin, was ze een en al lof. 'Tjonge, jij hebt er hier echt iets van gemaakt! Toen de eigenaars hier waren, hebben ze me een keer te eten uitgenodigd, maar toen zag het er lang niet zo gezellig uit als nu.'

Uiteindelijk gingen ze echter buiten zitten, waar het ondanks de wind aangenamer toeven was dan in het vochtige huis. Alice had haar laarzen aan en banjerde door het zand en de blubber dat als een soort strandje tussen het beekje en de rivier lag. Connie serveerde thee uit een porseleinen pot die ze achter in de voorraadkast had gevonden en voor de gelegenheid had schoongemaakt. Ze moest ineens weer denken aan de jongeman die op de dag dat Jenny was vermoord op de stoep had gestaan. Ze had die dag ook buiten thee gedronken.

Veronica sprak over haar zoon.

'Hij beweert dat ze nog steeds van plan zijn om binnen een jaar te trouwen. Hij heeft aangeboden om Hannah mee te nemen naar het buitenland en daar direct in het huwelijksbootje te stappen, al zie ik niet waarom hij denkt dat dat iets zou veranderen aan het feit dat haar moeder is overleden. Jenny had evenveel bedenkingen bij het huwelijk als ik. Stel je voor, een of andere armzalige ceremonie in het bijzijn van rugzaktoeristen. Ik ben blij dat Hannah zo verstandig is geweest om niet met dat plan in te stemmen. Ze zegt dat ze haar moeder heeft beloofd om te wachten tot Simon is afgestudeerd. Dat geeft ze nog even tijd. Wie weet hoe ze er over twaalf maanden over denken.'

'Ik neem aan dat hij over een paar weken terug moet naar de universiteit voor het begin van het nieuwe trimester.' Hoewel Simon Eliots plannen Connie weinig konden schelen, wist ze hoe het werkte. Iedere vrouw zou de ander de ruimte geven om onderwerpen aan te snijden die haar aan het hart gingen. Nog even en Veronica zou het toestaan dat Connie over Alice zou beginnen, hoe slim ze wel niet was en hoe goed ze zich aan haar nieuwe omgeving had aangepast. De basisschool in het andere dorp stond goed bekend en als gevolg daarvan was er nauwelijks plek. Veronica zat in het bestuur en wellicht kon ze enige invloed doen gelden als er strijd geleverd moest worden voor een plekje. Veronica mocht dan haar eigen agenda hebben wat deze afspraak betrof, dat gold voor Connie evenzeer.

'Ik heb tegen Simon gezegd dat hij terug moet.' Veronica klonk streng. 'Natuurlijk blijft hij liever hier om Hannah tot steun te zijn, maar hij moet ook aan zijn eigen leven denken. Ze heeft godbetert ook nog een vader. Ik weet dat ze het niet bijzonder goed met elkaar kunnen vinden, maar in dit geval ben ik van mening dat hij een verantwoordelijkheid heeft.' Een stilte. 'Vind je ook niet?' Die vraag was fel, enigszins onverwacht.

'Ze wil vast in Barnard Bridge blijven wonen, totdat ze haar eindexamens heeft gedaan.' Connie wilde Veronica niet direct tegen de haren in strijken nu ze een nieuwe fase waren ingegaan, maar eigenlijk vond ze Simons loyaliteit prijzenswaardig. Als er iets met haar mocht gebeuren, wist ze niet of haar ex-man automatisch de voogdij over Alice zou moeten krijgen. Hoe zou ze zich in godsnaam thuis kunnen voelen bij zijn nieuwe gezin?

'Kennelijk. En daarna gaat ze samenwonen met Simon in Durham. We hebben een klein appartement voor hem gekocht. Dat kon gezien de huidige markt voor een prikkie en het is tegelijk een investering. Durham is een populaire plaats. Maar we zouden het niet hebben gedaan als we op voorhand van de consequenties op de hoogte waren geweest.'

Alice was verder het beekje in gelopen. Het water was er ondanks de rivier die erachter lag nog ondiep, het kwam nauwelijks hoger dan haar voeten, maar toch riep Connie haar toe, opgelucht dat ze zo een smoes had om de opmerking van Veronica te negeren. 'Doe voorzichtig. Ik wil niet dat je uitglijdt en helemaal nat wordt.'

Dat leek het signaal voor Veronica om zich los te maken van haar eigen gedachten. 'Ja, lieverd, kom hier bij ons in de buurt spelen. Het ziet er daar nogal gevaarlijk uit. Je bent beter af op het droge.'

'Ze redt zich wel,' zei Connie plompverloren. Ze dacht dat Veronica haar kind waarschijnlijk te beschermd had opgevoed. Wat gaf de vrouw bovendien het recht om zich ermee te bemoeien?

Alice had op de oever een tak gevonden waarmee ze aan de overkant van het beekje in de struiken zat te porren. Er groeide veel fluitenkruid, dat hoger stond dan het meisje lang was; de kantachtige bladeren en de hoge stelen leken voor haar op een spannend en mysterieus bos.

'Kom terug!' riep Veronica, ogenschijnlijk bijna in paniek. 'O, kom toch alsjeblieft terug.'

Alice draaide zich met een verbaasde blik om, maar negeerde de vreemdeling.

'Ze redt zich wel,' zei Connie weer. Ze herinnerde zich weer hoe Veronica Alice had aangekeken toen ze voor de lunch waren uitgenodigd. 'Ik vind dat kinderen soms het gevoel moeten krijgen dat ze op avontuur zijn. Ze moeten zelf met risico's leren omgaan, vind je ook niet?'

'Hoe kun je dat nu zeggen?' Veronica was des duivels. 'Uitgerekend jij! Onder jouw supervisie is een kind overleden.'

Alice moest de hoge uithaal gehoord hebben, want ze draaide zich om, ongerust geworden van de schreeuw, al had ze er niets van verstaan. Het was even stil. Kabbelend water. In de verte het geluid van een tractor. Connie durfde niet goed antwoord te geven. Ze wilde haar stem niet verheffen waar haar dochter bij was.

'Het spijt me,' zei Veronica uiteindelijk. 'Dat was niet eerlijk.'

Misschien voelde ze iets van de spanning tussen de twee volwassenen, want Alice begon met haar stok het fluitenkruid te lijf te gaan, sloeg de planten neer en stampte er nog eens op, zodat er midden in de vegetatie een pad ontstond. Zover was ze nog niet eerder van het huis vandaan geweest. Connie begon de kopjes en schoteltjes op te stapelen. Inmiddels wilde ze alleen nog maar dat Veronica zou vertrekken. Ze legde zich neer bij het feit dat ze nooit verder zouden komen dan elkaar te tolereren. Het idee dat ze ooit vriendinnen zouden kunnen worden – dat ze zou behoren tot het kringetje bevoorrechten dat werd uitgenodigd voor heerlijke lunches in het witte huis – was belachelijk.

'Kijk eens wat ik gevonden heb!' Alice was bijna uit het zicht, haar stem klonk merkwaardig gedempt. Connie stond op, blij dat ze Veronica even kon negeren. Ze liep naar het water, dankzij de beweging vloeide de stress uit haar lichaam. Ze stak het beekje over en bleef op een grote platte steen in het midden staan om geen natte voeten te krijgen. Alice stond in een rommelige open plek tussen de struiken en keek naar beneden. 'Vind je hem mooi, mama? Kunnen we hem houden?' En ze bukte zich om de gehavende leren tas op te kunnen rapen.

25

Vera riep haar team bijeen in de calamiteitenkamer van het bureau in Kimmerston om hen in te lichten over de moord op Danny Shaw. Joe Ashworth vroeg zich af wat er met haar aan de hand was. Ze werd bevangen door een soort woede die in spastische golven door haar lichaam trok. Het leek wel alsof ze het idee koesterde dat de jongen was gewurgd alleen om haar te pesten. Ashworth vond dat ze vanavond nog bozer was dan gebruikelijk. Ze was er eerder dan de anderen en ijsbeerde door de kamer. Hij was ondertussen zo slim om haar niet aan te spreken, maar in alle stilte de komst van het team af te wachten.

De volgende die kwam opdagen was Charlie. Een blik als een bloedhond, kartonnen bekertje koffie in de ene hand, een of ander broodje in vetvrij papier in de andere. Charlie zat altijd tegen een crisis aan, een zware depressie of totale ineenstorting. Nadat zijn vrouw hem had verlaten, waren ze er gedurende een aantal maanden van overtuigd geweest dat hij de klap niet meer te boven zou komen. Zij had altijd voor de praktische zaken gezorgd – zijn kleren gewassen en gestreken, voor hem gekookt en zijn rommel achter zijn kont opgeruimd. Als een moeder. Ze begrepen niet hoe hij het zonder haar volhield. Maar hij had zichzelf erdoorheen geslagen en hij overleefde nog steeds. Elke dag was het weer een klein wonder dat hij op het bureau verscheen. Hij had zelfs geleerd hoe een wasmachine werkte en tegenwoordig schoor hij zich steeds vaker voordat hij van huis vertrok.

Vasthoudend. Dat was het woord waarmee Vera Charlie tegenover Joe Ashworth had beschreven. 'Je moet niet verwachten dat hij uit zichzelf in beweging komt, maar als je hem eenmaal met duidelijke instructies op pad hebt gestuurd, gaat hij door als een opwindkonijn.'

Holly arriveerde als laatste, en vanwege de manier waarop ze om zich heen keek en door de zelfingenomen glimlach waarmee ze zich tegenover Vera verontschuldigde omdat ze hen had laten wachten, wist Ashworth dat ze belangrijke informatie had. Ze zou tot het einde toe wachten om haar aankondiging te doen. Als een verdomde goochelaar die een konijn uit zijn hoed tovert.

Vera monsterde met een nors gezicht haar gezelschap. Op het bord schreef ze Danny's naam; met de stift sneed ze de letters zowat uit.

'Ons tweede slachtoffer. Danny Shaw. Zijn moeder Karen werkt bij de receptie van de sportschool in het Willows. Derek, zijn vader, is een aannemer en projectontwikkelaar die financieel in zwaar weer zit. Danny was hun enige kind. Door en door verwend; groeide op, ging studeren, waarna de sfeer thuis verslechterde. Hij praatte niet meer met zijn ouders. Hij wilde advocaat worden en had wellicht een motief voor de moord op Lister. Als Jenny Lister hem tenminste betrapt heeft op het bestelen van zijn collega's.'

'Denk je dat Danny uit wraak is vermoord?' vroeg Charlie. 'Omdat hij de vrouw heeft gewurgd?'

Vera verstijfde, haar arm nog altijd naar het bord uitgestrekt. Ashworth dacht dat ze misschien wel tekeer zou gaan tegen Charlie, omdat alleen een domkop als hij zo'n suggestie zou doen. Ook een manier om van je opgekropte spanning af te komen. Maar in plaats daarvan knikte ze. 'Daar had ik nog niet aan gedacht, maar het is een optie. Wie gaf er zoveel om Lister dat hij of zij bereid was voor haar te moorden?'

'Haar dochter,' zei Holly van achter in de kamer.

'Of de vriend van haar dochter,' zei Vera. 'Hij is helemaal smoor op dat meisje. Ik denk dat hij in staat was een moord te plegen als zij hem dat zou vragen. We mogen hem niet over het hoofd zien.'

'Hoe zouden Hannah en Shaw elkaar kennen?' Ashworth had niets tegen een beetje brainstormen, maar dit was gekkenwerk, fabuleren.

'Kunnen ze niet samen op school hebben gezeten? Ze schelen maar een jaar. We weten dat Simon op een privéschool in het dorp heeft gezeten, maar Danny en Hannah zijn allebei in Hexham naar de middelbare school geweest. Laten we dat eens navragen bij de leraar en andere leerlingen. Dat is weer een verband tussen de Shaws en de Listers. Holly, eropaf, jij bent goed in dat soort dingen en bovendien kom jij van ons allemaal qua leeftijd het dichtst bij die kinderen in de buurt.'

Ze stopte om naar adem te happen. 'Iets anders. Ik werd gebeld toen we bij de Shaws waren. Jenny Listers tas is terecht. Nog geen spoor van een notitieboek. Daar is het wachten nog op. Raad eens waar de tas is gevonden! Barnard Bridge. In de buurt van het beekje bij Mallow Cottage, waar Connie Masters woont.' Ze keek de kamer rond. 'Iemand ideeën?'

Stilte. In een aangrenzend kantoor hoorde ze iemand in lachen uitbarsten. Het geluid werkte op Vera's zenuwen en weer verwachtte Ashworth een tirade over hun gebrek aan intelligentie en het feit dat ze hopeloze rechercheurs waren, maar ze hield zich in. In plaats daarvan knikte ze Charlie toe.

'Wat ben je te weten gekomen over Morgan? Volgens Shaws moeder was hij bevriend met Danny. Morgan leek in elk geval invloed op de jongen te hebben.' Ze had Charlie opgedragen om alle mensen die op de dag dat Jenny was vermoord in de sportschool hadden gewerkt of getraind, opnieuw te ondervragen. Had iemand van hen Michael Morgan die ochtend gezien? Hij had die dag geen cliënten, maar was hij in de fitnessruimte of het zwembad gesignaleerd? Ashworth stelde zich voor dat Charlie zijn dag had doorgebracht met theedrinken in allerhande keurige huisjes in de Tyne-vallei en het babbelen met de oudjes van aquarobics. Precies waar hij dol op was.

Charlie plofte in een stoel vooraan, likte zijn vingers af en maakte van het vetvrije papier een prop.

'Er zijn die dag een paar jonge mannen gezien, van wie er eentje Morgan zou kunnen zijn, maar niets specifieks, niets concreets. Ze willen zo graag helpen dat je het gevoel krijgt dat ze desnoods wel iets verzinnen om je tevreden te stemmen.'

'Zo jong is Morgan nou ook weer niet.'

Charlie glimlachte even. Vooruitgang, dacht Ashworth. Hij kon het zich niet heugen wanneer hij hem voor het laatst had zien lachen. 'Geloof me, voor de meesten is iedereen onder de vijftig nog jong. Ze vinden mij jong.'

Vera keek Holly aan. 'Nou? Wat weten we over de mooie, jonge Freya? Enig bewijs dat Freya Danny Shaw kende, zou zeer welkom zijn.'

Holly ging kaarsrecht zitten en wachtte tot ook Charlie naar haar keek. Jezus, dacht Ashworth, wat kon ze zich toch aanstellen. Als een achtjarige in een tutu die stond te trappelen om iedereen te laten zien wat ze net geleerd had.

'Nou?' Vera stond op het punt haar geduld te verliezen. Ashworth kon niet wachten tot de pleuris zou uitbreken.

'Helaas geen nieuws op dat front.' Holly zat daar met haar dit-ga-je-niet-geloven-is-dat-nou-niet-slim-van-mij-glimlach. 'Maar wat ik wel te weten ben gekomen, is dat Freya op de ochtend van de moord in het Willows was.'

'Waarom heb je me dat niet direct verteld?'

Vera gunt haar in elk geval niet het genoegen van een schouderklopje, dacht Ashworth.

'Omdat ik het ook pas net weet.'

Vera negeerde die opmerking. 'Wat had ze er te zoeken?'

'Je kunt er naar zwangerschapsgymnastiek. Half pilates, half yoga. Je kent het wel. Het was haar eerste week. We wisten al dat Freya geen lid was van de sportschool, maar het is voor niet-leden wel mogelijk specifieke lessen te bezoeken. Die moet je dan ter plekke contant afrekenen.'

'Hoe ben je hierachter gekomen?' Joe moest het vragen. 'Is ze door een van de personeelsleden herkend?'

'Nee hoor. Toen ik een aankondiging voor de les zag, dacht ik dat dat weleens iets voor Freya zou kunnen zijn. Ik ben tot een halfuur geleden bezig geweest de docente op te sporen, Natalie. Daarom was ik wat later.' Holly stond op het punt te beginnen aan een gedetailleerde uiteenzetting over hoe ze de vrouw had opgespoord, maar Vera onderbrak haar.

'Het eerste wat je morgen doet, is teruggaan naar het hotel. Probeer erachter te komen hoe laat het meisje die ochtend de sportschool heeft verlaten. Dat moet voor het moment zijn geweest waarop ik het lijk heb gevonden, omdat we haar niet tussen de getuigen hebben gezien. Is ze daar op eigen gelegenheid naartoe gereden of heeft ze een lift gehad? En we moeten absoluut zeker weten of Danny er niet ook was. We weten dat zijn dienst pas veel later begon, maar misschien was hij wel niet aan het werk en was hij met een andere reden in het hotel. Als hij Freya de moord heeft zien plegen, hebben we ook voor dat misdrijf een motief.'

Ashworth wist dat er momenteel allerlei scenario's door Vera's hoofd spookten. Ze kon niet ophouden met praten, ze leek op zijn kinderen na het eten van te veel suiker, te veel e-nummers. 'Bel me zodra je alles op een rijtje hebt. Dan rijden we naar Tynemouth voor een babbeltje met Freya. Of anders naar haar school, als het nieuwe trimester al begonnen is. Het lijkt me beter als we haar spreken waar Morgan niet bij is. Sommige dingen zijn me allemaal verdomme veel te toevallig.'

'Beschouw je Freya als een mogelijke verdachte?' onderbrak Ashworth haar. 'Waarom zou zij Jenny Lister om het leven hebben willen brengen?'

Vera's antwoord was een en al venijn. 'Omdat Morgan haar dat heeft opgedragen. Hij krijgt kwetsbare vrouwen zo ver dat ze hem gehoorzamen. Mattie Jones heeft godbetert haar eigen zoon vermoord omwille van hem!'

Joe wilde opperen dat daar geen bewijs voor bestond, en dat Vera moest oppassen met wat ze zei. Maar hij wist dat ze in deze staat niet naar hem zou luisteren.

26

Het was bijna donker. Joe Ashworth stond naast de wankele metalen tafel in Connie Masters' tuin en keek naar de forensisch expert die het struikgewas onderzocht waar Jenny Listers tas nog altijd lag. Hij wist dat ze hun tijd aan het verspillen waren. Het was allemaal een grote poppenkast: de expert zag er in zijn pak met overschoentjes uit als een opgeblazen Teletubbie. Hij gebruikte nu een sterke zaklamp om zichzelf bij te lichten. Wat hoopte hij nog meer aan te treffen? Wat Joe betreft was de tas overduidelijk vanaf de weg in de struiken gegooid. Hoe was het anders mogelijk dat al het omringende fluitenkruid geheel intact was gebleven? Er zouden dus geen voetstappen te vinden zijn, of enig ander door de moordenaar achtergelaten spoor, vooropgesteld dat het de moordenaar was geweest die de tas had weggegooid.

Het was Vera's beslissing geweest om hier direct na afloop van het teamoverleg in Kimmerston heen te rijden. Hij had er schoorvoetend mee ingestemd, deels omdat hij bang was dat ze Holly zou vragen als hij zou weigeren, deels omdat hij er de puf niet voor had om tegen te stribbelen. Hij werd moe van zijn eigen cynisme. Normaal gesproken sleepte zijn passie voor zijn werk, zijn positie als Vera's adjunct, vertrouweling en surrogaatzoon, hem door de moeilijke fasen van een onderzoek. Het was zijn rol om haar te motiveren en aan te moedigen, haar af en toe te laten merken hoe geniaal ze was, haar op het rechte pad te houden. Op dit moment echter had hij het gevoel alsof al het enthousiasme uit hem was gezogen. Vera zou daarvan het landschap de schuld geven, landinwaarts, laag, veel water. Wat jij nodig hebt, mijn beste Joe, is een straffe oostenwind die je hoofd weer schoon blaast. Er leek Ashworth echter heel wat meer voor nodig dan een strandwandeling met een briesje om zijn humeur weer op peil te krijgen.

Bij Vera daarentegen was de adrenaline nog altijd niet uitgewerkt. Ze stond naast hem en schreeuwde naar de forensisch specialist die aan de overkant van het beekje aan het werk was.

'Kun je zeggen hoe lang de tas daar gelegen heeft?'

'Niet exact.' Deze kerel was nieuw. Joe had hem nog niet eerder gezien. Hij was zichtbaar geïntimideerd door Vera's fratsen, beschouwde haar als een vijandig wild dier en prees zichzelf gelukkig dat ze aan de overkant van de beek stond. 'Nog niet.'

'Ik ben op zoek naar een notitieboek,' schreeuwde ze. 'A4-formaat met een harde kaft. Dat moet ik hebben voordat alles onleesbaar is geworden door het vocht.'

Joe wist dat ze het notitieboek niet zouden vinden. De moordenaar was niet gek. Het viel misschien niet mee om leer te vernietigen, maar wat papier met een beetje karton eromheen stak je zo in de fik. Waarom dan een risico lopen door het weg te gooien?'

Hij zag de expert hurken om de inhoud van de tas te inspecteren. Hij werd nu omsloten door het struikgewas, af en toe zagen ze flarden van zijn blauwe pak. Hij leek op een enorme blauwe vogel die op zijn nest zat.

De expert kwam weer overeind en schudde zijn hoofd. 'Geen opschrijfboek,' zei hij. 'Als we hier klaar zijn, krijgen jullie de rest van de inhoud.'

Vera reageerde evenwichtiger op dit nieuws dan Ashworth had verwacht. Geen gescheld. Haar woede leek even snel te zijn weggeëbd als hij was opgekomen. Ze voelde zich nooit op haar gemak, opgesloten in de calamiteitenruimte. 'Nou ja, je kunt niet alles hebben. En dat zou het ook wel erg makkelijk maken, vind je ook niet, Joe? Wij houden altijd wel van een uitdaging.'

Ze schreeuwde weer naar de overkant. 'Heb je ook de plaats delict van de moord op Shaw gedaan?'

'Nee, dat was Billy's zaak.'

'Dan zal ik hem gaan lastigvallen. Ik heb de restanten van een vuur gevonden, ik wil zo snel mogelijk onderzocht hebben of er papierresten tussen zitten.'

De expert keek haar aan alsof ze gek geworden was. Ze beende weg, achter de boerderij langs naar de keukendeur, maar draaide zich om naar Ashworth om hem te roepen. 'Blijf daar niet staan lummelen. De man weet waar hij mee bezig is. Hij kan het prima alleen af.'

Vera leek de kleine kamer geheel te vullen. Connie zat op de grond tv te kijken. Haar dochtertje zou vast al in bed liggen. Vera klopte op de keukendeur en was direct doorgelopen. Connie stond op. 'Willen jullie thee?'

'Goed gedaan!' Vera negeerde de vraag. 'Je hebt de situatie heel goed aangepakt toen je eenmaal doorhad wat je meisje had gevonden. Ik had het zelf niet beter gedaan.'

Ashworth zag bij Connie een bescheiden glimlach van vreugde doorbreken. Het leek wel alsof iedereen een wit voetje wilde halen bij Vera Stanhope.

Vera leunde voorover en plantte haar enorme handen op haar knieën. Op de achtergrond klonk de begintune van een soapserie. Connie liep naar het tv-toestel toe en zette het uit.

'Je beseft toch wel hoe belangrijk dit is?' Vera in haar geruststelmodus. 'Als we erachter komen wie de tas daar heeft achtergelaten, kunnen we ons opmaken voor een arrestatie. En jij woont hier, je bent hier vaak te vinden, het kind speelt in de tuin. Wie weet heb je iemand gezien.'

'De moordenaar zou zich toch niet pal voor onze neus van bewijsmateriaal ontdoen!'

'Wellicht.' Vera maakte een gebaar dat aangaf dat ze hierover nadacht. 'Maar we moeten erachter zien te komen waarom de tas juist hier is weggegooid. Waarom ligt het ding op een steenworp afstand van uitgerekend jouw deur, terwijl hij overal in Northumbrië gedumpt had kunnen worden?'

'Je denkt toch niet dat ik het heb gedaan? Als ik Jenny Lister zou hebben vermoord, zou ik echt niet zoiets stoms hebben gedaan.'

'Natuurlijk niet, en als ik werkelijk dacht dat jij je baas om het leven had gebracht, zaten we nu op het bureau te praten, met een bandrecorder in plaats van een lekker kopje thee.' Ze glimlachte kort. 'Je zei volgens mij iets over thee.'

'Ik zet het wel,' zei Joe, die wist dat Vera daar op uit was geweest. Hij mocht zich gaan uitsloven met de waterkoker en het theeservies, om Connie het gevoel te geven dat het gesprek een vrouwelijk onderonsje betrof. Het was echter zijn taak zijn oren open te houden, voor het geval Vera iets zou ontgaan. Ze vormden een goed team.

'Misschien is het toeval,' ging Vera door. 'Maar je zit hier niet meer op de hoofdweg en in deze contreien zal een vreemde auto de aandacht trekken. Ik vraag me dus af of er niet iemand een spelletje met ons aan het spelen is. Plaagstoten uitdelen. Laten we de boel eens op scherp zetten door de tas vlak bij het huis van Connie Masters achter te laten. De knuppel in het hoenderhok gooien en dan maar zien wat er gebeurt. Ik heb namelijk de indruk dat onze moordenaar wel van een spelletje houdt. Heb je onlangs nog bezoek gehad?'

'Op de dag van Jenny's dood stond hier een man op de stoep die de weg vroeg naar het huis van de Eliots.'

'Dat is waar,' zei Vera ontspannen. 'Daar heb je onze Joe hier alles over verteld. Het leek op dat moment niet relevant, maar inmiddels liggen de zaken anders. Zou je hem herkennen als we je een aantal foto's lieten zien?'

Connie keek bedenkelijk. 'Dat weet ik niet. Er is sindsdien zoveel gebeurd.'

'Maar het is het proberen waard, toch?' Vera stak haar arm uit om de mok aan te pakken die Joe haar aanreikte. 'Ik zal Joe morgen langssturen met een aantal foto's. Had hij een tas bij zich?'

'Ik geloof het wel. Niets chics zoals een aktetas, eerder een weekendtas of een rugzak.'

'Groot genoeg om Jenny Listers tas in te vervoeren?' vroeg Vera.

'Ja.' Connie klonk dit keer overtuigender. 'Als hij leeg was, kon je er een heel klein pakketje van maken.'

'Heb je hem zien komen en weer zien vertrekken? Kan hij de tas in de richting van de beek hebben geslingerd zonder dat jij dat hebt gezien?'

'Ik heb hem in beide gevallen niet gezien. Toen we de tuin in liepen was hij er ineens. Alice zag hem als eerste. Later ben ik weer naar binnen gegaan om thee te zetten, en toen ik terugkwam, was hij weg. Hij kan het gedaan hebben voordat we elkaar gesproken hebben, of erna.'

'Hij was volgens jou op zoek naar het huis van de Eliots?'

'Ja. Dat vond ik wel raar. Als hij een vriend was van Christopher en Veronica, zou hij toch wel weten waar hij moest zijn?'

'Zag hij eruit als een vriend?'

'Nee.' Joe zag Connie aarzelen. Ze gaf niet graag iets over zichzelf prijs, maar ze voelde zich door de aard van Vera's vragen gedwongen een antwoord te geven.

'We snappen dat je dat niet met zekerheid kunt zeggen,' zei hij. 'Niet op basis van zo'n kort gesprekje. Zo belangrijk is het niet. Maar waar we wel nieuwsgierig naar zijn is de indruk die hij op je maakte. In jouw vakgebied heb je ongetwijfeld geleerd mensen snel te doorzien en op basis daarvan je mening te vormen.'

Connie keek hem glimlachend aan. 'Maar mijn inschattingsvermogen is niet al te best gebleken, of wel dan? Het is werkelijk geen seconde in me opgekomen dat Mattie Jones in staat zou zijn haar eigen zoon te vermoorden.'

'Ik wil wedden dat je het vaker bij het rechte eind hebt gehad dan niet,' zei Vera. 'En zoals Joe al zei, we zijn gewoon benieuwd naar je indruk. Meer niet.'

Connie zuchtte diep. 'Nu, achteraf gezien, denk ik dat hij aan het werk was. Het betrof geen gezelligheidsbezoekje.'

'Had hij iets te verkopen?' Joe zag dat Vera zich probeerde in te houden, zodat Connie niet zou worden afgeschrikt door haar enthousiasme. Maar toch klonk de vraag als een vuurpijl die de hele kamer in lichterlaaie zette.

'Zou kunnen.'

Connie weifelde, maar Vera stond op en begon door de kleine kamer te ijsberen. Ashworth had het idee dat ze was ontploft als ze nog langer was blijven zitten. Ze mompelde in zichzelf en stelde Joe en Connie af en toe een vraag, al verwachtte ze geen antwoord. 'Wie brengt er huisbezoeken aan zijn klanten dan wel cliënten? Een advocaat? Een makelaar, voor een taxatie? Kom Joe, denk eens mee!'

'Zo zag hij er niet uit,' zei Connie. 'Hij droeg geen pak.'

Voor Vera was nu het moment aangebroken waar ze al die tijd naar had toegewerkt, wist Joe. Ze keek Connie indringend aan. 'Zou het Michael Morgan kunnen zijn geweest?'

'Nee! Hem zou ik herkend hebben.' Maar het ontging Ashworth niet dat Vera haar aan het twijfelen had gebracht. En Connie wilde Vera een plezier doen, weer die goedkeurende blik ontvangen. 'En welke reden zou Morgan hebben gehad om bij de Eliots langs te gaan?'

'Misschien genoot Veronica wel van naalden in haar lijf. Of misschien was hij helemaal niet naar de Eliots op weg en was dat maar een smoesje.'

'Hij zou zich hier niet laten zien,' zei Connie. 'Niet als hij wist dat ik hier woonde. Hij zou bang zijn dat ik hem zou herkennen. Ik heb hem weliswaar maar twee keer ontmoet, maar zijn foto heeft in alle kranten gestaan.'

'Zoals ik al zei...' Vera grijnsde. 'We zoeken iemand die van spelletjes houdt, die wel een gokje durft te wagen. En zo groot zou het risico niet eens zijn. Hoe vaak herken je iemand in een geheel andere context?'

Niemand gaf antwoord.

'Veronica is vanmiddag hier geweest,' zei Connie. 'Ze kwam theedrinken, maar is vertrokken vlak nadat ik jou heb gebeld.'

Ze realiseerden zich allen wat deze woorden konden betekenen, maar Vera ging er niet direct op door. Wel was ze opgetogen, zag Ashworth. Ze huiverde even van verlangen, alsof ze staand aan de bar wachtte tot het eerste rondje zou worden uitgeserveerd. 'Ik had niet gedacht dat jullie het goed met elkaar konden vinden,' zei Vera, zo rustig als ze maar kon.

'Dat was ook niet zo.' Connies gezicht leek op slot te gaan, alle emotie was er op slag uit verdwenen. 'Toen ze goed en wel doorhad wie ik was, bleek Veronica nogal een trut te zijn. Ze heeft met haar roddels en praatjes mijn leven in het dorp tot een hel gemaakt.'

Joe merkte dat Vera de opmerkingen van Connie niet geheel op waarde wist te schatten. Vera was zelf altijd een buitenstaander geweest: ze was het gewend de excentriekeling te zijn, de geschifte diender. Pas sinds ze vriendschap had gesloten met haar stonede buren hoorde ze voor het eerst ergens bij. Maar Joe's vrouw had na hun verhuizing vreselijk veel moeite gehad zich thuis te voelen in hun wijk. Er waren avonden geweest waarop ze zichzelf in slaap had gehuild. Dat had dan iets te maken met oppasbeurten, niet verleende wederdiensten, het schoolbestuur. Kleine maar onvriendelijke schimpscheuten die door je hoofd bleven malen en je vertrouwen decimeerden. Het feit dat de beledigingen dermate kinderachtig waren dat ze ze eigenlijk had moeten negeren, maakte het nog erger.

'Wat heeft voor de ommekeer gezorgd?' vroeg hij.

'De dood van Jenny Lister,' antwoordde Connie. 'Plots zocht Veronica mijn gezelschap. Ze heeft me voor de lunch uitgenodigd. Misschien was dat wel eenzelfde soort voyeurisme dat de kop opsteekt zodra er dingen in de krant verschijnen. Mensen worden op een merkwaardige wijze aangetrokken door zulke tweedehandsroem.'

'En toen voelde je de behoefte iets terug te doen.' Vera grijnsde als een wolf. 'Heel attent.'

'Ik ben eenzaam geweest,' zei Connie. Toen Joe de mistroostigheid in haar stem hoorde, besefte hij hoe ongelukkig ze moest zijn geweest. Hij bewonderde haar des te meer om het feit dat ze het niettemin gered had. 'Dus ja, ik heb haar uitgenodigd. Ze was hier toen Alice de tas vond.'

'En hoe reageerde ze daarop?' Vera's ogen flakkerden. De wolf was haar prooi op het spoor.

'Ze maakte zich druk over het feit dat Alice zo dicht bij het water speelde,' antwoordde Connie. 'Later, toen ik zei dat ik de politie wilde bellen, zei ze dat ze naar huis ging, dat ze zich er niet mee wilde bemoeien. Ze zou maar in de weg lopen.'

'Tactvol.' Vera knikte opnieuw. 'Mensen die blijven rondhangen om ons in actie te zien, kunnen we missen als kiespijn.'

'Ze bood aan om op Alice te passen.'

'Dat is aardig,' zei Vera. 'Attent.' Ze zweeg even. 'Ik neem aan dat je haar hebt zien aankomen. Vanuit het huis kijk je zo op het pad.'

'Nee.' Ashworth had de indruk dat Connie wel doorhad waar dit allemaal heen ging, maar dat ze zich van de domme hield. 'Veronica was vroeg. Ik was aan de achterkant van het huis nog bezig met opruimen. Ze kwam binnen via de keukendeur en ze liet me een beetje schrikken.'

Vera schonk haar bij wijze van instemming haar breedste glimlach, die bij de ontvanger steevast het gevoel opriep de belangrijkste persoon ter wereld te zijn. 'Dus in theorie is het mogelijk dat Veronica de tas in de struiken heeft gegooid, terwijl ze naar de achterkant van de boerderij liep. Ze kon niet weten dat het meisje daar 's middags zou gaan spelen.'

'In theorie,' zei Connie, 'zou het zo gegaan kunnen zijn.'

Ze stonden op. 'Zegt de naam Danny Shaw je iets?' vroeg Vera.

Connie keek haar vragend aan. 'Nee. Zou dat moeten?'

'Je zult er morgen op het journaal alles over horen. Hij was een student. Hij is vanmiddag in zijn eigen huis hier vlakbij in de vallei gewurgd.'

Ineens was Connie gespannen. Ashworth kon aan haar zien dat ze de neiging had haar kind op te pakken en mee te nemen naar een veilige plek.

'Dezelfde moordenaar?'

'Niet per se,' zei Vera. 'Maar de zaken houden wel verband met elkaar. Dat weten we heel zeker.'

Natuurlijk bestaat er een verband, dacht Ashworth. Het was echter weer een ander verhaal om dit te kunnen bewijzen.

27

Hoewel het al laat was, had Ashworth erop gerekend dat Vera hem mee zou slepen naar het huis van de Eliots. Hij had gezien hoe ze was opgeveerd nadat Connie Masters had verteld dat Veronica bij haar op visite was geweest, en Vera stond niet bepaald bekend om haar geduld. Maar toen ze eenmaal buiten stonden, bij hun auto's, zei Vera tot zijn verbazing dat ze het voor vandaag voor gezien hield.

'Je wilt niet meer met dat mens van Eliot praten?'

Vera keek in de richting van het in het donker oplichtende, witte huis. 'Denk je dat ze ons in de gaten heeft gehouden? Zal ze zich afvragen wat we over haar te weten zijn gekomen? Ik durf te wedden dat ze boven heeft gezeten met een verrekijker, in een van de slaapkamers.'

'Misschien.'

'We laten haar even sudderen. We gunnen haar haar slapeloze nacht, we gaan morgen wel bij haar langs.'

'Heb je trek in een biertje?' vroeg hij. Dat was zijn manier om vrede te sluiten met Vera. Haar vijandigheid was hem eerder al opgevallen. Ze hadden wel een kibbelend echtpaar geleken, dacht hij. Uiteindelijk wisten ze dat ze elkaar nodig hadden en dat een van de twee zou moeten inbinden. Meestal was hij dat.

'Ik dacht dat je het nooit zou vragen. Ik trakteer. Ik heb laatst in die winkel in Hexham, waar ze al die speciale streekproducten verkopen, een paar flessen Wylam ingeslagen. Als je met me meerijdt, gooi ik er ook nog wat boterhammen tegenaan.'

Op die manier hoef je niet zelf terug te rijden na een bezoek aan het café. Maar hij zei niets. Hij moest hoe dan ook met de auto terug – Sarah zou hem wat aandoen als hij bezopen uit een taxi kwam rollen. Hij had haar al gebeld om te zeggen dat het laat zou worden. Ze rekende nog niet op hem. 'Oké,' zei hij. 'Waarom ook niet?'

Vera woonde in het meest onbereikbare huis van het land. Het lag halverwege een heuvel, aan een pad dat na de eerste sneeuwval direct onbegaanbaar was en dat bij regen veranderde in een kolkende rivier. Ze reed nog altijd in Hectors Land Rover, en hij had nog nooit meegemaakt dat ze vanwege het weer niet op haar werk was verschenen. Joe dacht dat die idiote hippies haar ongetwijfeld zouden uitgraven, als dank voor het feit dat Vera altijd een oogje toekneep wat hun activiteiten binnenshuis betrof. Of misschien bivakkeerde ze in de dichtstbijzijnde kroeg, zodra de weersvooruitzichten slecht werden. Ze zou nooit meer verhuizen. Ze was in de heuvels opgegroeid, en ze werd al chagrijnig en nerveus bij de gedachte dat ze er langer dan een dag vandaan moest.

Maar het uitzicht was formidabel, dat moest Joe haar nageven. Het was nu te donker om ervan te kunnen genieten, maar hij wist dankzij zijn eerdere bezoeken hoe mooi het was. Ongerepte natuur tot zover het oog reikte, een klein meer waar de ganzen zich 's winters verzamelden. In de vallei stroomde de rivier de Coquet, die aan de kust ophield, en vanuit haar huis keek je als een vogel neer op een klein grauw dorp en een gefortificeerde toren. Het lammeren bij de buren zat erop, en zelfs toen ze binnen zaten, konden ze de ooien horen. Nooit was er enig verkeer te horen. Heel af en toe hoorde je een straaljager, die vanaf de luchtmachtbasis in Boulmer een lage trainingsvlucht uitvoerde.

Ze zaten binnen en spraken over Jenny Lister en daarna over Danny Shaw. Hij pakte een flesje bier dat hij traag opdronk. Tegen de tijd dat hij het op had, stond de teller bij Vera op drie. Ze had zoals beloofd boterhammen gesmeerd en sprak tussen de happen door, waarbij ze hem nauwelijks gelegenheid gaf ook iets te zeggen. Dat was zijn rol in dit soort situaties: die van publiek, klankbord. Dat was de manier waarop ze informatie het beste verwerkte. Hij had eens, nadat hij weer een hele avond gefrustreerd naar haar had moeten luisteren, gevraagd wat hij daar eigenlijk deed. 'Je luistert toch niet naar wat ik te zeggen heb. Ik zou evengoed weg kunnen blijven.'

Ze was verbijsterd geweest. 'Onzin, kerel. Zonder jou zou ik niet de moeite nemen overal over na te denken. Jij zorgt ervoor dat ik me op de juiste dingen richt.' Ze had gezwegen. 'En je hebt af en toe je heldere momenten.'

Dus zat hij daar en luisterde, terwijl buiten de maan opkwam en de wind ging liggen. Ze ging even weg om het vuur aan te steken en de staande lamp met de kitscherige perkamentkleurige kap aan te doen, maar snel hierna ging ze verder met het ordenen van haar gedachten, het trekken van conclusies, het plannen van toekomstige handelingen.

Tijdens de teambriefings zette ze haar woorden kracht bij met behulp van het opschrijfbord, maar Joe wist dat ze geen aantekeningen of grafieken nodig had. Het zat allemaal in haar hoofd; alle verbanden, al dan niet zogenaamd toevallig, lagen in haar geheugen verankerd.

En ze sprak over de dode vrouw alsof ze haar gekend had. 'Jenny Lister. Ze was in mijn optiek een trotse vrouw. Daar haalde ze haar motivatie uit. Ze was letterlijk een goed mens: een goede moeder, een goede hulpverlener, een goede baas. En ook goed geconserveerd voor haar leeftijd. Dat is bevestigd door iedereen die haar gekend heeft. Maar ze achtte zichzelf verheven boven anderen. Ze was slim genoeg om het niet te laten merken, maar diep vanbinnen was ze daarvan overtuigd. Dat bleek wel uit de plannen die ze had met dat boek. Ze had het idee dat ze de wereld wat compassie betrof nog het nodige te leren had.' Vera keek op van haar biertje. 'Als ik haar zou hebben gekend, zou ze me het bloed onder de nagels vandaan hebben gehaald. Ik kan perfecte mensen niet uitstaan. En ze had niet veel vrienden, of wel soms? Geen echte vrienden. Ze had die lerares, al was zij eerder een bewonderaar dan een vriendin. Jenny vertelde haar niet veel. Af en toe gaf ze een paar hints om interessant over te komen.'

Joe zweeg. Als Vera eenmaal op stoom was, kon je haar maar het beste laten voortrazen. De inspecteur ging verder. 'Dus waarom is ze vermoord? En zo minutieus, bovendien? Je wurgt iemand niet, omdat diegene op je zenuwen werkt. En als je besluit iemand te vermoorden, kies je daar een stille plek voor uit, niet het zwembad van een chic hotel, waar je elk moment betrapt kunt worden. Het heeft er alle schijn van dat er een spelletje met ons wordt gespeeld, dat er een show wordt opgevoerd. En wie van onze verdachten is de beste acteur?'

De meeste vragen van Vera waren retorisch, maar dit keer leek ze prijs te stellen op een antwoord.

'Nou? Ben je in slaap gevallen? Zit ik hier tegen mezelf te praten?'

'Danny Shaw?' Hij schaamde zich voor zijn weifelende antwoord. Ze wist hem altijd het gevoel te geven een achtjarige te zijn die koste wat kost een afgang in het bijzijn van de leraar wil voorkomen.

'Ons tweede slachtoffer? Dan zijn we weer terug bij Charlies theorie dat Danny uit wraak is vermoord. Nee, dat wil er bij mij niet in. Ik wil best geloven dat Danny een uitslover was, en verwaand bovendien. Maar dat geldt voor heel veel jongens van zijn leeftijd. Nee, ik zat eerder te denken aan Michael Morgan. Ik krijg de indruk dat zijn acupunctuurpraktijk meer met theater te maken heeft dan met gezondheidszorg. Hij houdt wel van een scène en een beetje afleiding. Het is hun eigen geloof in wonderen dat zijn cliënten beter maakt.'

'Waarom zou hij Danny om het leven hebben gebracht?' Joe kroop weer in de rol van aangever.

'We weten dat ze elkaar kenden. Misschien heeft Morgan zijn mond voorbijgepraat over zijn plannen. Danny had geld nodig. Het zou me niet verbazen als hij hem geprobeerd heeft te chanteren.'

'Waarom zou Morgan überhaupt het Willows hebben uitgekozen als locatie voor zijn toneelstukje? Hij moet zich toch gerealiseerd hebben dat we erachter zouden komen dat hij daar werkte. En hij zou wel de laatste zijn die Jenny's tas in Connies tuin zou gooien. Hij zou niet graag gezien hebben dat de hele zaak rond Elias Jones weer zou worden opgerakeld.'

Vera bleef een tijdje zwijgend zitten. 'Verdomme,' zei ze luchtig. 'Je hebt natuurlijk gelijk. Ik kan die klootzak niet uitstaan en ik zou hem dolgraag aan de schandpaal nagelen. Dat zal hem leren met z'n arrogante kop. Maar zo kom je natuurlijk niet ver met je onderzoek. Het mag nooit persoonlijk worden.' Ze grijnsde naar hem, zich er volledig van bewust dat al haar zaken louter persoonlijk waren. Een helft van haar gezicht werd door de vlammen verlicht; de rest bleef in schaduw gehuld. Heel even zag ze er bijzonder jeugdig en flirtend uit. 'Wat is jouw idee dan, Joe? Waar sla ik de plank mis?'

'Volgens mij is Jenny Lister vermoord door iemand uit haar directe omgeving,' zei Joe. Dat ene biertje dat hij had gedronken, had hem het vertrouwen gegeven om een theorie te opperen waar hij niet eerst grondig over had nagedacht. Het idee was tijdens de monoloog van Vera in hem opgekomen. 'De keuze voor het Willows is een dwaalspoor. Je vermoordt iemand niet op de plek waar je zelf werkt, tenzij je handelt in een impuls. Ik zit dus te denken aan een van Jenny Listers kennissen uit Barnard Bridge. Daar is tenslotte ook haar tas gevonden.'

Hij rekende op haar hoon, haar bijtende commentaar dat hij te veel ouderwetse detectives las, maar ze ging er serieus op in. 'Dat beperkt ons zoekgebied. Reken je Hannah ook tot de verdachten?'

Dat had hij niet verwacht. 'Nee! Nou ja, misschien.'

'Ze heeft alleen maar gezegd dat ze die ochtend niet met haar moeder mee is gaan zwemmen. Daar is verder geen bewijs voor,' zei Vera. 'Niemand heeft haar in de sportschool gezien, maar dat zegt niets. Jenny zou met haar pas het meisje hebben kunnen binnenlaten. Ik heb zoiets vaak genoeg zien gebeuren.'

'Hoe zou Hannah terug zijn gekomen in Barnard Bridge?' vroeg Joe. 'Listers auto stond nog bij het Willows, en met het openbaar vervoer doe je er ongeveer twee weken over. Dan kun je net zo goed gaan lopen.'

'Ze kan door Simon Eliot zijn opgepikt. Ze moeten samen in het complot hebben gezeten. Welk plan ze ook hebben bedacht, het is uitgesloten dat ze het zonder hem zou hebben uitgevoerd.'

'Motief?' Joe kon niet geloven dat ze hierop doorgingen. Hij zag Hannah Lister zoals Holly haar had beschreven, verlamd door verdriet en de schok. Maar dat risico liep je nu eenmaal als je je moeder vermoordde.

'We weten dat Jenny het huwelijk niet zag zitten en dat ze hen verzocht heeft het op te schorten. Die relatie gaat heel diep.' Vera fronste. 'Je krijgt de indruk dat die twee kinderen allebei een beetje gek zijn. Als Jenny iets tegen Simon had – en hem op een of andere manier onder druk zette om het meisje te lozen – zou dat Hannah tot waanzin hebben gedreven. Letterlijk.' Vera kneep haar ogen samen en schetste de sfeer zodanig dat ook Joe het voor zich kon zien. 'Ze zitten samen in de stoomcabine. Buiten klinkt het lawaai van het zwembad, maar zij zitten daarbinnen, vrijwel naakt en afgesloten van de rest van de wereld. Een plek voor ontboezemingen en een goed gesprek. Verstoppen is niet mogelijk. Mocht Jenny het meisje duidelijk gemaakt hebben dat er van een huwelijk geen sprake kon zijn, zou het kunnen dat ze haar zelfbeheersing verloor en haar moeder heeft vermoord. Daarna heeft ze Simon gebeld en hem zover gekregen dat hij haar is komen halen.'

'Danny Shaw?'

'Zelfde theorie als Morgan? Hij was erbij, heeft het zien gebeuren en heeft ze geprobeerd te chanteren.' Ze keek plots op. 'We weten nog altijd niet of hij en Hannah elkaar van school kenden. Maar ik denk dat hij haar zeker zou herkennen. Zoveel jonge mensen wonen er niet in de vallei.'

'Waarom zou Hannah de tas zo dicht in de buurt van Connies huis weggooien?'

Vera liet ineens een luide lach horen. 'God mag het weten. Om ons op het verkeerde been te zetten? Daar geloof ik eerlijk gezegd niets van. Ik ben ervan overtuigd dat Hannah haar moeder niet heeft vermoord. Je hoeft haar maar te zien om te weten dat ze veel verdriet heeft. We zijn nu in een sprookje terechtgekomen, jongen. Fabeltjesland.'

'Een van de andere Eliots?'

Vera reageerde niet. Ze liep naar het raam en keek uit over de vallei, en liep toen wankelend naar boven naar de wc. Joe hoorde het water door de oude leidingen stromen, toen ze doortrok. Hij stond ook op. Hij kon een halfvolle maan zien in een verder heldere lucht. Een duizelingwekkende hoeveelheid lichtjes, afkomstig van het lagergelegen dorp. Het was alsof je 's nachts uit het raam van een vliegtuig keek. Hij kon door het glas heen de kou voelen. Vera was terug.

'De Eliots,' zei ze, alsof ze niet weg was geweest. 'Niet bepaald van adel. Bezitten geen land, geen oud geld. Niet meer. Ze komen uit de buurt, dat kun je uit hun achternaam afleiden. Een van de oude struikroverclans, de Eliots. Maar volgens mij bestond Christopher Eliots familie uit handelslieden en boeren, geen aristocratie. Veronica is een ander verhaal. Ze geniet van haar rol als vrouw des huizes. Ze hecht waarde aan status. En ooit beschikten haar voorouders over een groot huis met veel grond en personeel. Het land ligt weg te rotten aan de oever van de rivier, en ook dat is vreemd. De moeite van het uitzoeken waard. Vindt ze haar goede reputatie dermate belangrijk dat ze bereid is ervoor te moorden? Ik ben er niet van overtuigd, maar er zijn mensen voor minder omgebracht.'

Ze ging weer in haar stoel bij de haard zitten, Ashworth volgde haar voorbeeld.

'Onze Veronica verbergt iets,' zei Vera. 'Maar dat wil niet zeggen dat ze een moordenaar is. Ze kan best een paar pond uit de kas van de huisvrouwenbond gejat hebben en nu als de dood zijn dat we daarachter komen. Ik wil dolgraag weten waarom ze ineens zo aardig tegen Connie Masters doet. Dat begrijp ik echt niet. Ik zie echter niet wat het verband met Danny Shaw zou kunnen zijn, tenzij hij fungeerde als haar *toy boy*.'

'Shaw zou degene kunnen zijn geweest die op de middag van de moord bij Connie is langs geweest.'

'Dat zou inderdaad best eens kunnen.' Ze bespotte hem op een milde manier, omdat ze daar natuurlijk zelf ook allang aan had gedacht.

'Is dat het plan voor morgen? Naar Barnard Bridge, een foto van Danny Shaw aan Connie laten zien en even babbelen met Veronica?'

'Jep.' Vera gaapte. 'Dat is een goed begin. En als we een recente foto van Morgan te pakken kunnen krijgen waarop hij zijn haren heeft afgeschoren, moet je die ook maar aan Connie laten zien.' Ze keek hem aan. 'Was je van plan daar de hele nacht te blijven zitten? Ik weet niet hoe het met jou zit, maar ik kan wel een schoonheidsslaapje gebruiken. En je vrouw weet vast niet meer hoe je eruitziet. Hup, in de benen.'

Joe was verbijsterd. Normaal gesproken deed Vera alles om hem zo lang mogelijk te laten blijven. Ze had hem heel vaak het logeerbed aangeboden: wees toch niet zo'n spelbreker, Joe, drink een paar biertjes en verblijd deze oude dame met je gezelschap. 'We hebben het nog niet over Elias Jones gehad,' zei hij.

'Nee, dat hebben we niet.' Ze grijnsde hem toe. 'En wat wil dat zeggen?' Ze leek in haar geheugen naar passende woorden te zoeken. 'De olifant in de porseleinkast. Dat is Elias Jones in deze zaak. We weten allemaal dat hij er is, alleen hebben we het er niet meer over.'

Joe vermoedde dat ze zich beschonkener voordeed dan ze in werkelijkheid was. Ze was in staat de meeste mannen die hij kende onder tafel te drinken. Het leek hem hoe dan ook het verstandigst om nu maar te vertrekken voordat ze van gedachten zou veranderen. Hij stond op en begon naar de deur te lopen, er half op rekenend dat ze hem halverwege terug zou roepen. Maar ze bleef zitten waar ze zat en staarde in het vuur.

Buiten was het zo koud dat hij even naar adem moest happen. De metalige geur van ijs in de lucht, wellicht de laatste vorst van het seizoen. Hij bleef even staan en keek door het raam naar Vera, die met gesloten ogen onderuitgezakt in haar stoel zat. Zelfs vanaf hier en terwijl ze half lag te slapen, voelde hij de kracht van haar persoonlijkheid.

Als iemand de rol van olifant vervult, dacht hij, is het wel Vera Stanhope.

28

Het was nog koud toen ze elkaar troffen in Barnard Bridge. Dauw op het gras, laaghangende mist boven de rivier. In Mallow Cottage waren de gordijnen dicht en er viel geen teken van leven te bespeuren, dus gingen ze als eerste naar de Eliots. Vera vond het geen bezwaar om Veronica lastig te vallen, Connie daarentegen had misschien een zware nacht achter de rug met haar dochtertje, waardoor Vera besloot haar nog even te laten liggen.

Toen Vera arriveerde, was Ashworth er al. Hij stond naast zijn auto te wachten in zijn duffelse jas, waardoor hij eruitzag als een student uit Vera's jonge jaren, en bestudeerde de plek langs de oever van het beekje waar Listers tas was gevonden. 'Hij kan vanaf hier zijn weggegooid,' zei hij. 'Dat haal je makkelijk.'

'Jij misschien. Ik kom niet verder dan een paar meter. Ik werd vroeger op school al nooit gekozen met softbal.' Ze draaide zich om en liep voor hem uit over de oprit naar het witte huis.

Binnen zaten de Eliots aan het ontbijt, tot haar verbazing was Hannah er ook. Ze zaten aan de ronde tafel in de fraaie keuken die Vera nog kende van haar eerste bezoekje: Veronica, een goed geklede man met grijze haren, van wie Vera aannam dat het Christopher was, de echtgenoot, en Simon en Hannah. Hannah was nog gehuld in een badjas, ze zag er met haar ongekamde haren niet erg wakker uit. Simon had opengedaan. Verder had niemand een vin verroerd. Niemand leek geschokt te zijn, of vijandig. Ze leken wel op een foto te zijn vereeuwigd. Het rook er naar goede koffie en warme croissants. Op tafel stond een vaas bloemen uit eigen tuin. Het tafereel zou niet hebben misstaan in de weekendbijlage van de krant.

Vera werd van haar stuk gebracht door de aanwezigheid van de jongelui. Daar had ze niet op gerekend. Maar dat zou ze niet laten merken. Ze ging naast Christopher zitten, Ashworth bleef achter haar staan.

Simon leek de verstoring van het gezinsontbijt en de gelaten reactie van zijn ouders wel amusant te vinden. 'Koffie, inspecteur? Of hebt u liever thee? Hannah vond het gisteravond geen probleem om te blijven slapen, dus hebben we het er maar op gewaagd.' Hij boog voorover om de hand van het meisje te strelen.

Vera kreeg de indruk dat Hannah er nog niet aan toe was om haar eigen beslissingen te nemen. 'Thee graag. Zo sterk als je maar wilt. Mijn brigadier hier lust wel een kopje koffie.' Ze richtte zich tot Simons vader. 'Wij kennen elkaar nog niet. Ik ben Vera Stanhope. Inspecteur van de politie in Northumbrië, afdeling Zware Delicten.' Toen een reactie van de man uitbleef, zei ze: 'Ik weet dat u een tijdje weg bent geweest, maar u bent neem ik aan op de hoogte van het feit dat er in de vallei een moord is gepleegd?'

'Uiteraard.' Eindelijk zei hij iets. 'Hannahs moeder. Een vreselijk drama.' Hij had een prachtige volle, donkere stem. De stem van een zanger.

'Kende u haar goed?'

'Niet goed. We hebben elkaar natuurlijk een paar keer ontmoet, via de kinderen.' Hij stond op, veegde wat broodkruimels van zijn grijze pantalon en pakte zijn colbertje dat over de leuning van de stoel had gehangen. 'Ik moet weg, helaas. Ik heb om negen uur een vergadering.' Zijn lichaam leek jonger dan zijn gezicht. Vera was benieuwd of hij naar de sportschool ging. Ze had niet geïnformeerd of hij lid was van het Willows, maar de naam zou vast en zeker boven water zijn gekomen bij het nalopen van de lijst. Ga nergens van uit, hield ze zichzelf voor, en ze bedacht dat ze dit moest controleren. Het had er alle schijn van dat alle betrokkenen bij deze zaak iets met het Willows te maken hadden. Het hotel was als het midden van een spinnenweb.

'Zegt de naam Danny Shaw u iets?'

Hij bleef staan en legde zijn hand op tafel. Ze kon zijn aftershave ruiken. Zijn vingernagels waren smetteloos. 'Nee,' zei hij. 'Ik geloof het niet.'

Daarop verliet hij de kamer, ogenschijnlijk niet benieuwd waarom ze daarnaar had gevraagd. Ze vond zijn gebrek aan interesse hoogst opmerkelijk, ze volgde hem met haar blik door de openstaande keukendeur. Ze had erop gerekend dat hij nog even naar boven zou gaan om zijn tanden te poetsen, misschien nog wat papieren bij elkaar te scharrelen die hij op de zaak nodig had. Ze had hem nog steeds een aantal dingen te vragen. Maar in plaats daarvan bukte hij om zijn koffertje te kunnen pakken dat in de gang klaarstond, en hij verliet het huis. Het leek wel alsof hij vluchtte. Ze was geneigd hem terug te roepen, maar ze bedacht dat ze wisten waar hij heen ging, en dat een dergelijke actie belachelijk over zou komen. Ze kon hem beter in zijn eentje op zijn kantoor spreken. Ze had al uitgedokterd dat hij op de dag dat Jenny was vermoord in het buitenland had gezeten. Ze hoorde het geluid van zijn auto, het geknisper van grind onder het gewicht van de banden.

Zijn vertrek had Veronica tot leven gewekt. 'En waar hebben we uw bezoek op dit vroege uur van de dag aan te danken?'

'Een moord,' zei Vera, die genoot van dit melodramatische moment. 'Daar hebt u dat aan te danken.'

'We hebben u alles verteld over die arme Jenny.' Op het laatste moment had ze zich gerealiseerd dat Hannah bij hen aan tafel zat en snel het 'arme' aan haar zin toegevoegd, maar Vera kreeg de indruk dat Hannah hun aanwezigheid niet registreerde.

'Er heeft zich een tweede sterfgeval voorgedaan.' Eindelijk kreeg Vera de respons waar ze op had gehoopt. Zelfs Hannah keek haar met waterige oogjes aan. Ashworths piepende mobieltje verstoorde het moment. Vera keek hem scherp aan toen hij de kamer verliet om het gesprek aan te nemen.

'Wie is er nog meer vermoord?' Veronica steunde met haar handen op tafel en was half overeind gekomen.

'Danny Shaw, een student.'

Stilte. Opnieuw geen enkel signaal waaruit ze kon opmaken dat die naam hun bekend in de oren klonk.

Vera boog voorover en richtte zich tot Hannah: 'Je hebt met hem op school gezeten.' Ze sprak zo zacht dat de anderen moeite hadden haar te verstaan. 'Wat kun je ons over hem vertellen?'

Hannah veegde het haar uit haar gezicht en probeerde zich te concentreren. 'Hij was ouder dan ik.'

'Dat klopt.'

'Hij zat in de eindexamenklas toen ik nog zestien was. We kwamen elkaar weleens tegen in de bus.' Ze glimlachte kort. 'Hij heeft me weleens mee uit gevraagd.'

'En ben je daarop ingegaan?'

'Een paar keer.'

Vera wenste dat Ashworth de kamer niet zou hebben verlaten. Ze moest haar ogen goed de kost geven. Op dit moment keek ze naar Simon Eliot. Was hij van deze verhouding op de hoogte geweest? Vormden dit soort dingen het gespreksonderwerp van jonge mensen die in de lente graag hand in hand over landweggetjes kuierden? Was hij jaloers geweest, of hadden de details over haar vorige geliefden hun verhouding juist geïntensiveerd? Toen Vera haar aandacht weer op Hannah richtte en de glimlach zag die op haar gezicht was verschenen, trok ze de conclusie dat zij en Danny waarschijnlijk een stelletje waren geweest. Het was echter onmogelijk vast te stellen wat Simon hiervan vond. Hij had zijn arm om haar heen geslagen en haar welzijn was het enige waar hij zich om leek te bekommeren.

Vera stelde haar volgende vraag aan de jongen. 'Kende je Danny? Jullie hebben verschillende scholen bezocht, maar jullie waren even oud.'

'Ja, ik kende hem wel. Ik was iets ouder, maar we hadden gemeenschappelijke vrienden, gingen naar dezelfde feesten. Maar we waren geen dikke vrienden of zo.'

'Heb je hem tijdens deze vakantie gezien?'

Simon aarzelde. Omdat hij het zich probeerde te herinneren, of omdat hij iets te verbergen had?

'Eén keer misschien. In een café in Hexham, een paar weken geleden.' Hij wendde zich tot Hannah. 'Weet je dat nog, lieverd? Je was er ook bij.'

'Ja,' antwoordde ze direct. 'Ja, natuurlijk.' Maar Vera had het idee dat ze om hem te behagen alles wel had willen beweren.

'Waarom ben je maar een paar keer met Danny uit geweest?' vroeg Vera haar. Hannah zag er dermate kwetsbaar uit dat Vera zich afvroeg of ze wel in staat zou zijn antwoord te geven op dit soort eenvoudige vragen.

'Een goed lichaam, jammer alleen van dat karakter,' zei Hannah. Het was niet de eerste keer dat ze die zinsnede bezigde. Misschien had ze dezelfde woorden gebruikt om Danny tegenover Simon te omschrijven. 'Eerst was ik helemaal gek op hem, tot ik erachter kwam wat voor een arrogante klootzak hij eigenlijk was.'

'Dat was het moment dat je hem aan de kant hebt gezet?'

'Ja.' Weer brak er kortstondig een glimlach door. 'Ik geloof dat dat een geheel nieuwe ervaring voor hem was.'

'Heeft hij je moeder ooit ontmoet?'

Vera stelde de vraag zo omzichtig als ze kon, maar niettemin kon ze de pijn die de plotse herinnering aan haar moeder veroorzaakte, aan het meisje aflezen.

'Eén keer. Minstens. Mama heeft hem een keer uitgenodigd om op een zondag te komen lunchen.'

'En hoe ging dat?'

'Tamelijk dramatisch, om eerlijk te zijn.' Hannah trok er een vies gezicht bij. 'Kent u dat gevoel dat je plots iemand bekijkt met andermans ogen? Ik had me door Danny laten inpakken. Ik was onder de indruk geraakt van zijn praatjes, zijn dromen en toekomstplannen. Met mama probeerde hij hetzelfde, alleen lukte dat niet. Ze bleef uitzonderlijk vriendelijk en tactvol, maar voor mij was het duidelijk dat ze hem niet kon uitstaan.'

'En daarom heb je met hem gebroken?'

'Ik denk het. Niet per se omdat mama hem niet mocht. Maar dankzij haar ben ik er wel achter gekomen dat ik hem eigenlijk ook niet zo aardig vond.'

'Hoe vatte hij het op?' Vera merkte dat Ashworth weer teruggekeerd was, wat haar zelfvertrouwen goed deed.

'Niemand vindt het leuk om afgewezen te worden, wel?'

'Heeft hij nog moeilijk lopen doen?' Deze vraag kwam van Joe.

'Net genoeg om mijn ego een oppepper te geven. Een paar liefdesbrieven, enkele slijmerige e-mails. Halfzachte pogingen, als je het mij vraagt.'

'Heeft hij onlangs nog contact met je opgenomen?'

'Dat is heel lang geleden. Ik kwam hem natuurlijk wel af en toe tegen. Ik heb gehoord dat hij een vriendin heeft in Bristol.'

Naarmate de conversatie vorderde, klonk ze zelfverzekerder. Eventjes was ze haar moeder vergeten en voelde ze medeleven voor een vreemde in Bristol, die haar vriend had verloren.

'Hebt u Danny Shaw ooit ontmoet, mevrouw Eliot?' vroeg Joe Ashworth eerbiedig.

'Nee, waarom zou ik?' Kortaf, op het onbeleefde af.

'Hij kwam hier nooit over de vloer?' Joe betrok Simon op deze manier bij de vraag.

'Natuurlijk niet!' Veronica gaf namens hen beiden antwoord.

'Een persoon die voldoet aan zijn signalement heeft op de dag dat Jenny is vermoord, de weg gevraagd naar jullie huis.'

Vera hoorde het glimlachend aan. Ze beschikten niet echt over een signalement van de man die bij Connie was langsgegaan om de weg te vragen. Maar Vera had er geen moeite mee dat Ashworth op die manier de grenzen opzocht.

'Ik weet niet hoe u aan die informatie komt, brigadier, maar hier is niemand geweest.' Veronica perste haar lippen op elkaar en was niet van plan een krimp te geven. Al had Danny die dag naakt op de oprit staan dansen, Veronica zou hun dat niet vertellen. Dit was een vrouw die haar fouten nooit zou toegeven.

‘Misschien kent u Danny’s vader wel?’ Het leek Vera tijd voor een andere tactiek. ‘Derek Shaw, aannemer en projectontwikkelaar.’

‘Ik ken hem wel.’ Veronica reageerde als door een wesp gestoken. ‘Vreselijke vent. Hij heeft dat afschuwelijke ding aan de rand van Effingham gebouwd. Ik heb een vriendin die daar in de buurt woont. Volgens haar is haar huis dankzij die nieuwbouw in waarde gehalveerd.’

‘Hebt u er ooit aan gedacht iets met de grond te doen waar het huis van uw grootvader op gestaan heeft?’ vroeg Vera. ‘Dat is vlak bij Effingham. Zei u niet dat het ooit Greenhough heette? Die grond moet een fortuin waard zijn, zelfs in deze tijd.’ Sinds ze de versierde poort was gepasseerd, had de vraag in haar achterhoofd gezeten.

‘We zouden de benodigde vergunningen toch niet krijgen,’ bitste Veronica terug. ‘En we vinden het prima zoals het er nu bij ligt. Zelfs als het mogelijk was er iets mee te doen, zou ik er niet aan denken om Shaw in te schakelen.’

‘Hij heeft zijn zoon verloren.’ Simon sprak zacht, maar niettemin keek iedereen hem aan. ‘Wat je ook van hem vindt, hij heeft wel een kind verloren.’ Was hij werkelijk begaan met het lot van de jongeman? Of wilde hij slechts zijn moeder laten weten dat ze wat tactvoller moest doen?

‘Natuurlijk!’ Dit keer was het Veronica die van slag leek. ‘Het spijt me, inspecteur, dat was ongelooflijk harteloos.’

Ashworth en Vera liepen langzaam weg van het huis. Vera wilde per se eerst ontbijten in het café voordat ze bij Connie zouden langsgaan. De etensgeuren in de keuken van de Eliots hadden haar bijna tot razernij gedreven. Zonder een stevig broodje ham zou ze zich niet meer kunnen concentreren. Hoewel het café officieel nog niet geopend was, werden ze door de uitbaatster uit Yorkshire binnengelaten, omdat die medelijden met hen kreeg.

‘Dat was Holly die belde,’ zei Ashworth. Hij had het haar al eerder willen vertellen, maar Vera werd geheel in beslag genomen door haar zoektocht naar eten. ‘Ze had wat interessants te vertellen over Veronica, wat tegelijk ook een verklaring kan zijn voor het feit dat ze zo gemeen deed tegen Connie Masters nadat ze hier was komen wonen.’

‘Ga door.’

‘Ze heeft een kind verloren. Een peuter, Patrick. Hij is verdronken in de rivier. Hij was aan het spelen op het stukje strand vlak bij Connies huis. Hij wilde onder de brug door lopen en is toen uitgegleden. Veronica was in de buurt, net als Simon, die iets ouder was. Die rende ineens de straat over, en Veronica ging achter hem aan, omdat ze bang was dat hij misschien aangereden zou worden. Toen ze terugkwam, lag die kleine met zijn gezicht in het water. Ze heeft nog geprobeerd hem te reanimeren, maar het mocht niet baten.'

'Arme vrouw.' Vera pauzeerde. 'Arme, arme vrouw.' Vera probeerde zich het bijbehorende schuldgevoel voor te stellen. Hoe was het mogelijk dat het gezin nog in dat huis woonde, vanwaar ze elke dag uitzicht hadden op de plek waar hun zoon het leven had gelaten? Veronica moest wel verteerd worden door de herinnering, die van haar voorgoed een angstig persoon had gemaakt. Haar opvoeding zou haar belet hebben hulp te zoeken. Geen hulpverleners voor haar. Maar ook niet samen met je vriendinnen dronken worden. Houd je gezicht in de plooi, het leven gaat door. Of was dat uiteindelijk toch onmogelijk gebleken?

Toen was Connie Masters in het dorp komen wonen: nog een vrouw die verantwoordelijk was voor de verdrinkingsdood van een kind.

En welke uitwerking had het ongeluk op Simon gehad? De zoon die de aandacht van zijn moeder had opgeëist en daardoor indirect de dood van zijn broertje op zijn geweten had. Is hem ooit verteld welke rol hij in dit drama heeft gespeeld?

Vera voelde dat het huilen haar nader stond dan het lachen. Maar ze was tegelijk opgetogen. Wie weet was dit de doorbraak die ze in deze zaak nodig hadden. Als Veronica van mening was dat Connie de dood van Elias Jones op haar geweten had, zou ze Jenny dan beschouwen als de eindverantwoordelijke hiervoor? Had ze in de moord op de maatschappelijk werker een zekere vorm van genoegdoening gezocht voor de dood van haar eigen kind?

Welnee, dacht Vera. Zo werkt het niet in het echte leven. Ze had nooit veel opgehad met psychologisch gedoe, en de dood van een willekeurig kind zou geen enkele vrouw tot moord aanzetten. Veronica was in gedachten alleen maar bezig met het verwerken van de verdrinkingsdood van haar eigen zoon.

Niettemin had Vera het gevoel dat de oplossing een stapje dichterbij was. De Eliots hadden iets te verbergen. Als Connie Masters Danny Shaw zou aanwijzen als de persoon die aan haar de weg was komen vragen, dan hadden ze een verband tussen het gezin en Shaw, wat voldoende zou moeten zijn om het onderzoek vlot te trekken. Ze at haar broodje op, nam nog een haastige laatste slok uit haar mok, liet een briefje van tien pond achter op haar tafel en rende zowat het café uit. Bij de deur hield ze even in om te controleren of Ashworth haar wel volgde.

Maar toen ze bij het boerderijtje aankwamen, bleek er niemand thuis. Connies auto was weg. Hoewel ze wisten dat er niet zou worden opengedaan, klopten ze toch aan. Vera tilde de plantenbak bij de voordeur op. Geen reservesleutel. Ze liep om het huis heen, en verplaatste de vuilnisbak op wieltjes die buiten bij de keuken stond. Eronder lag midden in de aarde een sleutel te glimmen, waarmee ze zich toegang verschaften tot het huis.

'Kunnen we dit wel maken?' Ashworth wist dat Vera hier helemaal niet over nadacht, maar hij wilde het gezegd hebben.

'We maken ons grote zorgen over Connies welzijn,' zei Vera schertsend. 'Het is onze plicht op onderzoek uit te gaan.'

Binnen leek het alsof de woning in alle haast was verlaten. Er stonden vieze borden in de gootsteen, de waterkoker was nog warm. Boven was geen van de bedden opgemaakt.

'Misschien is ze alleen haar dochtertje even naar de crèche brengen?'

Ashworth schudde zijn hoofd. 'Die is niet open vandaag.'

'Gaan winkelen?'

'Ze wist dat we langs zouden komen met foto's van Shaw en Morgan. En ze moet onze auto's langs de weg hebben zien staan.'

'Ze is dus gevlucht,' zei Vera. 'Wat kan daar achter zitten?'

Ze pakte de telefoon in de woonkamer op en belde het nummer waarmee je kon achterhalen wie er als laatste naar het huis had gebeld. Een afstandelijke vrouwenstem deelde haar mee dat het nummer van de meest recente beller afgeschermd was geweest.

'Het zou ook kunnen,' zei Vera, uitkijkend over de rivier waarin Patrick Eliot om het leven was gekomen, 'dat iets of iemand haar heeft weggejaagd.'

29

Vera en Holly troffen Freya rond lunchtijd in de buurt van Newcastle College. 'Het is van belang om alle opties open te houden,' had Vera gezegd, hoewel ze aan niets anders meer kon denken dan aan Connie en haar dochter. Weer een kind dat mogelijk gevaar liep. Patrick, Elias en nu Alice. Dat moest toch iets te betekenen hebben. Was ze maar wat slimmer, zodat ze het patroon zou doorzien. Ook vervloekte ze zichzelf natuurlijk omdat ze Connie die ochtend was misgelopen, omdat ze het vullen van haar lege maag belangrijker had gevonden dan het onderzoek. Ze wist dat Ashworth haar dat ook kwalijk nam.

Dus waren ze de stad in gereden en nu stonden ze fout geparkeerd in een van de steegjes in de buurt rondom de campus van Rye Hill, voor een Chinese supermarkt. Het geurde er sterk naar specerijen. Ze waren op weg geweest naar de toneelfaculteit toen ze Freya hun richting op zagen komen, te midden van andere studenten, die lachend op weg waren naar hun lunchbestemming. Vera herkende haar aan haar meisjesachtige manier van lopen, die veel weg had van dansen, en de bonte jas, waar ze deze keer een spijkerbroek met een jasje onder droeg. Freya merkte hen pas op het laatste moment op. Ze hield haar mobiele telefoon bij haar oor en kletste met iemand over een of ander toneelstuk dat ze had gezien. Ze keek vrolijk en Vera was in staat om ter plekke in tranen uit te barsten.

'Hallo.'

Ze troonden haar mee naar een koffietent, een volks geval met pretenties. Hierbinnen geurde het naar gebak en naar koffie, dankzij de grote zilverkleurige espressomachine.

'Je zult wel honger hebben,' zei Vera. 'Je moet nu tenslotte voor twee eten.'

Freya bleek inderdaad over een gezonde eetlust te beschikken. Morgan mocht dan vegetariër zijn, het meisje werkte niettemin een volwaardig ontbijt naar binnen, plus een mok thee. De worst en het spek waren in een oogwenk verdwenen.

'Je hebt ons nooit verteld dat je in het Willows was op de ochtend dat de maatschappelijk werker is vermoord.' Vera kreeg de woorden met moeite uit haar mond. Ze had haar tanden in een haverkoekje gezet dat zo plakkerig was dat haar mond wel leek te zijn vastgelijmd.

Freya keek op. Angstige, grote ogen boven de theemok. 'Jullie hebben er niet naar gevraagd.'

'Ho even, dat hoeft toch ook niet? Een slimme meid als jij kan toch zelf wel bedenken dat we zulk soort dingen willen weten.'

'Michael zei dat jullie daar misschien verkeerde conclusies aan zouden verbinden.'

'Hij was er ook hè, die ochtend?' Holly, die even wilde laten merken dat ze niet voor spek en bonen was meegekomen. Vera kon haar dat niet kwalijk nemen. Niets mis met een vrouw met een beetje ambitie. 'Was het een les inclusief partners? Geweldig dat hij zich zo met het vaderschap bezighoudt.'

'Het was een gymnastiekles.' Freya leek weer wat tot rust te zijn gekomen. Misschien bleek ze uiteindelijk toch net zo dom als Mattie Jones, en was ze er slechts in geslaagd dit beter te verbergen. 'Niet voor de vaders. Michael gaat natuurlijk wel mee naar de zwangerschapscursus. We willen een geheel natuurlijke bevalling. Een van zijn kennissen is een zelfstandig werkende vroedvrouw, we willen het kindje thuis geboren laten worden. We gaan een kraambad huren, alles erop en eraan. Hij heeft me die dag alleen maar afgezet.'

'Ik krijg de indruk dat hij de gelegenheid heeft aangegrepen om wat achterstallig werk in te halen.' Holly glimlachte haar bemoedigend toe. Vera dacht dat Holly het geleuter over het moederschap waarschijnlijk net zo vervelend vond als zij en het gesprek snel op een ander onderwerp wilde brengen.

'Kennelijk.' Freya was weer op haar hoede. Had Morgan haar geïnstrueerd welke onderwerpen ze moest vermijden, mocht ze alleen ondervraagd worden?

'Waar hadden jullie afgesproken? Na de les, bedoel ik.'

Stilte. Zo te merken had Morgan haar het antwoord op die vraag niet ingefluisterd.

'Is hij in de auto op je blijven wachten?'

'Ik weet het niet meer.'

Vera wachtte tot een serveerster in een gescheurde spijkerbroek was langsgelopen om het bord met eieren en spek af te leveren bij een aantal arbeiders die aan een tafeltje naast hen zaten.

'Natuurlijk wel, liefje. We komen er sowieso wel achter. Zo'n hotel beschikt ongetwijfeld over camera's op het parkeerterrein, en er zijn vast zat getuigen.' De opnameband was echter op de avond voor de moord vol geraakt, en niemand had de moeite genomen er een nieuwe in te doen. 'Het zou heel wat schelen als we die informatie van jou persoonlijk zouden krijgen.'

Freya keek bezorgd. Vera moest denken aan de vallen die stropers uitzetten in de heuvellanden. Een kooi van gevlochten metaal met een kraai erin om andere roofdieren te lokken. Was het wel verstandig om Freya als lokaas in te zetten?

'We hadden afgesproken elkaar in de auto weer te zien,' zei Freya. 'Maar na de gymles zag ik hem nergens meer.'

'Hoe laat was dat?'

'De les was om tien uur afgelopen.'

'En wat heb je daarna gedaan?' vroeg Holly. 'Ben je hem gaan zoeken? Je had nu wel de tijd om een paar voormalige collega's op te zoeken. Misschien even met iemand koffiedrinken, een beetje bijkletsen?'

'Ik heb niet veel meer met die mensen.' Daar hoorden ze Morgan, door de mond van Freya.

'Waar ben je dan wel heen gegaan? Naar Michaels kantoor? Was hij misschien de tijd vergeten, omdat hij verdiept was in zijn administratie?' Deze keer was het Holly die het meisje van alles in de mond legde.

Arm kind, dacht Vera. Ze is niet veel meer dan een buikspreekpop.

'Ik heb hem op zijn mobiel gebeld,' zei Freya. 'Ik wist dat hij het niet prettig zou vinden als ik bij het hotel zou blijven rondhangen. Volgens hem zijn er een paar meiden die een slechte invloed op de rest uitoefenen. Dus heb ik hem gebeld.'

'En?' Holly stond op het punt om het meisje door elkaar te schudden. Vera dacht dat ze eens moest leren wat meer geduld op te brengen. Maar Vera was nieuwsgieriger naar Freya's antwoord. Waar haalde deze man het recht vandaan om te bepalen met wie zij om mocht gaan?

'Niets en. Hij nam niet op. Ik heb gewacht. Na een tijdje kwam hij opdagen en toen heeft hij me thuisgebracht. Ik hoefde die dag niet naar school. Het was nog paasvakantie.' Ze sprak als een nukkig, verwend kind. Vera dacht dat ze in de auto op weg naar de kust vast ruzie hadden gemaakt.

'Heeft hij gezegd waarom hij te laat was?' vroeg Holly.

'Hij zei dat me dat verder niet aanging en dat het iets met zijn werk te maken had. Ik dacht dat Mattie Jones hem misschien weer lastigviel. Ze belde hem vanuit de gevangenis en hij werd er helemaal gek van.'

Nee, dacht Vera. Niet Mattie. Die lag in het ziekenhuis met een blindedarmontsteking. Jenny misschien? Had ze hem gezien, terwijl hij in de foyer het einde van Freya's les afwachtte, onder het genot van een lekker kopje koffie? Had ze hem om een interview verzocht voor haar boek over Elias Jones, of had ze Morgan verteld dat ze het boek zou schrijven? Heeft hij haar vanaf de galerij de stoomcabine in zien gaan, en heeft hij toen snel zijn zwembroek aangetrokken om haar te kunnen vermoorden?

Ze was dermate diep in gedachten verzonken dat ze niet doorhad dat de anderen haar aankeken. Even zag ze zichzelf door hun ogen: oud, lelijk, sloom. Ze voelde hun medelijden. En toen kwam er een golf van zelfvertrouwen bij haar naar boven. Ik ben weliswaar niet jong en mooi, dacht ze, maar ik heb wel hersenen. Meer dan jullie twee bij elkaar. Nog een paar dagen en dan is deze zaak opgelost.

Vroeg in de middag was ze, aangejaagd door trots, cafeïne en suiker, terug in het Willows. Ze begon in de foyer, waar ze nog meer koffie dronk en de bezoekers observeerde. Er stonden grote leunstoelen van leer en stof. Je kon je er gemakkelijk in verschuilen voor de andere gasten om een heimelijk gesprek te voeren. Er liepen serveersters rond om je bestellingen op te nemen. Het was niet nodig om op te staan en aan de bar op je bestelling te wachten. Dit was een plek waar je moeiteloos volstrekt anoniem kon blijven.

Haar serveerster was een oudere, vrijwel dove vrouw, een karikatuur uit een verloren gewaand tijdperk, met gekromde rug. Vera schreeuwde tegen haar.

'U hebt vast wel foto's gezien van Jenny Lister, de vrouw die hier vorige week is vermoord. Kwam ze weleens in de foyer voor koffie?'

De serveerster schudde haar hoofd en liep weg, maar Vera wist niet eens zeker of ze haar wel verstaan had. Even later verscheen er een jongen. Zwarte broek, wit overhemd, zwart gilet. Een puisterig gezicht, dat nog eens extra de aandacht trok, omdat hij zenuwachtig was en bloosde.

'Doreen vertelde dat u iets wilde weten over de vermoorde vrouw.'

Vera knikte. Ze durfde niets te zeggen, omdat ze bang was in juichen uit te barsten.

'Ik geloof dat ik haar die ochtend hier gezien heb. Ik heb niets tegen de politie gezegd, omdat ik het niet zeker weet. Ik durf er namelijk geen vergif op in te nemen dat het precies die dag was.'

Vera knikte opnieuw. 'Maar je vermoedt dat het zo is.'

'Klopt,' zei hij. 'Ja. Ze kwam hier best vaak en bestelde altijd hetzelfde. Een kleine, cafeïnevrije americano, zwart. Ik maakte hem voor haar, zodra ik haar zag.' Hij werd roder, Vera kreeg de indruk dat hij een oogje op Jenny Lister had gehad, dat hij zo zijn fantasieën over de oudere vrouw had gekoesterd.

'Had ze op die dag een afspraak met iemand?' vroeg Vera. 'Dat zou je je toch nog wel herinneren? Er zou naast de gewoonlijke cafeïnevrije koffie nog iets anders zijn besteld, dat zou je vast zijn opgevallen.'

'Ja,' zei hij. 'Dat zou ik nog wel weten. Maar ik heb haar met niemand samen gezien.' Hij zweeg. Hij wilde geen risico lopen, vond het een vreselijk idee dat hij het niet bij het rechte eind zou hebben.

'Alles kan van belang zijn. Zelfs een indruk.'

'Ik had het idee dat ze op iemand zat te wachten.' De woorden kwamen er gehaast uit. Hij wilde ze uitgesproken hebben voordat hij zijn geduld zou verliezen.

'Heeft ze gezegd dat ze nog iemand verwachtte?'

'Nee. Maar elke keer dat er iemand binnenkwam, keek ze op, en ze keek ook met grote regelmaat op haar horloge.'

'Hoe laat was dat?'

'Vroeg. Voor negenen. Dat was ook ongewoon. Meestal kwam ze hier als ze had gezwommen.'

'En hoe wist je dat ze dat niet al had gedaan?'

'Haar haren waren droog. Meestal was dat aan de uiteinden nog wat nat, alsof ze niet de moeite had genomen het te föhnen. En ze rook niet naar chloor.'

'Bedankt.' Vera schonk hem haar vriendelijkste glimlach. 'Je zou een carrière bij de politie moeten overwegen. Je verdoet je tijd hier.'

Hierna vervolgde ze haar jacht. Geen Karen achter de receptie, uiteraard. Zij zat thuis en rouwde om haar zoon. Een magere jongere vrouw die ze herkende, zat op Karens plek en liet Vera zonder iets te vragen naar binnen. Ze trof Ryan Taylor in zijn kantoor.

'Je hebt vast het nieuws over Danny Shaw gehoord.'

'Uiteraard.'

'Hoe wordt er in het hotel op gereageerd? Het is ongetwijfeld het gesprek van de dag.' Vera ging op de hoek van zijn bureau zitten. Ze zag dat zijn haar rond zijn kruin al begon uit te vallen.

'Men is bang,' zei Taylor. 'De dood van mevrouw Lister was nog wel spannend. Niemand kende haar goed. Dan lijkt het net alsof je op tv naar een spannende serie kijkt, vindt u ook niet? Je geniet van de angst en spanning, omdat je weet dat het niet echt is.'

'Maar de moord op Danny was dat wel?'

'Ja. Hoewel we hem niet allemaal mochten, kenden we hem wel. Volgens mij vraagt men zich af wie de volgende zal zijn. Uiteindelijk zijn we feitelijk allemaal egoïstische klootzakken, nietwaar?'

'Is hier verder nog iets opmerkelijks gebeurd?' Er was namelijk iets aan zijn gedrag wat haar aandacht trok. Hij gedroeg zich een beetje als de jonge ober, die zich afvroeg hoeveel hij tegenover haar moest prijsgeven.

'Lisa is vanochtend niet op het werk verschenen. Ze had om acht uur moeten beginnen. Ze heeft zich ziek gemeld. Ik kan me de laatste keer dat ze ziek was niet heugen. Waarschijnlijk toeval.'

'Natuurlijk,' zei Vera. 'Vast en zeker.' Maar dit was weer iets waar ze achteraan moest. Terug naar haar auto met Lisa's adres op een papiertje. Weer een ritje oostwaarts, naar de stad.

Lisa woonde met haar mocder in een kleine sociale huurwoning van rode bakstenen in het westelijk deel van de stad. Vanuit het einde van de straat keek je langs een industrieterrein uit over de Tyne. Misschien woonde de vader er officieel ook en zat hij in de gevangenis, of misschien was hij verhuisd. Er viel hoe dan ook geen spoor van hem te ontdekken. De helft van de huizen in de straat was leeg en dichtgetimmerd, en het leek wel alsof kinderen er binnen fikkies hadden gestookt. In een aantal tuinen lag het afval metershoog opgestapeld. Maar Lisa's woning lag er keurig bij. Het kleine gazon was netjes gemaaid en langs het pad stonden potten met primula's. Binnen rook het naar meubelpoets en desinfecteermiddel, een geur die Vera direct bij binnenkomst naar de keel greep.

Een vrouw deed open. Ze was even iel als Lisa. Ooit was ze wellicht blond geweest. Inmiddels kwam de kleur uit een flesje, de laatste keer had het niet goed gepakt. Het resultaat was een vlekkerig deels hazelnoot- en deels koperkleurig kapsel. Maar wie was Vera om daar kritiek op te hebben?

'Is Lisa thuis?'

De vrouw mocht dan klein zijn, ze verdedigde haar territorium als een pitbull. Ze herkende politieagenten van een kilometer afstand.

'Ze is op haar werk.'

'Nee, daar is ze niet.' Vera liet haar vermoeidheid in haar stem doorklinken. De suiker en cafeïne waren uitgewerkt. 'Daar kom ik net vandaan. Neem me niet in de maling, daar ben ik niet voor in de stemming. Zeg haar dat Vera Stanhope er is, en laat me dan binnen zodat ik kan gaan zitten.'

Misschien waren het deze laatste woorden die het hem deden. Lisa's moeder herkende de vermoeidheid van de werkende vrouw, stapte opzij en ging Vera voor naar de nette woonkamer, die overdag alleen werd gebruikt voor bezoek. Tegelijkertijd hoorden ze voetstappen op de trap en toen stond Lisa in de kamer. Ze had alles gehoord. Ze was bleek en mager.

'Ik heb het niet gedaan,' zei ze. Ze had de woorden, die hen bereikten door de openstaande deur van de woonkamer, al uitgesproken voor ze goed en wel de laatste tree had bereikt. 'Ik heb Danny Shaw niet vermoord.'

'Maar dat heb ik ook geen moment gedacht.'

'Toen ik het op het journaal hoorde, dacht ik dat iedereen ervan uit zou gaan dat ik de dader was. Ze willen dat ik de dader ben.'

Vera wist dat ze voor niets waren gekomen. Lisa had zich ziek gemeld, omdat ze opzag tegen de vingerwijzingen van haar collega's. 'Luister,' zei ze, 'ik zal de moordenaar arresteren en dan hebben ze wel iets anders om over te praten.'

'Ga je dat doen? Weet je dan wie de dader is?'

Jezus, dacht Vera. Wat moet ik hierop zeggen? 'Over een paar dagen is alles achter de rug.' Ze hees zichzelf overeind. Lisa's moeder begon over thee, maar Vera had een soort belofte gedaan die ze moest nakomen, bovendien had ze er geen tijd voor. Op de drempel stopte ze en ze draaide zich om naar Lisa.

'Danny Shaw zat achter de diefstallen, klopt dat?'

Lisa knikte. 'Ik heb hem een keer betrapt in de personeelsruimte. Hij heeft me niet gezien.'

'Waarom heb je niets gezegd?'

Ze haalde slechts haar schouders op, maar Vera kon het antwoord wel raden. Lisa had geleerd dat het fout was om te klikken, en bovendien, wie zou haar geloofd hebben?

Vera wilde net in haar auto stappen toen haar telefoon ging. Het was Joe Ashworth, die haar meedeelde dat Connie nog altijd niet naar huis was gekomen en dat hij zich zorgen begon te maken.

30

Joe Ashworth bracht het grootste deel van zijn dag door met het zoeken naar Connie en Alice. Hij begon met een rit naar de stad voor een bezoekje aan Frank, Connies ex, die in het theater bij de Quayside aan het werk was. Voordat de kinderen er waren, had Sarah Joe een aantal keer meegesleept naar een theatervoorstelling, waar hij geheel tegen zijn verwachting in van had genoten. Het kunstzinnige publiek ten spijt, dat voor aanvang in de bar had rondgeparadeerd.

Frank zat buiten met een stel anderen te roken. Zijn huid was donker, hij was slank en beschikte over een uiterlijk waar Sarah doorgaans op viel. Toen Joe om een onderhoud verzocht, doofde hij zijn sigaret en hij troonde Joe mee naar binnen. Ze gingen op de achterste rij in het theater zitten. Op het podium werd het decor voor de eerstvolgende voorstelling opgebouwd, af en toe kwam er iemand een decorstuk afleveren, maar verder sloeg geen van de werklui acht op de twee mannen in de zaal.

'Ze heeft dus niets van zich laten horen?' Ashworth slaagde er niet in de gedachten van de man naast hem te peilen. Hij leek door iets in beslag te worden genomen, en Ashworth vroeg zich af of hij zich niet meer zorgen maakte over de komende voorstelling dan over zijn ex-vrouw en kind. Zijn aandacht was hoe dan ook gericht op het podium.

'De laatste keer dat ik haar sprak was toen ik haar belde om haar over de dood van Jenny Lister te informeren. Alice zou dit weekeinde bij mij en Mel logeren.'

'En u hebt geen idee waar ze zou kunnen zijn?' Het schoot Ashworth door zijn hoofd dat hij zich heel wat meer zorgen zou maken dan Frank nu uitstraalde, mochten zijn vrouw en kinderen zijn verdwenen.

'Ze is toch nog maar een paar uur van huis weg? Ze kan overal zijn. Winkelen. Koffiedrinken met een vriendin.'

Toen realiseerde Ashworth zich dat hij inderdaad degene was die raar deed. Dat was nu eenmaal zo. Hij overdreef. 'Zou u me Connies mobiele nummer willen geven? Dat heeft ze ons niet gegeven.'

Frank draaide zich naar hem toe en staarde hem aan. Ashworth werd ongemakkelijk van zijn blik, die hem het gevoel gaf alsof hij hem een oneerbaar voorstel aangaande Connie had gedaan. Wellicht was het nuttig te benadrukken dat dit een puur zakelijke aangelegenheid betrof, maar dat zou de situatie alleen maar gênanter maken. Hij zou hem het gevoel kunnen geven dat hij te veel tegenstribbelt. Frank pende een nummer in een hoek van een blaadje en scheurde dat uit zijn notitieblok. 'De pers heeft haar leven vergald,' zei hij. 'En nu begint het mediacircus opnieuw. U kunt het haar niet kwalijk nemen dat ze er een tijdje tussenuit wil.'

'Kunt u me ook de namen en de nummers geven van de personen bij wie ze terecht zou kunnen?' zei Ashworth. 'Ze moet voor ons een getuige identificeren. Mocht ze contact met u opnemen, druk haar dan op het hart dat we discreet te werk zullen gaan.'

'Jaja, dat zal wel.' Frank had duidelijk geen hoge pet op van de discretie binnen het politiekorps. 'Net als de laatste keer, toen jullie haar voor de leeuwen gegooid hebben en geen vinger hebben uitgestoken om haar in bescherming te nemen.'

Gedurende de rest van de dag probeerde Joe op elk vrij moment dat zich voordeed, Connie te bereiken. Zowel op de vaste lijn bij haar thuis als op haar mobieltje. Na een paar pogingen wist hij dat hij er verder geen tijd meer aan zou moeten besteden, maar hij bleef het niettemin zo vaak proberen dat het bijna verdacht werd. Haar mobieltje stond uit, of de batterij was leeg. De eerste paar keren sprak hij een boodschap in. Daarna geloofde hij dat wel. Hij wilde niet dat ze het gevoel kreeg dat ook hij haar opjoeg. Op de vaste lijn was er geen mogelijkheid iets in te spreken. Hij liet de telefoon steeds tien seconden overgaan, voordat hij de verbinding verbrak.

Na het gesprek met Frank liet hij Newcastle achter zich en reed landinwaarts. Het leek hem verstandig in de buurt te blijven van Barnard Bridge, gezien het feit dat Vera het gehele district aan het doorjakkeren was, aangejaagd door haar voorgevoel en haar eeuwige behoefte in beweging te blijven. Zijn voorgevoel zei hem dat het antwoord op beide moorden zich hier bevond, te midden van het weelderige groen van de Tyne-vallei.

Karen Shaw mocht weer naar haar eigen huis. Joe trof haar daar aan in het gezelschap van haar echtgenoot. Ze hadden hem begroet met een vriendelijkheid waar hij niet op had gerekend. Het leek wel alsof ze hem beschouwden als een soort medium of tovenaar, die in staat was contact te onderhouden met hun overleden zoon. Of misschien lag het wel eenvoudiger. De komst van de jonge rechercheur betekende afleiding. Ze hadden zichzelf en elkaar al genoeg de schuld gegeven van de dood van hun jongen, en dit bood een gelegenheid weer eens met iemand anders te praten. Ze gingen gebukt onder hetzelfde schuldgevoel dat alle overlevenden hebben. Hij luisterde naar hun ontboezemingen, in de wetenschap dat hij niets kon doen om hen zich beter te laten voelen.

'Een paar dagen geleden wilde hij terug naar Bristol,' zei Karen, wier woorden als tranen uit haar mond rolden. 'Zijn vriendin was al vooruitgereisd. Ze zit op de theaterschool en ze waren bezig met een film. Ze had hem gevraagd een rolletje te spelen, een kleintje maar. Haar familie is rijk en zij hoeft haar vakanties niet werkend door te brengen. Ze zijn met Pasen gaan skiën in Colorado; ze hadden hem ook uitgenodigd, en als hij ergens geld vandaan had kunnen halen, had hij ook mee gekund. Een paar jaar geleden zou het voor ons geen probleem zijn geweest het voor hem te betalen. Maar inmiddels is dat niet meer mogelijk.'

Ze zweeg om naar adem te happen en Joe probeerde haar weer mee te nemen naar haar eerste zin. 'Dat was de enige reden dat hij voor het begin van het nieuwe trimester weer terug wilde zijn? De film, bedoel ik. De dood van Jenny Lister greep hem niet aan?'

'Nee.' Ze keek hem aan. Hij had haar nog niet eerder zonder make-up gezien. 'Hoezo?'

'Nou ja, hij kende haar toch, of niet soms?' Joe schonk haar een korte, aanmoedigende glimlach. 'Hij heeft haar in elk geval een keer ontmoet. Hij heeft een tijdje gescharreld met haar dochter, Hannah.'

'Hannah. Haar herinner ik me nog wel. Leuke meid. Ik heb nooit haar achternaam geweten, nooit het verband gelegd. Jij weet toch ook over wie ik het heb, Derek? Die kleine met dat rode haar. Hij is een tijdje helemaal smoor op haar geweest. Zijn eerste echte liefde.' Ze steunde smartelijk, wellicht omdat ze het persoonlijk betreurde dat er geen laatste liefde, geen huwelijk, geen kleinkind meer zou komen.

Derek knikte, hoewel Joe er wat onder durfde te verwedden dat hij zich Hannah Lister totaal niet meer voor de geest kon halen. Hij voelde weinig behoefte een wig te drijven in de gezamenlijke herinnering aan het opvoeden van hun enige zoon.

'Waarom is Danny uiteindelijk gebleven?' vroeg Joe. 'Waarom is hij toch niet naar Bristol afgereisd om in de film mee te spelen?'

‘Dat had ook iets met geld te maken, was het niet, Derek? Het zou hem een week salaris hebben gekost als hij zijn termijn niet had uitgediend. En ik heb tegen hem gezegd dat hij hen niet kon laten zitten. Ik heb hem dat baantje bezorgd en ik zou erop worden aangekeken als hij ineens zou opstappen.’ Haar schuldbekentenis. ‘Als ik me niet zo druk had gemaakt over wat iedereen in het Willows van me vindt, had hij nog geleefd.’

Het echtpaar bleef elkaar aanstaren.

‘Het is evengoed mijn schuld.’ De echtgenoot was vastbesloten zijn deel van het leed op zich te nemen. ‘Ik heb hem gezegd dat hij nu financieel op eigen benen moest leren staan. We hebben hem in zijn jeugd verwend, brigadier. Onze enige zoon. Geld speelde geen rol. Hij kreeg wat zijn hartje begeerde. Hij had moeite te accepteren dat hier eens een einde aan moest komen. Zeker toen hij op de universiteit in contact kwam met al die rijkeluiskinderen uit het zuiden. Ik merkte dat hij het me kwalijk nam. Hij verveelde zich te pletter met dat baantje in de sportschool. Soms zag ik hem naar me kijken en dan wist ik dat hij vond dat ik hem had laten stikken.’

‘Is dat de reden dat hij begon te stelen?’ Daar was Joe inmiddels volledig van op de hoogte. Zodra Vera de deur van Lisa’s huis achter zich had dichtgetrokken, had ze hem gebeld. Probeer de ouders uit te horen over wat daar gebeurd kan zijn. Heeft Jenny Lister hem betrapt tijdens het stelen? ‘Want het ging niet om het geld, of wel soms? Het heeft hem amper meer dan een paar biertjes op de sociëteit opgeleverd. Deed hij het uit verveling?’

Beide ouders wendden zich tot Ashworth. Ze keken furieus. Derek doorbrak de ijzige stilte. ‘Het is niet eerlijk de jongen te beschuldigen. Hij is dood. Hij kan zich niet meer verweren.’

‘Als jullie willen dat wij zijn moordenaar opsporen,’ zei Ashworth, ‘lijkt het me verstandig dat jullie me helpen. We hebben een getuige die hem iets uit de personeelskamer heeft zien ontvreemden. Wist hij dat hij door iemand is gezien?’

Opnieuw een stilte.

‘Jullie lijken niet erg verbaasd te zijn,’ zei Joe vriendelijk. ‘Als het niet relevant blijkt, zal het feit dat hij stal niet openbaar worden gemaakt. De getuige zal het niet aan de grote klok hangen. Maar jullie moeten het me zeggen als jullie meer weten.’

‘Ik wist het niet,’ zei Karen.

‘Maar u had wel een vermoeden?’

‘De ene ochtend klaagde hij dat hij blut was, en plots vond hij een tientje in zijn zak en zat hij voor aanvang van zijn dienst in het hotel aan de koffie. Ik had daar mijn bedenkingen over.'

'Dat moet vreselijk zijn geweest,' zei Joe. Hij probeerde zich voor te stellen wat er door hem heen zou gaan als hij te horen kreeg dat een van zijn kinderen een dief was. 'Dat heeft ongetwijfeld aan u geknaagd. Hebt u er op uw werk met iemand over gesproken?'

'Nee zeg!' De gedachte vervulde haar met afschuw. 'Hij wilde advocaat worden. Als iemand erachter zou komen, bestond de kans dat hij zijn hele leven zou vergooien in ruil voor een kop koffie. Het zou nog maar een paar dagen duren, voordat hij weer in Bristol zat en we het voorval konden vergeten.'

Het schoot Joe te binnen dat deze vrouw haar hele leven haar best had gedaan haar zoon te beschermen en zo een monster had geschapen. Was ze in staat tot moord om hem te beschermen? Misschien, maar het was ondenkbaar dat zij in de tuin achter de jongen had gestaan en hem had gewurgd. Hij was, zoals hij nu merkte, haar oogappel geweest.

'Hebt u er met Danny over gesproken?'

Deze keer aarzelde ze. 'Nee. Ik weet dat ik dat had moeten doen. Maar ik wilde niet de laatste paar dagen van zijn vakantie verpesten. Ik wilde dat we weer gelukkig zouden zijn, zoals vroeger. Ik heb het idee van me afgezet. Ik heb mezelf wijsgemaakt dat Danny zoiets nooit zou doen.'

Ashworth richtte zich tot haar echtgenoot. 'Had u hier enig benul van, meneer Shaw?'

De man schudde zijn hoofd, ogenschijnlijk overdonderd door de gebeurtenissen voorafgaand aan het overlijden van zijn zoon.

'Waar was Danny op de ochtend dat mevrouw Lister overleed?' Ashworth bleef beheerst. Geen spoor van een beschuldigende toon. 'Ik weet dat zijn dienst in het Willows pas laat in de middag begon, maar kan het zijn dat hij die ochtend in het hotel was?' Geen antwoord. 'Mevrouw Shaw?'

Ze zweeg langdurig, maar deze keer drong hij niet verder aan. 'Hij is de avond ervoor niet thuisgekomen,' zei ze uiteindelijk. 'Derek haalde hem vaak op als hij klaar was met zijn avonddienst. Er rijden 's avonds geen bussen en hij beschikte niet over een eigen auto.' Nog een reden voor de jongen om zich te beklagen. 'Maar soms bleef hij in het hotel. Hij mocht dan een van de kamers voor het personeel gebruiken. Als hij moe was van een dienst, of als hij nog wat wilde drinken met een van de meisjes die daar werkten.' Ze keek op. 'Meestal bleef hij vanwege de meisjes. Ze vielen allemaal als een blok voor hem.'

'Dat was ook het geval op de avond voorafgaand aan de moord op mevrouw Lister?'

Ze knikte. 'Derek wilde hem gaan halen, maar toen belde Danny dat het niet nodig was. Hij zou in het hotel blijven.'

'Hebt u hem de volgende dag gezien? Op de dag van de moord?'

'Nee,' zei ze. 'Hij was er niet toen ik begon met werken. Ik dacht dat hij de eerste bus naar huis had genomen en dat we elkaar daarom waren misgelopen.' Ze keek Ashworth woedend aan. 'Hij was waarschijnlijk niet eens in het hotel op het moment dat de vrouw overleed.'

'Dat hebt u hem niet gevraagd? Later, nadat het lichaam van de vrouw was gevonden, hebt u hem niet gevraagd of hij in het hotel was toen het gebeurde?'

'Nee!' zei ze. 'Hoe had ik dat kunnen doen? Dat zou erop neerkomen dat ik hem van moord beschuldigde!'

Na haar uitbarsting daalde de stilte weer neer. In de tuin balanceerde een eekhoorntje op een tak van een van de grote bomen die langs de weg stonden. Een klok in een andere kamer sloeg het halve uur. De tijd stond niet stil en Connie en Alice waren nog altijd niet terecht. Ashworth merkte dat hij was afgeleid, dat hij zijn aandacht niet meer bij de ondervraging had.

'Greenhough,' zei hij. 'Het landgoed hier dichtbij. Grond waar zo de spade in kan, lijkt me. Hebt u daar nooit werk van gemaakt, meneer Shaw?'

Shaw keek hem aan alsof hij gek geworden was. 'Wat heeft dat hiermee te maken?'

'Waarschijnlijk niets.' Weer een van Vera's hersenspinsels. 'Maar geeft u toch maar antwoord op de vraag, wilt u?'

'Ik heb het ooit bijna gekocht,' zei Shaw. 'Christopher Eliot leek bereid een deal te sluiten. Maar uiteindelijk wilde de rest van de familie er niets van weten.' Hij staarde uit het raam. 'Als dat doorgegaan was, was ons kostje gekocht. Vijftig luxe woningen. Dan had Danny alles kunnen krijgen wat hij maar had gewild.'

'Ik zou Danny's kamer graag willen zien,' zei Ashworth. 'Als dat mag.'

'De politie is daar al geweest,' zei Karen nijdig. 'Ze hebben urenlang door zijn spullen gesnuffeld. Dat zou hij vreselijk hebben gevonden. Ik mocht er al nooit naar binnen, zelfs niet om zijn bed te verschonen.'

'Ik begrijp het. Ik zal nergens aankomen.'

Toen ze opstond, volgde hij haar en rekende erop naar boven geleid te worden. In plaats daarvan liepen ze een gang door naar een uitbouw op de begane grond. Danny had de beschikking gehad over een vrijwel geheel zelfstandig appartement, met een eigen douche en een eigen deur naar buiten.

'We hebben dit laten bouwen toen hij dertien was,' zei Karen. 'Toen we nog geld hadden. Idee van Derek. Een ruimte waar hij met zijn vrienden rond kon hangen zonder dat wij er last van hadden.'

Verwend nest, dacht Joe. De meeste kinderen zouden alles overhebben voor een ruimte als deze, en nog was meneer niet tevreden.

Het was een lang, laag vertrek. Het ademde de sfeer van een behoorlijk grote studentenkamer. Op de grond lag naast een stapel cd's een gitaar. Er stond een tv en een computer. Aan één kant een aanrecht met een waterkoker, een magnetron en een kleine koelkast. Zelf in elkaar gezette boekenkasten. De posters aan de muren moesten nog stammen uit de middelbareschooltijd. Rockmuzikanten en vage afbeeldingen die Joe helemaal niets zeiden. Aan een muur hing een enorme collage van lappen stof en stukjes glimmend papier in felle kleuren, even boeiend als levendig. Aanvankelijk leek het niets voor te stellen, maar toen Joe ernaar bleef kijken, ontdekte hij een enorm, glimlachend gezicht.

'Dat heeft Hannah gemaakt,' zei ze. 'Voor een tentamen. Toen Danny zei dat hij het wel mooi vond, heeft ze het hem voor zijn verjaardag gegeven.' Een stilte. 'Ik denk weleens dat de dingen anders zouden zijn gelopen, als hij bij Hannah was gebleven. Dat was het moment dat we hem kwijtraakten: het moment dat zij hem de bons gaf. Het was alsof hij ons toen ook de rug toekeerde.'

'Maar hij had in Bristol toch een nieuwe vriendin?' Joe wilde er graag van overtuigd raken dat Danny het op de universiteit naar zijn zin had gehad.

'Jazeker.' Karen liep door de kamer en pakte willekeurig dingen op. 'En een leuke ook. Maar ze was eerder een soort trofee. Weer iets wat hij kon bezitten. Dat is hem met Hannah nooit gelukt.'

31

In de auto voor de deur van het huis van de Shaws probeerde Joe Ashworth zich voor te stellen hoe het de laatste paar jaar moet zijn geweest om daar te wonen. Derek, de sterke man die huizen bouwde, geld verdiende en goed voor zijn gezin zorgde en zichzelf van de ene op de andere dag als een mislukkeling beschouwde. Het moeten leven met voorgoed vervlogen dromen. De vrouw die afstand moest doen van haar luizenleventje en een baantje had moeten nemen dat ze verachtte. Nam ze Derek iets kwalijk? Had haar haat, tot haar eigen ontsteltenis, een bom gelegd onder haar huwelijk? Haar aangespoord een verhouding te beginnen? Daar zou Ashworth niet van hebben opgekeken. En dan was er nog de jongen, slim en charmant, gewend om zijn zin te krijgen, die eerst aan de dijk gezet wordt door Hannah en daarna ontdekt dat het fortuin van zijn ouders is verdampt. Ashworth baalde ervan dat Vera niet bij de ondervraging was geweest. Zij zou doorgegaan zijn op de implicaties van de situatie. Zij zou er meer conclusies aan hebben weten te verbinden.

Hij startte de auto en reed door de vallei in de richting van Barnard Bridge. Connies Nissan stond nog altijd niet bij haar boerderij, maar hij parkeerde er toch, klopte aan en gluurde door het raam. De post stak uit de brievenbus. Hij duwde die er verder doorheen. In de tuin werkte hij de lijst namen af die Frank hem had gegeven, een voor een belde hij Connies vrienden. Dat kostte hem weinig tijd, aangezien het maar drie personen betrof, allen vrouwen, die Connie geen van allen onlangs nog gezien hadden. 'Sinds ze naar het westen is verhuisd, is ons contact verwaterd,' luidde de verklaring van een van hen, en de andere twee antwoordden min of meer hetzelfde. Ze voelden zich ongemakkelijk vanwege het feit dat ze geen betere vriendinnen waren geweest. Joe realiseerde zich opnieuw hoe eenzaam Connie was; te trots om het contact te onderhouden met de mensen uit haar oude leven, genegeerd door de vrouwen uit het nieuwe. Hij probeerde Connie maar weer eens mobiel te bereiken, maar het toestel sprong direct op de voicemail.

Impulsief stak hij de straat over en hij liep over de oprit naar het huis van de Eliots. Vroeger zou hij zenuwachtig zijn geweest. Hij vond het maar niks als hij voor zijn werk zijn opwachting moest maken bij chique huizen, hij had zich altijd meer op zijn gemak gevoeld in de sociale huurwoningen en de kleine arbeiderswoninkjes. Maar Vera had haar invloed doen gelden: ze zijn geen haar beter dan jij. Laat je niet van de wijs brengen door geld. Het wil niet zeggen dat ze slimmer zijn dan jij en al helemaal niet dat het betere mensen zouden zijn.

Veronica Eliot deed open. Ze nodigde hem niet uit binnen te komen, waardoor hij zich net zo welkom voelde als een colporteur. De Shaws hadden hem in elk geval fatsoenlijk ontvangen.

'Ik was benieuwd of u me zou kunnen vertellen waar Connie Masters is,' vroeg hij.

'En waarom zou ik dat weten?'

'U was gisteren bij haar thuis op het moment dat de tas van Jenny Lister werd gevonden. Voor de gezelligheid. Ze heeft het niet makkelijk op dit moment. Ik dacht dat ze u wellicht deelgenoot had gemaakt van haar voornemen om de pers te ontvluchten.'

'Volgens mij hebben de journalisten haar nog niet weten op te sporen.' Veronica leek iets te ontdooien. Had ze erop gerekend dat zij de reden van zijn komst zou zijn geweest? 'Ze heeft tegenover mij niets gezegd over weggaan.'

'Is er een plek in het dorp waar ze naartoe kan zijn gegaan?'

Veronica leek hierover na te denken, maar hij kon zien dat ze die mogelijkheid van de hand wees. 'Ze heeft hier geen goede vrienden. Dat lijkt me hoogstonwaarschijnlijk.'

Joe bleef, wellicht ingegeven door haar nonchalance, op haar stoep staan. Vera had hem geleerd eigenwijs te zijn en zich niet door de verwaande middenklasse te laten intimideren. 'Het moet niet makkelijk voor u zijn geweest,' zei hij, 'om in dat boerderijtje een ander kind te zien.'

Ze keek hem misprijzend aan. Al had hij tijdens een van haar chique dinertjes een wind gelaten, dan nog had hij niet zo'n dodelijke blik van haar gekregen.

'Ik weet niet waaraan u het recht meent te ontlenen om in het tragische verleden van ons gezin te mogen wroeten.'

Hij negeerde de opmerking en ging door, alsof hij hardop aan het denken was en hij geen antwoord verwachtte. 'Er moet vast en zeker een onderzoek zijn geweest. Bij zo'n plotseling sterfgeval wordt altijd de politie gewaarschuwd. Ik neem aan dat ook de hulpverlening is ingeschakeld. Er is vast veel over gepraat. Dat zal niet makkelijk zijn geweest.'

Veronica verloor haar zelfbeheersing. Haar verweer kwam geheel onverwacht en bezorgde hem een schuldgevoel. Haar gezicht kleurde rood en ze ging zodanig tegen hem tekeer dat de woorden hem deden terugdeinzen. 'Denkt u echt dat ik me daarmee bezighield? Ik was mijn zoon net kwijt. Denkt u dat het me iets kon schelen wat de rest van het dorp daarvan vond?'

'Het spijt me.'

'En ik was niet de enige. Christopher was zijn jongen kwijt. Ik wist dat ik het na hem niet meer zou kunnen opbrengen om nog een kind te krijgen. Simon had geen broertje meer. Hebt u enig idee wat dat met ons gedaan heeft?'

'Het spijt me,' zei Ashworth opnieuw.

Het was alsof hij niets gezegd had. 'We hebben Simon nooit verantwoordelijk gehouden voor wat er die dag gebeurd is. Nooit. Hij was nog maar een kind. Maar hij was wel oud genoeg om het zich te kunnen herinneren. Hij weet dat hij niet van me weg had moeten rennen. Hij denkt dat het zijn schuld is. Zijn hele leven draagt hij die wetenschap al met zich mee. Denkt u dat zoiets overschaduwd wordt door een paar roddels?'

'Nee,' zei Ashworth. Hij moest moeite doen om zijn handen niet op te heffen om zich tegen haar harde woorden te beschermen. 'Nee, natuurlijk niet.'

De uitbarsting was even snel voorbij als die was opgekomen. Veronica werd weer afstandelijk, kil. 'Om antwoord te geven op uw vraag, brigadier, natuurlijk was het zwaar om een kind te zien spelen op de plek waar Patrick is overleden. Het riep gemengde gevoelens bij me op. Wellicht werd mijn reactie naar Connie gekleurd door mijn ervaring. Ik ben niet vriendelijk tegen haar geweest. Maar ik heb niets te maken met haar verdwijning. Ik heb geen idee waar ze is.'

Ze stond op het punt zich om te draaien en de deur dicht te doen, maar Ashworth riep haar terug.

'Is het mogelijk om even met Hannah te praten?'

'Hannah is hier niet. Ze is vlak na uw bezoek van vanmorgen samen met Simon vertrokken. Ik ga ervan uit dat ze bij haar thuis zitten, al hebben ze me niet verteld waar ze heen gingen.' Eenzaam en statig bleef ze op de drempel staan en ze keek de brigadier na, terwijl hij wegliep.

Hij trof het meisje aan in de tuin van het kleine huis waar ze samen met haar moeder had gewoond. Toen hij had aangebeld, had er niemand opengedaan en net op het moment dat hij het wilde opgeven, had Hilda naar hem gezwaaid door het raam van de woonkamer en hem gewezen op de ingang tussen de twee woningen.

Hannah was alleen. Haar rode haar zat slordig samengebonden in een staart, ze droeg rubberlaarzen, een grote gebreide trui met een rafelig ribpatroon en gaten op de ellebogen. Ze was het kleine moestuintje aan het omspitten. Toen ze hem zag, stopte ze en leunde op de steel. Ze was rood en buiten adem.

'Mama plantte in de paasvakantie altijd een paar aardappelen. En tuinbonen. Ik wil het niet laten versloffen.'

'Je stort je erop als een hond op zijn bot.' Een van de spreekwoorden die zijn opa altijd gebruikte. 'Je put jezelf uit op die manier.'

'Dat hoop ik.' Ze glimlachte naar hem. 'Het zou fijn zijn een keer zonder pil in slaap te vallen. Ik ben hartstikke duf als ik opsta.'

'Is Simon er niet?'

'Hij is met mama's auto naar de supermarkt in Hexham. Omdat ik er niet tegen kan – de supermarkt noch de auto – ben ik maar hier gebleven. We moeten toch eten, en ik heb geen zin om dat elke dag in het witte huis te doen.' Gedachteloos bukte ze om een pluk gras uit de grond te trekken, gooide het in de kruiwagen en kwam weer overeind. 'Bent u er al achter wie mijn moeder heeft vermoord?'

Hij schudde zijn hoofd. 'Kun je het aan om een paar vragen te beantwoorden?'

'Als u het niet erg vindt om dat hier te doen. Ik voel me buiten beter.' En hij kreeg de indruk dat ze zich inderdaad veel beter voelde en dat ze genoot van de lentezon. Ze had weer wat kleur op haar gezicht en was niet meer versuft door de medicatie.

'Heeft je moeder de laatste tijd iets gezegd over verdachte dingen in de sportschool? We hebben het vermoeden dat een personeelslid stal van de bezoekers en collega's. Dat kan verband houden met het motief.' Hij begon met iets onpersoonlijks, iets wat niet te dicht bij haar kwam.

'Nee. Niet dat ik weet. Maar dat wil niet zeggen dat ze niets gezien heeft. We hadden het allebei druk. Ze kwam vaak pas laat thuis uit haar werk, dan was ik meestal al weg met Siem of ik zat in mijn kamer te repeteren. We waren hecht, maar veel tijd om te praten was er niet.'

'Ik wil het nog eens met je hebben over Danny Shaw.' Joe aarzelde. Dit onderwerp lag gevoeliger, maar hij wilde het niettemin aansnijden zolang hij nog alleen met Hannah was. 'Er hangt een collage bij hem aan de muur. Volgens zijn moeder heb jij hem die gegeven. Ik krijg de indruk dat er tussen jullie meer gaande was dan alleen het feit dat jullie samen een paar keer uit zijn geweest. Karen beweert dat jij zijn eerste echte liefde was en dat hij de breuk met jou nooit helemaal te boven is gekomen.'

Ze hurkte opnieuw om wat onkruid uit de grond te trekken en ze vermeed oogcontact.

'Ik dacht een tijdje dat ik verliefd was op hem. Die collage heb ik hem gegeven toen ik nog gek op hem was.'

'Wat is er misgegaan?'

'Niets, eigenlijk. Toen ik Simon leerde kennen, kwam ik er vrij snel achter dat Danny eigenlijk een eikel was.'

'Dus je hebt Danny ingewisseld voor Simon? Dat is niet de indruk die je gisteren wekte.'

'Is dat zo?' Ze glimlachte. 'Ik weet het niet. Als je er middenin zit, lijkt het allemaal ontzettend belangrijk, maar als het eenmaal achter de rug is, doet het er nauwelijks meer toe. We wonen in een klein dorp. Er zijn hier weinig mensen van onze leeftijd. Rond je zeventiende ben je waarschijnlijk wel een keer met alle beschikbare jongens op stap geweest. Het is net als in een van die Schotse liedjes. Wissel van partner, zodra de muziek ophoudt. Uiteindelijk zijn we allemaal goede vrienden van elkaar.'

Joe meende dat dat wel kon kloppen. Voor hem had hetzelfde gegolden. Voordat hij iets met zijn vrouw kreeg, had hij het aangelegd met een aantal van haar vriendinnen; een van hen had vorige week nog samen met haar echtgenoot bij hen gegeten. De passie van de tienerjaren was snel verdwenen.

Hij stond op het punt te vragen of Hannah met Danny naar bed was geweest, of ze daar ook aan toe waren gekomen, maar hij zag er toch vanaf. Zijn aarzeling werd eerder ingegeven door het feit dat ze zijn vraag belachelijk zou vinden dan door zijn angst om te nieuwsgierig over te komen.

'Was Danny boos? Gisteren zei je dat hij je nog gemaild en gebeld heeft, nadat je met hem had gebroken. Heeft hij je lastiggevallen?'

Ze haalde haar schouders op. 'Neuh. Hij was er vrij snel weer overheen. Hij heeft zijn nieuwe vriendin al in de introductieweek leren kennen, dus met dat gebroken hart viel het volgens mij wel mee.'

Ze reed de kruiwagen naar het einde van de tuin en kiepte de inhoud op de composthoop. 'Is dat alles wat u wilde weten? Ik vrees dat ik u niet echt verder heb kunnen helpen.'

'Heeft Simon het ooit met je over Patrick gehad?' Joe was niet van plan geweest haar uit te horen over de dode broer, maar volgens hem was het belangrijk: het kind dat was verdronken en de uitwerking die dit op de volwassen Simon had gehad.

'Natuurlijk.' Bij het wegvegen van een lok uit haar gezicht bleef een modderspoor achter. 'We bespreken alles met elkaar.'

'Wat had hij erover te zeggen?'

'Patrick was een soort geest in hun gezinsleven. Er is niet één herinnering aan hem bewaard gebleven. Veronica heeft al zijn speelgoed en al zijn kleding weggegooid, en na het ongeluk is zijn naam nauwelijks nog gevallen. Simon zei weleens dat hij af en toe het gevoel had dat Patrick nooit had bestaan en dat het voorval zich uitsluitend in zijn hoofd had afgespeeld.'

'Werkte je moeder toen al in de hulpverlening?' Ashworth had het vermoeden dat hij een verband op het spoor was, een verklaring.

'Ik denk het wel.' Hannah keek plots naar hem op. 'Denkt u dat ze na het ongeluk met de Eliots heeft gewerkt? Ik neem aan dat ze daar rond die tijd voor gekwalificeerd was en we woonden hier al.'

'Ik heb ook aan die mogelijkheid gedacht,' zei Joe. 'Maar dat zou wel erg toevallig zijn. Je moeder zou zich een zaak die zich zo dicht bij haar huis heeft afgespeeld, zeker herinneren. Ze zou er ongetwijfeld over gepraat hebben.'

'O, dat denk ik niet.' Hannah klonk redelijk vastberaden. 'Ze had iets met discretie. Ze zei altijd dat het werk op kantoor moest achterblijven, waar het hoorde.' Ze zette de lege kruiwagen rechtop tegen de muur. 'Ik ben hier nu wel klaar mee. Kan ik u een kopje thee aanbieden?'

'Voelt Simon zich verantwoordelijk voor de dood van zijn broer?'

Ze was al onderweg geweest naar de achterdeur, maar zijn vraag deed haar pas op de plaats maken.

'Natuurlijk.' Ze trok het elastiek uit haar haar en schudde het los. 'Het heeft hem gemaakt tot wie hij is.'

32

Vera wilde Michael Morgen spreken. Ze had hun laatste ontmoeting, toen ze zijn appartement waren binnengestormd, behoorlijk verknald, al zou ze dat tegenover Joe Ashworth nooit toegeven. Er was iets in het gedrag van de man – zijn lichaamsbeheersing, zijn superieure uitstraling – dat haar op de zenuwen had gewerkt en waardoor ze haar zelfbeheersing had verloren. Hij was van de psychologische spelletjes. Daar verdiende hij zijn geld mee. Hij was afhankelijk van de goedgelovigheid van zijn cliënten. Deze keer zou ze rustig blijven. Ze zou hem klemzetten met feiten.

Ze trof Joe in het café in Tynemouth waar ze met Freya waren geweest. Hij zat al op haar te wachten en noteerde het een en ander in zijn agenda en keek erbij als een scholier die een moeilijke opgave moest maken. Vera bestelde koffie met een punt chocoladetaart. Ze had sinds het ontbijt in Barnard Bridge niets meer gegeten.

'Hoe ging het bij de Shaws?'

'Danny was ten tijde van de moord op Jenny Lister in het Willows.'

'Is dat zo?' Vera wist niet of dit goed nieuws was of dat dit het onderzoek alleen maar nodeloos ingewikkeld maakte. 'Dus zelfs als hij nergens iets mee te maken heeft, kan hij ergens getuige van zijn geweest.'

'Ik heb bij Shaw geïnformeerd naar Greenhough.'

'En?' Vera keek abrupt op van haar taart. Er was nog altijd iets aan die plek wat haar dwarszat.

'Christopher Eliot had het bijna verkocht, maar de deal is uiteindelijk afgeketst. Ik heb de indruk dat Veronica dwars is gaan liggen.'

'Ik vraag me af waarom ze er zo aan gehecht is. Een verwilderde tuin met een paar beelden. Een botenhuis. Het zou nog enigszins te begrijpen zijn als Patrick daar en niet in Barnard Bridge was overleden.' Vera had in de gaten dat ze feitelijk in zichzelf sprak en ze richtte zich tot Ashworth. 'Nog steeds geen nieuws over Connie?' Ze wist dat de vermissing van de vrouw hem bezighield.

'Ik heb een opsporingsbericht voor de auto doen uitgaan. Als ze vanavond nog niet terecht is, vind ik dat we de pers moeten inschakelen. Als ze alleen maar ergens op adem wilde komen, had ze ons wel gezegd waar ze te vinden zou zijn. Ze is niet dom.'

'Je begrijpt hopelijk,' zei Vera, 'dat haar verdwijning door sommigen geïnterpreteerd zal worden als het bewijs dat ze schuldig is. Als je naar de pers stapt, zal ze worden afgeschilderd als die vreselijke heks die verantwoordelijk is voor de dood van Elias Jones én als meervoudig moordenaar. Haar foto zal overal op tv en in de kranten circuleren. Precies wat ze nodig heeft, zo vlak voor het moment dat het meisje naar school gaat. Niet dus.'

'Denk je dat zij een moordenaar is?'

'Nee.' Vera had net de laatste hap taart in haar mond gepropt, de rondsproeiende kruimels begeleidden elk woord dat ze sprak. 'Volgens mij is ze bang. En niet alleen voor de pers. Iemand heeft haar gewaarschuwd dat ze maar beter kon verdwijnen.'

'Het kan zelfs nog heel wat onheilspellender zijn.'

'Denk je dat iemand haar heeft vermoord om haar het zwijgen op te leggen?' Vera likte aan haar vingers om de kruimels van het bord en de tafel te kunnen oppikken. 'Zou kunnen. Maar als ze dood is, kunnen we niets meer voor haar doen. Dan heeft het ook geen zin meer om naar de pers te stappen.' Ze zweeg. 'Waar is ze van op de hoogte dat voor haar zo belangrijk is dat ze niet met ons wil praten?'

'Het zou kunnen dat ze die kerel die op de middag van Jenny's dood bij haar langs is gekomen, herkent. We zouden vanochtend bij haar langsgaan met foto's van alle mannelijke verdachten.'

'Ja,' zei Vera. 'Zou kunnen. Maar als hij zijn bezoek aan de Eliots onder de pet had willen houden, zou hij niet aan een wildvreemde de weg hebben gevraagd. Datzelfde gaat op als hij Jenny's tas heeft weggegooid.' Ze dacht dat het waarschijnlijk een colporteur betrof. Connie zou Morgan toch zeker wel herkennen als hij bij haar op de stoep zou staan. Ondenkbaar dat ze hem voor de thee zou hebben uitgenodigd. Aan de andere kant had Vera hem zelf niet eens herkend dankzij zijn nieuwe kapsel.

'Is er iets in de Elias Jones-zaak wat haar op de vlucht heeft doen slaan?' Het was duidelijk dat Joe dit onderwerp niet snel zou laten rusten.

'Dan zijn we weer terug bij Michael Morgan, denk je niet? Als we Connie buiten beschouwing laten, is hij de enige betrokkene die hem om het leven gebracht zou kunnen hebben. Mattie Jones lag in het ziekenhuis. Laten we ons vizier voorlopig op hem richten. Daarna gaan we wel terug naar Barnard Bridge. Daar zullen we rond bedtijd van het meisje wel aankomen. Als ze dan nog niet terug zijn, wordt het tijd om ons echt zorgen te gaan maken.'

Ze keek naar Ashworth in de wetenschap dat ze wellicht wat bot was overgekomen. Hij kon gevoelig zijn, zeker waar het vrouwen en kinderen betrof. Maar hij knikte ten teken dat hij het met haar eens was.

'Dus,' zei ze. 'Morgan. Ik vraag me af of we hem niet naar het bureau moeten brengen.'

'Hebben we voldoende bewijs om dat te rechtvaardigen?'

'Ik heb het niet over een arrestatie,' grijnsde ze. 'Een vriendelijk verzoek, meer niet. Hij is een gewaardeerd lid van de gemeenschap. Ik ben ervan overtuigd dat hij meer dan bereid is om ons te helpen. Hij zal zich op ons terrein vast minder goed thuis voelen. Wat denk je ervan?' Dergelijke vragen waren meestal retorisch bedoeld, maar dit keer was Vera benieuwd naar Ashworths mening.

'Ik weet het niet.'

'Kom op, Joe, voor de draad ermee! Je hoeft het niet met me eens te zijn. Niet altijd.'

'Hij beheerst het spel, vind je niet? Hij is na het overlijden van de jongen ook ondervraagd. Een ondervraging op het bureau zal niet nieuw voor hem zijn. Hij wordt er waarschijnlijk niet eens zenuwachtig van. Hij zal zeker een advocaat bij zich hebben.'

'Wat stel je dan voor?' Ze hoorde de irritatie in haar eigen stem. Het is allemaal leuk en aardig om gaten te schieten in mijn ideeën, maar het valt nog niet mee om zelf iets te verzinnen.

'Waarom nemen we hem niet mee naar zijn praktijkruimte in het Willows? Dat zal hem wel van zijn stuk brengen, als we hem thuis ophalen net op het moment dat hij aan zijn thee wil beginnen. Terwijl we op hem wachten, kunnen we even snel zijn appartement doorzoeken op sporen naar Connie of het meisje. Die ruimte, zijn kantoor, is even neutraal als ongemakkelijk. Ik weet dat hij daar helemaal niets bewaart, maar we kunnen altijd zeggen dat we een andere reden hebben om zijn praktijkruimte aan een inspectie te onderwerpen. We sturen hem naar huis in een taxi, en dan...'

'... zijn we al zowat in Barnard Bridge en kunnen we nog een keer bij Connie langs voordat de dag ten einde loopt.' Vera grijnsde. 'Je hebt in elk geval het nodige van me opgestoken sinds je voor me werkt.'

Ze besloot Morgan van tevoren telefonisch op de hoogte te stellen van het feit dat ze hem kwamen halen. Dat was formeler dan zomaar voor de deur verschijnen. En omdat ze met haar mobieltje belde, terwijl ze bij hem in de straat stond, kon ze in de gaten houden of hij dan wel Freya ineens in het gezelschap van Connie en haar dochter tevoorschijn zou komen. Dat leek haar echter uitgesloten. Morgan mocht weliswaar een klootzak zijn, hij was slim genoeg om ze niet daar vast te houden.

Het feit dat ze bleef aandringen om naar het Willows te gaan, bracht hem van zijn stuk. 'Is dat echt noodzakelijk, inspecteur? Er is daar werkelijk niets te zien.'

'We kunnen natuurlijk altijd terugkomen met een huiszoekingsbevel, als u dat liever hebt, meneer Morgan. Dat zou echter best eens een paar uur kunnen duren, en ik zou u daar niet graag in het holst van de nacht naartoe slepen.'

Hij was alleen thuis. Geen Freya. Toen Ashworth hiernaar informeerde, zei Morgan dat ze met een paar vrienden naar de film was. Hij deed zijn best te laten blijken dat hij het haar gunde, maar wat Vera betrof klonk hij alsof hij het maar niets vond. Ze vroeg of ze even naar de wc mocht en inspecteerde stiekem de rest van het huis. Een slaapkamer was uitgerust met een futon in plaats van een bed. Alsof je op een stuk spaanplaat sliep, dacht Vera. Overal was het zeer schoon en opgeruimd. Geen muis zou er ongemerkt kunnen overleven. In de badkamer waren alle handdoeken keurig opgevouwen, de spiegel blonk. Omdat ze Morgan niet bepaald voor zich zag met een stofzuiger, vroeg ze zich af of dit het werk was van Freya, of een schoonmaakster. Als het Freya was, zou ze zich snel genoeg en zonder enige hulp van buitenaf tegen hem keren.

Ze reden in volstrekt stilzwijgen naar het Willows. Dat had Vera bedacht. Morgan praatte graag. Dat gaf hem het gevoel de situatie de baas te zijn. Eén keer, in de buurt van de A69, deed hij een poging een gesprek aan te knopen. 'Zijn er ontwikkelingen, inspecteur?'

Maar nog voordat hij zijn zin fatsoenlijk had kunnen afmaken, had Vera hem al onderbroken. 'Laten we de vragen maar bewaren tot we in alle rust kunnen praten, goed?'

Tijdens de rit kon ze de spanning bij de man achter zich voelen toenemen. Aangekomen bij het Willows zorgden ze ervoor dat hij tussen hen in kwam te lopen; niet omdat ze bang waren dat hij ervandoor zou gaan, maar om hem het gevoel te geven een verdachte te zijn. Met zijn elektronische sleutel verschafte hij zich toegang tot een voor het publiek afgesloten vleugel, en hij gebruikte hem nog eens om de kleine kamer binnen te gaan waar hij zijn patiënten ontving.

'Noemt u ze zo?' vroeg Vera. Ze zaten aan een salontafel tegenover elkaar. Er stond een verhoogd bed tegen de muur, dit moesten de stoelen zijn waarin Morgan zijn patiënten hun verhaal liet doen. Ze was in de stoel gaan zitten waarvan ze dacht dat hij die altijd nam. 'Patiënten? Hebt u enige vorm van medisch onderwijs genoten?'

'De opleiding tot acupuncturist is lang en zwaar.' Hij was vastbesloten zich niet te laten provoceren, maar het kostte hem moeite om op eenzelfde ontspannen en vriendelijke manier tegen haar te praten als hij eerder had gedaan. De zweem van irritatie deed haar zowat in juichen uitbarsten.

'Maar u bent geen arts?'

'De westerse geneeskunde is niet zaligmakend, inspecteur.'

'U bent ongetwijfeld op de hoogte van het nieuws over Danny Shaw.' Ze zag aan Morgans reactie dat hij niet op deze verandering van gespreksonderwerp had gerekend. Omdat er geen stoel meer over was voor Ashworth, bleef hij tegen de deurpost leunen en blokkeerde op die manier de vluchtroute. 'Dat kan niet anders. Ik weet dat u geen tv hebt, maar u moet het vast gelezen hebben in die chique krant waar u op geabonneerd bent. Zonder twijfel. Een tweede moord waarbij het Willows een rol speelt. De pers smult ervan.'

'Hoe tragisch het ook is,' zei Morgan, 'ik zie niet waarom u denkt dat ik daar iets mee te maken heb.'

'U was goed bevriend met Danny.' Vera smeet hem de woorden voor de voeten. 'Dat beweert zijn moeder althans.'

'Dat is nogal overdreven.'

'Hij keek tegen u op,' ging Vera door, alsof hij niets gezegd had. 'Hij bewonderde uw instelling en de manier waarop u altijd op uw doel afgaat. Het feit dat zo'n slimme jongen elk woord vrat dat u sprak, zal vast uw ego hebben gestreeld.'

Morgan kon een kleine glimlach niet onderdrukken. Zelfs hier, in het bijzijn van twee dienders, slaagde hij er niet in zijn zelfgenoegzaamheid te verbergen. 'We hebben een aantal interessante gesprekken gevoerd. Het was een intelligente jongen, zoals u al opmerkte. In een omgeving als deze kan het gebrek aan goede gesprekken je gaan opbreken.'

'Uiteraard,' zei Vera. Ze moest op haar tong bijten om niet te vragen of dat ook de reden was dat hij het had aangelegd met Mattie en Freya. Omdat hij zo goed met hen kon praten. 'Wanneer hebt u hem voor het laatst gezien?'

'Op de middag voordat hij stierf,' zei Morgan. 'Dat moet wel de laatste keer zijn geweest.'

'Gaat u verder.' Deze stoel was comfortabel, veel comfortabeler dan de meubelstukken bij hem thuis. Vera moest moeite doen zich te concentreren. Ineens bedacht ze dat ze op dit moment zonder enige moeite in slaap zou kunnen vallen.

'We hebben koffie gedronken in de foyer. Dat deden we wel vaker als onze diensten op elkaar aansloten.'

'Welke indruk maakte Danny op u?' Ze schoof met haar kont naar voren zodat ze rechter op zat.

Het duurde even voordat Morgan antwoordde, en dankzij die aarzeling schoot Vera direct weer wakker. Was hij ter plekke een verhaal aan het verzinnen? Dat zou betekenen dat hij iets te verbergen had.

'Ik vond hem onrustig,' zei Morgan uiteindelijk.

'Hoe bedoelt u, onrustig?' Ze boog voorover, ellebogen op haar knieën, haar gezicht vlak voor het zijne.

'Nou ja, gespannen, zenuwachtig. Misschien had hij te veel koffie op. Het moet wel zoiets geweest zijn.'

'Meneer Morgan, u bent gespecialiseerd in het interpreteren van fysieke reacties. Daar verdient u uw brood mee, daarmee wint u het vertrouwen van de mensen die met hun klachten naar u toe komen. Mensen zoals Lisa, die hier ook werkt. Mensen die uw tarieven eigenlijk niet kunnen ophoesten. En u verwacht van uw patiënten dat ze u in vertrouwen nemen. Ik wil exact weten wat voor indruk Danny op u maakte die middag, en ik wil woord voor woord horen wat hij tegen u heeft gezegd.'

De kamer was klein, er kwam geen daglicht naar binnen. Er hing een vage kruidige geur, misschien van wierook of geurkaarsen. Maar nu rook Vera de angst van de man die zo dicht bij haar zat.

'Zoals ik al zei was hij onrustig,' zei Morgan. Hij maakte geen oogcontact. 'Hyper. Ik dacht aanvankelijk dat hij drugs had gebruikt, maar ik denk dat het pure adrenaline was.'

'En wat heeft hij gezegd?'

'Niets bijzonders. Echt. Niets wat jullie dichter bij de moordenaar zal brengen.'

'Volgens mij bent u niet degene die daarover oordeelt.' Vera had haar volume opgeschroefd, haar stem vulde de kamer.

'Hij stelde allerlei vragen,' zei Morgan. 'Over Jenny Lister en haar betrokkenheid bij de Elias Jones-zaak. "Je hebt haar toch gekend? Wat was ze voor iemand? Was ze stijf en arrogant zoals de pers ons wilde doen geloven?" Ik vond het eerlijk gezegd nogal smakeloos. Ik had niet verwacht dat Danny zich met dat soort achterklap bezighield.'

‘Heeft Danny u verteld dat hij Jenny een keer heeft ontmoet? En dat Jenny’s dochter ooit de liefde van zijn leven was? Dat hij Jenny verantwoordelijk hield voor het stranden van die relatie?’ Vera had deze gedachte nog niet eerder hardop uitgesproken, maar ze wist dat het klopte. En daarmee had Danny een motief voor de moord.

‘Nee,’ zei Morgan. ‘Daar heeft hij me helemaal niets over verteld.’ Hij sprak zacht en afgemeten.

‘Maar u lijkt ook niet erg verrast.’

‘Nee, dat ben ik ook niet. De interesse die hij voor de moord op Lister aan de dag legde, behelsde meer dan voyeuristische nieuwsgierigheid. Het kwam op mij over dat het samenhing met iets persoonlijks.’

‘Denkt u dat hij haar heeft vermoord?’

Er viel een stilte. Morgan keek haar zwijgend aan.

‘Die gedachte moet toch in u opgekomen zijn. Al die vragen.’ Vera bleef op het antwoord wachten, dat uiteindelijk kwam.

‘Het zou kunnen,’ zei Morgan. ‘Ja, hij was zo opgefokt dat het best weleens zou kunnen.’

Natuurlijk zeg je dat, dacht Vera. Wat zou je anders antwoorden, als je de moordenaar was?

Morgan keek de kamer rond, als een artiest die na een dramatische scène klaarstaat om het applaus in ontvangst te nemen, dacht Vera. Ze was niet van plan hem dat plezier te gunnen. Ze zette de ondervraging voort op dezelfde toon. ‘Kunt u zich nog meer herinneren van uw gesprek met Danny op de dag voor zijn dood?’

Morgan keek bedenkelijk. ‘Hij had het ook over vriendschap. Hoe belangrijk onze vriendschap voor hem was. Hij had in Bristol heel veel mensen leren kennen, maar bij geen van hen had hij het gevoel dat hij zichzelf kon zijn. Er werd op de universiteit heel wat toneelgespeeld. Ik had me wellicht gevleid moeten voelen, maar op dat moment wilde ik alleen maar naar huis en ik luisterde maar half naar wat hij te zeggen had. Ik heb hem helaas onderbroken en gezegd dat ik haast had. Daar voel ik me nu heel schuldig over. Als ik meer aandacht voor hem had gehad, als ik me als een echte vriend had gedragen, zou zijn dood misschien te vermijden zijn geweest.’

Vera gunde hem zijn moment van zelfvoldane, sombere introspectie voordat ze verderging. ‘U hebt ons niet verteld dat u en Freya allebei in het hotel aanwezig waren op de ochtend dat Jenny Lister werd gewurgd.’

Dat was wel het laatste wat hij verwacht had en toen Vera de uitdrukking op zijn tronie zag, kreeg ze zin om te gaan zingen.

Ze ging door. 'Ik weet dat u geen hoge pet op hebt van de politie, meneer Morgan, maar zelfs u moet zich nog gerealiseerd hebben dat we daar achter zouden komen.'

'Freya was naar zwangerschapsgym.'

'Heel goed.' Terwijl ze wachtte op het vervolg, bleef ze hem aankijken, maar uiteindelijk verloor ze haar geduld. 'En u, meneer Morgan? Wat had u in het hotel te zoeken?'

'Ik was hier,' zei hij. 'In deze kamer. Ik had nog wat achterstallige administratie te doen.'

'Waarom hebt u ons dat niet eerder verteld?'

'Omdat u er niet naar gevraagd hebt, inspecteur.'

Terwijl ze terugliepen naar de auto, had Vera de behoefte om met Joe na te praten over het verhoor. Ze vond dat ze het vrijwel perfect had gedaan en een bewonderenswaardige terughoudendheid had betracht, en dat wilde ze graag even bevestigd zien. Maar hij had zijn mobiel aangezet en luisterde zijn berichten af.

'Nou?' Eindelijk stak hij de telefoon in zijn zak.

'Een bericht van de forensische afdeling. Ze hebben een paar papiersnippers gevonden bij de vuurplaats in de tuin van de Shaws. Ze dachten dat we dat wel zouden willen weten. Ze denken dat het handschrift van Jenny Lister erop staat.'

'Haar notitieboek,' zei Vera, wiens gedachten plots alle kanten uit schoten. 'Misschien de aantekeningen voor het boek over Mattie.'

'Ze hebben het ontcijferd en de boodschap in een e-mail gezet.'

'En het andere?' Want Ashworth was gespannen en keek gepijnigd. Hij zou normaal gesproken enthousiaster reageren op het nieuwtje over het papier.

'Connie Masters. Ze belde om te zeggen dat met haar alles goed is en dat ze een paar dagen weg is.'

'Nou,' zei Vera. 'Dat is dan goed nieuws, toch? Het is spijtig dat we haar de foto's niet kunnen laten zien, maar we weten nu in elk geval dat alles in orde is met haar.'

'Ik weet het niet zeker.' Hij was bij de auto aangekomen, draaide zich om en keek naar het hotel. Het was gaan schemeren en alle lampen brandden. 'Ze klonk vreemd. Ik wil dat jij er eens naar luistert.'

33

Die avond begon het te regenen, een stortregen als in een tropische storm. Het was begonnen toen Vera met haar auto haar huis had bereikt, en tegen de tijd dat ze de voordeur open had gedaan, was ze doorweekt. Toen ze de drempel over was, schudde ze zichzelf uit als een hond en ondertussen vervloekte ze Ashworth, die haar op de parkeerplaats van het Willows keer op keer naar het voicemailbericht van Connie had laten luisteren. De vrouw had inderdaad een beetje gespannen geklonken, maar Vera vond het ook nooit prettig om iets in te spreken. Ze vond dat haar brigadier zich aanstelde en van een mug een olifant maakte. Hij had erop gestaan nog eens langs haar boerderij in Barnard Bridge te rijden, en ze hadden zelfs weer binnen gekeken, maar uiteraard hadden ze niemand gezien. Connie had gezegd dat ze een paar dagen weg zou zijn. Zonder al dat gedoe zou Vera droog thuis zijn gekomen.

Terwijl ze naar het noorden was gereden, had ze overwogen haar hippieburen te bellen om te vragen of ze bij hen een uurtje mocht uitblazen. Ze waren altijd gastvrij. Er stond waarschijnlijk een pan soep op het fornuis en van hun huisgestookte drank kwam je meer tot rust dan van welk medicijn de dokter je ook voorschreef. Inmiddels had ze totaal geen zin meer om zichzelf waterdicht in te pakken en door de blubber te banjeren. In plaats daarvan ging ze in bad liggen, luisterde naar een duister stuk op de radio, en trok daarna haar vale trainingspak aan dat in de winter als pyjama dienstdeed.

Omdat het visioen van soep maar niet uit haar hoofd verdween, ging ze ernaar op zoek, en uiteindelijk vond ze achter in de voorraadkast nog een blik dat daar al moest hebben gestaan toen Hector hier nog woonde. Ossenstaart. Zijn lievelingssoep. Terwijl ze de soep in een pannetje opwarmde, bracht de geur hem weer tot leven. Lompe, treiterende Hector, die haar zelfvertrouwen ondermijnde. Die het haar kwalijk nam, zo begreep ze inmiddels, dat zij nog leefde en haar moeder niet meer. Maar wat voor moeder zou Vera zijn geworden als ze de kans had gekregen om kinderen te krijgen? Een beroerde, dacht ze. Ze zou net als hij een slechte ouder zijn geweest. Veel erger dan Connie, of Jenny Lister, of zelfs Veronica Eliot.

Aan de achterzijde van het huis bevond zich een kleine kamer die ze in gebruik had als werkruimte. Ze moest over stapels papier klimmen om er binnen te komen. Er stond een computer die zeer binnenkort rijp zou zijn voor het museum. Ze zette hem aan en ging ondertussen, terwijl het ding ratelend tot leven kwam, thee zetten. Toen ze terugkwam met haar kop thee en een pak chocoladebiscuits was de computer nog altijd niet geheel opgestart. Even dacht ze aan de jeugdige arts die haar op fitness had gestuurd om wat conditie op te doen, stelde zich haar verontwaardigde reactie voor, maar wuifde dit toen weg. Die koekjes waren volkoren, of niet soms? Gezond zat.

Voordat haar e-mailprogramma op haar scherm verscheen, had ze rustig de tijd om drie koekjes weg te werken. Ze opende het bericht van de expert die de papiersnippers had bestudeerd die waren aangetroffen op de vuurplaats in de tuin van de Shaws. Vera had al tijdens hun eerste gesprek in het huis van de buren bij Karen naar de vuurplaats geïnformeerd. 'Hebben jij of Derek vuur gemaakt, voordat jullie naar het werk gingen?' Zelfs onder die omstandigheden had Vera het een rare vraag gevonden. Vuur maakte je in het weekeinde, als je de tijd had om het in de gaten te houden. En Karen had haar aangekeken alsof ze gek was geworden en had geen idee waar ze het over had. Zij of Derek wisten helemaal niets van een vuur.

Vera had aangedrongen. 'Danny dan misschien? Hielp hij weleens mee met het bijhouden van de tuin?'

Karen schudde daarop bedroefd haar hoofd. 'Danny stak eigenlijk geen hand uit. Niet in de tuin of waar dan ook.'

Dus moest het de moordenaar zijn geweest die het vuur had gemaakt. Dat was Vera's conclusie. Een fout. Hij had beter al het mogelijke bewijsmateriaal kunnen verzamelen om zich er elders zorgvuldig van te kunnen ontdoen. Waarom had hij dan gehaast in de tuin een vuurtje gemaakt? Wat zat daar achter? Waarom die haast?

Ze hadden slechts flarden tekst teruggevonden. Handgeschreven. Door Jenny Lister. De vrouw die het handschrift had bestudeerd was daarvan overtuigd. In de e-mail stond te lezen: 'Ik kom graag naar de rechtbank. Ik ben bereid mijn reputatie op het spel te zetten...' En meer blabla. Zeer dramatisch. Maar goed genoeg voor Vera.

Ze hadden tekst afkomstig van drie verschillende pagina's aangetroffen, zo bleek, en alle drie waren ze door het vuur aangetast, eentje zo ernstig dat ze blij mochten zijn dat er nog wat op te lezen viel. De eerste pagina was het best bewaard gebleven en bevatte zo te zien een afsluitende passage. Het handschrift hield in elk geval na twee derde van de pagina op. Volgens het lab was een hoek verdwenen waardoor het slot van een aantal zinnen verloren was gegaan, op het scherm hadden ze het schrijfpatroon zo nauwkeurig mogelijk geprobeerd na te bootsen. Vera had geen moeite te begrijpen waar het over ging.

> en het belang van vroeg relaties te leren aangaan i
> de gedragspatronen die ontstaan zijn tijdens de jeugd kunnen va
> geen reden waarom een andere ouder deze rol niet zou kunnen invullen. Het kind kan vervolgens
> om een gezonde relatie met zijn of haar kind te garanderen. Uit de beschreven praktijksituatie komen echter dieperliggende problemen naar boven die we nooit adequaat hebben aangepakt en die op dit moment onmogelijk opgelost kunnen worden.

Hulpverlenersgebabbel, dacht Vera. Als Jenny had gehoopt een succesvol boek te schrijven waarin ze de leek wilde laten kennismaken met haar vak, had ze wel met iets beters moeten komen. Ging deze passage over Mattie? Daar ging Vera wel van uit. Als dat zo was, bevatte dit fragment voor Vera niets nieuws. Maar aannames bleven gevaarlijk. Het fragment bevatte geen aanwijzingen omtrent het geslacht van de persoon uit de beschreven situatie, Jenny kon heel goed iemand anders bedoeld hebben. Ze werkte bovendien al met Mattie toen die nog een kind was. Zou de voorbeeldige hulpverlener werkelijk toegeven dat ze na al die jaren bepaalde problemen 'nooit adequaat' had aangepakt?

Vera stond op vanachter de computer en rekte zich uit. Ze hoorde het water druppelen bij het afdak achter het huis. Als de wind uit het westen kwam, begon het platte dak daar te lekken. En de wind kwam meestal uit het westen. Ze haalde een emmer en een schaal om de druppels op te vangen en keerde terug naar haar werkruimte. Buiten regende het harder dan ooit.

Het tweede fragment ging zeker over Mattie, tot op zekere hoogte althans, want haar naam werd genoemd. Zodra het boek werkelijk gepubliceerd zou worden, zou Jenny haar wel een schuilnaam hebben gegeven, meende Vera, maar in dit vroege stadium had ze daar de noodzaak nog niet toe gezien. Er was een volledige zin bewaard gebleven, gevolgd door een paar gaten. Het zag eruit of de gaatjes waren veroorzaakt door kleine vonkjes die niet het gehele papier in lichterlaaie hadden weten te zetten. Zo zag het er in elk geval uit op de gescande afbeelding die als bijlage bij de transcriptie van de tekst was meegestuurd. De volledige zin leek nog altijd afkomstig uit een officieel rapport of een studieboek: 'Het is niet altijd terecht om de buitenstaander de schuld te geven van het verstoren van de gezinsharmonie, als ook andere factoren een rol kunnen spelen.' Betekende dit dat Jenny Michael Morgan vrijpleitte? Impliceerde ze hiermee dat Mattie als enige verantwoording droeg voor de dood van haar zoon? De overige woorden leken dankzij de schroeiplekken in willekeurige volgorde op het papier gekrabbeld.

> Dood door verdrinking is nooit t euw systeem surrogaatmoeder
> kan som
> geluk s dan de aanjager n alternatieve manier of Soms verdient
> het de voorkeur niet in te grijpen. ziekte tie Jone

Vera staarde naar het scherm. Ze had het ineens koud, ze realiseerde zich dat de timer automatisch de verwarming had uitgeschakeld. Het was al laat. Ze pakte haar jas en trok die aan, had eigenlijk wel zin in een whisky, maar had geen zin om weer op te staan om die in te schenken. Nog steeds hoorde ze de regen op de achtergrond, als kiezels tegen het glas. De tekstflarden namen haar in beslag. Dood door verdrinking moest wel betrekking hebben op Elias. Maar ook Veronica's zoon was verdronken. Welk woord zou Jenny hebben geschreven na het 'nooit' uit de eerste zin? Vera maakte een afdruk van het stukje verkoolde en gehavende papier, legde er een liniaal over zodat ze kon zien welke woorden op welke regel stonden, zonder daar echter veel wijzer van te worden.

Gefrustreerd boog ze zich over het derde fragment. Dit was het zwaarst gehavend. In de e-mail had de expert geschreven dat hij vermoedde dat het stukje in tweeën was gescheurd voordat het was verbrand; een rand was gerafeld. Het leek Vera duidelijk, hoe klein het fragment ook was, dat hier een andere, minder formele toon werd aangeslagen. Dit kwam niet uit een officieel rapport, het leek eerder op een dagboekaantekening.

> Hoe in godsnaam
> ote vriendschap

Weer dat woord 'vriendschap'. Vera had het die avond ook al gehoord toen Morgan zich uit de kuil had willen kletsen die hij zelf had gegraven, door hen niet eerder van zijn gesprek met Danny Shaw op de hoogte te stellen. Vera kreeg de indruk dat Jenny maar een paar echte vrienden had gehad. De lerares, Anne, al was dat eerder een praktische vriendschap. Twee vrouwen van dezelfde leeftijd die snakken naar gezelschap. De vriendschap bood Anne de ruimte om te bewonderen, en Jenny om bewonderd te worden. Echte vriendschap behelsde toch wel iets meer dan dat. Wat zij had met Joe Ashworth, dat was vriendschap. Van haar contact met haar hippieburen kon dat weer niet gezegd worden. En waren Michael Morgan en Danny Shaw werkelijk vrienden geweest? Dat leek haar onwaarschijnlijk. Ze hadden elkaars ego gestreeld, niets meer, dus waar was dat sentimentele gewauwel van Danny tijdens zijn laatste ontmoeting met Morgan vandaan gekomen?

Vera keek op haar horloge. Het was na middernacht. De vragen waren te ingewikkeld voor dit moment van de dag, en morgen beloofde een belangrijke dag te worden. Ze had het gevoel dat ze langzaam in de buurt van de oplossing kwam. Ashworth had gelijk; ze moesten Connie zien op te sporen. Ze sloot de computer af en bleef even luisteren hoe het apparaat ratelend tot zwijgen kwam. Als deze zaak achter de rug was, zou ze zichzelf trakteren op een nieuwe. Misschien wilde Joe wel met haar mee als ze er een ging kopen.

Liggend in het bed waar ze als kind al in sliep, tussen de grauwe, verwassen lakens die waarschijnlijk al even lang dienstdeden, buitelden de gedachten en beelden in haar hoofd over elkaar heen en verdwenen dan weer, als verkoolde papierresten die uit een kampvuur opstegen. Buiten regende het nog altijd.

34

Joe Ashworth had een hekel aan regen. Regen betekende dat zijn kinderen binnen opgesloten zaten en dat zijn vrouw klaagde over de modder en de troep. Joe dacht dat ze aan winterdepressies moest lijden. Ze leek te verwelken door het gebrek aan zonlicht, ze werd kribbig en onhebbelijk. Op dit soort ochtenden bezag hij het kluizenaarsleven van Vera met jaloezie. Egoïsme zou geweldig zijn zonder het bijkomende schuldgevoel. Hij reed weg van het huis, weg van de radiatoren die volhingen met natte kinderkleding, weg van de met speelgoed bezaaide woonkamer, weg van de huilende baby, en zei tegen zichzelf dat hij de kostwinner was van wie niet verwacht kon worden dat hij alles deed.

Op weg naar het bureau voor de ochtendbriefing kwam hij in de file terecht. Het regende nog altijd en het wassende water had een klein ongeluk veroorzaakt op de weg die de stad in leidde. Zijn ruitenwissers zaten niet goed en piepten op dezelfde toonhoogte als de baby. Hij zette ze uit, zag niets, zette ze weer aan en werd gemangeld door het geluid dat zijn tanden deed klapperen en hem de neiging bezorgde zijn vuist door het glas te drijven.

Wat niet hielp was dat Vera zeer monter bleek, toen hij in de calamiteitenkamer aankwam. Ze had ergens een fatsoenlijk koffiezetapparaat vandaan gehaald en hij werd zodra hij binnenstapte, overvallen door de geur van koffie.

'Waar is de rest?' Zijn vraag. Meestal had Vera er een hekel aan dat haar mensen te laat kwamen, dat was een van de redenen geweest dat hij zo in de stress was geschoten op het moment dat hij in de file terechtkwam. Nu hoopte hij dat ze de rest van het team de mantel uit zou vegen. Hij had tenslotte de moeite genomen om te komen.

Maar ze haalde slechts haar schouders op. 'Het weer is hopeloos, vind je niet?' Ze schonk koffie voor hem in. 'Heb je Connie al geprobeerd te bellen vanochtend?'

Hij keek haar aan in de veronderstelling dat ze een grapje maakte, maar ze leek het wel degelijk te menen. 'Ja, hij sprong direct op de voicemail. Ik heb ingesproken dat ze zo snel mogelijk contact met ons moet opnemen.'

'Ik zou graag haar mening hierover willen horen.' Vera prikte een aantal vellen op het prikbord. Kopieën van de snippers die uit het vuur in Danny Shaws tuin waren gered. 'Ze weet beter dan wie dan ook hoe Jenny over haar werk dacht.'

'Heb je Connie dan helemaal afgevoerd als verdachte?'

'Zeg, dat heb ik niet gezegd. Dat is een geheel ander verhaal.' Ze gaf hem een mysterieus bedoelde glimlach, die haar er echter deed uitzien alsof ze last had van een verstopping.

Hij nam zijn koffie mee en bekeek de kopieën van dichterbij, maar vond het moeilijk iets uit de woorden op te maken, had zelfs moeite om zijn aandacht bij de fragmenten te houden. Hij begreep niet waar Vera nu zo opgetogen over was. Holly en Charlie kwamen samen binnen, lachend om dezelfde grap, en weer voelde hij zich geïsoleerd, een buitenstaander die gevangenzit tussen Vera en haar manschappen. Ik moet een stap verder, dacht hij, anders zal ik nooit uit haar schaduw kunnen stappen.

Vera had geduld met de laatkomers, wachtte tot ze zichzelf hadden voorzien van koffie en stak toen van wal. Het daagde Ashworth dat ze uit deze tekstfragementen een of ander motief of verband voor de moorden had gededuceerd. Dat verklaarde haar goede humeur. Op dat moment was de jaloezie die hij voelde zo sterk dat hij haar bijna haatte.

Vera lichtte hen in over de gebeurtenissen van de vorige dag: de gesprekken met Veronica Eliot, Lisa, de Shaws, Freya en Morgan. Joe moest toegeven dat ze verdomd bedreven was in het geven van samenvattingen, het destilleren van verbanden en betekenissen die hem waarschijnlijk niet zouden zijn opgevallen, het op een eenvoudige wijze presenteren van de relevante feiten.

'Ik heb de indruk dat Jenny Lister het enige beoogde slachtoffer was,' zei ze. 'In eerste instantie, althans. Danny Shaw is vermoord, omdat hij iets wist of iets te weten is gekomen met betrekking tot de eerste moord. Het feit dat op de vuurplaats in zijn tuin fragmenten van bladzijden uit Listers notitieboek zijn aangetroffen, impliceert dat hij dat boek gevonden heeft.'

Toen ze zweeg om naar adem te happen, zag Holly haar kans schoon en stak haar hand op. 'Kan Shaw Lister om het leven hebben gebracht? Hoe zou hij anders aan haar notitieboek zijn gekomen?'

'Inderdaad. Het lijkt erop dat Danny en Hannah iets met elkaar hebben gehad voordat hij naar de universiteit vertrok. Het was in elk geval voor hem serieuzer dan voor haar, maar helaas zullen we nooit te weten komen hoe hij daarover dacht. Het is verleidelijk aan te nemen dat de fragmenten die we in het vuur hebben aangetroffen tegelijk met Jenny's handtas zijn gestolen, na de moord, maar we moeten alle opties openhouden.'

'Wat bedoel je?' vroeg Charlie die gebogen over zijn koffie zowaar een alerte indruk maakte.

'Het kan zijn dat Hannah liegt en dat Danny bij haar langs is geweest toen hij weer even terug was van de universiteit.' Vera keek haar gehoor aan. 'Misschien vindt ze zichzelf uiteindelijk toch nog te jong om zich te binden.'

'Nee!' Holly reageerde geschokt. 'Ze is Simon heel trouw. Ze zou hem nooit bedriegen.'

'We weten dat Danny een aantal jaar geleden bij de Listers over de vloer kwam toen hij en Hannah verkering hadden,' vervolgde Vera. 'Maar het is onwaarschijnlijk dat hij toen al spullen van Jenny heeft ontvreemd. Wat voor nut zou dat hebben gehad? Dat moet dan voor Elias' dood zijn geweest, dus de pers had nog geen interesse in haar.'

Ashworth tilde zijn hand op die op het bureaublad voor hem had gelegen. 'Zou het niet interessant zijn om uit te zoeken of Danny en Morgan elkaar al kenden voordat ze elkaar in het Willows tegen het lijf liepen?'

'Dat denk ik wel.' Vera liet niet blijken of dit idee ook al in haar opgekomen was. 'Ik was ervan uitgegaan dat Karen ons wel over zijn vriendschap met Morgan zou hebben verteld toen we haar over hem uithoorden, maar op dat moment was ze in alle staten. Wil je daar eens induiken, Holly? Praat met de moeder en met iedere vriend van Danny die we kunnen opsporen.'

Holly knikte en krabbelde een paar regels in haar opschrijfboekje.

Vera richtte zich tot Charlie. 'Heb je nog mazzel gehad met je zoektocht naar getuigen die op Danny's sterfdag in de buurt van hun huis waren?'

'Neuh. Het lijkt daar wel uitgestorven. De meeste mensen werken in Hexham of Newcastle. Overdag is het er zo stil als op een begraafplaats. Ik heb een oudere man gesproken die rond het bewuste tijdstip zijn hond aan het uitlaten was. Hij werd gepasseerd door een kleine auto die hem onbekend voorkwam, maar die kan van werkelijk iedereen zijn geweest en bovendien kan hij zich niet eens de kleur meer herinneren.'

'Iemand anders nog briljante ideeën?' Vera keek de kamer rond. Het bleef stil, op het gorgelen van het regenwater in de verstopte dakgoot na. 'Tijd voor actie.' Ze zweeg om haar woorden effect te geven, maar Ashworth had de indruk dat ze al bij het opstaan bedacht had wat ze wilde gaan zeggen. Daarvoor al, zelfs. Wie wist waar ze vannacht weer over had gedroomd?

'Holly duikt in de vriendschap tussen Danny Shaw en Michael Morgan. Probeer te achterhalen hoe lang ze elkaar al kenden. Joe, ik wil dat jij naar de gevangenis in Durham rijdt. Maak nog eens een babbeltje met Mattie. Ze is daar weer naartoe overgebracht en ze revalideert op de ziekenhuisafdeling. Jij doet het altijd goed bij weerloze vrouwen. Ik wil meer details over de bezoeken die Jenny Lister haar heeft gebracht. Wat hebben ze besproken? Charlie, probeer Connie Masters op te sporen. Haar auto moet ergens zijn, en het is niet eenvoudig om een vierjarig meisje te verstoppen. Ze zijn na gisterochtend niet meer in hun huis in Barnard Bridge gesignaleerd. Ze heeft bij Joe een boodschap ingesproken waarin ze zei dat het goed met haar ging en dat ze behoefte had aan rust, maar hij denkt dat daar meer achter zit.' Vera stopte met praten en maakte een soort gebaar alsof ze iemand wilde verjagen. 'Wegwezen jullie. We zijn bezig met een moordonderzoek, geen theekransje. De tijd dringt.'

'En wat ga jij doen?' vroeg Charlie, op haast onbeschofte toon.

'Ik?' Ze grijnsde zelfvoldaan. 'Je zult het hoofd van deze afdeling niet snel buiten door de regen zien lopen. Ik heb hier nog wat strategisch denkwerk te doen.'

Joe Ashworth kwam graag in Durham. Het was maar twintig minuten rijden op de A1, maar je waande je er in een totaal andere wereld dan wanneer je het centrum van Newcastle bezocht. Dit was een oud, statig stadshart, met de enorme rode zandstenen kathedraal en het kasteel, de chique winkels en dure restaurants, de universiteiten en de studenten met hun bekakte accent. Als een zuidelijke stad, dacht hij altijd, opgetild en langs de Wear weer neergezet. De gevangenis was echter van een andere orde. Joe had een hekel aan de meeste gevangenissen, maar van deze gruwde hij het meest. Het gebouw was grauw en oud en deed hem altijd denken aan kerkers en ratten. Het viel in Durham volledig uit de toon. Er was een afdeling voor gevaarlijke vrouwelijke gedetineerden met lange straffen.

Toen hij Mattie zag kon hij zich nauwelijks voorstellen dat ze gevaarlijk zou zijn. Hij sprak haar in de ziekenboeg in een kleine kantoorruimte die hem met de nodige tegenzin door het personeel ter beschikking was gesteld. Toen hij er aankwam, in het gezelschap van een mannelijke bewaker die hem vanaf binnenkomst had geëscorteerd, zat ze al klaar. Ze droeg het standaard gevangenistrainingspak, met daaronder slippers. Ze zag er heel jong uit. Ze deed Joe denken aan zijn eigen dochter vlak voor het slapengaan. Hij had iets voor Mattie meegenomen. Hij had bij zijn gevangenisbezoekjes altijd iets bij zich om het ijs te breken – meestal sigaretten, zeker als hij bij een man langsging, sigaretten die tijdens de ondervraging al kettingrokend werden weggewerkt, omdat de gedetineerden niets mee mochten nemen. De meeste mannen rookten. Omdat sigaretten hem geen passende attentie leken voor iemand die in de ziekenboeg lag, overhandigde hij haar een klein doosje bonbons, al wist hij niet zeker of dit wel was toegestaan.

Mattie toonde zich haast overdreven dankbaar met het doosje en liet het rusten op haar schoot.

'Heeft die dikke agente je gestuurd?'

Daarmee kon ze natuurlijk alleen maar Vera bedoelen. 'Jep, ze dacht dat je wel wat gezelschap kon gebruiken.'

'Ze was best aardig.'

Wacht maar tot je haar beter kent.

Mattie keek hem aan. Enorme blauwe ogen onder een breed, egaal voorhoofd. 'Maar wat kom je doen?'

'Praten,' zei hij. 'Over Jenny Lister.'

Ze knikte. 'Maar ik heb alles al aan die dame verteld.'

Dame! Dat zou Vera eens moeten horen!

'Je bent ziek geweest,' zei hij. 'Je had koorts. Wie weet kun je je nu meer herinneren.'

'Het doet nog steeds zeer,' zei ze en ze tilde vrij achteloos haar jack op om hem het litteken op haar buik te laten zien. Weer moest hij denken aan zijn dochter, die hem haar geschaafde knie toonde.

'Het doet ongetwijfeld erg veel pijn,' zei Joe begripvol. Hij snapte wel waarom Jenny zo begaan was geweest met Mattie en waarom ze elke week was langsgekomen, zelfs toen ze formeel geen verantwoordelijkheid meer voor haar droeg. 'Vertel me eens wat meer over Jenny's bezoeken,' vervolgde hij. 'Kwam ze elke week op hetzelfde tijdstip?'

'Ja. Elke week. Nooit in de grote bezoekruimte – je weet wel, waar je gezin naartoe wordt geleid en waar ze speelgoed voor de kinderen hebben. Ze zei dat het daar te rumoerig was om rustig te kunnen praten.

Maar als je er bent, krijg je altijd thee met een koekje – chocolade, als je op tijd bent.' Ze keek naar de bonbons die hij had meegebracht.

'Waarom maak je de doos niet open?' Joe glimlachte. 'Ik ben niet zo'n zoetekauw, maar neem er gerust een paar.'

Ze trok het cellofaan eraf en haalde er eentje uit.

'Waar zaten jullie dan wel?'

'In een van die hokjes waar je normaal gesproken met je advocaat of de politie zit.' Haar mond zat al vol met aardbeienvulling.

Wilde dat zeggen dat Jenny niet het risico wilde lopen afgeluisterd te worden? 'Waar hadden jullie het over?'

'Over mij, dat heb ik die dame al gezegd. Jenny wilde een boek schrijven.'

'Maakte ze aantekeningen?'

'Meestal wel, ja. Soms kletsten we gewoon wat.'

'Waarin maakte ze die notities?'

'In een groot zwart boek.' Mattie begon er al genoeg van te krijgen. Wie weet zou ze een tv-programma missen waar ze altijd op zaal naar keek.

'Heeft ze met je over Michael gepraat?'

'Ze zei dat ik hem uit mijn hoofd moest zetten.' Mattie strekte haar arm uit en pakte nog een bonbon, haalde behoedzaam het zilverfolie eraf en stak hem in haar mond. 'Ze wilde vooral over mijn jeugd praten, over wat ik me nog van mijn opvoeding kon herinneren.'

'Waar ben je opgegroeid?'

'Op het platteland,' zei ze. 'Dat weet ik nog. Toen ik nog heel klein was, voordat ik in de opvang terechtkwam. Of misschien ben ik er weleens op bezoek geweest. Het was een klein huis aan het water. Daar was Jenny op uit, mijn herinneringen. Ik wilde met haar over Michael praten, maar daar wilde zij niets van weten.' Mattie zweeg en nam gretig nog een bonbon. 'Dat vond ik niet eerlijk. Jenny bleef ook altijd maar kort. Ze moest altijd snel weer naar haar echte werk, naar de kinderen voor wie ze op dat moment zorgde. Af en toe had ik het gevoel dat ik haar helemaal niets meer kon schelen. Het enige waar zij meer over wilde weten was dat huis aan het water, dat ik met mijn ogen dicht voor me moest proberen te zien en vervolgens moest vertellen wat ik zag.'

Ze bleven een tijdje zwijgend zitten en weer sloot Mattie haar ogen. Ashworth stond op het punt te vragen wat ze op dit moment zag, overwoog zelfs haar het te laten tekenen, maar toen in de zaal een vrouw begon te schreeuwen, was het moment verstoord. Mattie deed haar ogen open. 'Stomme koe,' zei ze. 'Dat doet ze de hele tijd. Ik kan haar wel slaan.'

'Hoe ben je in de opvang terechtgekomen?' vroeg Joe.

'Weet ik veel.' Mattie staarde in het niets. Hij dacht dat ze elk moment in huilen kon uitbarsten, maar ze draaide zich met droge ogen naar hem toe en zei nuchter: 'Volgens mij ging mijn moeder dood. Of misschien is dat wat ik er graag van wilde maken. Ik heb er in mijn jeugd hier en daar weleens naar geïnformeerd, maar dat heeft diverse verhalen opgeleverd. Uiteindelijk weet je nooit wie je moet geloven.'

35

De bewaker bij de uitgang gaf hem zijn mobiel terug en die zette hij rennend door de regen op weg naar zijn auto aan. Hij ging direct over. Geen bericht van Connie, maar Vera. Of ze had hem elke vijf minuten gebeld, of ze wist feilloos in te schatten hoe lang dit soort gevangenisbezoekjes duurden, dacht hij. Heel even bekroop hem de bizarre gedachte dat zij op een bovennatuurlijke manier met hem in contact stond, maar dat idee joeg hem zoveel angst aan dat hij het snel uit zijn hoofd verbande.

'Hoe ging het?' Ze klonk vrolijk, maar hij liet zich niet misleiden. Ze was zeer slecht in delegeren. Het moest een kwelling voor haar zijn om in haar kantoor te zitten in de wetenschap dat hij met het echte werk bezig was.

Terwijl in zijn auto de regen op het dak roffelde, liet Vera hem het gesprek zowat woordelijk herhalen.

'Goed,' zei ze, toen hij klaar was. 'Uitstekend, zelfs. Ik had de ondervraging ook kunnen doen, maar ik wist waar ik naar op zoek was en ik zou dus sturende vragen hebben gesteld. Ze is sowieso een makkelijk te beïnvloeden persoon.'

Hij was zo verstandig niet te vragen wat er zo belangrijk was. Vera zou hem dat wel uit zichzelf vertellen als ze het wenselijk achtte dat hij daarvan op de hoogte was. 'Nog nieuws over Connie?'

'Niet echt.'

'Wat bedoel je?' vroeg Ashworth. 'Waar is ze?'

'O, dat weet ik niet.' Ze klonk ongeduldig. 'Maar ik heb zo mijn vermoeden bij wie ze zich schuil zou kunnen houden.' Vera was door het dolle heen.

'Wat wil je dat ik doe?'

'Kom terug naar de Tyne-vallei,' zei ze. 'Ik ben daar ook naar op weg.'

Ze zaten in de foyer van het Willows en keken uit over de rivier. Die was buiten zijn oevers getreden en de verhoogde oprit naar het hotel was de enige die nog begaanbaar was, als een ophaalbrug over een slotgracht. Op de parkeerplaats lag een stapel zandzakken. Ryan Taylor ving Ashworth op bij de receptie en wees hem op Vera die in de foyer op hem wachtte. Hij zei dat er een overstromingswaarschuwing was uitgegaan. Als het vanavond zou blijven regenen, zou de hele vallei onderlopen. Er werd ook springvloed voorspeld, wat de zaak er zelfs zo ver landinwaarts niet beter op maakte. Het hotel stond hoog genoeg, maar het laatste wat ze nodig hadden, waren gestrande gasten of bezoekers die de sportschool niet in konden, en daarom had hij maar besloten om aan weerszijden van de oprit een dam van zandzakken op te werpen.

Na Vera aan de telefoon te hebben gehoord, verwachtte Ashworth haar in een goed humeur aan te treffen. Afgaande op haar woorden was deze zaak op een haar na gevild en zouden ze nog voor de dag ten einde liep een arrestatie kunnen verrichten. Maar nu hij haar zo zag zitten, gebogen over haar koffie en een bord met zandkoekjes op de armleuning, maakte ze eerder een gespannen indruk. Besluiteloos haast. Als een gokker die niet weet wat te doen. Alsof ze uiteindelijk toch haar eigen oordeel in twijfel trok. Er brandde een vuur in de haard waar meer rook dan warmte van afkwam, en het was koud in het vertrek. Haar mobiele telefoon lag voor haar op tafel. Ze staarde ernaar.

'Verdomde hulpverlening,' zei ze. 'Ik heb contact opgenomen met Craig, de grote baas. Je zou toch verwachten dat ik met zijn hulp wel Matties geboorteplaats boven water zou krijgen. Het is kennelijk ontzettend veel gedoe om zulke oude informatie te achterhalen. Er is niets gedigitaliseerd. Hij zei dat hij me zou bellen zodra hij meer weet.'

'Wat is er dan aan de hand?'

'Als ik dat wist, zou ik als een ridder in mijn trouwe Land Rover ten strijde trekken en de ontvoerde maagd bevrijden.'

'Heb je het nu over Connie?' Ashworth kon het niet uitstaan als Vera zo raar tegen hem begon te doen. Het was haar manier om te verhullen wat ze werkelijk dacht. Alsof ze hem niet voldoende vertrouwde om hem deelgenoot van haar theorieën te maken.

'Goed, zij is één.' Ze keek hem aan. 'Heeft Mattie je iets wijzer kunnen maken over de plek waar ze is opgegroeid? Behalve dat het op het platteland was, in de buurt van water? Dat is niet waar ik op hoopte toen ik je daarheen stuurde, maar het is wel opvallend, vind je niet? Het heeft me aan het denken gezet...' Ze viel stil. Ze deed Joe denken aan een oude vrouw in het bejaardentehuis die voor zich uit brabbelend halverwege een zin vergeet waar ze het over heeft. Het schoot hem te binnen dat, mocht Vera zo eindigen, hij de enige zou zijn die nog weleens op bezoek zou komen.

Toen ze naar hem opkeek, zag hij dat ze verre van seniel was en bovendien nog een antwoord verwachtte.

'Nee,' zei hij. 'Ze heeft misschien wel meer te vertellen, maar een of andere vrouw begon in de zaal bonje te maken en dat haalde haar uit haar concentratie.' Hij zweeg en zei toen scherp: 'Het zou nogal geholpen hebben, als je me had verteld waar je op uit was.'

'Nee,' zei Vera. 'Dat zou helemaal niet hebben geholpen.'

'Dus wat gaan we nu doen?' Hij begon ongeduldig te worden. Hij zou heel wat rustiger zijn als hij wist dat Connie en het kind niets mankeerden. Hij kreeg het gevoel dat Vera hun levens op het spel zette.

Ze gaf niet direct antwoord en weer leek ze geheel tegen haar gewoonte in te aarzelen.

'Het huis aan het water, waar Mattie het over had,' zei hij. Ineens had hij, uitkijkend over de drassige parkeerplaats, een ingeving. Er zat geen gedachte achter, enkel zijn instinct dat hem zei dat de moordenaar in de omgeving van Barnard Bridge gezocht moest worden. 'Kan dat het boerderijtje zijn waar Connie Masters woont? We weten dat het nu wordt verhuurd als vakantiewoning, maar ooit moet het bewoond zijn geweest. Door een gezin? Matties moeder?'

'Het heeft geen zin om te blijven raden,' zei ze en ze wees het idee van de hand zonder het ook maar een seconde te overwegen. 'Dat kan overal geweest zijn. Ik moet een paar telefoontjes plegen.'

Zo te zien had zij haar besluit al genomen. De teerling was geworpen. Hij wachtte tot ze verder zou gaan, maar ze leunde met halfgesloten ogen achterover in haar stoel. 'Wat wil je dat ik doe?' vroeg hij na een tijdje. Hij wilde haar wakker schudden. Hij wilde haar weer zien bruisen van de energie, onvermoeibaar ten strijde zien trekken tegen de wereld. Hij vond het vreselijk haar zo breekbaar te zien.

'Ga naar Barnard Bridge,' zei ze, 'en hou Hannah Lister in de gaten.'

'Denk je dat ze gevaar loopt?'

Vera gaf niet direct antwoord. Hij wist niet eens zeker of ze de vraag wel had gehoord. 'Jenny Lister en Danny Shaw,' zei ze. 'Iemand is zijn sporen aan het uitwissen.' Ze keek hem aan en grijnsde ouderwets vilein. 'Of haar sporen. Ik dacht dat ik erachter was hoe het zat. Nu ben ik er niet meer zo zeker van.'

In Barnard Bridge heerste er een sfeer alsof de gemeenschap zich opmaakte voor een belegering. In de hoofdstraat was elke voordeur voorzien van zandzakken. De beek, die vlak bij Connies huis niet meer dan een stroompje was geweest, stond nu bijna een halve meter hoog en de Tyne stroomde bruin en woest onder de brug door met een crèmekleurige schuimlaag aan de oppervlakte. Er was niemand te zien. Ashworth belde maar weer eens naar Connies mobiele nummer en sprak een boodschap in. 'Als het vanavond blijft regenen, zal de rivier overstromen. Je moet hiernaartoe komen om je bezittingen in veiligheid te brengen voor het te laat is.'

Maar, dacht hij, maar weinig spullen in het huis waren haar eigendom. Toen hij en Vera haar garderobekast hadden geïnspecteerd, hadden ze gezien dat ze het merendeel van zowel haar eigen kleding als die van het meisje had meegenomen. De meubels waren eigendom van de eigenaar, niet van Connie. Ze had geen enkele reden om terug te keren. Zijn boodschap, mocht die haar al bereiken, was nutteloos.

In het huis van de Listers trof hij Hannah, Simon en een dominee, die daar ogenschijnlijk aanwezig was om Jenny's uitvaart te bespreken. Het stoffelijk overschot was overgedragen aan de begrafenisondernemer en dit was het moment om de details af te stemmen. De dominee droeg een spijkerbroek en een waxjas, waar zijn witte boord onderuit kwam. Hannah nodigde Ashworth uit om binnen te komen en bood hem koffie aan, maar hij had het gevoel dat hij niet kon blijven. Hannah was ongetwijfeld veilig in het bijzijn van deze twee mannen, en religieuze mensen gaven hem altijd een beetje de kriebels. De leraar van de zondagsschool in de Methodistenkapel waar hij door zijn moeder in zijn jeugd naartoe werd gestuurd, was bijzonder streng geweest. In plaats daarvan liep hij naar buurvrouw Hilda en klopte aan.

Ze was in haar eentje thuis. Ondanks het weer was Maurice het huis ontvlucht.

'Maak je over de jongens geen zorgen,' zei Hilda toen Ashworth er een opmerking over maakte. Hij moest glimlachen bij het idee dat zij haar man en zijn vrienden als jongens zag. 'Ze hebben op dat perceel van hen een vorstelijke schuur staan. Ze hebben de hele ochtend binnenshuis gezeten, maar het is inmiddels iets opgeklaard en bovendien konden ze wel een frisse neus gebruiken.'

Ze was net thee aan het zetten, maar nodigde hem niettemin binnen uit en terwijl zij boter en bloem mengde om gebak te maken, ging hij op een hoge kruk aan het aanrecht zitten.

'Die boerderij bij de beek, waar Connie Masters woont,' zei hij. 'Wie woonde daar voordat het in gebruik werd genomen als vakantiehuis?'

Hij had hierover nagedacht vanaf het moment dat hij Vera in het hotel had gesproken en had het zich geprobeerd voor te stellen. Hij wilde Vera laten zien dat hij ook ideeën had. Veronica Eliot was te gast geweest in het huis, toen haar zoon Patrick verdronk. Dat moet ook wel, want de enige manier om bij de beek te komen is via de tuin van het huis. Als Veronica bij een vriendin op bezoek was, moest er dus een vrouw van ongeveer dezelfde leeftijd hebben gewoond. Een vrouw met jonge kinderen misschien. Het kan de moeder van Mattie Jones zijn geweest, de moeder die haar later voor adoptie heeft afgestaan. Mattie was ouder dan Veronica's kinderen, maar niet heel veel. Als ze Patrick had zien verdrinken, zou dat beeld haar dan altijd zijn bijgebleven? Het verklaarde misschien waarom Mattie haar zoon op die manier had gestraft en waarom ze hem uiteindelijk heeft vermoord.

Het schoot hem te binnen dat dit precies het verband was waar Jenny Lister naar op zoek was geweest, toen ze Mattie ondervroeg in het kader van haar boek. Het was tenslotte een sterk verhaal, en maatschappelijk werkers houden van keurige, overzichtelijke motieven, net als sommige rechercheurs. Vera mocht dan wel weer van mening zijn dat hij de fantast uithing en dat sprookjes voor kinderen waren, maar zij werkte ook maar op goed geluk. En zij had daar ook succes mee.

Hij wachtte op het antwoord van Hilda. Ze was klaar met het kneden van het deeg, waste haar handen onder de kraan en droogde ze af met een handdoek.

'Mallow Cottage,' zei ze eindelijk. 'Het is nooit een gezegend huis geweest. De bewoners leken het er geen van allen lang vol te houden. Ze trokken er vol goede moed en mooie plannen in, maar iedereen leek het bijltje er alweer bij neer te gooien voordat het werk erop zat.'

'Ik had nooit gedacht dat u een bijgelovig type zou zijn,' zei Ashworth.

'Dat heeft niets met bijgeloof te maken!' Ze reageerde furieus. 'Vochtig, donker en te duur om te renoveren – daar heeft het meer mee te maken, volgens mij.'

'Maar er heeft zich daar een drama voltrokken,' zei Ashworth. 'Er is een kleine jongen overleden.'

'Patrick Eliot, dat klopt. Dat moet nu zowat op de dag af twintig jaar geleden zijn. We zijn allemaal naar de begrafenis geweest. Het hele dorp, hoewel we het gezin nog nauwelijks kenden. En daarna weigerde Veronica nog langer over de jongen te spreken.' Ze haalde haar schouders op. 'Dat vond men maar raar, maar iedereen verwerkt de dingen nu eenmaal op zijn eigen manier.' Ze zweeg weer. 'En nu is er weer een begrafenis waar we naartoe moeten. Ik zag de dominee hiernaast.'

'Wie woonde er in de boerderij ten tijde van het ongeluk?' Ashworth merkte dat hij in afwachting van het antwoord zijn adem inhield.

Ze stond bij de gootsteen, voegde druppelsgewijs koud water uit de kraan toe aan het deeg en mengde het erdoor met behulp van een mes. Ze draaide zich naar hem toe om hem toe te spreken.

'Niemand,' zei ze. 'Het huis stond leeg. Er stond een te koop-bord in de tuin, dat weet ik nog. Het heeft in alle kranten op de foto gestaan. Daarom kon Veronica de twee jongens in de tuin bij het water laten spelen. Het witte huis had toen nog niet echt een tuin. Het leek meer op een bouwput. De Eliots waren er net komen wonen.'

Toen Ashworth terugliep naar de Listers en daar aanklopte, werd er niet opengedaan. Misschien had de dominee de twee meegenomen naar de kapel of naar de pastorie om het gesprek over hymnen en grafreden daar voort te zetten. Ashworth belde Vera om verslag uit te brengen, maar hij merkte dat ze er met haar hoofd niet bij was. Ze gaf hem een aantal instructies zonder die nader toe te lichten.

Halverwege de middag stopte het met regenen en de mensen op straat lachten om de zandzakken en zeiden tegen elkaar dat Rijkswaterstaat deze keer wel erg had overdreven. Maar toen het donker werd, begon het opnieuw te regenen, een fijne motregen deze keer die door geen mens serieus werd genomen.

36

Vera bleef de hele dag in de foyer van het Willows. Ondanks de geruststellende woorden van Ryan Taylor, die bezwoer dat de zandzakken het water zouden tegenhouden, waren de meeste gasten vertrokken. Het was er stil en mistroostig, ondanks de hoge ramen viel er maar weinig daglicht de ruimte binnen. Toen ze voor de derde keer het nummer *Walking Back to Happiness* hoorde langskomen, had ze hem schreeuwend gevraagd of hij de achtergrondmuziek uit wilde zetten: ze kreeg het gevoel dat het liedje commentaar leverde op haar onvermogen om de moordzaak te doorzien.

Ze had besloten niets te ondernemen, vandaag althans. Ze haatte het om te moeten wachten, en ze begreep ook dat het een zeker risico met zich meebracht. Joe Ashworth zou zich kapot schrikken als hij wist wat ze bekokstoofde. Hij zou aandringen op arrestaties en spectaculaire achtervolgingen door het platteland. En de kans bestond natuurlijk dat ze het bij het verkeerde eind had. Ze was op het idee gekomen toen ze hier in de foyer zat, nadat ze de jonge ober had horen vertellen dat Jenny Lister op de ochtend van haar dood op iemand had zitten wachten die nooit was komen opdagen. Het bewijs was niet bijzonder overtuigend. En zelfs als Vera gelijk mocht hebben, dan nog bestond er geen garantie dat het tot een veroordeling zou komen, dacht ze. Een schuldbekentenis zou voor iedereen het beste zijn. Nu ze had besloten voorlopig niet in actie te komen, leek het haar verstandig hier te blijven, waar ze geen schade zou kunnen aanrichten. Als ze erop uit zou trekken, bestond de kans dat ze haar mond voorbij zou praten en daarmee de delicate balans, waarvan ze het vermoeden had dat die langzaam vorm begon te krijgen, zou verstoren. Het was altijd mogelijk dat dat nog meer geweld in de hand zou werken.

Dus ze was in de grote gebloemde leunstoel blijven zitten en ontbood haar teamleden een voor een. Vaker nog zat ze te bellen, soms bezwerend, dan weer vloekend. Eén keer gooide ze het toestel door de ruimte en moest ze hem van de met zijde beklede chaise longue pakken, waar hij op was terechtgekomen. Doreen, de oudere serveerster, bracht haar behalve kaasbroodjes, scones en boter, het ene na het andere kopje koffie. Ongeveer elk uur kwam Vera uit haar stoel overeind en banjerde dan het vertrek door om weer gevoel te krijgen in haar ledematen. Dan liep ze even naar het vuur, dat eindelijk een beetje warmte leek af te geven, of naar de wc. Daarna keerde ze weer terug naar haar stoel en werkte verder aan haar aantekeningen die het verloop van de moordzaak moesten bespoedigen.

Eén keer bleef ze tijdens haar pauze tien minuten naar de regenboog staan kijken die boven de vallei was verschenen. Maar de zon, die zich even had laten zien, werd al snel weer door de wolken aan het zicht onttrokken en de regenboog verdween.

Holly kwam als eerste bij haar langs. Ze kwam vroeg in de middag en was uitgehongerd. Vera voorzag haar van chips en taart en luisterde naar haar uiteenzetting over Hannah en Danny. Holly was naar hun school gegaan en had een paar docenten gesproken, en via hen was ze erin geslaagd een aantal leerlingen op te sporen die met Danny en Hannah bevriend waren geweest. Ze hadden elkaar in de kroeg in Hexham getroffen, waar een van hen werkte omdat hij spaarde voor een reis. Hij had een paar van zijn makkers gebeld. 'Niet dat Danny veel echte vrienden had,' zei Holly, met een mond vol taart. 'Hij blijkt een slimme jongen te zijn geweest, maar ook arrogant. Een beetje. De docenten hebben het niet met zoveel woorden gezegd, maar het was wel duidelijk dat ze hem niet mochten. Zijn medescholieren waren iets vergevingsgezinder. Hij was een soort aanvoerder van het stel. De uitslover. Maar ze keken meer tegen hem op dan dat ze hem echt aardig vonden. Ik heb de indruk gekregen dat iedereen hem erg cool vond, maar ook een beetje egocentrisch. Een fijne jongen om een avondje mee te gaan stappen, maar niet voor een vriendschap op de lange termijn.'

Weer dat woord.

'Wat voor relatie had hij met Hannah?' Vera zat nog altijd aantekeningen te maken. Ze wilde een zo duidelijk mogelijk beeld krijgen.

'Ze was niet zijn eerste vriendin. Daar was iedereen het wel over eens. Maar ze was wel de eerste om wie hij werkelijk gaf. En het was de eerste keer dat hij werd gedumpt, kennelijk. Dat kwam als een totale verrassing. Daar had hij helemaal geen rekening mee gehouden.'

'Was hij boos op Simon Eliot?' Dit leek Vera een in potentie belangwekkend detail. Ze keek Holly aan in de hoop dat ze de vraag op waarde wist te schatten. 'Het heeft er alle schijn van dat ze hem ten gunste van Simon aan de kant heeft gezet.'

'Danny is aanvankelijk ongetwijfeld boos op hem geweest, maar ze leken het de laatste tijd weer redelijk met elkaar te kunnen vinden. Ze zijn in de vakantie samen gesignaleerd. Op deze leeftijd is dit allemaal nog niet zo dramatisch, wel?'

Dat had Hannah ook gezegd.

'Er is dus niemand die meende dat Danny die knaap van Eliot iets kwalijk nam? Hij kan het hebben verzwegen.'

'Nee,' zei Holly. 'Ik kreeg niet de indruk dat het zo zat.'

Vera's zachte zucht deed Holly denken aan haar patience spelende grootmoeder. Soms, als het spel uitkwam, maakte ze een geluid dat precies zo klonk als het geluid dat Vera zojuist had gemaakt.

'Kende een van hen Michael Morgan?' vroeg Vera na een korte stilte. 'Weten we of Danny met hem omging al voordat hij in het hotel kwam werken?'

'De naam zei hen niets.' Holly zette haar bord naast haar op de grond. 'Maar dat hoeft niets te betekenen. Ze zeiden dat Danny altijd geheimzinnig deed over zijn plannen. Dat hoorde bij zijn imago. Soms verdween hij dagenlang van de aardbodem zonder dat iemand wist waar hij had uitgehangen.' Ze keek Vera aan. 'Het spijt me, hier schiet je vast niet veel mee op. Ik kan blijven rondvragen als je dat belangrijk lijkt.'

'Waarom ga je niet eens op tijd naar huis?' zei Vera. 'Het is vanwege al het water vast een chaos op de weg en je hebt morgen een lange dag voor de boeg.'

Tot haar vreugde zag ze dat Holly voor de verandering eens met haar mond vol tanden stond.

Omdat Vera de hele ochtend nog niets van Charlie had gehoord, ontbood ze hem in het Willows, zodra Holly haar hielen had gelicht. Ze zag hem vanaf zijn auto de trap op lopen, in zijn karakteristieke gekromde houding, alsof hij voortdurend oplette om niet in de hondenstront te trappen. De zon en de regenboog waren inmiddels verdwenen en het was nu bijna donker, hoewel het nog middag was. Doreen had overal in de foyer de kleine schemerlampjes op de tafels aangedaan. Charlie bleef in de deuropening van het schemerige vertrek staan; Vera riep hem. Ze had altijd een zwak voor hem gehad. Misschien had dat te maken met het feit dat zijn privéleven een nog grotere ravage was dan dat van haar. Hij gaf haar een goed gevoel.

'Thee?' vroeg ze. 'Of ben je al toe aan iets sterkers?'

'Wat neem jij?' Charlie had de kunst om vriendelijk over te komen nooit helemaal onder de knie gekregen en de woorden kwamen er op een agressieve toon uit.

'O, ik vind het nog te vroeg,' zei ze joviaal, 'en ik verzuip bijna in de thee, maar ik haal wel iets voor je.'

'Thee dan maar.' Hij keek haar argwanend aan.

'Heb je Connie al opgespoord, de maatschappelijk werker?'

'Ik heb haar auto gevonden. Beter gezegd, ik heb hem een paar keer op camerabeelden gezien. Er staat een camera in Effingham, het dorp ten oosten van Barnard Bridge. Nadat er een klein meisje op het zebrapad is doodgereden heeft de parochie in de buidel getast en een camera laten plaatsen.' Doreen had behalve thee ook een schaal koekjes neergezet, waarvan hij er eentje in zijn kopje doopte alvorens hem in zijn geheel in zijn mond te steken.

'En waar stond de andere camera?' Soms zat er met Charlie niets anders op dan geduld hebben.

'De auto is maar door één camera gefilmd, maar wel twee keer.' Het tweede koekje viel in zijn theekopje uit elkaar, voordat hij kans had gezien het op te eten. Hij vloekte binnensmonds en viste de kruimels met zijn lepeltje uit zijn thee.

'Probeer het eens in jip-en-janneketaal, Charlie. Ik heb het grootste deel van de dag hierbinnen gezeten; mijn hersenen zijn verwelkt.'

'Gisteren om negen uur 's ochtends is de auto gefilmd toen hij naar het oosten reed.'

'In de richting van Newcastle dus.'

'Ja, maar als ze naar Newcastle zelf had gewild, waarom is ze dan niet afgeslagen op de A69 en verdergegaan op de tweebaansweg?'

'Geen idee, Charlie, misschien wilde ze de toerist uithangen!' Zou dat mogelijk zijn? vroeg ze zich af. Als Connie ergens bang voor was, zou ze dan niet de kortste route hebben genomen naar haar schuilplaats?

Charlie negeerde de opmerking en ging door. 'Een uur en twintig minuten later is ze dezelfde camera in westelijke richting gepasseerd.'

'Dus waar was ze geweest?' Vera praatte nu in zichzelf. 'Zeker weten niet in Newcastle. Wat ze daar eventueel ook te zoeken had, ze had amper genoeg tijd om alleen al heen en weer te rijden. Tenzij ze alleen haar dochter op een veilige plek heeft afgezet. Dat zou dan bij de vader moeten zijn geweest; hij beweert dat hij al tijden niets meer van haar gehoord heeft en waarom zou hij daarover liegen? Naar Hexham dan?

Om boodschappen te doen, omdat ze van plan is onder te duiken. Ik had een theorie, maar waarschijnlijk zit ik er helemaal naast.'

'Als ze is doorgereden, moet ze in Carlisle zijn uitgekomen,' zei Charlie. 'En van daar naar Schotland of een andere plek in Noordwest-Engeland.'

'Ik zit niet te wachten op topografieles, man!' En je hoeft me ook niet te vertellen dat we zoeken naar een speld in een hooiberg.

Ze bleven een poosje zwijgend zitten. Doreen gooide een vers blok op het vuur dat nog vochtig moest zijn, aangezien het begon te sissen en er sap uit lekte.

'Volgens Holly houden we er vandaag vroeg mee op.' Charlie keek haar hoopvol, bijna smekend aan. Hij deed haar denken aan een van die grote, zachte, hijgende honden waar ze zo'n hekel aan had en die ze onder tafel altijd een schop wilde verkopen op het moment dat de eigenaar even niet keek. Het soort honden dat kwijlde.

'Jij niet, kerel.' Ze glimlachte hem kort toe. 'Je moet die auto nog opsporen. En ik weet dat je niet iemand bent die van half werk houdt.'

Het was inmiddels donker geworden en hoewel ze er vanwege het melkachtige licht dat de oprit verlichtte, van overtuigd was dat het opnieuw was gaan regenen, kon ze geen druppels horen vallen. Eventuele gasten in het hotel moesten zich op hun kamers hebben teruggetrokken. Terwijl ze de vertrekkende Charlie nakeek, naderde geen enkele auto het gebouw. Ze vond dat ze aardiger tegen hem moest doen. Het was niet echt een kunst om hem het vuur na aan de schenen te leggen. Maar voor dit soort klussen was hij de beste uit haar team, en dat had ze hem ook verteld, voordat hij zijn vieze regenjas had aangetrokken en ervandoor was gegaan.

Ze riep naar Doreen dat ze een schaal friet wilde, met een hamburger, als dat kon. Toen het eten werd gebracht, zat ze met haar ogen dicht in gedachten verzonken – niet om te ontspannen, maar vanwege alle ideeen die door haar hoofd spookten, willekeurige beelden die in haar opkwamen en waar ze amper wijs uit werd. Ze at te snel, omdat ze de rode draad van haar gedachten niet wilde verliezen, met uiteindelijk maagklachten tot resultaat, waar ze de rest van de avond last van zou blijven houden.

Even later belde ze naar de gevangenis in Durham. 'Ja, ik weet hoe laat het is. Maar dit is belangrijk. Ik heb een boodschap voor Mattie Jones. Het zou nog beter zijn als ik haar even zou kunnen spreken.'

Maar de directeur voelde daar niets voor. Hij was al opgetrommeld op zijn vrije avond. Een gedetineerde had zelfmoord gepleegd, en daarna was er onrust uitgebroken op een van de afdelingen. Ze hadden iedereen vervroegd naar zijn cel gestuurd in de hoop dat de rust daarmee snel zou zijn wedergekeerd. Hij liet doorschemeren dat hij niet van plan was om de veiligheid van zijn personeel op het spel te zetten vanwege de grillen van een politieagente. Vera probeerde hem tevergeefs onder druk te zetten. Hij kon zich niets voorstellen, zei hij op belerende en koele toon, wat niet tot morgen zou kunnen wachten.

Zodra ze had opgehangen, belde Ashworth. Hannah Lister was weer thuis, zei hij. Hij wist niet waar ze die middag was geweest, maar hij had haar zien thuiskomen. Simon was er inmiddels ook. Wilde Vera dat hij met haar ging praten?

'Nee,' zei Vera. 'We kunnen het vanavond maar beter voor gezien houden.'

Ze stond een laatste keer op en bleef voor het haardvuur staan. Ze zou wel willen dat ze kon blijven waar ze was om opgekruld in de leunstoel in slaap te kunnen vallen. Maar ze liep de zachte, donkere buitenlucht in, vastbesloten om naar huis te rijden.

Halverwege kreeg ze een ingeving, ineens, als een gloeilampje dat boven haar hoofd verscheen zoals in de strips die ze vroeger als kind las. Strips die ze van Hector kreeg, omdat hij er ook dol op was. Bij de eerste de beste mogelijkheid draaide ze om en ze reed in zuidoostelijke richting terug naar de kust.

Tynemouth lag verborgen in de mist en ineens was ze er. De koplampen schenen amper ver genoeg om te kunnen parkeren. Buiten rook het naar zout en zeewier. De misthoorn klonk, net als tijdens de eerste keer dat ze Morgan verhoorde.

Er brandde geen licht in zijn appartement. Ze keek op haar horloge. Negen uur. Het stel zou vast en zeker nog niet in bed liggen. Ze belde niettemin aan en klopte op de deur. Geen reactie. Ze zag in de mist een gestalte aan het begin van de straat. Even lang als Morgan, met een lange jas aan en een nauwe muts op waaronder heel goed een kaal hoofd zou kunnen schuilgaan. Maar toen de man dichterbij kwam, zag ze dat het iemand anders was. Deze man was jonger, een student nog.

Ze weigerde het op te geven en liep alle cafés en restaurants in het dorp af, op zoek naar Morgan of diens vriendin. Ze moest er steeds vreemder uitzien naarmate haar wanhoop groeide, dacht ze. Het enige waar ze op uit was, was bevestiging, ze wilde dat Morgan in zijn geheugen zou graven naar de gesprekken die hij met Mattie Jones en Danny Shaw had gevoerd. Een paar woorden die een heel nieuw licht op het drama zouden werpen. Ze werd nergens veel wijzer en nadat ze nog een laatste keer zijn appartement had gecontroleerd, liep ze naar haar auto. Toen ze thuiskwam, zag ze dat het middernacht was.

37

Gedurende de nacht steeg het waterpeil in alle stilte. Er stond geen wind, de regen sloeg niet als kiezels tegen de ruiten, in plaats daarvan kwam het water rustig maar gestaag naar beneden. Vera werd wakker in een ander, door water gedomineerd landschap. Toen ze vanuit haar huis naar beneden keek, zag ze dat de zeearm op sommige plaatsen buiten zijn oevers was getreden, de grens tussen land en water was daar onduidelijk, rafelig. Geulen waren rivieren geworden, die op de lagergelegen weilanden overgingen in een reeks poelen. Maar de lucht was opgeklaard en het was droog.

De zon was amper op of ze werd al gewekt door het geluid van haar telefoon. Charlie. Mijn god, hij heeft de hele nacht doorgewerkt. 'Ik heb de auto gevonden.' Hij klonk schor, alsof hij ook nog de hele nacht had gepraat, maar ook triomfantelijk.

'Waar?'

'In de buurt van die camera in Effingham. Aan de Barnard Brigdekant van het dorp is een klein industrieterrein. Hij staat daar op de parkeerplaats.'

'Mijn god, man, hoe heb je die gevonden?'

'Door te zoeken.'

Ze zag hem voor zich, rondrijdend in het donker, door de regen, langs elke straat en parkeerhaven in de Tyne-vallei.

'Sta je daar nu?'

'Ja, ik heb hem ongeveer een uurtje geleden aangetroffen, maar ik wilde je niet uit je schoonheidsslaapje halen.'

'Daar had je je niets van moeten aantrekken!'

'Nou ja, ik was dermate gesloopt dat ik zelf ook even ben weggedoezeld voordat ik je belde.'

Ze lachte. 'Je bent te eerlijk voor deze wereld, Charlie. Zo krijg je nooit een leidinggevende functie. Kun je me de namen van de bedrijven doorgeven?'

Het viel even stil en ze kon hem op zijn stoel heen en weer horen schuiven. Ze zag voor zich hoe hij een bord bestudeerde bij de ingang van het bedrijventerrein. Ze wist precies wat voor soort industrieterrein het zou zijn. Een zestal bedrijven in keurige, gemetselde gebouwen, een verzekeringsmaatschappij, IT-bedrijven, naast de gevestigde namen een paar plaatselijke onderneminkjes. De huur zou er heel wat lager liggen dan in het centrum.

Hij dreunde ze een voor een op. 'Swift Computers; Northumbrian Organic Foods; Fenham en Bright Communicatie; General...'

'Ho even, Charlie. Christopher Eliot werkt bij Fenham en Bright. Beschouw de auto als een plaats delict en laat niemand in de buurt ervan komen, maar bel de techneuten pas als ik hem gesproken heb. Blijf daar op de uitkijk staan tot je hem op het werk hebt zien verschijnen, en probeer hem alleen maar tegen te houden als je denkt dat hij ervandoor wil gaan.' Toen schoot haar pas te binnen dat hij de hele nacht op was geweest. 'Ik zal zorgen dat Holly je komt aflossen.'

'Neuh,' zei hij. 'Laat maar. Ik hou het wel vol, totdat jij hier bent.'

'Maar ik kan niet rechtstreeks naar de vallei. Ik moet eerst met Morgan praten. Ik wil een paar dingen bevestigd hebben, voordat ik de Eliots weer aan een kruisverhoor onderwerp.' Ze was zich ondertussen aan het aankleden, spitte de lades door op zoek naar schoon ondergoed en besloot dat de rok van gisteren er nog wel een dagje mee door kon. Een plooirok kreukte toch niet. Geen tijd om te douchen. Gedurende de hele rit zuidwaarts was ze in gesprek via de handsfreeset die ze naar Hectors Land Rover had overgeheveld, die ze had verkozen boven haar eigen auto, omdat die minder geschikt was om het vele water te trotseren.

Haar eerste indruk was dat Michael Morgan hem was gesmeerd. De gordijnen van zijn appartement waren nog dicht en hoewel het nog even duurde voordat de praktijk open zou gaan, had ze toch wel enig levensteken verwacht. Ze stelde zich voor hoe hij en Freya na een yogasessie van een uur aan hun ontbijt zaten van organische muesli met yoghurt. Walvisgeluiden op de achtergrond.

Ze klopte aan en zag uit haar ooghoeken diverse buren door de ramen naar buiten gluren. Ze herkenden haar waarschijnlijk nog van de vorige avond. Een van hen stond vast op het punt om de politie te bellen. De buurtwacht was ongetwijfeld goed georganiseerd in Tynemouth. Zo'n plaatsje was het wel. Net op het moment dat ze het wilde opgeven en naar haar afspraak met Charlie wilde gaan, hoorde ze voetstappen op de trap en werd de voordeur opengedaan.

Ze zag direct dat Morgan had gedronken. Misschien de hele nacht door, misschien had hij een paar uurtjes geslapen en was hij wakker geworden met een kater die nog niet helemaal was ingedaald, omdat hij daarvoor nog te dronken was. Hij droeg een slobberende trainingsbroek en een capuchontrui en hij stonk naar alcohol en zweet.

'Mijn god man, ik dacht dat jij zo zuiver leefde.' Ze duwde de deur verder open en hij deinsde achteruit voordat hij achter haar aan de trap op liep. Ze trok de gordijnen open en zette de ramen tegenover elkaar open. Op de grond lag een lege wodkafles, ernaast een glas. Zonder iets te zeggen verdween ze naar de keuken waar ze twee mokken oploskoffie klaarmaakte.

'Heeft Freya dit gekocht?' Ze hield de bus met Fairtrade-oploskoffie omhoog en schudde ermee in zijn gezicht. 'Jij bent toch meer van het echte werk? Jij en Danny waren echte koffieliefhebbers.'

'Freya is weg.'

'Wat is er gebeurd?' Vera juichte vanbinnen, maar haar stem verried enkel medeleven. Ze leek wel een maatschappelijk werker.

'Ze heeft een ander. Een van de studenten op de toneelschool. Een briljant acteur, naar het schijnt. Een ster in wording.' Met elke zin nam zijn verbittering toe. Vera vroeg zich af in hoeverre hij oprecht verdrietig was dat Freya hem had verlaten en in hoeverre hij kwaad was dat Freya het lef had gehad om iemand boven hem te prefereren. Zoals Danny, nadat Hannah hem had gedumpt. Hun te grote ego was nog iets wat de twee mannen gemeenschappelijk hadden.

'Nou ja, ze is nog erg jong,' zei Vera. 'Misschien nog te jong om zich te binden.'

'Maar ik wilde met haar verder!' Hij schreeuwde bijna. 'Ik wilde met haar samenwonen, een gezin stichten. Ik wilde wat iedereen heeft.'

'Maar niet alles draait nu eenmaal om wat jij wilt, of wel?' Ze vond dat hij leek op die peuters die ze af en toe in de supermarkt zag, spartelend op de vloer omdat hun moeder weigerde een ijsje voor hen te kopen. 'Ik heb bovendien wel wat beters te doen dan jouw liefdesleven doornemen. Drink die koffie op en fatsoeneer jezelf. Ik wil antwoord op een paar vragen en ik heb niet de hele dag.' Ze nam plaats op de futon in de woonkamer en ze wachtte tot hij achter haar aan kwam.

Toen de ondervraging ten einde was en zij weer overeind kwam, zei hij: 'Ik hield echt van Freya, weet u. Het ging niet alleen maar om mij.'

En Mattie Jones hield echt van jou. Maar zij heeft niet een nacht doorgehaald met een fles wodka; zij vermoordde haar zoon. Vera keek hem aan maar zei niets. Dat kon ze hem per slot van rekening niet kwalijk nemen.

Toen Vera bij het bedrijventerrein aankwam, was Charlie nog niet vertrokken. Ze nam plaats op de bijrijdersstoel van zijn auto. Holly en Joe zaten al achterin. Het terrein zag er gelikt en aangeharkt uit, de parkeerplaatsen voor het bezoek werden door een rij bomen en struiken aan het zicht van de kantoren onttrokken.

'Daar staat Connies auto.' Charlie wees naar een hoek verderop die nog in de schaduw lag. 'Ik had hem bijna over het hoofd gezien.' Hij stonk nog niet zo erg als Morgan, maar hij was aardig op weg. Hij zag eruit alsof hij zich dagen geleden voor het laatst had geschoren en uit de asbak torende een berg peuken.

'Is Eliot binnen?'

'Nou, ik heb hem nooit persoonlijk ontmoet, maar de auto die je hebt omschreven is hier om halfnegen neergezet op een gereserveerde plek vlak bij de ingang. Er stapte een lange man uit met grijs haar.'

'Dat moet hem zijn.' Vera keek op haar horloge. Het was iets over negenen. 'Joe, jij komt met mij mee. Holly, jij blijft hier en zorgt ervoor dat de forensische jongens die auto binnenstebuiten keren. Charlie, jij gaat naar huis om te douchen.'

Hij begon tegen te sputteren. 'Jij bent de held van de dag,' zei ze, 'en dat zullen we heus niet vergeten. Als je onder de douche bent geweest, je geschoren hebt en een uurtje hebt geslapen, mag je weer terugkomen. Je zult niets van de actie missen. We houden je op de hoogte.'

'Wat is Fenham en Bright eigenlijk voor bedrijf?' vroeg Ashworth. Omdat ze in hoog tempo naar het kantoorgebouw liep en Joe haar ternauwernood kon bijbenen, kwam de vraag er hakkelend uit.

'Ze leggen telefoon- en internetverbindingen aan, hoofdzakelijk in ontwikkelingslanden. Daarom is Christopher Eliot zo vaak op reis.' Ze had het bedrijf op Google opgezocht nadat ze Eliot had ontmoet in het witte huis.

'Denk je dat hij betrokken is bij Connies verdwijning?'

'Dat weet ik pas,' zei Vera, 'als ik hem dat gevraagd heb.'

Ze gingen een draaideur door en liepen naar de receptie. Twee dichtgeplamuurde vrouwen zaten achter de balie en roddelden met onverholen leedvermaak over de overstromingen. 'Heb je het lokale journaal gezien? Die auto die werd meegesleurd? Sommige plekken zitten zonder elektriciteit.' Aan weerszijden van de balie stonden twee planten in grote potten, ook al nep.

'Kan ik u helpen?' Een accent uit Ashington, met een chic laagje.

'Dat hoop ik, snoes. Ik zou graag Christopher Eliot spreken.'

Het plichtmatige antwoord kwam direct. 'Meneer Eliot is helaas de gehele dag niet beschikbaar. Wellicht dat zijn secretaresse u verder kan helpen?'

Vera legde haar identificatie op de balie. 'Zoals ik al zei zou ik graag meneer Eliot spreken. Wijst u maar waar zijn kantoor is. U hoeft onze komst niet aan te kondigen.' Toen ze de deur door liepen, de gang op, bleef ze even staan en draaide zich om zodat ze nog een keer van de woedende blik van de vrouw kon genieten. 'Zo meteen zullen er een paar collega's van ons aan het werk gaan op de parkeerplaats. Die lusten wel koffie of thee. Dank u.' Toen ze Joe naast zich hoorde grinniken, had ze het gevoel dat ze de hele wereld aankon.

Eliots kantoor bevond zich op de eerste verdieping en bood uitzicht over het bos en de verderop gelegen heuvels. Ze vond hem hier meer op zijn plaats dan in het witte huis. Hij had evengoed een militair kunnen zijn, dacht Vera. Een officier, uiteraard. Een van die mannen wiens aardse bezittingen in een rugtas pasten en die net zo goed in Afghanistan of Zuid-Georgië konden overleven. Zijn paspoort bevatte ongetwijfeld stempels van landen over de hele wereld. Maar nu was dit even zijn hoofdkwartier. Er hing een landkaart aan de muur, uit het continent Afrika staken een paar rode punaises. Op het bureau een foto van twee kleine jongens.

'Is dit Patrick?' Vera wees naar de kleinste van de twee. Hij was tenger en blond, leek eerder op zijn vader dan zijn moeder.

Eliot zat nog altijd aan zijn bureau. Hij was bij Vera's entree even opgeveerd. 'Inspecteur Stanhope?' Een begroeting, en tegelijk een afgemeten vraag naar de reden voor haar komst. Hij keek naar de foto. Het was, afgaande op zijn gezichtsuitdrukking, onmogelijk te bepalen waar hij aan dacht. 'Ja, dat is Patrick. Deze foto is gemaakt op zijn tweede verjaardag. Een week later is hij overleden.'

'Thuis zijn er geen foto's van hem te zien.'

Hij trok zijn wenkbrauwen op. 'Iedereen rouwt op zijn eigen manier, inspecteur.'

'Hebben jullie nooit nog een kindje overwogen?'

Vera rekende erop dat hij haar zou toebijten zich met haar eigen zaken te bemoeien, zoals ze zelf in vergelijkbare omstandigheden zou hebben gedaan, maar wellicht was hij blij dat hij eens over het onderwerp kon praten, al was het met een wildvreemde als Vera.

'Ik had graag nog een kind gehad, maar Veronica wilde daar niets van weten. Ze zei dat ze het niet aandurfde. Wat als er iets zou gebeuren, iets fout zou gaan? Ze zou dat niet aankunnen. Het verlies van een tweede kind zou ze niet overleven.'

'Vond u dat een extreme reactie?' Vera sprak rustig en beschaafd.

Hij haalde zijn schouders op. 'Zoals ik al zei, inspecteur, iedereen rouwt op zijn eigen manier.'

'Uiteraard.' Jouw manier is in beweging blijven; uren doorbrengen op vliegvelden, lange ritten in vrachtauto's over zanderige wegen, nieuwe gezichten, nieuwe plekken. Geen banden. 'Waar hebt u Veronica ontmoet?'

Deze keer stelde hij de legitimiteit van de vraag wel ter discussie.

'Gunt u mij het plezier.'

En dat deed hij; wellicht was hij evenzeer gewend aan het opvolgen van bevelen als het uitdelen ervan.

'In het Willows. Op een verlovingsfeest. Via vrienden van vrienden. Volgens mij ken ik haar al sinds mijn jeugd. U weet hoe dat gaat als je in dezelfde regio opgroeit. Haar ouders waren voornamer dan de mijne, maar ze waren niet rijk. Er is sprake geweest van een droevige situatie omtrent een brand en een onverzekerd huis. Maar op dat feestje in het Willows hebben we voor het eerst met elkaar gesproken. Ze is meen ik een tijdje weggeweest. Een baan als au pair, bij vrienden van haar ouders ergens in Schotland. Ze was geweldig. Dat is ze natuurlijk nog steeds, maar toen was ze ook nog ontzettend mooi.'

Trouw. Nog zo'n deugd van de militair.

Hij haalde een pasfoto uit zijn portemonnee. Veronica, begin twintig. Slank en bleek. Lange, donkere haren die om haar gezicht gedrapeerd leken. Ernstig. Geen spoor van een lach.

'Was Simon Veronica's eerste kind?'

'Natuurlijk!' Hij lachte kort. 'Het is een zeer voorspoedige zwangerschap geweest. Geen complicaties, ze heeft ook nooit een miskraam gehad. Niets aan de hand. Hij was iets te vroeg en ik heb de feitelijke bevalling gemist, ik kwam terug uit het Midden-Oosten toen het bloederigste deel achter de rug was. Maar het is allemaal soepel verlopen. Daarom leek het me ook niet zo'n risico om na Patrick nog een kindje te krijgen.' Hij keek op. 'Waarom vraagt u dat, inspecteur?'

'Achtergrondinformatie.' Ze bleef luchtig. 'Pure nieuwsgierigheid, eigenlijk. Niet de reden van mijn bezoek. Ik ben hier, omdat er op de parkeerplaats een auto van een vermiste vrouw staat.'

'O?'

'Connie Masters. Ze woont in Mallow Cottage, op een steenworp afstand bij u vandaan.'

'Ik heb mijn vrouw weleens over haar gehoord, maar ik heb haar nooit persoonlijk ontmoet.'

'U hebt dus geen idee hoe haar Nissan Micra op jullie parkeerterrein terecht is gekomen?'

'Het spijt me, inspecteur, ik zou het echt niet weten.' Hij keek haar aan met zijn heldere grijze ogen en voor het eerst durfde Vera niet te zweren dat hij de waarheid sprak. Ze stelde zich hem voor als onderhandelaar. Of als pokerspeler. Daar zou hij vast bedreven in zijn. Hij kon bluffen zonder een spier te vertrekken.

Ze stond op en zag Ashworths verbazing over het feit dat ze het er kennelijk nu al bij wilde laten. Bij de deur hield ze in en ze draaide zich naar Eliot om. 'Is Patrick begraven?' vroeg ze. 'Is er een graf?'

Als de vraag hem al tegen de borst stuitte, liet hij hier niets van merken.

'Nee. Hij is gecremeerd. Dat wilde Veronica.'

'En de as is uitgestrooid op Greenhough, het voormalige familielandgoed.' Een vaststelling dit keer, geen vraag.

'Inderdaad.'

'Is die plek daarom zo belangrijk voor haar?'

'Die is voor ons allemaal belangrijk.'

Nu verliet Vera de kamer en deed de deur zachtjes achter zich dicht.

38

Tijdens de korte rit van het bedrijventerrein naar Barnard Bridge deed Vera slechts één keer haar mond open, om een telefoontje aan te nemen. Omdat ze de persoon aan de andere kant Craig noemde, meende Joe Ashworth dat het die gast van de sociale dienst moest zijn, maar verder had hij geen idee waar ze het over hadden. Gedurende de gehele rit was Craig aan het woord, Vera luisterde slechts. Ze reden nog altijd in Vera's Land Rover, wat tegen zo'n beetje alle regels indruiste, omdat de auto zowat honderd jaar oud was en elk moment uit elkaar kon vallen, maar Vera zei dat als ze op hoog water zouden stuiten, ze er in elk geval doorheen zouden kunnen. De ramen sloten niet goed meer en de motor maakte zoveel lawaai dat het leek alsof ze in een tank zaten. In de auto stonk het naar diesel.

Pas toen ze over het grind van de oprit van het witte huis reden, zei Vera iets. 'Jij houdt je mond dicht, oké? En maak aantekeningen. Gedetailleerde aantekeningen. Die zullen we nodig hebben in de rechtszaal.'

Al na de eerste klop op de deur deed Veronica open. Ze was bleek en maakte een gespannen indruk, die Ashworth deed terugdenken aan de foto die Christopher Eliot hem in zijn kantoor had laten zien. De hardheid was verdwenen, ze was weer een kwetsbare, jonge vrouw. Ze droeg een lange waxjas en rubberlaarzen.

'Het spijt me, inspecteur, ik was net op weg naar buiten.'

'We moeten praten.' Vera liep meteen door naar de keuken, alsof ze haar eigen huis binnenging. Ashworth volgde haar. Toen Veronica aarzelde, blafte ze haar toe. 'Nu! Ik heb haast.'

Ze namen plaats aan de keukentafel, Vera tegenover de vrouw, Ashworth aan het hoofd met zijn notitieboek discreet op zijn schoot. Veronica liet de jas van haar schouders glijden, maar hield haar laarzen aan.

'Waar heb je Connie Masters verborgen?'

'Ik weet niet waar je het over hebt.'

'Neem me niet in de zeik hier, dame. Haar auto is gesignaleerd op het parkeerterrein bij het bedrijf van je man. Ik wil weten waar ze zijn. Haar kleine meid moet zo langzamerhand doodsangsten uitstaan.'

Veronica zei niets. Ze staarde hautain zwijgend uit het raam.

'Ik weet dat jij de Nissan daar hebt achtergelaten en als je wilt, kan ik het bewijzen. Als we alle taxibedrijven in de Tyne-vallei afbellen, vinden we ongetwijfeld de chauffeur die je daar heeft opgehaald en teruggebracht heeft naar Barnard Bridge. Je kon natuurlijk niet je man om een lift vragen, of wel soms? Je wilde niet dat hij vragen zou gaan stellen.'

De vrouw volhardde in haar zwijgen. Maar Ashworth zag haar bleke hand trillen op het tafelblad. Het zou niet lang duren voordat ze zou instorten.

Vera boog voorover en toen ze weer sprak, klonk haar stem totaal anders. Zo zacht dat Ashworth, die aan de andere kant van de tafel zat, haar nauwelijks kon verstaan. 'Vertel eens over de baby, Veronica. Je eerste kindje. Vertel eens over Matilda.'

Veronica verroerde zich niet, maar haar ogen vulden zich met tranen. Toen ze knipperde, rolden ze over haar wangen. Ashworth zag dat ze geen make-up droeg; wellicht was dat de reden dat ze er zo anders uitzag.

'Hoe oud was je toen ze werd geboren, Veronica? Het staat in de dossiers. De dossiers van de hulpverleners. Ik kan het zo nakijken.'

O, maar dat heeft ze al gedaan, dacht Ashworth. Daar was dat telefoontje voor bedoeld.

'Vijftien,' zei Veronica. 'Ik was vijftien.'

'Over tienerzwangerschappen werd destijds nogal anders gedacht dan nu, of niet soms? Het was een taboe. Zeker binnen een familie als de jouwe. Vertel op.'

'De vader van het kind was ouder dan ik,' zei ze. 'Een monteur. Hij had een grote motor en droeg leren laarzen, en ik vond hem de meest aantrekkelijke man ter wereld. Ik had hem wijsgemaakt dat ik zeventien was, hij schrok zich kapot toen hij achter mijn werkelijke leeftijd kwam.' Er verscheen een broze glimlach op haar gezicht die Ashworth zowat in tranen deed uitbarsten. 'Hij wilde met me trouwen, zodra ik daar oud genoeg voor was. Maar daar kon natuurlijk geen sprake van zijn. Bedenk eens hoe groot de schande voor onze familie zou zijn.'

'Het was al erg genoeg dat het familiekapitaal in rook was opgegaan,' mompelde Vera. 'Ze konden het zich niet veroorloven om ook nog hun goede reputatie kwijt te raken.'

'Hoe dan ook,' zei ze, 'was de verhouding ten dode opgeschreven. Dat hadden ze goed gezien.' Ze bleven zwijgend zitten en Ashworth kon de woeste rivier over de rotsen en onder de brug tekeer horen gaan.

Veronica sprak op rustige toon verder. 'Toen ik in de gaten had wat er aan de hand was en voldoende moed had verzameld om het mijn ouders te vertellen, was het al te laat voor een abortus. Het kindje zou komen. Iedereen had daar vrede mee. Mijn ouders hielden de man verantwoordelijk en zouden hem zeker hebben laten vervolgen, ware het niet dat de zaak daarmee op straat zou komen te liggen, wat ze koste wat kost wilden voorkomen. Ze behandelden me als een invalide, als iemand die niet in staat was zelfstandig beslissingen te nemen.'

'Dus hebben ze je tijdelijk naar vrienden in Schotland gestuurd.'

Ze keek op. 'Daar bent u van op de hoogte?'

'Christopher heeft verteld dat je daar een tijdje als au pair hebt gewerkt.'

Ze keek haar vol afschuw aan. 'Christopher weet hier helemaal niets van!'

'Misschien had je het hem moeten vertellen,' zei Vera. 'Wie weet had hij het niet erg gevonden.'

Veronica schudde haar hoofd.

'Hoe dan ook,' zei Vera, 'het plan was om de baby aan te bieden voor adoptie. Klopt dat?'

'Dat leek iedereen het beste.'

'Maar jij dacht daar anders over.'

'Ik wilde haar niet direct na de geboorte afstaan.' Heel even brak er een glimlach door. 'Ik was toen al koppig. Ik heb haar gehouden en voor haar gezorgd. Dat ging me best goed af.'

'Maar uiteindelijk hebben je ouders je omgepraat?'

'Ze zeiden dat het beter zou zijn voor de baby. Er waren veel echtparen die dolgraag een kindje wilden. Twee ouders zouden goed voor haar kunnen zorgen. Ik zou mijn leven weer terug hebben.'

'Maar ze is nooit geadopteerd, of wel soms? Ze is in de pleegzorg terechtgekomen, maar nooit officieel geadopteerd. Hoe kan dat?'

'Er bestaat een procedure,' zei Veronica. 'Via de rechter, waarbij een voogd ad litem wordt aangewezen, zoals dat heet, om de belangen van het kind te beschermen. Dat is een formaliteit. Meestal.'

'Maar niet in jouw geval?'

'De voogd kwam bij mijn ouders thuis. Matilda was toen bijna achttien maanden. Ik had het proces vertraagd en ingewikkelder gemaakt, omdat ik de baby niet direct wilde afstaan. Het was een rommeltje. Matilda was in een pleeggezin ondergebracht en die mensen wilden haar graag adopteren. Ze was een ander type dan op wie ik had gerekend – de voogd, bedoel ik. Ik had me een oude en strenge dame voorgesteld. Bij het woord "voogd" moest ik altijd aan een armenhuis denken. Maar ze was nog jong, haar leeftijd lag dichter in de buurt van de mijne dan die van mijn ouders. Ze droeg dezelfde kleding als ik. Ze was de eerste met wie ik echt over de baby kon praten.'

Ashworth zag Vera een steelse bik op de klok werpen. Ze dacht aan Connie Masters en aan haar kind, en de tijd die voortschreed. Maar wie zijn baas tegen Veronica hoorde praten, zou zweren dat ze alle tijd van de wereld had.

'De voogd heeft je het gevoel gegeven dat je best zelf voor het kind zou kunnen zorgen?'

'Zelfs dat niet. Ze vroeg me of ik er klaar voor was om het formulier te ondertekenen. Het formulier om toestemming te verlenen voor adoptie. Toen ik twijfelde, hebben we samen alle opties doorgenomen. Als Matilda bij een pleeggezin geplaatst zou worden en niet zou worden geadopteerd, bestond de kans dat ik contact met haar zou kunnen blijven onderhouden. En wellicht zou ze op een dag weer bij me terugkomen.'

'Je hebt dus geweigerd het formulier te ondertekenen. Daar zullen je ouders ontzettend blij mee zijn geweest, maar niet heus.'

'Ze waren des duivels en vonden het de meest egoïstische beslissing die ik ooit had genomen.' Veronica keek Vera recht in de ogen. 'En daar hadden ze natuurlijk gelijk in. De ouders die voor Matilda zorgden, konden de onzekerheid of ze haar al dan niet zouden mogen adopteren niet aan. Ze is toen overgeplaatst. Ik heb het formulier ondertekend toen ze drieenhalf was, maar toen was het al te laat. Adoptie is haar niet gegund. Ze heeft geen stabiele jeugd gehad en dat is allemaal mijn schuld.'

'Dat lijkt me eerder de schuld van de hulpverlener die je zover heeft gekregen om dat formulier niet te tekenen!'

Ashworth rekende erop dat zijn baas zou vervallen in haar standaardtirade tegen maatschappelijk werkers, maar ze wist zich in te houden.

'Matilda kwam op bezoek,' zei Vera, 'in de periode dat jij nadacht. Dat weet ze nog.'

'Is dat zo?' zei Veronica, op een toon waaruit Ashworth niet kon afleiden of ze dit verheugend dan wel bedroevend nieuws vond. 'Ze was nog zo klein dat ik dat niet had gedacht. Ik weet natuurlijk alles nog. Wat ze aanhad, wat ze zei. Ze was nog zo klein, heel schattig. En lief. Een gehoorzaam meisje.'

Ashworth dacht: zelfs zo gehoorzaam dat ze later alles deed wat mannen haar opdroegen.

'Ze heeft Jenny Lister over haar bezoeken verteld,' vervolgde Vera. 'Maar Jenny had sowieso toegang tot de dossiers. Ze moet hebben geweten dat je Matties biologische moeder was.'

'Ik dacht daar niet graag aan,' zei Veronica. 'Ik rekende erop dat Jenny er ooit weleens over zou beginnen. Ik dacht dat ze het Simon misschien wel zou vertellen. Hij heeft nooit geweten dat hij een zus heeft.'

'Waarom zou ze dat gedaan hebben? Ze hechtte veel waarde aan discretie.' Vera zweeg even, keek de vrouw aan en leek meer nadruk op de vraag te leggen dan noodzakelijk was. 'Heeft ze je verteld dat ze van plan was een boek te schrijven?'

Het viel stil. 'Simon heeft het een keer laten vallen,' zei ze uiteindelijk. 'Hannah had hem bijgepraat over zijn moeders droom om anderen deelgenoot te maken van de verhalen van haar cliënten. Alsof dat zo'n nobel streven was.'

'Ze zou, mocht het boek er daadwerkelijk zijn gekomen, de cliënten natuurlijk niet onder hun eigen naam hebben opgevoerd, al zouden mensen uit de directe omgeving hun vermoedens kunnen hebben.' Vera keek de vrouw die tegenover haar zat indringend aan. 'Is dat de reden dat je de relatie tussen Hannah en Simon afkeurde? Je was bang dat Jenny Simon op een dag deelgenoot zou maken van jouw geheim, zodra ze hem wat beter had leren kennen.'

'Elias Jones was mijn kleinzoon,' zei Veronica. 'Die vrouwen hebben hem laten sterven.'

'Jij hebt Patrick laten sterven,' zei Vera afgemeten, op nuchtere toon.

De stilte sloeg in als een bom; weer drong het geluid van het stromende water het huis binnen. Ashworth zag een jong kind voor zich, dat door de stroom werd meegesleurd en net zolang in de golven spartelde, totdat zijn gezicht volledig onder water was verdwenen en hij richting zee was gedreven.

'Dat was een ongeluk!' zei Veronica uiteindelijk. 'Dat was een heel andere situatie.'

'Eén kind afgestaan,' zei Vera, 'en één kind overleden. En het derde viel voor de dochter van de vijand. Vat ik het zo goed samen?'

'Simon verdiende beter,' zei Veronica. Het was een nietszeggende standaardfrase.

'Waar heb je Connie Masters heen gebracht?' vroeg Vera.

Veronica negeerde de vraag. Het leek alsof de vrouwen elkaars woorden amper konden horen: ieder volgde in een zo nu en dan onderbroken monoloog zijn eigen gedachten. Het deed Ashworth denken aan een van die vreemde, moderne theatervoorstellingen waar zijn vrouw hem weleens mee naartoe had genomen. Twee personages die maar doorkwebbelden zonder daadwerkelijk naar elkaar te luisteren.

'Kan Matilda zich werkelijk nog iets herinneren van haar bezoeken?' Veronica's vraag kwam onverwacht, uit het niets.

Deze keer was het Vera die antwoord gaf. 'Ja, ze heeft erover gepraat. Met Jenny en Michael Morgan. Ik ben vanochtend bij hem geweest om het nog eens te verifiëren. Ze koesterde die herinneringen.'

'Wat weet ze er nog van?'

'Dat ze met de auto gebracht werd door een maatschappelijk werker. Ze vertelde over een huis dat in het water was gebouwd. Dat moet toch het botenhuis bij het meer zijn geweest? Dat van het schilderij in jullie hal. Het botenhuis van Greenhough.'

'We gingen daar altijd heen. Mijn ouders wilden haar niet thuis over de vloer hebben. Het bleef een taboe.' Ze keek op en stelde de vraag die er het meeste toe deed. 'Kan Matilda zich mij nog herinneren?'

Maar Vera was al overeind gesprongen en struikelde bijna. 'En daar heb je Connie en het kind dus naartoe gebracht! Mijn god, hoe heb ik zo stom kunnen zijn. Maar waarom? Kon je het niet uitstaan om die twee samen gelukkig te zien?' Hierna zweeg ze en ze bleef stilstaan, haar lichaam naar de vrouw toe gedraaid, als een groot granieten standbeeld, en toen ze weer iets zei sprak ze zacht, haast in zichzelf. 'Nee, dat had er natuurlijk niets mee te maken.'

Ashworth was ook opgestaan. Hij wist niet precies wat Vera op dit moment van hem verwachtte. Moest hij haar volgen? Veronica Eliot arresteren? Na haar laatste woorden was de inspecteur verrassend snel in beweging gekomen. Ze liep al in de hal naar de voordeur, de sleutel van de Land Rover in de hand.

'Ik zou hen nooit een haar krenken,' riep Veronica haar na. 'Ik zou een kind nooit iets aandoen.' Maar haar stem klonk zwak en weinig overtuigend.

Ashworth liet haar vooralsnog zitten.

39

Connie lag de hele nacht te piekeren en na te denken hoe ze zo stom had kunnen zijn. Hoe had ze zich zo kunnen laten beetnemen? En ze dacht nog wel zo slim te zijn geweest. Ze was na dat eerste telefoontje natuurlijk in paniek geraakt. Een bedreigend, suggestief, dwingend telefoontje in de vroege ochtend. De stem vervormd, dat wist ze zeker. Ze had in de nasleep van Elias' dood voldoende dreigtelefoontjes ontvangen. Die waren kwetsend en stompzinnig geweest, maar onvergelijkbaar met dit telefoontje. Minder angstaanjagend. Ze had destijds ook brieven gekregen. Die had ze uiteindelijk ongelezen verbrand. De politie had om de brieven gevraagd; wellicht was het mogelijk de afzenders voor het gerecht te slepen. Maar Connie had de gedachte dat een wildvreemde ze onder ogen zou krijgen niet kunnen verdragen. Wie weet zou die ontvankelijk blijken voor de afschuwelijke dingen waar ze van werd beticht. Dit telefoontje was erger geweest dan de brieven, en Connie vatte de zaak ernstig op. Ze snapte dat ze Mallow Cottage moest verlaten. Het was zaak om met Alice een veilig heenkomen te zoeken. Ze mocht niet samen met de politie gezien worden.

Op dat moment was Veronica gearriveerd. Connie kon haar uiteraard niet vertellen wat er aan de hand was. Dat was ondenkbaar. Ze kon deze respectabele vrouw toch moeilijk vertellen dat ze op de vlucht sloeg voor de politie! Ze had gezegd dat journalisten haar lastigvielen en dat ze daarom een tijdje wilde onderduiken. Ze hadden haar opgespoord, haar in verband gebracht met de moord op Jenny Lister. En Veronica – die altijd zo vijandig was geweest en de vrouwen uit het dorp had vergiftigd met haar kwaadsprekerij – bleek plots een en al hulpvaardigheid. Ze had gesnapt dat ze uiterst discreet moest blijven. De roddelpers was uiteraard wreed en nietsontziend. Veronica had weleens gehoord dat ze vuilnisbakken doorzochten en mobiele telefoons afluisterden. Veronica zei dat ze over een vakantiehuisje in de buurt beschikte. Daar konden Connie en Alice wel blijven, totdat de politie de moordenaar had opgespoord. Het was er spartaans en bovendien was er de hele winter niemand geweest, maar het moest er volgens haar wel mee door kunnen. Er stond een kookstel dat op butagas werkte, ze hoefden alleen maar inkopen te doen. Ze was er als kind veel geweest en had er altijd met volle teugen van genoten.

Ze waren in Connies auto naar de supermarkt gereden om boodschappen te doen. Ze konden niet met die van Veronica, omdat daar geen kinderzitje voor Alice in zat. Daarna hadden ze via een met gras overwoekerd pad het botenhuis bereikt. Alice was verrukt geweest, zoals ieder kind zou zijn geweest.

'Je moet in de buurt van het water heel voorzichtig zijn, lieverd,' had Veronica gezegd, op haar knieën zittend zodat haar gezicht dicht bij dat van het meisje was. 'Het is hier erg diep, ook dicht bij de oever.'

Toen waren ze naar binnen gestapt en ze hadden de ramen opengegooid om de ruimte te luchten; het was toen nog niet begonnen met regenen. Veronica had in een witgeschilderde kast een paar lakens gevonden die ze over de reling van de overloop hing om uit te waaien.

Het huis bestond uit één groot vertrek, met een stapelbed in de hoek. Tegen de blinde muur stond een houten afscheiding met daarachter een wastafel, een wc en een kaars die op een plank op een schoteltje stond. Veronica had haar laten zien hoe het fornuis werkte en als lunch hadden ze worstjes klaargemaakt. Nadat Connie had haar laten zien hoe vaak hij gebeld had, was Veronica op het idee gekomen om Joe Ashworth te bellen.

'Je wilt toch niet de indruk wekken dat je iets te verbergen hebt! Echt, ik zou hem even bellen, schat, voor hij stad en land naar je gaat afzoeken.'

Hierna was ze in Connies auto weggereden, nadat ze had haar verzekerd dat ze hem op een plek zou achterlaten die geen journalist zou vinden. Ze zou over twee dagen terugkomen met een nieuwe voorraad boodschappen. Hoewel de moordenaar dan natuurlijk allang gearresteerd zou zijn en Connie weer veilig naar huis kon terugkeren.

Nadat ze Veronica die eerste middag hadden zien wegrijden, waren ze gaan wandelen in het bos. Alice had genoten, balancerend op de omgevallen boomstammen en bloemen plukkend, die ze later in een emaillen pot in de vensterbank hadden gezet. Ze waren langs een gedenkteken van witte kiezels gelopen, dat wel wat weg had van een tombe, met een bosje sleutelbloemen er zorgvuldig bovenop gelegd. 's Avonds was Alice direct in het onderste bed in slaap gevallen en had Connie nog wat gelezen bij de gaslamp, luisterend naar de regen. Ze stelde zich voor dat ze thuis in haar vaders schuur zat.

De volgende dag had het geregend en Alice was onhandelbaar en humeurig. Er was geen tv die haar afleiding kon bezorgen. Connie wilde Veronica wel bellen, maar de batterij van haar telefoon was leeg. Ze had haar oplader wel meegenomen, maar natuurlijk beschikte het botenhuis niet over elektriciteit. Op tafel stond een doos met spelletjes en ze speelden potjes mens-erger-je-niet en pesten. De regen sloeg zo hard tegen het dak dat Alice met haar handen haar oren bedekte.

'Ik wil naar huis! Ik vind het helemaal niet leuk hier!'

'Morgen,' had Connie geantwoord. 'Morgen komt tante Veronica weer terug en dan kunnen we naar huis. Daarna kun je misschien wel een paar dagen bij je vader logeren.'

In het botenhuis was geen koelkast en al het verse eten was al op. Ze kookte pasta en mengde die met de inhoud van een blikje tonijn. Alice kreeg daarna als toetje een hele chocoladereep. Zodra het meisje in slaap was gevallen, was Connie op haar rug in bed gaan liggen en ze had het grootste deel van de nacht wakker gelegen. Zo moest het dus voelen om in de gevangenis te zitten, dacht ze. Hoewel er in de gevangenis nog vreemde en angstaanjagende geluiden bij zouden komen. Hier was het volkomen stil. Uiteindelijk viel ze in slaap.

De volgende ochtend werd ze tegen zonsopgang wakker met geïrriteerde ogen, ze was nog altijd niet uitgeslapen. De gordijnen die voor de ramen hingen, waren erg dun en zelfs toen ze nog in haar bed lag, kreeg ze de indruk dat er iets aan het licht veranderd was. Het leek wel alsof het gesneeuwd had, het licht was feller dan je zou verwachten. Ze klom stilletjes uit bed, nam de deken mee die ze om haar schouders sloeg en keek naar buiten. Het waterpeil van het meer was die nacht flink gestegen, het huis was omgeven door het water. Kleine golven overspoelden de aarde. Er was verder geen beweging te bespeuren, de bomen aan de overkant werden perfect door het water weerspiegeld.

Ze had direct in de gaten dat er geen acuut overstromingsgevaar dreigde, maar toch voelde ze de paniek in haar onderbuik die haar bijna deed gillen. Ze zag de schoonheid om zich heen – het licht dat werd weerkaatst en dat haar aan sneeuw had doen denken, de compositie van bomen en heuvels weerspiegeld in het water – maar dat nam de angst niet weg. Het gevoel opgesloten te zitten, was werkelijkheid geworden. Ze begreep nu dat mensen die vastzaten in een brandend gebouw zo in paniek konden raken dat ze een vrijwel zekere dood tegemoet sprongen. Dat had niets te maken met de angst voor het vuur, bedacht ze, maar met de angst om opgesloten te zitten. Hoewel ze amper kon zwemmen, werd de verleiding om de deur open te doen en zichzelf in het water te laten glijden, haar bijna te veel.

Toen ze achter zich een geluid hoorde, slaakte ze van schrik een gilletje. Misschien was het een rat. Ze had weleens gehoord dat ratten door hoogstaand water uit hun natuurlijke leefomgeving werden verdreven. Konden ratten zwemmen? Maar het was natuurlijk Alice geweest die was opgestaan en die nu rillend naast haar stond. Aan Connie de taak om hun benarde positie om te buigen tot een avontuur.

'Is het niet mooi? Alsof we op een boot zitten. Waar zullen we deze ochtend eens heen varen?'

Connie hoorde de wanhoop in haar eigen stem. Alice kroop in haar armen en begon te huilen.

Nadat ze hadden ontbeten, hoorde Connie een auto het pad op rijden. Ze waren zo ver van de bewoonde wereld, verscholen achter de bomen, dat het geluid ver droeg en heel hard leek. Op elk ander moment zou ze hebben gevreesd dat het een politieauto zou zijn. Die dikke vrouwelijke inspecteur, met haar kolenschoppen, vieze tanden en onafscheidelijke vragen. Maar nu zou ze zelfs als het Vera Stanhope bleek te zijn een gat in de lucht springen. Maar misschien was het Veronica wel. Dit was tenslotte haar terrein. Het botenhuis is vast al eens eerder ondergelopen. Ze zou wel weten wat ze het beste konden doen. Connie leunde voorover uit het raam en ving turend door de boomkruinen een glimp op van de auto. Niet de hare. Deze auto had een andere kleur, en bovendien zou haar kleine Nissan het water onmogelijk kunnen trotseren. Maar nog altijd bestond de mogelijkheid dat het Veronica was.

Omdat het nog vroeg in het jaar was, hing de zon, die zich inmiddels had laten zien, laag aan de horizon. Vanwege de zon leek de gestalte op de oever niet meer dan een silhouet die plots tevoorschijn kwam achter de hoge muur die de oude tuin omzoomde. Misschien was de auto vast komen te zitten, of misschien had diegene besloten te voet verder te gaan. Connie moest haar ogen samenknijpen om te kunnen zien dat de vlek in de verte een persoon betrof. Een schaduw met een regenjas en laarzen aan. Meer kon ze niet onderscheiden.

Een klein bootje dat ooit op de oever had gelegen, dobberde nu op het water, in toom gehouden door een touw. De man pakte het touw vast en begon de boot naar zich toe te trekken. Want het was een man, meende Connie. De handeling werd dermate krachtig en doelgericht uitgevoerd dat Connie uitsloot dat haar bezoeker een vrouw was.

Ze riep Alice. 'Kijk, schat, iemand komt ons redden.' En ze begonnen allebei als gekken te zwaaien. De man op de oever hief slechts zijn hand en zwaaide terug.

Hij had het bootje inmiddels aan land getrokken en er twee roeispanen uit opgediept die kennelijk al die tijd op de vloer hadden gelegen. Hij duwde het bootje weer terug het water op waar hij tot aan zijn kuiten doorheen waadde voordat hij aan boord sprong.

Hij roeide hun richting op en naderde het botenhuis. Hij werd niet meer van achteren beschenen door fel zonlicht, maar inmiddels zat hij met zijn rug naar hen toe waardoor ze nog altijd niet kon zien wie hij was. Zelfs toen hij hen had bereikt en de boot had vastgemaakt aan een van de planken die als afrastering dienstdeden, herkende ze hem niet. Toen was het tijd om haar aandacht op andere dingen te richten: ze propte al haar bezittingen in een tas en zorgde ervoor dat Alice in haar buurt bleef en niet te dicht bij het water kwam.

'Wacht even!' schreeuwde ze, en het paniekgevoel kwam weer terug. Dat was echter belachelijk, aangezien hun redder zich echt niet zomaar weer zou omdraaien en zonder hen terug zou roeien.

Ze hoorde hoe hij op de houten steiger van het botenhuis stapte. Het gekraak van planken, het geluid van klotsend water op het moment dat het bootje verlost werd van zijn gewicht, gevolgd door voetstappen. Toen hij in de deuropening bleef staan, kon ze hem voor het eerst goed zien. Ze herkende hem. Dat gezicht had ze eerder gezien.

40

Vera hield zichzelf voor dat ze geen haast had. De maatschappelijk werker en haar dochter bevonden zich in het botenhuis. Dat zou voor hen een uitje zijn, zoiets als kamperen. Het meisje zou waarschijnlijk van elke minuut genoten hebben. Vera was vroeger ook wel voor het nodige avontuur te porren geweest, als ze Hector vergezelde op zijn expedities. Pas toen ze oud genoeg was om te begrijpen wat er zich 's nachts in de heuvels afspeelde, begon ze een hekel aan de tochten te krijgen. Wellicht dat ze daarom zo hard reed: ze wilde niet dat het meisje uiteindelijk hetzelfde soort herinneringen zou opdoen als zij had gedaan: het gevoel van angst in haar onderbuik, het verlangen naar geborgenheid in een vertrouwde omgeving. Er waren namelijk altijd wel mensen geweest die achter Hector aan hadden gezeten: de politie, de parkbeheerders, de dierenbescherming. Hij ging dermate op in zijn hobby dat hij genoot van het kat-en-muisspel. Het kwam niet in hem op dat Vera weleens bang zou kunnen zijn.

Terwijl Vera de oude Land Rover nog eens op de staart trapte, voelde ze een misselijkmakende spanning. Vlak voordat ze het pad, geflankeerd door de twee stenen pilaren met de uitgebikte gierenkoppen wilde inslaan, zag ze het water over de weg lopen. Er stond een bord. WEG AFGESLOTEN WEGENS OVERSTROMING. Een oudere man probeerde op het nauwe pad zijn auto te keren om terug te kunnen rijden naar het dorp. Dat ging niet bepaald vlot. Vera schakelde de vierwielaandrijving van de Land Rover in, reed met twee wielen over de steile oever waarbij de auto een hoek van vijfenveertig graden maakte, en passeerde de bejaarde in zijn Volvo. Het water stond zo hoog dat het door de portieren naar binnen sijpelde. Ze had geen idee of de man haar überhaupt had gezien voordat de watergolf veroorzaakt door hun verplaatsing zijn voorruit overspoelde. Joe Ashworth, die naast haar zat, vloekte.

Het pad dat langs de voormalige tuin liep was nu veel drassiger dan toen ze er een paar dagen geleden overheen was gelopen. Zelfs met de vierwielaandrijving aan glibberde het voertuig alle kanten op. Ze hield haar snelheid laag. Het was van het grootste belang om niet vast te komen zitten. Ze wilde moeder en dochter in veiligheid brengen en daarna moest ze iemand arresteren. Voordat er nog meer slachtoffers zouden vallen.

Ze wist dat Ashworth vol vragen zat, ze kon zich echter niet concentreren op de rit naar het botenhuis en tegelijk met hem praten.

Een kleine auto zat vast, het water tot aan de bumper, het portier aan de bestuurderskant helemaal open. Ashworth reageerde met de verontwaardiging die past bij de conservatieve chauffeur: hij maakte gezien zijn leeftijd steevast een oude indruk. 'Dat is toch je reinste gekkenwerk om te proberen hier zonder vierwielaandrijving doorheen te komen.'

Op dat moment realiseerde Vera zich dat het kleine meisje gevaar liep. Ze was niet bevreesd dat ze nachtmerries zou krijgen of dat ze voor altijd geplaagd zou worden door deze vervelende jeugdherinneringen, maar dat ze niet oud genoeg zou worden om zich überhaupt iets te kunnen herinneren.

'Uitstappen!' zei ze. 'Schiet op. Hier hebben we geen tijd voor.' Ze droeg laarzen, maar Ashworth had nog altijd zijn vers gepoetste werkschoenen aan. Hij keek aarzelend naar de blubber die de auto omringde. Zij was al vier passen bij hem vandaan en glibberde vloekend en struikelend verder. Ze draaide zich om en keek hem aan. Hij zat nog altijd in de Land Rover. 'Wil je dat er opnieuw een kind verdrinkt? Uitstappen, man. Dat is een bevel.' Terwijl ze dit zei, wist ze dat ze niet eerlijk was. Als ze hem over haar angsten op de hoogte had gebracht, zou hij allang voorop hebben gelopen.

Ze renden langs de tuin met de vreemde standbeelden en de hoge, met klimop begroeide muur, en toen ze de rand van het meer bereikten, dacht ze dat ze te laat waren. Ze zag de roeiboot, de man gebogen over zijn roeispanen. Hij was zich dermate geconcentreerd een weg door het water aan het banen dat hij hen niet zag. En op de steiger zag ze moeder en kind, die toekeken hoe de man hen naderde.

'Ze zijn veilig,' zei Joe. Hij was afstandelijk, en had daar alle reden toe. 'Hij zal hen redden.' Hij impliceerde daarmee dat er geen reden was voor alle drukte en dat hij zijn schoenen voor niets vies had gemaakt.

'Nee, dat is wel het laatste waar hij op uit is. Hij heeft een hekel aan gelukkige gezinnetjes.'

Vera bleef staan toekijken. Ze stond volslagen machteloos. Het botenhuis lag op de andere oever van het meer, te ver weg voor haar stem, ze kon Connie dus niet met geschreeuw waarschuwen. Wat kon de vrouw bovendien doen, mocht ze Vera's waarschuwing wel kunnen horen? Ze zat gevangen in het botenhuis.

En, dacht Vera, de man in de roeiboot zou zich nu niet meer laten afschrikken. Hij had met het plegen van de tweede moord aangetoond niet langer voor rede vatbaar te zijn. Dit leek op zo'n nachtmerrie waarin je schreeuwt zonder dat er geluid komt, waarin je wilt wegrennen maar je aan de grond genageld blijkt te zijn.

'Was hij het al die tijd?' zei Ashworth. 'Natuurlijk. Ik had zijn auto moeten herkennen.'

Ze zei niets. Ze keken toe hoe de man de steiger van het botenhuis beklom. Connie en het meisje zaten nu binnen, uit het zicht. Ashworth maakte zich uit de voeten en baande zich een weg door het struikgewas en volgde de waterlijn tot aan het punt waar de afstand tussen het botenhuis en de oever het kleinst was. Hij had geen tijd meer om zich te bekommeren om zijn schoenen of zijn pak van Marks & Spencer.

Ik moet hem mijn verontschuldigingen aanbieden, anders bestaat de kans dat hij nooit meer met me wil samenwerken.

Er weerklonk een hoge gil, zo hard dat zelfs Vera hem van die afstand kon horen. De man verscheen op de steigers met Alice in zijn armen, op de voet gevolgd door Connie. Het viel Vera op dat het kind geen kik gaf, wie weet was ze verlamd door angst, de enige nuttige overlevingstactiek die alle emoties buiten de deur hield. Net zo verlamd als Vera was geweest. Maar de schreeuw had Vera uit haar lethargie gewekt. Ineens tetterde ze in haar telefoon met het verzoek om versterking, een ambulance, een rubberboot en een helikopter. Ze schreeuwde nu zelfs in haar telefoon: 'Nu! Ik wil het nu geregeld hebben!'

De man op de steiger hield Alice boven zijn hoofd. Het schoot Vera te binnen dat hij sterk moest zijn, aangezien hij haar schijnbaar moeiteloos leek op te tillen. Ging hij naar een sportschool? Toen bedacht ze dat hij een beetje op een priester leek. Een voorname geestelijke in een lang gewaad, die in de kathedraal de miskelk omhooghield, voordat hij die tijdens de dienst zegende. Of heette zoiets de mis? Ze had alle verschillen in terminologie nooit onder de knie gekregen.

De man spreidde zijn armen en liet het meisje in het meer vallen. Ze verdween onder water zonder een spoor achter te laten.

Ashworth was het botenhuis genaderd en waadde ernaartoe. Nu begon hij te zwemmen, zijn haar plakte als dat van een otter. Op de steiger was Connie in gevecht met de man, schreeuwend terwijl ze hem in het gezicht krabde. Maar Vera verloor Ashworth geen moment uit het oog.

Hij dook en kwam met het meisje weer tevoorschijn en schudde het water uit zijn haren. Hij zwom op zijn rug, hield het meisje stevig tegen zijn borst gedrukt, totdat het water ondiep genoeg was voor hem om te kunnen staan. Toen legde hij haar over zijn schouder en sloeg zijn armen om haar heen. Vera nam zich voor nooit meer bot of gemeen tegen hem te doen. Half zwemmend, half wadend slaagde hij erin het meisje aan land te brengen.

41

Simon Eliot keek vanuit het botenhuis bewegingsloos toe. Toen draaide hij zich om, maakte een perfecte zweefduik vanaf de steiger en begon naar de andere kant van het meer te zwemmen. Een show. Net als de badmeesters van het Willows die indruk wilden maken op de huisvrouwen. Hij moet hebben geweten dat er voor hem geen ontsnappen meer aan was.

Vera besloot de verantwoordelijkheid voor de operatie die tot de arrestatie van Eliot moest leiden, aan Ashworth over te laten. Ze voelde enige voldoening vanwege het feit dat ze het wat de identiteit van de moordenaar betrof bij het rechte eind had gehad. Het was haar plots te binnen geschoten, toen ze terugdacht aan de jonge ober die had gebloosd toen hij het over Jenny Lister had gehad. Jenny had gewag gemaakt van een relatie die eigenlijk niet door de beugel kon. Op wie was dit meer van toepassing dan op de verloofde van haar dochter? En bestond er iemand van wie het nog logischer was dat hij op oudere vrouwen viel dan Simon Eliot, wiens moeder al haar energie aanwendde om het verlies van haar twee andere kinderen te verwerken? Maar Vera werd misselijk als ze bedacht hoe weinig het had gescheeld of er was nog een kind overleden. In de kofferbak van haar Land Rover zocht ze haar sporttas. Een handdoek en een splinternieuw trainingspak, dat ze had aangeschaft nadat ze lid was geworden van de sportschool in het Willows, maar niet één keer aan had gehad.

'Trek dit aan,' zei ze tegen Ashworth. 'Je wordt anders geheid ziek.'

'Daar kan ik toch niet in rondlopen!' Hij was altijd al een ijdeltuit geweest.

'Je moet het helemaal zelf weten.'

Uiteindelijk werd de kou hem te veel. Hij verdween achter een hoge muur en kwam in het trainingspak weer tevoorschijn, zijn haar in de war, als bij een klein jongetje. De pijpen waren iets te kort, de trainingsbroek stond sowieso niet bij de doorweekte leren schoenen. Het is dat hij de held van de dag was, anders zou Vera met haar telefoon zeker een foto hebben gemaakt en die naar de overige teamleden hebben gestuurd.

‘Wees blij dat ik niet zo’n meisjestype ben dat graag roze draagt,’ zei ze. De opluchting maakte haar vrolijk. ‘Stel je voor hoe je er dan bij had gelopen.’

Connie zat met Alice op de bijrijdersstoel; Alice had al droge kleren aan en had Connies jas om zich heen geslagen. Nadat Ashworth het kind aan Vera had overgedragen, had hij Connie in het bootje aan land gebracht. Vera kon het natte meisje nog in haar armen voelen, de broze botten en het bonkende hart. Alsof ze een van Hectors vogels vasthield, dacht ze. Een uil misschien. Dichter bij het knuffelen van haar eigen kind zou ze nooit komen.

‘Wil je niet hier blijven om alles af te handelen?’ vroeg Ashworth. ‘We kunnen Connie door een patrouillewagen thuis laten brengen. Het water is al iets gezakt.’

‘Neuh,’ zei ze. ‘Dit is belangrijker.’ Ze wist dat het Ashworth slechts een paar minuten zou kosten om Eliot op te sporen. De man beschikte niet over een auto, was totaal doorweekt en bovendien cirkelde er een helikopter boven zijn hoofd. Joe had recht op de roem die op de arrestatie zou volgen.

Ze bracht Connie en Alice terug naar Mallow Cottage. ‘Weet je zeker dat ik jullie niet naar de eerste hulp moet brengen?’

‘De ambulancebroeders hebben haar onderzocht en gezegd dat ze niets mankeert.’

‘Goed.’ Het had Vera niet onverstandig geleken, bovendien zou ze het niet erg hebben gevonden als ze nog even had kunnen wachten met haar volgende ondervraging.

Ze parkeerde voor het huis van de Listers. De oude buurvrouw gluurde door de vitrage en zwaaide naar Vera toen ze haar herkende. Ze vond het een geruststellend idee dat er iemand was die op Hannah zou kunnen passen. Nadat Vera had aangebeld, hoorde ze voetstappen. Toen de deur openzwaaide was het meisje al aan het woord.

‘Waar ben je geweest? Ik dacht dat je alleen maar even naar de supermarkt zou gaan.’ Niet zeurderig. Zij zou nooit een zeurkous worden. Ze was enkel bezorgd. Toen ze Vera zag, leek het op een herhaling van haar eerste bezoek aan het huis, toen Vera haar had moeten vertellen dat haar moeder er niet meer was.

‘O, u bent het, inspecteur. Ik had eigenlijk Simon verwacht. Hij is met mijn moeders auto boodschappen gaan doen. Hij is al uren weg, misschien heeft hij last van de overstroming. Kan ik u een kopje koffie aanbieden?' Ze liep naar de keuken en Vera volgde haar.

'Misschien straks. Eerst moeten we even praten.'

Het meisje wierp een blik op Vera's gezicht en haar bewegingen stokten.

'U hebt hem opgespoord, of niet dan? De man die mijn moeder heeft vermoord?'

'Ja, we weten wie de dader is. Hij zit nog niet vast, maar dat is slechts een kwestie van tijd.'

'Is het iemand die ik ken?' Hannah keek haar aan en had wellicht in de gaten dat Vera meer te vertellen had dan alleen het formele bericht dat de moordenaar was opgespoord.

Vera zweeg. Het meisje had al zoveel moeten doorstaan. Hoe moest Vera haar vertellen dat de man die ze aanbad een moordenaar was?

'Het is Simon.'

'Nee!' Ze lachte krampachtig. 'U maakt een heel flauwe grap, nietwaar?' Ze werd grauw. Ze trok een stoel naar zich toe en plofte er zo'n beetje op neer.

'Geen grap. Wil je het weten? Zal ik eerst iemand halen? Een vriend, een leraar?' Vera had tijdens dat eerste bezoek vergelijkbare vragen gesteld en toen was Simon ten tonele verschenen. Hannahs ridder op het witte paard. Haar jonge verloofde.

'Vertel op. Ik geloof het niet, maar ik ben benieuwd naar uw verhaal.'

'Ze is verliefd op hem geworden. Je moeder is verliefd op hem geworden.'

Het viel stil, wat Vera niet had verwacht. Ze had rekening gehouden met tranen, ontkenning, woede, zelfs met de mogelijkheid dat Hannah haar het huis uit zou zetten.

'Dit komt niet als een verrassing?'

'Ze vond hem leuk,' zei Hannah zacht. 'Dat was wel duidelijk. Maar Simon en ik maakten er grapjes over. Waarom ook niet? Waarom zou een vrouw van middelbare leeftijd niet kunnen vallen voor een lekkere jonge vent? Maar ze zou er nooit gehoor aan hebben gegeven. Mijn moeder was een nette vrouw.'

Die er bovendien niet jonger op werd en wier biologische klok tikte. Lust is een machtige emotie. Je kunt jezelf eenvoudig wijsmaken dat je verliefd bent, als de hormonen eenmaal hun werk doen. De liefde geeft ons een vrijbrief om te doen wat we willen. Liefde is respectabel en grandioos, zelfs als je de verloofde van je dochter naait. Allemaal onzin natuurlijk, maar dat wordt ons nu eenmaal aangepraat. En na al die jaren zo braaf te zijn geweest, moet de verleiding om eens iets slechts te doen enorm sterk zijn geweest. Dat begrijp ik allemaal wel.

'Hoe zat het met Simon? Viel hij ook op haar?'

'Hij mocht haar, bewonderde haar. De verhouding met zijn eigen moeder was niet al te best. Ik vond het daarom des te fijner dat mama en Simon het goed met elkaar konden vinden.'

'Ze waren minnaars,' zei Vera. Het meisje kon de details maar beter van haar horen. Het verhaal zou hoe dan ook ooit naar buiten komen, zelfs als Eliot ertoe zou kunnen worden overgehaald om schuld te bekennen. 'Al maandenlang. Ze spraken elke week 's middags af in Durham. Ze gebruikte de bezoeken aan Mattie in de gevangenis, als alibi. Die bezoeken waren altijd erg kort. Dat heeft Mattie tegenover mijn brigadier bevestigd. De rest van de middag bracht ze door in Simons huis. Zijn ouders hadden dat voor hem gekocht. Als investering. Erg handig.' Ze keek Hannah aan. 'We hebben een foto van Jenny aan de buren laten zien. Een aantal van hen heeft haar herkend. De twee zijn zo discreet mogelijk geweest, maar ik ben bang dat er geen twijfel mogelijk is. Ze hebben een keer 's middags de gordijnen opengelaten en toen heeft een nieuwsgierig oud dametje hen zien zoenen.' Dat was een van de operaties die ze gisteren vanuit haar stoel in het Willows in gang had gezet: een buurtonderzoek in Simons straat. Ze had een paar vrienden bij het korps van Durham, die haar het een en ander verschuldigd waren. Die schuld was inmiddels ingelost.

'De donderdagen,' zei Hannah langzaam. 'Mama was op donderdag altijd laat thuis. En Simon hoefde ik ook al niet te bellen, omdat hij naar eigen zeggen altijd roeitraining had. Gevolgd door een paar biertjes met de jongens, natuurlijk.'

'Daarna moet je moeder zich schuldig hebben gevoeld,' zei Vera. 'Niet vanwege haar verhouding met Simon, denk ik, maar vanwege de leugens naar jou toe. Ze wilde het openbaar maken.' Dom wicht. Sommige dingen kon je maar beter geheimhouden. 'Simon vond het een vreselijk idee dat je erachter zou komen. Als er iemand was van wie hij hield, was jij het wel.'

'Dus hij heeft mama vermoord, zodat ze het me niet kon vertellen?' Hannah leek nu echt aangeslagen.

'O, niets in het leven is zo voor de hand liggend, wel?'

Simon Eliot was een complexe jongeman. Weer iemand die gebukt ging onder zijn jeugdtrauma's. Beelden in zijn hoofd. Te beginnen met een jongere broer die wordt verzwolgen door een woeste rivier. Die vervolgens geheel uit het gezinsleven lijkt te zijn verdwenen. Geen speelgoed. Geen kleding. Geen foto's. Simon moet met een enorm schuldgevoel zijn blijven zitten, verward omdat niemand er aandacht aan besteedde. Had hij van zichzelf gedacht dat hij gek geworden was? Er moeten momenten zijn geweest dat hij ervan overtuigd was dat hij zich het incident had ingebeeld. De aandacht van een toegewijde hulpverlener kwam wellicht als geroepen.

Hannah keek haar aan. 'Zeg het me,' zei ze. 'Ik wil het weten.'

'Simon had een halfzus,' zei Vera, 'die Mattie Jones heette.'

'Die vrouw die haar eigen kind om het leven heeft gebracht?'

'Die vrouw.' Vera keek naar de keukenvloer en zag dat ze met haar vieze laarzen modderige voetstappen op de tegelvloer had achtergelaten. Ze had ze bij de deur uit moeten trekken. 'Veronica heeft een kind gekregen, toen ze nog op school zat.'

'Maar dat zou mijn moeder hem nooit verteld hebben!' Hannahs stem was zo hoog dat ze leek te piepen. 'Ze had het nooit met anderen over haar werk.'

Maar zodra Simon ten tonele verscheen, verdwenen Jenny's voornemens als sneeuw voor de zon.

'Misschien heeft ze het hem niet verteld,' zei Vera. 'Misschien heeft hij haar aantekeningen gevonden. Het plan voor het boek dat ze wilde schrijven.'

Ze bleven zwijgend zitten.

'Simon en Danny waren vrienden, klopt dat?'

Vera's taak zat erop, maar Hannah was zo kalm en beheerst dat ze vond dat ze haar nog wel een paar vragen kon stellen.

'Ja, dat heb ik verteld.'

'Maar waren ze goede vrienden?'

'Ja, we waren allemaal lid van Folkworks, het project van de Sage voor jonge musici. Danny kon heel goed vioolspelen. Hij was ook een geweldige gitarist. Hij kon het met zijn klasgenoten op school niet zo goed vinden; liever ging hij om met die oudere gasten met wie hij muziek maakte.'

'Zelfs nadat hij jou was kwijtgeraakt aan Simon?'

'Ik heb u gezegd dat dat soort dingen voortdurend gebeurt. Het stelde niets voor. Danny hield van helden. Simon was ouder, slimmer.'

Maar ik heb dat niet goed begrepen. Ik beschouwde de jonge mannen als onderlinge rivalen, niet als vrienden. Dat heeft me volkomen op het verkeerde been gezet.

'Waar is hij?' vroeg Hannah plotseling. 'Waar is Simon?'

'De laatste keer dat ik hem heb gezien, was hij drijfnat. Hij was toen net het meer bij Greenhough overgestoken om aan ons te ontsnappen.'

'Dat is de plek waar we voor het eerst hebben gevreeën,' zei Hannah. 'In het botenhuis. Rond deze tijd van het jaar, hoewel het toen zonnig was. De vogels die zongen in het bos. Hij heeft me mee uit varen genomen op het meer en we hebben champagne gedronken.' Ze keek de tuin in. Hilda, de buurvrouw, was buiten de was aan het ophangen. Hannah was echter in gedachten verzonken en zag haar niet. 'Ik heb altijd al geweten dat hij beschadigd was. Hij kon onheilspellend zwijgen en soms werd hij zomaar ineens nijdig. Maar ik dacht dat ik hem kon genezen. Ik was ervan overtuigd dat ik hem beter kon maken.'

'Maar lieverd, dat was niemand gelukt.'

'Behalve mijn moeder,' zei Hannah. 'Misschien was het haar wel gelukt.'

'Nee! Zij verpestte juist alles!' Ze schrokken allebei van de luide, scherpe stem. Alsof iemand vloekte in de kerk. Simon had zichzelf via de voordeur toegang tot het huis verschaft. Vera was zo in beslag genomen door het meisje dat zij hem niet had horen aankomen. Zijn donkere haar was nog altijd nat, maar hij had droge kleren aangetrokken.

'Hoe ben je hier gekomen?' vroeg Vera. En direct hier achteraan: 'Je moeder, of niet soms? Ze wil het enige kind dat ze nog heeft koste wat kost beschermen. Is ze je gewoon komen halen, toen je haar gebeld hebt? Heeft ze je mee naar huis genomen zodat je je kon verkleden en heeft ze je daarna laten gaan? Een moordenaar op vrije voeten laten, hoe verantwoordelijk.'

'Je kunt mijn moeder niets kwalijk nemen,' zei hij. Hij klonk ineens vermoeid. 'Zij heeft geen idee wat er allemaal aan de hand was.'

'Ze weet meer dan voldoende,' bitste Vera terug. 'Of heeft het op zijn minst geraden. Waarom zou ze anders Connie en Alice uit Mallow Cottage hebben gehaald?'

'Omdat ik haar dat heb gevraagd.'

'En waarom zou je dat doen? In welk opzicht vormde Connie Masters een gevaar voor je?'

'Jenny wilde haar interviewen voor dat kloteboek. Misschien had ze dat al gedaan. Wat als ze dat mens zou hebben verteld dat we een verhouding hadden? Ik kon het niet riskeren dat Masters nog eens met de politie zou gaan praten. Ze kon me een motief voor moord in de schoenen schuiven.'

Zijn woorden kwamen er verward en onsamenhangend uit en Vera kreeg de indruk dat Simon zichzelf voor de gek hield. Dat was niet de ware reden voor de ontvoering. Vanuit het grote witte huis had hij Connie en Alice samen kunnen zien. Het gelukkige gezinnetje uithangen op de plek waar zijn broer was verdronken. Ze kon uit de bitterheid in zijn stem opmaken dat hij hen gehaat moest hebben.

'Ik wil Hannah spreken,' zei hij. 'Ik wil het haar uitleggen.'

'Tuurlijk, en ik wil de loterij winnen, zodat ik nooit meer iets met types zoals jij te maken hoef te hebben. Maar dat gaat ook niet gebeuren.'

'Alstublieft,' zei Hannah. 'Geef hem een paar minuten.' Ze stond op en de twee jonge mensen aan weerszijden van het vertrek keken elkaar aan. Weer viel het Vera op hoe rustig ze was. Het was de onzekerheid omtrent haar moeders dood geweest die haar zelfvertrouwen en karakter om zeep had geholpen. Kennis had haar er weer bovenop geholpen. 'Simon, wil je me alsjeblieft uitleggen waarom je het noodzakelijk vond de vrouw te vermoorden die het zo goed met je voorgehad heeft?'

'Hoe kun je zoiets zeggen?' Hij schreeuwde. 'Hoe kun je dat zeggen, nadat ze mij verleid heeft? Zij heeft me van je afgepakt.'

'Dat was je eigen keuze, zou ik zeggen, Simon. Jouw verantwoordelijkheid. Waarom moest ze dood?'

'Ze wilde het je vertellen. Daarmee zou ze alles tussen ons kapot hebben gemaakt. Ik kon die gedachte niet verdragen.' De tranen liepen over zijn wangen.

'O, Simon, wat ben je toch een kind. Je geeft me het gevoel dat ik al bejaard ben.' De woorden kwamen er kil en weloverwogen uit. Hannah liep op hem af, Vera verwachtte een uitbarsting van geweld. Een klap in zijn gezicht. Daar was ze op voorbereid. In plaats daarvan omhelsde ze hem. Hij liet zijn hoofd op haar schouder rusten en zij streelde zijn haar. Toen duwde ze hem van zich af en ze richtte zich weer tot Vera. 'Neem hem nu alstublieft mee. Ik wil hem nooit meer zien. Als hij hier nog een minuut langer blijft, ga ik hem misschien wel met een broodmes te lijf.'

42

Ter afsluiting van het onderzoek nam Vera haar team mee uit eten in het Willows. Ze beschouwde het niet als een overwinningsdiner – daarvoor was de herinnering aan de confrontatie tussen Hannah en Simon nog te vers – en het Willows, met zijn grote galmende eetzaal, had haar een toepasselijke locatie geleken. Dit was tenslotte de plek waar de hele zaak was begonnen.

Ryan Taylor had de mooiste tafel in het restaurant voor hen vrijgehouden, pal naast een groot raam dat uitzicht bood op de tuin en de rivier. Het waterpeil was weer gezakt, maar het gevoel dat ze op een eiland zaten, afgesneden van de rest van de wereld, was niet verdwenen. Het hotel was vrijwel verlaten. In een hoek dronk een ouder echtpaar zwijgend hun koffie. Aan een tafel in de buurt van de uitgang zat een zakenman onder het lezen van zijn krant soep te eten.

'Vertel me eens, Joe, hoe heeft Simon Eliot weten te ontsnappen?'

Ze waren uitgegeten. Vera had erop gestaan dat ze pas na het eten zouden gaan napraten. En ze hadden een hoop wijn gedronken. Vera had gezegd dat zij de taxi's naar huis zou betalen. Maar ze konden desgewenst ook hier overnachten als ze dat liever hadden, waarbij ze naar Ashworth en Holly had geknipoogd, die het vanavond beter met elkaar konden vinden dan sinds lange tijd het geval was geweest. Charlie was net naar buiten gegaan om te roken. Ze konden hem zien in het licht dat het terras bescheen, zijn hand die de vlam afschermde, terwijl hij zijn sigaret probeerde aan te steken. Hij moet hen naar hem hebben zien kijken, hij gebaarde naar hen om te wachten met praten tot hij zich weer bij hen gevoegd had.

Vera plaagde Joe, een gewoonte die ze waarschijnlijk nooit meer zou afleren. Zelfs als hij haar baas zou worden, wat niet geheel ondenkbaar was, dan nog zou ze plaagstoten blijven uitdelen. Haar voornemen om hem nooit meer te plagen, dat bij het meer in haar was opgekomen, was volkomen vergeten.

'Nou, kom op!' zei ze. 'Al die versterkingen, de auto's en de helikopter, en toch slaagde hij erin zijn moeder te bellen die jij vervolgens ruim baan hebt gegeven.'

Joe, daas van de merlot en van de cognac die naast zijn koffie stond, liet zich niet provoceren. 'Je hebt ons zelf verteld dat hij daar elke zomer kampeerde. Hij kende alle verstopplekken.'

'Nou ja, hij is hoe dan ook opgesloten,' zei Vera. Ze had Eliot persoonlijk naar het bureau gebracht en had wederom alle regels aan haar laars gelapt door hem naast haar te laten plaatsnemen in haar Land Rover. Ze had de zorg voor Hannah aan Hilda toevertrouwd. 'Hij zal schuld bekennen. Jenny's dochter zal niet in de rechtszaal hoeven verschijnen. Daar was ik bang voor, dat is de reden dat ik wilde wachten.'

Ze zaten zwijgend bijeen, en Vera wist dat ze allen aan Connie en Alice dachten en aan wat er mogelijk gebeurd zou zijn als Joe niet op tijd had ingegrepen. Charlie verscheen in de deuropening en liep over de geboende houten vloer naar hen toe.

'Vertel eens hoe het zit, baas,' zei hij. Hij liep al redelijk onvast, maar schonk voor zichzelf niettemin nog een glas wijn in. Hij had eerder al gezegd dat hij zich niet aan sterkedrank waagde: het hellend vlak. 'Het begin van het einde.'

Vera had op deze aansporing gewacht. Ze had het verhaal hoe dan ook verteld, maar het gaf zoveel meer voldoening als erom gevraagd werd. Ze leunde, gezeten aan het hoofd van de tafel, achterover in haar stoel, met haar glas in haar hand, en stak van wal. Ze sprak traag. Dit was geen verhaal om af te raffelen.

'Het begon eenvoudig,' zei ze. 'Een gefrustreerde vrouw van middelbare leeftijd die valt voor een knappe jonge vent. Een student die ervaring boven onschuld verkiest. Of bij voorkeur helemaal niet wilde kiezen. Het gebeurde op een avond dat Hannah er niet was. Simon kwam haar opzoeken, maar omdat ze verlaat was, vroeg Jenny hem te wachten. Ze bood hem een glas wijn aan.' Ze haalde haar schouders op en hief haar glas. 'Afschuwelijk spul, alcohol.'

Toen ze de tafel rondkeek, zag ze dat ze aan haar lippen hingen, als kinderen die voor het slapengaan worden voorgelezen.

'Simon heeft haar gekust,' zei ze. 'Niets meer, niets minder. Hij heeft zich er voor verontschuldigd, maar zo is het begonnen. Jenny raakte geobsedeerd door hem en al snel was de affaire een feit. Hij was gevleid door haar aandacht, denk ik. Waarom ook niet? Ze was nog altijd mooi. Ze zagen elkaar wekelijks in Durham. Jenny sprak Mattie sowieso, voor haar boek. Haar eerste afspraak was altijd met Mattie. Die bezoekjes in de gevangenis hield ze kort. Jenny zat daar evengoed om zichzelf minder schuldig te voelen over het feit dat ze de vriend van haar dochter naaide dan om informatie te verzamelen voor haar geweldige boek. In werkelijkheid wilde ze dolgraag tijd met de jongen doorbrengen.'

Ze zweeg, schonk nog eens bij en probeerde zich te verplaatsen in Jenny Lister, die de uren tot ze weer naar Simon Eliot in zijn studentenwoning mocht, had afgeteld. 'Toen begon het schuldgevoel te knagen, zoals dat altijd gaat.' Weer keek ze naar Ashworth. 'Een schuldgevoel is vreselijk. Niet iedereen kan ermee omgaan.' Weer een grijns.

'Waarom heeft Simon Eliot haar vermoord?' Charlie begreep het seksgedeelte, zoveel zag Vera wel, maar over de reden van het geweld tastte hij in het duister.

'Zeg, Charlie, gun een vrouw eens de tijd om een verhaal in haar eigen tempo te vertellen.'

Vera had Taylor verzocht de whiskyfles op tafel te laten staan en schonk nog een bodempje in haar glas. Schijt aan de artsen en hun gezondheidsvoorschriften – dit was een avond om in gepaste dronkenschap door te brengen.

'Terwijl Jenny Lister zich vermaakte met haar jonge minnaar, papte Michael Morgan aan met de mooie, jonge Freya. Hoewel de beide geliefden onderling ongeveer evenveel in leeftijd scheelden, zal niemand beweren dat Jenny een slechte invloed had op Simon. Toen Jenny er via Mattie achter kwam dat Freya in verwachting was, raakte ze opnieuw betrokken bij het gedoe met Morgan. Het kwam allemaal plots erg dichtbij. Ineens had ze door dat ze het deed met Matties halfbroer...' Vera kneep haar ogen samen en bedacht hoe toevallig het was dat Jenny Lister en Veronica Eliot in hetzelfde dorp terecht waren gekomen. Northumbrië was echter het dunstbevolkte district van Engeland en in kleine gemeenschappen was er altijd sprake van onderlinge verbanden. 'Ze besloot dat het gedaan moest zijn. En omdat ze eerlijk én ongelooflijk stom was, wilde ze alles aan Hannah opbiechten. Simon vond dat maar niets. Hannah aanbad hem. Ze waren tenslotte verloofd, wat voor zo'n jong stel geen sinecure was.'

'Hoe past Danny Shaw in dit plaatje?' Ashworth werd ineens ongeduldig. Misschien had hij een sms'je gekregen van zijn vrouw, dat hij stiekem onder tafel had gelezen, met de vraag waar hij in godsnaam uithing.

Vera deed haar ogen weer open en ging rechtop zitten. 'Ah, Danny Shaw, een wildebras en een charmeur. En een dief. Kon nooit opschieten met jongens van zijn eigen leeftijd, zocht altijd het gezelschap van oudere jongens. Als ik hulpverlener zou zijn, zou ik het misschien gooien op een conflict met zijn vader, maar gelukkig trek ik me van dat soort onzin nooit iets aan.' Ze zweeg en probeerde toen de vriendschap tussen Danny en Simon samen te vatten. 'Simon belichaamde alles wat Danny ambieerde: hij had op de chique school in het dorp gezeten, zijn vader was een geslaagd zakenman en Simon had het meisje voor wie Danny was gevallen. Maar Danny haatte Simon daarom niet. De jonge knaap bewonderde hem des te meer. Merkwaardig.'

'Dus?' vroeg Ashworth. 'Dan begrijp ik nog altijd niet waarom hij vermoord is.'

Het oudere echtpaar in de hoek stond op; hand in hand verlieten ze de eetzaal, als tieners.

'Dat komt doordat je nu eenmaal niet zo slim bent. Je kunt niet logisch nadenken.'

'Heeft Danny Simon met de moord geholpen?' vroeg Holly. 'Hij werkte daar. Hij kon Simon door de tourniquets sluizen, naar het zwembad. Hij wist te veel.'

'Klopt!' Omdat ze wist dat Ashworth zich hieraan zou ergeren, gaf Vera Holly een bemoedigend klopje.

'Maar waarom zou hij dat hebben gedaan?' Ashworth gaf zich nog niet gewonnen. 'Waarom wilde hij medeplichtig zijn aan moord?'

'Omdat hij jong en onbezonnen was,' zei Vera. 'Omdat hij graag risico's nam. En omdat zijn held hem dat vroeg.'

En wellicht omdat hij het Jenny Lister nog altijd kwalijk nam dat door haar toedoen zijn relatie met Hannah was geëindigd. Of misschien wist hij op dat moment niet dat Simon van plan was de vrouw te vermoorden. Misschien dacht hij dat het allemaal een grap was, een spel.

'Wat is er precies gebeurd die dag?' vroeg Charlie. 'Vertel dat eens. Laat de psychologische prietpraat maar zitten.' Hij zakte voorover op de tafel.

'Jenny kwam hier een paar keer per week zwemmen, voordat ze naar haar werk ging. Niet heel vroeg, maar wel voordat het goedkope tarief inging. Omdat Simon zeker wilde weten dat ze op de bewuste dag zou verschijnen, sprak hij af om voor het zwemmen koffie met haar te drinken. Natuurlijk is hij niet komen opdagen. Hij was het punt van diepe, betekenisvolle gesprekken al gepasseerd. Zij verkleedde zich, zoals gewoonlijk, stopte haar kleding en tas in een kluisje en ging zoals gebruikelijk naar de stoomcabine, waar Simon op haar wachtte.'

'Danny heeft hem binnengelaten,' zei Holly. 'We weten dat hij hier is blijven slapen en die ochtend in het hotel was.'

'Ja, Danny heeft hem binnengelaten. De zoveelste anonieme zwemmer. Wie zou daar acht op slaan? Simon is een sterke, jonge vent. Een roeier. Hij kon haar geluidloos wurgen. Het risico was aanwezig dat hij door iemand betrapt zou worden, al heb ik het vermoeden dat Danny op de uitkijk heeft gestaan. Nogmaals, wie heeft er oog voor een schoonmaker? Je ziet de dweil, de emmer, misschien zelfs de overall, maar niet de man die erin zit. En meer dan een uur lang heeft niemand Jenny's lichaam gezien, tot het moment dat ik haar vond. Ze hebben allebei dus meer dan genoeg tijd gehad om het hotel te verlaten.'

Vera leunde achterover in haar stoel. Hadden de twee jonge mannen over de enorme consequenties van hun plan nagedacht? Of was het eerder een intellectuele uitdaging geweest? Als een studieproject op de universiteit?

'Simon ging naar de mannenkleedkamer om zich om te kleden, maar er was natuurlijk nog een probleem. Jenny's tas bevond zich in de dameskleedkamer in een kluisje. En in die tas zaten haar notitieboek en aantekeningen, waarin waarschijnlijk wel verwijzingen over haar affaire met Simon te vinden zouden zijn. De oplossing was eenvoudig.' Vera keek op en was weer hun mentor, hun leraar. 'Iemand?'

'Danny,' zei Holly, voordat Ashworth kans zag iets te zeggen. 'Hij had een loper.'

'Precies! Simon heeft zo snel als hij kon het hotel verlaten; hij was slim genoeg om te weten dat hij daar niet gezien mocht worden. Hij was, zoals jullie merken, heel wat minder begaan met het lot van Danny. Hij heeft hem achtergelaten met de opdracht de tas uit de kluis te halen en die te laten verdwijnen, en hem de aantekeningen te bezorgen in Barnard Bridge. Maar Danny was nieuwsgierig. Wie zou dat niet zijn?'

'Hij heeft dus gekeken wat er in de tas zat, voordat hij die weggooide?'

'Uiteraard. En hij was heel wat minder koelbloedig dan hij deed voorkomen. Hij kende de weg niet in Barnard Brigde en is op weg naar Simon verdwaald. Hij heeft de tas bij Mallow Cottage in de struiken gegooid, voordat Connie hem zag.'

Ryan Taylor kwam om af te ruimen. Al het personeel was verdwenen en zij waren nog de enige gasten. 'Het spijt me,' zei Vera. 'Je zult wel graag naar huis willen. Gooi ons er maar uit als je dat wilt.'

'Haast je niet,' zei hij. 'Ik slaap hier vannacht.' Hij haalde een schakelaar over waarmee hij alle lichten in de ruimte doofde en waardoor ze slechts werden verlicht door een enkele stoffige kroonluchter. Vera waande zich een actrice; ze had het altijd al leuk gevonden om op te treden en keek het gezelschap rond om zeker te weten dat ze ieders aandacht had. Misschien zou ze zich na haar pensionering wel storten op het amateurtoneel, hoewel ze niet verwachtte dat ze evenveel lol zou beleven aan fictieve verhalen.

De achtergrondmuziek was inmiddels uit. Vera dacht dat ze misschien niet op het podium stond, maar in een hoek van een enorme filmset, in zo'n grote stoffige loods, waar met behulp van stukken multiplex, fluweel en zijde allerhande fantasieën werkelijkheid werden.

'Hoe zit het dan met Danny Shaw? Als die twee zulke goede vrienden waren, waarom heeft Simon hem dan vermoord?' Ashworth strekte zich uit over de tafel naar Vera's fles en vulde zijn glas met een flinke scheut. O, Joe toch, dacht Vera. Wat zal je modelechtgenote ervan vinden dat je dronken thuiskomt? Voor je het weet heb je de komende twee weken luierdienst.

'Danny was van mening dat hij meer dan een bedankje verdiende voor zijn aandeel in de moord die Simon had gepleegd,' zei Vera. 'Wie weet kon zelfs dat er niet af. Als Simon Danny's hulp niet zo vanzelfsprekend had gevonden, denk ik niet dat Danny eisen zou zijn gaan stellen. Voor hem telde alleen de vriendschap.'

Hij heeft het met Michael Morgan over vriendschap gehad. Michael had andere dingen aan zijn hoofd, had maar half geluisterd en dacht, de egocentrische klootzak, dat Danny het over hem had. Totdat ik hem er vanochtend nog eens over aan de tand heb gevoeld.

'Danny begon Simon dus te chanteren?' vroeg Holly. Zelfs na een week slaapgebrek en na een sloot alcohol was ze nog evenwichtig en charmant. Soms was het leven niet eerlijk.

'Hij is waarschijnlijk iets subtieler te werk gegaan. Maar de universiteit van Bristol is een magneet voor rijkeluiskinderen. De ouders van zijn vriendinnetje hadden geld. Hij wilde voldoende om niet uit de toon te vallen.' Vera zweeg. 'Ik denk dat hij Simon nooit zou hebben verraden. Waarschijnlijk heeft hij niet eens gedreigd dit te zullen doen, maar dat risico wilde Simon niet lopen. Hij heeft die dag Jenny's auto geleend. Tegen Hannah heeft hij gezegd dat hij naar de supermarkt ging. Hij moet op de terugweg boodschappen hebben gedaan. Over een koele kikker gesproken! Lijkt meer op zijn vader dan op zijn moeder. Ik denk dat Christopher ook meedogenloos kan zijn, en Veronica hield het uiteindelijk niet meer. Had zij een vermoeden dat haar zoon de maatschappelijk werker om het leven had gebracht? Misschien heeft ze een paar aantekeningen ontdekt die hij mee naar huis had genomen. Misschien heeft ze flarden opgevangen van een telefoongesprek met Danny. Dat was haar grootste nachtmerrie, dat haar zoon een moordenaar zou blijken te zijn. Daarom deed ze ineens zo vriendelijk tegen Connie Masters. Ze wilde informatie, zekerheid.'

'Kunnen we even terug naar Danny Shaw?' Charlie had moeite om fatsoenlijk uit zijn woorden te komen. 'Ik weet niet hoe het met jullie zit, maar ik wil zo mijn mandje in.'

'Simon heeft hem gewurgd en stak daarna de papieren uit Jenny's tas in brand. Alle verwijzingen naar hemzelf had hij natuurlijk al verwijderd. Dit om Danny de eerste moord in de schoenen te schuiven en om een dwaalspoor te creëren.' Vera straalde en realiseerde zich dat ze een behoorlijk dronken indruk maakte, maar dat kon haar niet schelen. Om wat nevel op te werpen. Goeie beeldspraak.

'Toen de zenuwen kwamen, was het met de kalmte gedaan en hij begon na te denken over "wat als"-scenario's, wat altijd gevaarlijk is. Wat als Jenny Connie werkelijk had geïnterviewd voor haar boek? Simon wist niet eens dat ze in hetzelfde dorp woonde tot ik het hem vertelde. Daar moet hij pas echt van geschrokken zijn. Wat als ze goede vriendinnen bleken te zijn en dat Jenny haar in vertrouwen had genomen over haar verhouding? Hij werd verteerd door bezorgdheid. Eerst bedreigde hij Connie per telefoon, daarna kreeg hij zijn moeder zover dat ze hun onderdak bood in het botenhuis.' Vera keek het gezelschap aan. 'Maar eigenlijk was hij gewoon jaloers op de aandacht die Connie haar dochter gaf. Deze zaak draaide uiteindelijk om kinderen en hun ouders. Simon Eliot leek op een kleuter die in een vlaag van woede alles kapot wilde maken wat hij zelf niet kon hebben.'

'Eliot heeft op een haar na een vierjarige vermoord, omdat hij jaloers op haar was?' Ashworth klonk alsof hij het niet kon bevatten.

Vera haalde haar schouders op. 'We zullen wel nooit de precieze reden weten waarom hij haar in het water heeft gegooid. Zijn broer is verdronken, net als de zoon van zijn zus. Misschien vond hij het op de steiger van het botenhuis tijd om wraak te nemen.'

'Denk je dat het allemaal daar om te doen is geweest?' Charlie tilde zijn hoofd net ver genoeg op van de tafel om te kunnen praten.

'Het doet er niet toe wat ik denk, of wel dan? Hij heeft bij de aanklager twee moorden bekend. Ze zullen het kind waarschijnlijk buiten beschouwing laten. En ik denk dat Connie niet op nog een rechtszaak zit te wachten. Zij zal er dus zeker geen werk van maken.'

'Nog een kind dat haar leven lang bang zal blijven voor water,' zei Holly.

'Ja, zou kunnen.' Maar Vera was er in dit geval niet van overtuigd dat er een oorzakelijk verband bestond. Het leven was rommeliger en minder voorspelbaar dan dat. Ze kon het getheoretiseer maar het beste overlaten aan psychiaters en maatschappelijk werkers. 'Of ze wordt olympisch zwemkampioene.'

Dankwoord

Ik dank zoals gewoonlijk mijn oude team – Julie, Catherine, Helen, Roger, Jean, Rebecca, Sara en haar compagnons waar ook ter wereld. Ook dank ik mijn nieuwe team – Elaine, Paul, Brenda en David – dat mij op een andere manier naar mijn personages heeft leren kijken.